Die Mendelssohn-Morde

Alessandra Comini

DIE MENDELSSOHN-MORDE

Ein Megan-Crespi-Krimi

Aus dem amerikanischen Englisch von
Pia Viktoria Pausch

HOLLITZER

Mit freundlicher Unterstützung
der MA 7 – Kulturabteilung der Stadt Wien

Stadt
Wien

Alessandra Comini:
Die Mendelssohn-Morde
Ein Megan-Crespi-Krimi
Aus dem amerikanischen Englisch von Pia Viktoria Pausch

Originalausgabe:
The Mendelssohn Malice
A Megan Crespi Mystery Series Novel

Umschlagabbildung: Nikola Stevanović unter Verwendung
von Moritz Daniel Oppenheim:
Porträt Fanny Mendelssohn Hensel
© public domain, Wikipedia

Satz und Covergestaltung: Nikola Stevanović

Gedruckt und gebunden in der EU.

Hollitzer Wissenschaftsverlag
Trautsongasse 6/6, A–1080 Wien

kontakt@hollitzer.at
www.hollitzer.at

HOLLITZER

ISBN 978-3-99094-203-1

Dieses Buch ist ein fiktionales Werk. Namen, Orte, Personen und Handlungen sind entweder frei erfunden oder werden fiktiv verwendet. Etwaige Ähnlichkeiten mit lebenden oder verstorbenen Personen, Ereignissen oder Schauplätzen sind rein zufällig.

Für meine „kleine Schwester", die unbeugsame Adriana Comini,
die sich unermüdlich um Tiere und Menschen kümmert

und

in Erinnerung an Simon Sargon (1938–2022),
lieber Freund, außergewöhnlicher Komponist und geschätzter Kollege,
der mit Freude das Manuskript zu diesem Buch las.

1

„Weil es so einfach nicht geht!"

„Aber …"

„Ich kann das Gemälde nur dann für Sie authentifizieren, wenn ich es persönlich gesehen habe. Mit Fotografien alleine geht das nicht, egal wie gut deren Qualität sein mag. Aber nächste Woche bin ich in Rom. Dann können Sie mich kontaktieren und mir das Porträt persönlich zeigen, wenn Sie wollen."

Mit diesen Worten beendete Megan Crespi ihr Telefonat mit einem Herrn, der sie aus Rom auf ihrem privaten Handy erreicht hatte und sich mit einer gewissen Dringlichkeit als Nathan Bartholdy vorgestellt hatte. Die pensionierte Kunsthistorikerin, Musikwissenschaftlerin und Detektivin in Sachen Kunst war eine rüstige, quirlige Frau um die Achtzig, mit funkelnden braunen Augen und stets makellos brünett gefärbtem Haar. Sie packte gerade in ihrem Arbeitszimmer in dem großen, hellen Haus in Dallas, Texas, wo sie seit Jahrzehnten lebte, letzte Unterlagen in ihren Reisekoffer.

Der Anrufer hatte behauptet, ein unbekanntes Ölporträt der Enkelin von Moses Mendelssohn entdeckt zu haben, des berühmten Berliner Philosophen aus dem 18. Jahrhundert. Es sei ganz bestimmt Fanny Mendelssohn Bartholdy Hensel. Das klang zwar nicht uninteressant, doch Megan Crespi sollte bald am Fort Worth International Airport in ihren Flieger nach Europa steigen, und deshalb hatte sie das merkwürdige Gespräch so brüsk abgebrochen. Kannte der Fremde aus Rom sie in ihrer Eigenschaft als Aufklärerin von Kunst- und Musikverbrechen? Oder hatte er ihre jüngste wissenschaftliche Publikation gelesen?

Nach dem Erfolg ihres Buches *Verehrung und Verachtung: Clara Schumann im Lauf der Jahrhunderte* war Megan nun im Begriff, erneut nach Europa zu reisen, um zu recherchieren. Die Reise sollte sie von Dallas via London nach Hamburg führen. Ihr akademisches, manche würden sagen feministisches Ziel war es diesmal, das wissenschaftliche Scheinwerferlicht auf eine der eindrucksvollsten musikalischen Zeitgenossinnen von Clara Schumann zu richten: auf die Komponistin und Pianistin Fanny Mendelssohn, die um vier Jahre ältere Schwester des viel berühmteren Felix Mendelssohn.

Die Karrieren des musikalischen Geschwisterpaares waren bedauernswert kurz gewesen: Fanny starb 1847 im Alter von einundvierzig Jahren, Felix folgte ihr nur sechs Monate später mit siebenunddreißig Jahren; die Todesursache war bei beiden ein Schlaganfall.

Um ihren jeweiligen Platz in der Musikgeschichte des 19. Jahrhunderts zu verdeutlichen, wurden sie von manchem Spötter als *Felix F-Dur* und *Fanny F-Moll* tituliert. Mit dem neuen, noch unbetitelten Buch über Fanny Mendelssohn wollte Megan beleuchten, was die jüngste Forschung angesichts der überraschend großen Spannweite von Fannys musikalischem Vermächtnis zu sagen hatte.

Megans Reisebegleiterin war diesmal ihre langjährige Freundin Mary Russell, die ihren Berufsweg erst kürzlich mit einem Doktortitel in Musikgeschichte gekrönt hatte. In ihrer vierzigjährigen Karriere als Gesangslehrerin, Korrepetitorin und Pianistin war Mary weltweit herumgekommen, von England, Irland, Lettland, Litauen, Deutschland, Schweiz und Italien bis Kanada, Japan und China. Aber die längste Zeit, ganze einunddreißig Jahre lang, hatte Mary als Gesangspädagogin in Paris gelebt, wo sie Opern- und Liedsänger aus aller Welt ausbildete.

Die Amerikanerinnen hatten vor allem drei Dinge gemeinsam: Beide waren im Bundesstaat Minnesota geboren, beide hatten das National Music Camp in Interlochen, Michigan, absolviert, und beide waren Weltreisende. Kosmopolitinnen, die nach vielen Jahren des Umherreisens ihren Lebensmittelpunkt in Dallas, Texas, gefunden hatten. Ausgerechnet *Dallas* – das konnte so mancher nicht begreifen. Megan erinnerte sich schmunzelnd daran, wie sie einmal bei der Eröffnung einer Ausstellung mit Werken des österreichischen Malers Egon Schiele, die sie für die Neue Galerie in New York kuratiert hatte, von einem Besucher nach ihrem eigentlichen Wohnort gefragt wurde. Auf ihre Antwort – „Dallas, Texas!" – fragte der Mann spöttisch weiter: „Dallas? Warum?" Megans unmittelbare, intuitive Antwort war unmissverständlich gewesen: „Warum nicht?"

Megan fand die texanische Großstadt mit ihren angenehmen Temperaturen, grünen Bezirken und freundlichen Gesichtern ganz wunderbar zum Leben. Der riesige, parkähnliche Campus der Universität wurde ihr bald zur zweiten Heimat. Als junge Frau hatte sie viele Jahre in Wohnungen in New York, Wien und San Francisco gelebt. Erst in Dallas fand sie ein richtiges Haus für sich allein, mit viel Platz für ihre Bücher, ihre Musikinstrumente, ihre Kunstsammlung und ihr Malteserhündchen Button.

Mary war eine Generation jünger als Megan und ebenfalls eine, wenn auch vormalige, liebevolle Hundebesitzerin. Sie hatte sich als Begleiterin und Chauffeurin für die geplanten Mietwagenfahrten in Deutschland und Italien angeboten. Mary war hübsch, ein unverwechselbarer Charakter mit fröhlichen blauen Augen und kastanienbraunem Haar, durchsetzt von weißen Strähnen, die sie nur noch attraktiver aussehen ließen.

Die beiden hatten ihre Reiseroute so angelegt, dass sie in der alten Hansestadt Hamburg begann, der Geburtsstadt von Fanny und Felix Mendelssohn ebenso wie von einem anderen Liebling der beiden, Johannes Brahms. Im Hamburger „Komponistenviertel" gab es Museen zu Ehren der Mendelssohn-Geschwister und von Brahms, dazu noch das Gustav Mahler Museum, der zwar mehr für Wien und New York, doch auch für seine langjährige Hamburger Dirigententätigkeit bekannt war. Das Fanny und Felix Mendelssohn Museum war erst kürzlich von der Stadt Hamburg eröffnet worden und Megan, die Kunsthistorikerin mit musikwissenschaftlichem Schwerpunkt, wollte es unbedingt sehen.

Dann sollte die Reise auf den Spuren der Mendelssohns weiter nach Berlin führen, in die traditionell liberale deutsche Hauptstadt, weil anno dazumal, 1811 um genau zu sein, die Bankiersbrüder Joseph und Abraham Mendelssohn mit ihren Familien aus Hamburg dorthin übersiedelt waren.

Zwei bedeutende historische Fakten waren dafür verantwortlich. Erstens war im Zuge der Emanzipation der Juden ein gesellschaftlicher Aufstieg möglich geworden, denn ihnen wurde ein neuer Status zuerkannt: Sie waren nun *deutsche Juden*. Der Philosoph Moses Mendelssohn, Vater von Joseph und Abraham, war einer der ersten, der von diesem „Privileg" profitierte und die neuen Reise- und Aufenthaltsrechte mit seiner großen Familie nutzte. Zweitens hatten die Mendelssohns mit ihrer Hamburger Bank bei der Durchbrechung von Napoleons Kontinentalsperre geholfen, und deshalb war die Familie unmittelbar von Repressalien der französischen Besatzer bedroht, sodass sie laut Legende sogar nachts in Verkleidung fliehen mussten. In Berlin konnten sie das *Bankhaus J. & A. Mendelssohn* erfolgreich wiedereröffnen und die Familie bewohnte bis zur gewaltsamen Vertreibung durch die Nationalsozialisten im Jahr 1938 die Mendelssohn-Villa in der Jägerstraße 51.

Megans und Marys Aufenthalt in Berlin sollte außerdem mit der Eröffnung einer ungewöhnlichen Foto-Ausstellung zusammenfallen. Es handelte sich um zeithistorische Fotografien von Marys britischem Lebensgefährten, dem Fotografen Richard Sire – einfach *Sire* genannt. Auch Sire hatte seinen Wohnsitz in Dallas, doch derzeit war er, wie so oft, auf Reisen. Er war groß, schlank, internationaler Investmentbanker im Ruhestand, hatte kurzes, welliges, weißes Haar und faszinierend braun-grüne Augen. Nun widmete er sich seinem lebenslangen Hobby, der Fotografie, war immer noch ein aktiver Weltreisender und liebte das Geigenspiel. In seiner Berliner Ausstellung wollte er Bilder von der Schönheit Afghanistans zeigen, die er Anfang der 1990er-Jahre aufgenommen hatte, in Gegenüberstellung zu aktuellen Aufnahmen, die er kurz nach dem Rückzug der amerikanischen Truppen gemacht hatte.

In Berlin wollten Megan und Mary auch die Uraufführung eines zeitgenössischen Requiems besuchen, das von Megans langjährigem Freund und Kollegen Richard Sargon komponiert worden war. Dann wollten sie zu dritt auf den Spuren von Fanny Mendelssohns italienischer Reise nach Rom fliegen, um die besonderen Orte zu finden, wo Fanny mit ihrem Mann, dem Hofmaler Wilhelm Hensel, die wohl glücklichste Zeit ihres Lebens verbracht hatte. Ein Jahr lang, von August 1839 bis September 1840, hatten sie in Italien gelebt, sechs wundervolle Monate davon in Rom.

In der italienischen Hauptstadt würde Megan, selbst halb italienischer, halb schottisch-irischer Abstammung, auch ihre jüngere Schwester Tina treffen, die dort als engagierte Tierschützerin an einer internationalen PETA-Konferenz teilnahm; sie setzte sich auch in Dallas überzeugend und unermüdlich für die Rechte der Tiere ein und war mehrere produktive Amtszeiten lang die Vorsitzende der örtlichen PETA-Organisation gewesen. In Rom wollte Tina, die sich auch für Kunst interessierte und selbst künstlerisch tätig war, außerdem einen zweiwöchigen Kurs über Glaskunst und Fiber-Art belegen.

Die beiden Schwestern waren in ihren Interessen ganz unterschiedlich – Megan die akademische Kunstliebhaberin, Tina die Kreative, Megan die stolze Besitzerin eines Malteserhündchens, Tina die erprobte Tierrechtlerin –, und dennoch waren sie einander beste Freundinnen und reisten häufig gemeinsam. Und sie teilten vor allem ihre große Hundeliebe. Megans steter Begleiter in Dallas war ein entzückender Malteser namens Button, der auf Befehle in drei Sprachen horchte – Englisch genauso wie Italienisch und Deutsch. Und gerade lernte er erste Worte auf Französisch. Um Tinas Aufmerksamkeit buhlten vier japanische Chins, die, wenn sie einmal nicht in der Stadt war, mit Begeisterung bei Tinas freundlichem Nachbar Bill Frait Unterschlupf fanden, der selbst zwei Chins besaß. Jetzt, da beide Schwestern verreist waren, hatte sich auch der kleine Button zu Bills Urlaubshunden gesellt. Und dank *Ring Security Europe* konnten die beiden reisenden Schwestern ihre Hunde via Online-Kamera beobachten und begrüßen, wann immer es die Zeit erlaubte.

Doch jetzt stand erst einmal Hamburg auf dem Programm. Megan und Mary würden montags in der Früh ankommen, und gleich für denselben Nachmittag war ein Besuch bei Salomon Mendelssohn geplant, einem direkten Nachfahren von Fannys und Felix' Schwester Rebecka. Der siebenundneunzigjährige Salomon Mendelssohn war einer der wenigen Überlebenden von Dachau. Was für Themen würden sie wohl besprechen, fragte sich Megan, sie war gespannt auf die Begegnung mit diesem außergewöhnlichen Menschen.

2

Es war das Tagesthema in New York – zumindest alle Bekannten von Jared Oppenheim sprachen nur darüber, nämlich seine fabelhafte Idee, mitten im Big Apple einen Mendelssohn-Komplex zu errichten. Es sollte ein Archiv für Fanny und Felix Mendelssohn werden, mit Hunderten von bisher unveröffentlichten Familienbriefen, Porträtzeichnungen und Musikautografen, die alle aus der Sammlung des verstorbenen Herschel Hirschstein aus Riverdale, New York, stammten. Der Junggeselle Hirschstein hatte die außergewöhnliche Sammlung von *Mendelssohniana* seinem geschätzten „Ziehsohn", dem Gesangspädagogen Jared Oppenheim, vermacht. Herschel und Jared hatten viel darüber diskutiert, wie das Gebäude für diesen musikalischen Nachlass auch als Aufführungsort für musikalische Darbietungen dienen könnte, so wie das bei Fanny Mendelssohns Berliner Salon im 19. Jahrhundert der Fall gewesen war. Eine großartige Kombination wäre das. Dieser Aspekt der Präsentation bisher unbekannter Musik von Fanny und Felix durch zeitgenössische Künstler lag Jared besonders am Herzen.

Jared, um die Vierzig, groß und schlank, mit sinnlichen braunen Augen und einem gepflegten, dunklen Bart, war als besonders stimmgewaltiger Bassist, talentierter Pianist und innovativer Komponist von Kammeropern aufs Engste mit der Welt der Musik verbunden. Um die Beschaffung von Mitteln anzuregen, gab Jared selbst ein Beispiel, das von vielen Medienkanälen beachtet wurde: Er spendete den aufsehenerregenden Betrag von 100.000 Dollar. Als Sohn eines New Yorker Immobilienmagnaten stellte das für ihn kein Problem dar. Er war zwar reich und talentiert, hatte aber seine wahre Berufung im Leben noch nicht gefunden – die Errichtung des Mendelssohn-Komplexes sollte ihm ein Lebensziel geben. Seine eigene finanzielle Spende wurde sofort genutzt, um dafür einen geeigneten Standort in einem der New Yorker Hochhäuser an der West 56th Street nahe des Lincoln-Centers zu sichern. Dies inspirierte andere, und es flossen bald Geldbeträge in ähnlicher Höhe, sodass der Mendelssohn-Komplex innerhalb eines Monats mit einem Vorstand ausgestattet und eröffnet werden konnte.

Doch es kam anders, als er es sich vorgestellt hatte. Man stelle sich Jared Oppenheims fassungsloses Erstaunen vor, als der eben konstituierte Vorstand statt ihm eine pensionierte Professorin für Musikwissenschaft vom Hunter College, Monica Sallinger, zur Direktorin ernannte. Um von dieser Enttäuschung Distanz zu gewinnen und wieder zur Ruhe zu kommen, beschloss er, New York für eine Weile zu verlassen und das neue Fanny und Felix Mendelssohn Museum in Deutschland zu besuchen. Er war noch nie in Hamburg gewesen, und so würde es für ihn doppelt interessant sein, denn er hatte bereits herausgefunden, dass es im Hamburger Komponistenviertel auch weitere für ihn interessante Museen gab.

Jareds Transatlantikflug verließ die USA einen Tag nach dem von Megan und Mary.

3

Ein ausstehender Haftbefehl schwebte wie ein Damoklesschwert über Michael Bormanns Kopf, dennoch plante der viel beschäftigte Hamburger Neonazi bereits neue Taten. Der große, blonde, um die fünfzig Jahre alte charismatische Redner würde seine Gruppe von Anhängern auffordern, sich *nicht* an der Kundgebung zu beteiligen, die anlässlich der morgigen Aufführung des schwarzen *Ballett Noir* im innovativen Hamburger Kampnagel-Theater geplant war. Nein, sie würden eine neue wirkungsvollere Zielscheibe für ihre Hassbotschaften benötigen, und er hatte dafür etwas ganz Neues im Sinn.

Bormann – seinen Nachnamen teilte er mit Hitlers Privatsekretär Martin Bormann – war ein eingefleischter Rechtsradikaler und Antisemit, seit vielen Jahren mied er die physische Nähe zu allem „Jüdischen". So hatte er auch von Anfang an einen großen Bogen um das neue Museum für zwei jüdische Komponisten gemacht, das vor kurzem von der seiner Meinung nach völlig fehlgeleiteten Stadtverwaltung den Hamburger Bürgern aufs Auge gedrückt worden war. Es befand sich in der Peterstraße 29 im sogenannten Komponistenviertel in der Altstadt und trug den Namen Fanny und Felix Mendelssohn Museum.

Alles Abschaum, dachte Bormann. Ja, die werbefreudige Museumsdirektorin Rachael Skylar – *Rachael!* – würde sich noch wundern, denn schon bald würde sie sich mit einer schockierenden und gänzlich unerwünschten Publicity auseinandersetzen müssen. In Anlehnung an die Ukraine-Propaganda des russischen Präsidenten Wladimir Putin würden Bormann und seine Neonazi-Anhänger eine Demonstration vor dem Museumsgebäude veranstalten. Sie würden Transparente mit der Aufschrift „Unterstützt die Neonazi-Direktorin Rachael Skylar!" vor sich hertragen. Als Jüdin war Skylar natürlich kein Neonazi, aber das Fernsehen und ganz besonders die sozialen Medien würden jede noch so widersinnige Anschuldigung aufgreifen, und es würde Chaos herrschen. Es würde zu einer öffentlichen Diskussion über das Für und Wider des Neonazismus führen. Keine schlechte Folge für seine Gruppierung. Erstaunlich, dass ihm das nicht schon früher eingefallen war.

Er würde den Termin auf den kommenden Mittwochvormittag festlegen.

4

Direktorin Rachael Sklyar hatte sofort gewusst, dass sie für diesen Posten wie geschaffen war. Sie war eine begabte Pianistin, eine ausgezeichnete Blattspielerin und eine angesehene Musikwissenschaftlerin. Schon als junges Mädchen war sie von den Geschwistern Mendelssohn und ihren Werken fasziniert gewesen. Die Schönheit und Energie von Felix Mendelssohns Ouvertüre *Ein Sommernachtstraum* – komponiert im zarten Alter von siebzehneinhalb Jahren – erregte schon ihre Bewunderung und Liebe, als sie selbst im gleichen Alter gewesen war, und diese Begeisterung hatte sie zu dessen Schauspielmusik für das gleichnamige Shakespeare-Stück geführt. Und dabei hatte sie dank Mendelssohns Instrumentierung die Ophikleide kennengelernt, ein konisches Blechblasinstrument mit Klappen, ähnlich einer Tuba, genau das Richtige für komische Klangeffekte. Sie bewunderte das „Eselsgeschrei" in der Partitur, das von der Ophikleide intoniert wurde. Tatsächlich hatte sie nun bei der Gestaltung ihres Museums schelmisch veranlasst, dass eine Ophikleide über der neuen Ausstellungsvitrine mit dem größten Schatz des Museums aufgehängt wurde: Es handelte sich dabei um die kürzlich entdeckte Originalhandschrift eben dieser Ouvertüre. Der zwanzigjährige Felix Mendelssohn hatte die Notenblätter, nachdem er das Stück in London dirigiert hatte, einem Komponistenkollegen anvertraut, der sie nach den Feierlichkeiten anlässlich des Konzerts versehentlich in einer Pferdekutsche vergaß. Unverzagt schrieb

Felix Mendelssohn die verloren gegangene Partitur aus dem Gedächtnis neu. Dieses herausragende Mendelssohn-Objekt in ihrem Museum zu haben, war ein großer Triumph für Skylar. Ein Schatz, der die Bestände der neuen Mendelssohn-Sammlung in Amerika, des Mendelssohn-Komplex in New York City, bei weitem in den Schatten stellen sollte.

Übermorgen, Mittwoch, würde ein interessanter Tag für Skylar werden. Zwei amerikanische Musikhistorikerinnen aus Dallas hatten sich für elf Uhr vormittags angekündigt, um mit ihr über die Bestände ihres Museums zu sprechen und alles zu besichtigen. Die Kunde von der Originalpartitur von Felix' *Sommernachtstraum*-Ouvertüre war bis nach Texas gedrungen. Und ein weiterer amerikanischer Experte aus New York City, der mit dem Mendelssohn-Komplex in Verbindung stand, hatte sich für zwei Uhr desselben Nachmittags angekündigt.

5

Megan und Mary hatten auf dem Nachtflug von Dallas nach London gut geschlafen, und nun stiegen sie in Heathrow frisch und munter um in den Kurzstreckenflieger nach Hamburg. Sie unterhielten sich, wie so oft, über die Komponistinnen Fanny Mendelssohn Bartholdy Hensel und über Clara Wieck Schumann, die das Thema von Megans letztem Buch gewesen war.

„Natürlich habe ich meinen Sängern und Sängerinnen ein paar Lieder von Clara empfohlen – das wunderschöne Lied ‚Am Strande' zum Beispiel –, aber ich habe noch nie ein Lied von Fanny zur Aufführung gebracht. Seltsam, nicht wahr?", fragte Mary.

„Eigentlich gar nicht seltsam. Weder Fannys Vater noch ihr Bruder Felix ermutigten sie zur Veröffentlichung. Sie teilten die Ansicht des 19. Jahrhunderts, dass der Platz einer Frau im Haus sei. Du kennst natürlich die peinliche Geschichte von Felix, als er privat für Königin Victoria und Prinz Albert im Buckingham Palace spielte?"

„Oh ja, ich erinnere mich!", rief Mary. „Königin Victoria bat ihn, ihr Lieblingslied zu spielen – sein ‚Italien' – doch er musste mit Bedauern zugeben, dass es eigentlich nicht von ihm, sondern von seiner Schwester Fanny komponiert worden war. Er hatte dieses und ein paar andere ihrer Lieder zusammen mit seinen eigenen veröffentlicht, damit sie wenigstens gesungen würden."

„Netter Zug, aber doppelzüngig", murmelte Megan.

„Sag mal, wie viele von Fannys unveröffentlichten Stücken waren denn in dem neuen Schatz an unbekannten Werken enthalten, der kürzlich dem Mendelssohn-Komplex in New York geschenkt wurde?"

„Nun, eine Quelle, der ich vertraue, sagt sie komponierte ... Moment, ich habe es auf meinem iPhone ... okay, hier ist es: genau 466 Musikstücke!"

„Das ist eine beeindruckende Zahl, egal ob es sich um einen Komponisten oder eine Komponistin handelt, würde ich sagen."

Megan nickte und fuhr fort.

„Diese Zahl umfasst 250 Lieder und 125 Klavierwerke. Außerdem hat sie auch Kammermusik komponiert, darunter ihr häufig aufgeführtes Trio in d-Moll für Klavier, Violine und Cello. Ich habe es mir mehrmals auf YouTube angehört, es ist wirklich beeindruckend. Stell dir nur mal vor, wie aufregend diese Sonntagskonzerte in ihrem Berliner Salon gewesen sein müssen!"

„Ach, da wäre ich zu gern dabei gewesen. Fanny Mendelssohn spielen zu sehen und zu hören!", seufzte Mary und rollte begeistert die Augen. „Vielleicht wird mal ein Film über sie gedreht, dann könnten wir es uns richtig vorstellen."

„Welche Schauspielerin sollte deiner Meinung nach Fanny spielen?"

„Hm", überlegte Mary. „Sie war eine kleine, zarte Frau, also kann es keine allzu großgewachsene sein. Ich würde die junge Judi Dench nehmen."

„Könnte passen. Aber fällt dir auch eine Schauspielerin mit jüdischen Wurzeln ein?"

„Nicht auf Anhieb. An wen denkst du denn, Megan?"

„Wie wäre es mit der jungen Barbra Streisand?"

„Ja genau!", rief Mary aus. „Das wäre perfekt gewesen. Und hätte sie nicht gerne eine solche Rolle gespielt?"

„Setz es nicht in die Vergangenheitsform. Die Streisand lebt und gedeiht mit all ihren politischen und philanthropischen Anliegen."

„Stimmt. Sehr positiv. Aber lass uns bei Fanny bleiben. Du hast mir von ihren 466 Kompositionen erzählt."

„Richtig. Neben den bereits erwähnten Gattungen komponierte sie auch eine Orchester-Ouvertüre – ihr einziges bekanntes Orchesterwerk –, dazu noch Konzertarien und drei geistliche A-Kapella-Kantaten."

„Sie hat sogar Kantaten geschrieben?"

„Allerdings. Die berühmteste von ihnen war die Musik für die Opfer der Choleraepidemie, die Berlin und andere Teile Deutschlands und Europas im Jahr 1831 ereilte."

„Du meine Güte! Eine Pandemie. Wie sich die Geschichte doch wiederholt! Wie hat sie diese Kantate denn genannt?"

„Ursprünglich nannte sie es *Oratorium auf Worte aus der Bibel*, aber die Musik wurde bekannt als *Cholera-Kantate*."

„Das würde auch in unsere heutige Zeit passen!"

„Ja, es ist alles erschreckend aktuell. Genau das hoffe ich mit meinem Buch über Fanny zu zeigen, dass ihre Musik immer noch lebendig, immer noch aktuell, immer noch würdig für die Nachwelt ist. Denn im Rückblick auf das 19. Jahrhundert war sie wohl die bedeutendste Komponistin in ganz Europa."

„Ich beginne zu verstehen, warum. Hast du schon einen Titel für das Buch?"

„Noch nicht. Hast du eine Idee?"

„*Die Mendelssohn* vielleicht?“

Bevor Megan antworten konnte, ertönte eine Männerstimme aus den Lautsprechern: „Meine Damen und Herren, wir werden bald in Hamburg landen. Klappen Sie bitte Ihre Tabletts hoch und legen Sie Ihre Sicherheitsgurte an.“

Da die beiden Frauen nur mit Handgepäck reisten, gehörten sie zu den ersten, die nach dem Passieren der Zollkontrolle in ein Taxi stiegen. Megan hatte die Hotels reserviert, und ihre Anweisungen an die freundliche Fahrerin waren klar und präzise. Sie sprach gut Deutsch, das hatte sie in ihren jungen Jahren in Wien gelernt: „Bitte bringen Sie uns zum Hotel *Scandic Hamburg Emporio* in Neustadt am Dammtorwall 19.“

Mary lächelte erfreut.

„Neustadt? Oh, wie herrlich praktisch! Wir werden ganz in der Nähe des Fanny und Felix Mendelssohn Museums sein.“

„Ganz genau. Ich denke, es wird uns gefallen. Und für dich, liebe Freundin, gibt es dort auch einen Fitnessraum.“

„Perfekt! Wirst du auch trainieren?“

„Nein. Aber ich werde im Hotelpool schwimmen gehen. Meine Schwimmbrille und mein Badeanzug sind ganz unten in meiner Tasche.“

„Ich brauche keine Schwimmbrille, aber ich habe auch einen Badeanzug mit!“

„Perfekt. Das Hotel ist sehr modern und preist sich auch als besonders umweltfreundlich, was immer das heißen mag. Die Zimmer sind ruhig, haben riesige Panoramafenster, schöne Doppelbetten, hochwertige Holzmöbel, Tee- und Kaffeekocher und tolle Badezimmer. Zumindest sagen das die Bewertungen und Fotos.“

Kaum fünfundzwanzig Minuten später hatten sie eingecheckt, ihr Doppelzimmer im fünften Stock bezogen, ihre Taschen ausgepackt, geduscht und waren gerade dabei, das köstliche Hotel-Frühstück zu verzehren. Der einzige Wermutstropfen war, dass das Frühstück nicht im Zimmerpreis enthalten war. Aber das war egal. Es war jetzt zehn Uhr, und sie würden einen Uber bestellen, der sie zu der Einrichtung für betreutes Wohnen bringen sollte, wo der siebenundneunzigjährige Salomon Mendelssohn auf sie wartete.

6

Warum nicht gleich eine *doppelte* Demonstration veranstalten, dachte Michael Bormann und klopfte sich innerlich selbst auf die Schulter. Das wäre genial. Immerhin befanden sich beide Orte im selben Teil der Hamburger Altstadt, dem Komponistenviertel. Sein primäres Ziel war das Fanny und Felix Mendelssohn Museum und dessen jüdische Direktorin, diese impertinente Person namens Rachael Skylar. Aber ein ebenso anstößiges Museum befand sich gleich in der Nähe, quasi ums Eck: das Gustav Mahler Museum. Und dieser Jude stammte nicht einmal aus Hamburg! Genau genommen war er nicht einmal Deutscher gewesen. Er war Österreicher. Mahler selbst pflegte zu sagen, dass er dreifach heimatlos war: „Als Böhme unter den Österreichern, als Österreicher unter den Deutschen und als Jude in der ganzen Welt." Dagegen hatte Bormann nichts einzuwenden.

Zu allem Überfluss waren im Komponistenviertel auch noch vor bestimmten Wohnhäusern auf dem Bürgersteig Stolpersteine aus Messing wie kleine Gedenktafeln eingelassen, mit den eingravierten Namen der jüdischen Bewohner, die im Zuge des Holocaust deportiert und ermordet worden waren. Werden sie es nie sein lassen, fragte sich Bormann wütend, alles eine maßlose Übertreibung, eine Verdrehung von Fakten ohnegleichen.

Er hatte eine weitere interessante Tatsache festgestellt: Während das Brahms Museum bereits 1971 eröffnet worden war, gab es die Museen, die den Geschwistern Mendelssohn und dem Komponisten Mahler gewidmet waren, erst seit 2018. Das war doch nun wirklich ein erschreckender Indikator für das Anwachsen der Juden-Sympathie in seinem verehrten deutschnationalen Hamburg: ein Phänomen, das er immer gerne in seinen Brandreden auf antisemitischen Demonstrationen artikulierte. Das würde er auch morgen bei den Kundgebungen vor dem Mahler Museum und dem Mendelssohn Museum wieder ansprechen.

Es war einfach nicht zu begreifen: Wozu ein Museum für zwei jüdische Komponisten aus längst vergangenen Zeiten, wenn die meisten Leute heutzutage nicht einmal wussten, wer sie waren? Und vor allem diese Schwester. Eine Komponistin? Jetzt aber mal halblang. Höchste Zeit, auf die Bremse zu treten und das Schweigen zu beenden, er wollte diesen feministischen Quatsch nicht unwidersprochen lassen! Selbst seiner eigenen Frau musste er sagen, sie solle endlich ihr Studium aufgeben, um sich ausreichend ihren Pflichten als Mutter ihrer Zwillinge Adolf und Eva, als Hausfrau und natürlich Ehefrau zu widmen!

Aber jetzt gab es noch eine Menge zu tun, denn die Mittwoch-Kundgebungen brauchten strategische und taktische Vorbereitung. Seine Gefolgsleute waren bereits dabei, die über fünfhundert Mitglieder zählende Organisation zusammenzutrommeln. Auch ihr Berliner Pendant, die dortige *NN-Gruppe* mit weitaus mehr Anhängern, hatte sich bereit erklärt, ihre besten Leute zur Hamburger Kundgebung zu entsenden. Bormann musste die Texte für die Sprechchöre aktualisieren und vor allem seine eigene Rede formulieren. Das Ziel seiner Botschaften war es, die Hamburger Judenfreunde, besonders die in der Kulturverwaltung, neuerlich öffentlich zu blamieren.

Die erste Demo würde vormittags um zehn Uhr vor dem Mahler Museum beginnen. Eine Stunde später, bei voraussichtlich stark wachsendem Medieninteresse, würde ein Stoßtrupp zum Mendelssohn Museum ziehen und danach weiter zum nahe gelegenen Hamburg Museum, denn auch dort versuchte man die Bevölkerung mit einer scheinheiligen Dauerausstellung über die Geschichte der Hamburger Juden zu indoktrinieren.

Am Mittwoch würden sie durch die Berichterstattung massenhaft kostenlose Werbung für ihre Anliegen erhalten, und vielleicht würden die Hamburger Bürger endlich kapieren, wie schädlich diese bekloppte neue Judenliebe war, die von der Stadt mit immer neuen Lippenbekenntnissen verkündet wurde.

Bormanns Gesicht verzog sich zu einem hämischen Grinsen. Ihm war gerade eine geniale Idee für die Plakate eingefallen. Das würde die Schaulustigen beeindrucken, erst recht Medien und Fernsehen.

7

Salomon Mendelssohns Hamburger Residenz für betreutes Wohnen, die *Zweite Jugend*, lag im grünen Stadtteil Blankenese im Westen der Stadt mit Blick auf die breit dahintreibende Elbe. Gewundene Backsteinpfade durchzogen das Grün des steilen Hügels, der sich vom Flussufer aus erhob. Es war ein bewölkter Vormittag, doch eine bunte Blütenpracht leuchtete aus allen Gärten der Elbchaussee, des Villenviertels, das Megan und Mary in ihrem Uber auf dem Weg zur *Zweiten Jugend* durchquerten.

„Was für ein wunderschöner Ort für eine Seniorenresidenz", kommentierte Megan und schaute sich um. Mary nickte zustimmend.

Während der Fahrt hatte Mary erneut versucht, ihren reisefreudigen Lebensgefährten Sire, der nun bereits in Berlin eingetroffen sein musste, auf seinem Handy zu erreichen. Doch wieder hatte er nicht abgehoben, nicht einmal die Sprachbox war eingeschaltet.

„Ich frage mich, ob etwas mit seinem Telefon nicht stimmt", murmelte Mary.

„Gewiss nimmt die Organisation seiner Foto-Ausstellung seine ganze Zeit in Anspruch", gab Megan zu bedenken.

„Ja, aber normalerweise läuft immer seine Sprachbox. Ich kann nicht mal eine Nachricht hinterlassen. Merkwürdig."

Schließlich hielt ihr Fahrer auf einem wacholdergesäumten Parkplatz vor einem modernen, zweistöckigen Gebäude. Minuten später betraten sie die Lobby der *Zweiten Jugend*, und noch bevor sie die Rezeption erreichten, rief eine Männerstimme nach ihnen.

„Professor Megan Crespi?"

Megan drehte sich um und sah einen schlanken, älteren Herrn mit langem weißem Haar und wallendem Bart, der mehr wie siebzig als wie neunzig wirkte, ihnen gegenüber lässig an einen Rollator gelehnt.

„Ja, die bin ich. Und Sie sind wohl Herr Mendelssohn!"

„Der bin ich. Wie schön Sie kennenzulernen. Und Ihre Freundin ist …?"

„Das ist meine liebe Kollegin Doktor Mary Russell. Sie ist Gesangspädagogin und Korrepetitorin, als Pianistin hat sie mit Liederabenden die ganze Welt bereist."

„Na so etwas! Genau das habe ich in meinen mittleren Jahren auch gemacht! Ich habe in den späten 1960ern bis in die frühen 1990er an der Hamburger Staatsoper gearbeitet. Damals haben wir als erstes Haus unsere Opern fürs Farbfernsehen übertragen."

„Meine Güte! Was war denn die erste Oper, die Sie in Farbe übertragen haben?", fragte Mary freudig überrascht.

„Natürlich *Le Nozze di Figaro*, was könnte es anderes sein. Mozart ist meine große Liebe."

„Das war uns ja gar nicht bewusst, Herr Mendelssohn", erwiderte Megan mit einem Lächeln, dann fuhr sie fort. „Aber wie können wir sicher sein, dass Sie Salomon Mendelssohn sind? Wir sollen hier einen siebenundneunzigjährigen Mann treffen, nicht einen, der seinem Aussehen nach erst um die siebzig ist."

„Ha! Danke für das Kompliment. Das ist nur das glückliche Ergebnis von guten Genen und jahrzehntelanger täglicher Bewegung bis heute. Hier in Blankenese gibt es wunderbare Spazierwege. Deshalb habe ich mich vor etwa zwanzig Jahren hier niedergelassen, anstatt den ‚Ruhestand' in der Hamburger Innenstadt mit all ihrem Trubel zu verbringen. Und nun bin ich der älteste Bewohner dieses Seniorenheims." Salomons Stimme senkte sich und nahm einen bitteren Ton an.

„Leider kann ich nicht mehr umherwandern, ja kaum noch laufen!"

Mary und Megan nickten respektvoll und drückten ihre Bewunderung dafür aus, wie gut er mit seinem Handicap umging.

„Nein, nein. Ich danke für die freundlichen Worte, aber es gibt keinen Grund, mir zu gratulieren. Ich bin geistig und seelisch vollkommen bereit, zu gehen. Es ist nur mein ständig schmerzender Körper, der sich hartnäckig an das Leben auf diesem Planeten klammert."

Beide wussten nicht so recht, was sie darauf erwidern sollten. „Und was halten Sie von dem neuen Fanny und Felix Mendelssohn Museum?", erkundigte sich Mary schließlich. „Deshalb sind wir gekommen. Megan hat ein viel beachtetes Buch über Clara Schumann geschrieben und nun recherchiert sie für ihre nächste Publikation, es soll um Fanny gehen."

„Aha! Sollen wir uns zum Reden draußen auf die Terrasse setzen?"

Herr Mendelssohn erhob sich etwas mühevoll aus seiner lehnenden Haltung und bewegte sich mithilfe des Rollators mühsam zu einer Glasschiebetür gegenüber dem Eingang. Mary ging vor, um die Tür zu einem wunderschön gepflegten Innenhof aufzuschieben, der von prachtvoll blühenden Rosen, Lilien, Margeriten und Chrysanthemen gesäumt war.

„Setzen wir uns an diesen Tisch", schlug ihr fragiler Gastgeber vor. „Von hier aus hat man den besten Blick auf den Hügel. Ich bin früher gern den steilen Pfad hinaufgestiegen, den Sie dort oben sehen."

Die folgende Stunde sprachen sie angeregt über die umfangreiche Mendelssohn-Dynastie aus vier Jahrhunderten, angefangen mit Fannys berühmtem Großvater Moses Mendelssohn, der 1786 im Alter von sechsundfünfzig Jahren gestorben war. Ihre Unterhaltung drehte sich um die verschiedenen Zweige der Familie, die sich durch Auswanderung über mehrere Länder erstreckten, einschließlich eines Cousins dritten Grades, Nathan, dessen Ururgroßmutter Fanny selbst gewesen war. Nathans opernbegeisterte Großeltern wanderten nach Rom aus und schlossen sich der dortigen jüdischen Gemeinde an, die damals etwa 15.000 Mitglieder umfasste – eine Zahl, die sich im 21. Jahrhundert verdoppelte.

Das faszinierende, wenn auch anspruchsvolle Gespräch kam auf den Familiengründer Moses Mendelssohn zurück, der als Wegbereiter der jüdischen Aufklärung versucht hatte, das Judentum mit der Idee der Integration in die moderne säkulare Gesellschaft zu vereinbaren, was ihm persönlich auch gelang. Mit seinen kühnen Vorstellungen stellte er die traditionellen Autoritäten infrage und setzte sich für einen rationalen Wandel ein.

Salomon gab Megan und Mary auch einige weniger bekannte Hintergrundinformationen. Er erzählte von den Wurzeln seines berühmten Vorfahren Moses als mittelloses Kind im jüdischen Ghetto von Dessau, von seinen autodidaktisch erlernten Sprachkenntnissen, darunter Hochdeutsch, die ihm halfen, sich außerhalb der Welt des Jiddischen und Hebräischen zu orientieren und ihn dazu veranlassten, sich selbst als „ersten *deutschen Juden*“ zu bezeichnen. Salomon beschrieb Moses’ Übersiedlung in das liberale Berlin König Friedrichs II. und den wachsenden Kreis von Kontakten, die ihm halfen, der Armut zu entkommen und zum intellektuell gleichgestellten und engen Freund des berühmten Dramatikers und Schriftstellers der Ästhetik und Philosophie, Gotthold Ephraim Lessing, zu werden. Und schließlich kam Salomon auf einen ganz persönlichen Aspekt des großen Philosophen zu sprechen.

„Moses wurde mit einer leichten Form von familiärer Dysautonomie diagnostiziert, einer Erbkrankheit, die fast nur bei aschkenasischen Juden vorkommt. Sie äußert sich häufig durch eine ungleiche Schulterhöhe und eine ausgeprägte Krümmung der Wirbelsäule, was zu der Bezeichnung ‚Rundrücken' führt." Weder Megan noch Mary wussten von diesem Leiden im Zusammenhang mit den Mendelssohns. Sie waren auch nicht auf das vorbereitet, was Salomon als nächstes sagte.

„Und einige Nachkommen von Moses wiesen diese Krankheit leider auch auf, darunter auch das Familienmitglied Ihres Interesses, nämlich Fanny." Megan war verblüfft.

„Was? Das habe ich noch nie gehört. Sind Sie sicher?"

„Natürlich bin ich mir sicher. Es gibt ja auch eine subtile Anspielung auf das Vorhandensein dieser Disposition in der vierjährigen Fanny. Ihre Mutter schrieb in einem Brief an eine Wiener Cousine anlässlich der Geburt ihres Sohnes Felix, dass der neugeborene Sohn wohl „hübscher" werden würde. Daraus lässt sich schließen, dass Fanny „weniger hübsch" war, und damit konnte nur die Krümmung ihrer Wirbelsäule gemeint sein. Fanny war zwar mit zunehmendem Alter keineswegs deformiert, aber doch unweigerlich davon betroffen. Die eine Schulter war merklich höher als die andere."

„Aber was ist mit den vielen Bleistiftporträts von Fanny, die ihr Ehemann, der Künstler Wilhelm Hensel von ihr gemacht hat?", fragte Megan immer noch fassungslos. „Auf keinem der Porträts sieht man eine Verkrümmung der Wirbelsäule oder ungleiche Schultern."

„Man sieht Fanny auch nie von der Seite, oder? Hensel bewunderte sie, er schmeichelte ihr. Seine Skizzen sind immer von vorne gemacht. Und die zierliche Fanny hatte schon früh eine Sitzhaltung entwickelt, bei der sie die Arme vor sich verschränkte, wodurch ihre Schultern fast auf dieselbe Höhe kamen und die Rundung ihres Rückens minimiert wurde. Sie haben die formalen Porträtzeichnungen von ihr gesehen. Sie stammen zumeist von Hensel, der sie als sehr junges Mädchen und dann in verschiedenen Stadien ihrer glücklichen Ehe zeichnete. Er wollte sicher nicht die Aufmerksamkeit auf ihre unebenen Schultern lenken."

„Gewiss. Es ist ermutigend zu erfahren, dass er sie als Künstlerin und Komponistin unterstützte. Und sie war auch nicht mit einer großen Kinderschar belastet, wie es bei Robert Schumanns Frau Clara der Fall war", schaltete sich Mary in das Gespräch ein.

Megan fügte hinzu. „Beide waren glücklich mit ihrem einzigen Sohn Sebastian, der seinen Vornamen zu Ehren von Fannys Lieblingskomponisten Johann Sebastian Bach erhielt. Fanny hatte noch zwei Fehlgeburten, Sebastian blieb ihr einziges Kind. Er wurde später, wie Sie ja bestimmt wissen, zu einem unschätzbaren Biografen seiner Eltern."

Der Mendelssohn-Nachfahre blickte seine beiden Besucherinnen ein paar Sekunden lang schweigend an.

„Damit Sie beide auch das wissen: Sie werden bestimmt irgendwann bei Ihrer Recherche auf die Reproduktion einer Zeichnung stoßen mit der zierlichen, etwas älteren Fanny von der Seite, während sie Klavier spielt, doch nur wenn man es weiß, kann man die leichte Rundung des Rückens erkennen. Diese Zeichnung stammt aus Rom 1845 – nur zwei Jahre vor ihrem bedauerlich frühen Tod – und wurde von einem Hensel-Schüler aus dem Gedächtnis gemacht, August Kaselowsky. Fünf Jahre zuvor hatte Kaselowsky während des Romaufenthalts der Familie ein Halbporträt von Fannys damals neunjährigem Sohn Sebastian gemalt."

„Vielen Dank, Herr Mendelssohn. Ich werde diese Zeichnung und das Gemälde sicher ausfindig machen", sagte Megan, die als Kunsthistorikerin stets auf der Pirsch nach Raritäten war, und notierte sich den Namen des Künstlers in ihrem I-Phone.

„Herr Mendelssohn", bemerkte Mary, „wenn man bedenkt, dass die Kunst der Fotografie schon 1839, also acht Jahre vor Fannys Tod erfunden wurde, haben Sie sich da jemals gefragt, ob es vielleicht irgendwo Fotos von ihr und Felix gibt?“

„Das habe ich gründlich recherchiert, in der Hoffnung, etwas zu finden. Aber meines Wissens nach gibt es keine einzige Fotografie von Fanny oder Felix. Wirklich in Mode kam die Porträtfotografie erst in den späten 1840er und 1850er-Jahren. Deshalb gibt es zum Beispiel einige Fotos von Robert und Clara Schumann.“

„Und welche Porträts von Fanny gefallen Ihnen besonders?“, drängte Mary lächelnd. Salomons Antwort kam sofort.

„Ich mag die, die ihr schönes jüdisches Aussehen eher unterstreichen als verbergen: volles, schwarzes, lockiges Haar, schön geschwungene, dichte Augenbrauen, große dunkle Augen, eine dominante Nase und volle Lippen. Denn wissen Sie, 1989 kam hier in Deutschland eine Drei-Mark-Briefmarke zu ihren Ehren heraus und es war gut, dass ihr Name darauf stand, denn man hatte ihr ein typisch arisches Aussehen des 20. Jahrhunderts gegeben.“ Salomon lachte, und so taten es auch seine beiden Gäste.

„Und noch etwas, wenn wir schon von Briefmarken sprechen. Die Republik Liberia ist verrückt nach Briefmarken und sucht immer nach neuen kulturellen Persönlichkeiten, die sie ehren könnte. Deshalb wurden in Liberia nicht nur eine, sondern gleich zwei Briefmarken zu Ehren von Fanny herausgebracht. Die eine ist eine Abbildung zusammen mit Felix mit ihren Namen und Lebensdaten; die andere im Wert von fünfzig liberianischen Dollar zeigt nur Fanny allein und gibt das meiner Meinung nach beste Bild wieder, das je von ihr gemacht wurde.“

„Ach ja, wirklich? Das muss das Ölporträt von 1842 sein, gemalt von dem jüdischen Maler Moritz Daniel Oppenheim“, erklärte Megan und lächelte stolz.

„Genau!“ Salomon war erfreut über das Wissen seiner Besucherin. „Oppenheim war nur fünf Jahre älter als Fanny und sie haben sich prächtig verstanden. Später wurde er dann der offizielle Porträtmaler der Familie Rothschild.“

„Ich liebe dieses Porträt von ihr“, sagte Megan. „Für mich bringt es das Wesen von Fanny Mendelssohn zum Ausdruck: mutig, intelligent, kreativ, kenntnisreich und liebevoll, aber irgendwie auch mit einem Hauch von innerem Weltschmerz.“

„Das ist ja eine außergewöhnlich treffende Charakterisierung. Sie haben meine Gefühle zu Fannys Porträt genau auf den Punkt gebracht.“ Hocherfreut nahm Salomon Megans Hand in die seine. Dann dachte er einen Moment lang nach und stellte eine Frage. „Wie kommt es, dass Sie beide überhaupt von meiner familiären Beziehung wussten, und wie haben Sie mich in Hamburg gefunden?“ Megan antwortete: „Oh, es war Rachael Skylar, die Direktorin des Fanny und Felix Mendelssohn Museums. Sie hat mir freundlicherweise auf meinen Brief geantwortet, in dem ich schrieb, dass ich nach Hamburg reise und sie gerne treffen und ihr Museum sehen würde. Sie schrieb mir von Ihnen und Ihrer direkten Abstammung von Fannys Schwester Rebecka. Wie könnte ich mir diese einmalige Gelegenheit entgehen lassen, einen Cousin dritten Grades von Fanny, einen Nachfahren ihrer Schwester Rebecka kennenzulernen?“

„Ich verstehe. Und hat sie Ihnen auch erzählt, dass es noch einen anderen Mendelssohn gibt, der ebenfalls noch auf Erden weilt? Der über ihren Sohn Sebastian ein direkter Nachkomme von Fanny selbst ist?“

„Nein. Das hat sie mir noch nicht erzählt. Wir treffen uns aber am Mittwochvormittag mit ihr.“

„Nun, dann fragen Sie sie ruhig nach meinem Cousin dritten Grades, Nathan Bartholdy. Was Direktorin Skylar betrifft, so habe ich sie nicht persönlich kennengelernt, aber nach unseren vielen Telefongesprächen scheint sie ein sehr aufgeweckter Geist zu sein.“

„Sie beide kennen sich gar nicht persönlich?“, fragte Mary erstaunt.

„Nein. Sie war immer zu beschäftigt, um hierher zu kommen, und ich wollte es nicht riskieren, ihr Museum zu besuchen, ohne dass mir jemand hilft, die Hindernisse zu überwinden, die dieser verdammte Schraubstock, in dem ich stecke, mir stellt." Salomon schlug dramatisch mit den Fingerknöcheln seiner linken Hand auf seinen Rollstuhl, in den er sich mittlerweile gesetzt hatte.

„Aber Sie haben doch sicher Freunde, die Sie begleiten und Ihnen helfen könnten?"

„Nein. Nicht mehr. Sie sind alle tot." Megan war erschrocken über den düsteren Ton des Mannes.

„Aber diese Situation, die Tatsache, dass Sie weder im Museum Ihrer berühmten Verwandten waren, noch dessen Direktorin persönlich kennengelernt haben, lässt sich beheben. Betrachten Sie uns als Ihre Freunde und erlauben Sie uns, Sie mitzunehmen, wenn wir Skylar am Mittwochvormittag treffen. Bitte erlauben Sie uns, dass wir hier vorbeikommen und Sie abholen."

„Das stellt sicher kein Problem dar", fügte Mary beschwichtigend hinzu.

„Sind Sie sicher? In meinem Fall schon. Ich kann meinen Körper einfach nicht mehr bewegen. Nur unter größten Schmerzen. Und dann ist da noch mein fehlendes Gleichgewicht, die Angst zu fallen." Es herrschte ein kurzes Schweigen, dann sprach der alte Herr weiter.

„Aber wenn Sie mich zu zweit begleiten, vielleicht ..."

„Nein, nicht vielleicht. Machen Sie sich bereit, wir werden Sie übermorgen, Mittwoch, um Punkt 9:30 Uhr vormittags abholen und in ein Auto packen." Megan ließ sich nicht abwimmeln. Sie meinte es gut. Nach einem weiteren Moment des Schweigens verwandelte sich Salomons düstere Miene in ein strahlendes Lächeln.

„Also gut. Einverstanden. Ich werde bereit sein. Und ich danke Ihnen, meine Damen, ich danke Ihnen! Sie haben mir Sonnenschein gebracht."

8

Jared Oppenheims achtstündiger Direktflug von New York nach Hamburg brachte ihn an diesem frühen Dienstagmorgen wenige Minuten vor neun in die geschäftige deutsche Hafenmetropole. Er nahm ein Taxi in den westlichsten Stadtteil Altona am rechten Elbufer.

Jared hatte sich für Altona entschieden, weil sich dort ein wichtiges Zeugnis der Geschichte der Hamburger Juden befand: der zwei Hektar große jüdische Friedhof in der Altonaer Königstraße aus dem Jahre 1611. Es waren eigentlich zwei zusammenhängende Friedhöfe, die beide auf das 17. Jahrhundert zurückgingen. Der eine war der aschkenasische Teil mit etwa 6.500 Grabsteinen zu Ehren der Juden, deren Vorfahren aus Mittel- und Osteuropa stammten, und der andere war der sephardische Teil mit 1.600 ornamental verzierten und beschrifteten Grabsteinen der Nachkommen jener portugiesischen Juden, die gegen ihren Willen getauft und im späten 15. Jahrhundert zur Auswanderung gezwungen worden waren. Die sephardischen Grabsteine waren liegende Platten oder zeltförmige Steine; die aschkenasischen standen aufrecht. Die Vielfalt und Schönheit der Inschriften und Ornamente war beeindruckend, auch wenn viele der Grabsteine aufgrund von Vandalismus während des Nationalsozialismus nur in Fragmenten erhalten geblieben waren.

Jared war nicht besonders religiös, doch er fühlte sich auf unerklärliche Weise dazu verpflichtet, einige Stunden auf dem heiligen Boden zu verbringen. Doch zuerst würde er in seiner Altonaer Designerunterkunft im *Boston Hotel Hamburg* einchecken, das für seine riesigen Badezimmer bekannt war – etwas, das er auf Reisen immer sehr genoss. Dann würde es weitergehen zu den ergreifenden Lektionen, die ihn auf dem Jüdischen Friedhof in Altona erwarteten.

9

Rachael Skylar zerbrach sich seit Tagen über eine Sache den Kopf, die überhaupt nichts mit ihrer Funktion als Leiterin des Museums zu tun hatte. Sie musste einen Weg finden, ihrem fünfjährigen Sohn Davyd zu erklären, warum sein Vater – sein Táto Nazar – sie plötzlich verlassen hatte, um in sein zerstörtes Heimatland, die Ukraine, zurückzukehren. Nazar Skylars Eltern lebten noch immer in Kiew, und obwohl Rachael volles Verständnis für die Entscheidung ihres Mannes hatte, wusste sie nicht, wie sie diese ihrem verunsicherten kleinen Jungen verständlich machen sollte. Die Informationen über das, was in Tátos Land vor sich ging, würden Davyd nur erschrecken, um es zu verstehen, war er ohnehin noch viel zu jung. Sie würde Nazars Abwesenheit einfach damit erklären, dass er seine weit entfernten Eltern besuchen wollte.

Also spielte und sang sie Davyd ein kleines Lied vor. Der Text, den sie dazu erfand, lautete:

Wir vermissen Táto, wir vermissen Táto sehr.
Wo ist Táto? Wo ist Táto? Wir warten auf seine Heimkehr.
Táto ist bei seiner Mama, sie vermisste ihn sehr.
Táto ist bei seinem Táto, er vermisste ihn noch mehr.
Táto will bei uns und seinen Eltern sein
Bald kommen sie alle nach Hause und wir sind nicht mehr allein.

Die Worte schienen den kleinen Davyd zu trösten, und als Melodie hatte Rachael natürlich eines von Fanny Mendelssohns Liedern gewählt, einen temperamentvollen Marsch aus dem Jahr 1843 mit dem Titel „Wenn wir durch die Dörfer ziehen", Opus 398.

10

Am Dienstag hatten Megan und Mary zwar keine Termine, aber dennoch viel vor, denn beide wollten während ihres Aufenthalts so viel wie möglich von Hamburgs zahlreichen Museen sehen. Die Auswahl war überwältigend, aber sie hatten sich bald auf drei Museen festgelegt: die Hamburger Kunsthalle, das Museum für Kunst und Gewerbe und das 2007 eröffnete Internationale Maritime Museum, das für beide ganz neu war. Alle drei Museen befanden sich in der Nähe des Hamburger Hauptbahnhofs und waren von dort aus leicht mit dem Bus oder zu Fuß zu erreichen. Sie beschlossen, als erstes in das Maritime Museum zu gehen, solange ihre Energie noch unverbraucht war. Zuvor wollten sie sich aber noch in ihrem Hotel am köstlichen Frühstücksbuffet stärken.

Zur Öffnungszeit des Museums um zehn Uhr standen sie dank ihres vorbestellten Ubers bereits vor dem Lagerhaus B, einem alten zehnstöckigen roten Backsteingebäude in der Speicherstadt, dem größten historischen Lagerhausviertel der Welt. Eine Tafel am Eingang informierte darüber, dass das Bauwerk auf einem Pfahlfundament aus Eichenstämmen gebaut war.

„Sind wir sicher, dass wir da wirklich hineingehen wollen?“, flüsterte Mary nur halb im Scherz etwas beunruhigt.

Das gigantische Gebäude beherbergte die weltweit größte Privatsammlung maritimer Schätze aus 3.000 Jahren Seefahrtsgeschichte. Auf den zehn „Decks“ waren nicht nur 2.600 Schiffsmodelle – etwa ein aus 780.000 Legosteinen gebautes Modell der Queen Mary 2 –, über 5.000 Gemälde und Grafiken mit Meerespanoramen sowie 50.000 Schiffsbaupläne und eine Darstellung der Geschichte der Piraterie untergebracht; darüber hinaus gab es historische Uniformen, nautische Geräte und maritime Gegenstände sowie 1,5 Millionen Fotos und mehr als 2.000 Filme.

All dies wurde auf Tafeln und Informationsbildschirmen erklärt. Man konnte entweder an einer Führung teilnehmen oder auf eigene Faust umherwandern. Das Duo aus Dallas entschied sich für Letzteres und stieß bald auf das schaurigste Objekt des Museums: den Schädel des berüchtigten Piraten Klaus Störtebeker, der im 14. Jahrhundert in Hamburg enthauptet worden war.

Nach sorgfältigem Studium und Megans gewohnter fotografischer Dokumentation mit ihrem iPhone beendeten die beiden überwältigt ihren Rundgang. Fast dreieinhalb Stunden hatten sie in dem faszinierenden Gebäude verbracht. Was für ein großartiges Museum!

„Nun, jetzt haben wir uns ein Mittagessen verdient“, sagte Megan, „um Zeit zu sparen könnten wir in dem japanischen Café direkt im Museum für Kunst und Gewerbe essen.“ Sie wusste, dass dieses Museum wegen seiner bemerkenswerten Sammlung von Tasteninstrumenten als nächstes auf Marys Liste stand.

„Tolle Idee! Und plötzlich habe ich Riesenhunger“, antwortete Mary.

Sie nahmen einen Bus in Richtung Hamburger Hauptbahnhof und stiegen kurz danach vor dem großen, hellen, dreistöckigen Museumsgebäude am Steintorplatz aus. Das japanische Café war immer noch fast voll von Mittagsgästen, aber sie fanden einen ruhigen Tisch und bestellten beide das Gleiche: eine Bentobox mit Suppe und drei Speisen mit Reis. Mary, die als Opernsängerin schon mehrmals in Japan gewesen war, erklärte Megan, wie wichtig dort die „Fünfer-Regel“ war. Ausgewogenheit und Vielfalt wurden durch die Verwendung von fünf Farben erreicht: schwarz, weiß, rot, gelb und grün; fünf Geschmacksrichtungen: süß, scharf, salzig, sauer und bitter; und fünf Kochtechniken: roh, gedämpft, gekocht, gegrillt und gebraten. Megan lauschte und ihr schmeckte das Essen gleich fünfmal besser. Mary versuchte noch einmal erfolglos, ihren Freund Sire zu erreichen.

Und dann ging es weiter durch das Museum mit seinen etwa 500 000 Objekten aus 4.000 Jahren Menschheitsgeschichte, vorbei an einer wunderschönen Aneinanderreihung von Jugendstil- und Art-déco-Grafiken, vorbei an Töpferwaren aus aller Welt, an Modedesign-Entwürfen, hin zu Marys Ziel, der Sammlung von Tasteninstrumenten mit Cembalos, Spinetten, quadratischen Klavieren, Clavichords, einschließlich moderner Konzertflügel, von akustisch bis digital. Diese Ausstellung entsprach genau Marys Vorstellungen.

Als Nächstes und Letztes ging es mit einem anderen Bus zum Hauptbahnhof und von dort zur großen Kunsthalle am Glockengießerwall, einem der reichhaltigsten Museen Deutschlands, das architektonisch bereits zweimal erweitert worden war. Hier wussten sie genau, was sie sehen wollten, doch jede ging nach Absprache zunächst ihren eigenen Weg – Megan zur internationalen modernen Kunst, Mary zu Rembrandt und weiteren niederländischen Künstlern des 17. Jahrhunderts. Eine halbe Stunde später wollten sie sich vor einem speziellen Werk wiedertreffen, von dem Megan sicher war, dass es Mary ebenso gut gefallen würde wie ihr selbst: Caspar David Friedrichs *Wanderer über dem Nebelmeer* aus dem Jahr 1818 – für sie das faszinierendste Gemälde der deutschen Romantik.

„Warum habe ich das Gefühl, dass ich neben dem Mann dort oben auf der Klippe stehe und über den Nebel schaue?“, murmelte sie. Mary bezog sich auf die einzige Figur auf dem Gemälde – einen rothaarigen, schwarz gekleideten Mann mit einem schmalen Spazierstock, der auf einer zerklüfteten Klippe steht und über den Nebel blickt. Megan lächelte. Sie wusste, welches optische Mittel der große Künstler so wirkungsvoll eingesetzt hatte.

„Weil er mit dem Rücken zu uns steht. Wir sehen, was er sieht.“

„Ach ja! Natürlich. Jetzt verstehe ich. Der Betrachter wird zur Figur auf dem Gemälde.“

„Du hast es erfasst, Mary“, lächelte Megan ihre Musikerfreundin liebevoll an.

Nach diesem perfekten Trio von Museen stand als Nächstes die Rückkehr in ihr Hotel auf dem Programm, wo sie sich ein Nickerchen gönnen wollten. Obwohl Mary siebzehn Jahre jünger war als Megan, freute auch sie sich auf die Möglichkeit auszuruhen. Anschließend würde es umso mehr Spaß machen, sich ein Restaurant auszusuchen und bei einer Abendmahlzeit zu entspannen, während sie ihren ersten vollen Tag in Hamburg Revue passieren ließen.

Morgen würden sie Fanny und Felix Mendelssohn in dem ihnen gewidmeten neuen Museum begegnen.

11

Die Plakatentwürfe, Ablaufpläne und Schildersprüche für Michael Bormanns drei antisemitische Kundgebungen waren fertiggestellt und konnten gedruckt werden. Dem Aufruf zur Teilnahme an den Protesten am Mittwochvormittag waren so viele Mitglieder der Hamburger und Berliner Neonazi-Organisationen gefolgt, dass doppelt so viele Transparente wie sonst bestellt werden mussten. Bormann war besonders stolz darauf, Gustav Mahlers eigene Formulierung von der „dreifachen Heimatlosigkeit" gegen ihn zu verwenden. Auf den Transparenten stand zu lesen: „Hamburg soll dem Wanderjuden Mahler keine Heimat geben!" Das Bild des Komponisten, das Bormann als Illustration für den Text gewählt hatte, stammte aus einer bösartigen Karikatur des damaligen Operndirektors, die 1907 in einer der führenden Wiener Zeitungen erschienen war.

Im Zusammenhang mit dem „Doppeljuden-Museum", wie Bormann das Fanny und Felix Mendelssohn Museum abwertend nannte, hatte er bei seinen Erkundungen über Moses Mendelssohn, den Stammvater und Gründer des riesigen Familienclans, ein außergewöhnliches „jüdisches" Bild entdeckt, das er mit den Mendelssohn-Geschwistern in Verbindung bringen konnte, und zwar für sein Transparent vor dem Museum! Wenn Fanny und Felix eine solche Abstammung hatten, wie hatten sie so erfolgreich werden können?

Und wie genial war erst seine Idee für das Finale der dreifachen antisemitischen Demonstration vor dem nahe gelegenen Hamburger Geschichtsmuseum am Holstenwall! Das 1922 eröffnete Museum widmete sich der Darstellung der 1.200-jährigen Geschichte Hamburgs und hatte wohl um Besucher anzulocken und gute Presse zu bekommen, eine Dauerausstellung eingerichtet, die die jüdische Kultur in Hamburg dokumentierte. Bormann hielt das für eine schändliche Kriecherei vor dem Weltjudentum, doch es war nicht zu verhindern gewesen, sehr zu seiner Unzufriedenheit. Dagegen waren die antisemitischen Sprüche und Bilder auf seinen Transparenten geradezu atemberaubend.

Eines war sicher: An diesem Mittwoch würde die lokale und wahrscheinlich auch die gesamtdeutsche und vielleicht sogar die internationale Presse alle Hände voll zu tun haben.

12

Der Besuch des fast menschenleeren Jüdischen Friedhofs in Hamburg hatte Jared Oppenheim weit mehr erschüttert, als er erwartet hatte. Und zwar aus einem ganz anderen Grund als dem der Totenverehrung. Nach einem langsamen Rundgang über die benachbarten Friedhöfe – den sephardischen und den aschkenasischen – mit Stopps an verschiedenen faszinierenden Grabmälern wollte er das Gelände gerade verlassen, als er laute Stimmen hörte, ein Schreien und Lachen. Wie unpassend für einen Friedhof, dachte er und drehte sich um, um zu sehen, woher der Lärm kam.

Was er sah, jagte ihm einen Schauer über den Rücken. Vier kräftig gebaute junge Männer in braunen Hemden versuchten gerade einen großen, flachen, sephardischen Grabstein von seinem charakteristischen, reich verzierten Fundament zu heben. Unter lautem Gegröle wuchteten sie die

Platte auf ihre Schultern und begannen, in Richtung des aschkenasischen Teils des Friedhofs zu marschieren. Jared war entsetzt. Er hielt sich außer Sichtweite und folgte den Vandalen über das lang gestreckte Gelände, bis die Raufbolde vor einem kunstvoll beschrifteten Grabstein stehen blieben und ihre Last mit der Vorderseite dagegen lehnten, sodass beide Inschriften einander vollständig verdeckten. Dann fotografierten sie sich abwechselnd neben ihrem abstrusen Werk. Derjenige, der ihr Anführer zu sein schien, tat so, als würde er einen Toast auf die beiden entweihten Grabsteine aussprechen.

„Auf die beiden Juden, die sich gegenseitig zugrunde richten. Wenn ein sephardischer auf seinen aschkenasischen Bruder trifft!"

Und dann war der Spuk vorbei. Die Raufbolde zerstreuten sich schnell, wobei einer von ihnen den anderen zum Abschied zurief: „Das war 'ne gute Übung für morgen!" Und Jared, der noch immer wie erstarrt hinter einem Baum stand, schluchzte laut auf und konnte nicht aufhören. Warum hatte er nicht den Mut gehabt, diese Vandalen zur Rede zu stellen? Neonazis, die die Gräber seines Volkes, seiner Vorfahren geschändet hatten. Die schonungslose Antwort gab er sich selbst: Feigling, du bist ein verwöhnter amerikanischer Feigling. Du hast sogar Angst, ein Jude zu sein.

13

Das Museums-Hopping konnte auch ganz schön anstrengend sein. Als Mary und Megan kurz nach fünf Uhr in ihr Hotel zurückkehrten, waren sie beide mehr als bereit, sich kurz hinzulegen, bevor sie etwas anderes unternahmen. Sie sollten um halb sieben von Megans langjährigem Freund, dem Hamburger Tönnies Helfer abgeholt werden, einem pensionierten Augenarzt.

Megan hatte erst vor kurzem ein paar Tage bei ihm gewohnt, als sie in Hamburg gewesen war, um dort an der Universität ihren Vortrag „Der visuelle Brahms“ zu halten. Damals hatte Tönnies sie zur Aufführung des *Brahms-Requiems* in das prächtige neue Gebäude der Elbphilharmonie eingeladen. Diesmal gab es jedoch keine Gelegenheit für einen erneuten Konzertbesuch, da Megan und Mary bereits am nächsten Nachmittag nach Berlin weiterfliegen mussten. Sie wollten Tönnies zu einem gemütlichen Abendessen treffen und sich auszutauschen. Außerdem dachte Megan, dass Mary und Tönnies die Gesellschaft des jeweils anderen sehr genießen würden.

Das kurze Nickerchen hatte ihnen neue Energie gegeben, und sie standen bereits vor ihrem Hotel, als Tönnies mit seinem schicken weißen Audi A3 Cabrio mit offenem Verdeck vor ihnen an den Bordstein fuhr. Tönnies winkte ihnen lächelnd zu. Megan kletterte freiwillig auf den Rücksitz, noch bevor Mary ein Wort sagen konnte, und schon brausten sie in Richtung Altona, den Wind im Haar.

„Welches Restaurant hast du für uns ausgesucht?“ Megan musste fast schreien.

„Und könntest du bitte ein bisschen langsamer fahren?“, fügte Mary hinzu.

„Das Restaurant heißt *Casa Mia* und befindet sich in der Klopstockterrasse 2“, antwortete Tönnies und bremste die Fahrt ein wenig ein.

„Aber ... das ist doch deine eigene Adresse“, sagte Megan verdutzt.

„Ganz genau. Ich serviere euch das Abendessen bei mir zu Hause in *casa mia*.“ Beide Frauen lachten, und zehn Minuten später hielt das Auto vor dem Gebäude, in dessen zweitem Stock sich die geräumige Eigentumswohnung ihres Gastgebers befand.

Nach einem kurzen Rundgang durch die Wohnung winkte Tönnies sie zu ihren Plätzen am Esstisch und bat sie zu warten, während er in der Küche verschwand.

„Ich muss von euch nur eine Sache wissen", verkündete er. „Mögt ihr euren Hamburger blutig, durchgebraten oder medium?"

„Ach, Hamburger!", riefen Megan und Mary gleichzeitig.

„Ja, Hamburger. Ihr seid ja schließlich in Hamburg."

Er verschwand wieder in der Küche, summte eine Melodie und schloss die Tür hinter sich.

Verwirrt blickten die beiden Frauen ihm hinterher und sahen einander dann mit hochgezogenen Augenbrauen an. Tönnies hatte Megan in ihrem E-Mail-Austausch über den geplanten Besuch ein „bedeutendes" Essen versprochen. Das war es also, was er gemeint hatte! Noch bevor sie sich ihre Gedanken gegenseitig zuflüstern konnten, öffnete sich die Küchentür und der strahlende Tönnies erschien mit zwei beladenen Tellern in den Händen. Er stellte den einen vor Mary und den anderen vor Megan ab, ging zurück in die Küche und kam dann mit seinem eigenen Teller wieder. Aber keiner der drei übervollen Teller enthielt etwas, das wie ein amerikanischer Burger aussah.

„Ich sehe, Ihr kennt den Ursprung des Hamburgers nicht", stichelte Tönnies. „Ihr seht vor euch einen in der Pfanne gebratenen dicken Patty, eine Mischung aus Rinderhackfleisch, altbackenem Brot, Ei, gehackter Zwiebel, Salz und Pfeffer. Dazu gibt es, wie ihr seht, gedämpfte Möhren, Rote Bete und Kartoffeln."

„Oh, jetzt verstehe ich", lachte Mary. „Du hast uns Frikadellen gemacht. Ich kenne diese Art von ‚Hamburgern' aus Dänemark, wo sie sehr beliebt sind. *Frikadeller* nennt man sie dort."

„Stimmt", pflichtete Megan bei und lachte über den buchstäblich köstlichen Scherz, den Tönnies ihnen gespielt hatte.

Nach dem unterhaltsamen Abendessen machten sie es sich in Tönnies' großem Wohnzimmer bequem, wo auf der einen Seite ein alter Bechstein-Flügel stand. Da Tönnies Megans Vorlieben kannte, hatte er auf dem Couchtisch eine Flasche Bailey's Irish Cream und drei Gläser bereitgestellt, und sie stießen gut gelaunt mit dem süßen Likör auf ihr Zusammentreffen an. Nachdem sie sich ein wenig über Mary und Megans Mendelssohn-Mission in Deutschland unterhalten hatten, stand Tönnies abrupt auf und schritt mit dramatischer Geste zu seinem Klavier.

„Bitte, kommt doch zu mir und seht, was ich hier am Notenständer vorbereitet habe."

Seine Gäste taten wie geheißen und brachen sogleich in helle Begeisterung aus.

„Du hast eine Partitur von Fanny Mendelssohn!", jauchzte Mary.

„Ja, das habe ich. Und ich hatte gehofft, ihr beide könntet mir vorspielen", lachte Tönnies stolz auf seine zweite Überraschung für seine Gäste aus Amerika.

„Na, mal sehen", antwortete Mary und setzte sich ans Klavier. „Hm. Das wird dir gefallen, Megan, du bist doch ein Goethe-Fan. Der Titel ist der seines berühmtesten Gedichtes: ‚Über allen Gipfeln ist Ruh'. Entstanden im Jahr 1835. Das sind gerade mal zwölf Jahre, nachdem Schubert seine berühmte Version komponiert hatte."

„Um Himmels willen! Na schön, du spielst und ich werde versuchen, das Lied zu singen", sagte Megan. Das war das Einzige, was sie und Mary noch nie zusammen gemacht hatten – einen musikalischen Auftritt. Zum Glück war das Tempo majestätisch langsam. Mary phrasierte die wandernden Akkordfolgen gekonnt, während Megan die Suche des Dichters nach ewiger Ruhe zum Ausdruck brachte. Und irgendwie gelang es Megan, die transzendenten Worte zu verstehen:

Über allen Gipfeln
Ist Ruh',
In allen Wipfeln
Spürest du
Kaum einen Hauch;
Die Vögelein schweigen im Walde.
Warte nur, balde
Ruhest du auch.

Als das kurze Lied zu Ende war, klatschte Tönnies ekstatisch.

„Danke, danke, danke“, rief er. Dann nahm seine Stimme einen anderen Ton an, einen verführerischen.

„Ich habe noch vierundzwanzig weitere Lieder von Fanny. Seid ihr bereit?“

Megan entschuldigte sich, aber Mary spielte ihnen mit Leichtigkeit die ausdrucksstarken Werke von Fanny Mendelssohn vor, und in dieser angeregten Stimmung setzten sie ihren privaten Hamburger Fanny-Mendelssohn-Abend mit musikalischen Erkundungen noch bis spät in die Nacht fort.

14

Bormanns Truppe war rechtzeitig eingetroffen, um an jenem Mittwochmorgen um neun Uhr den ersten Teil der Kundgebung zu veranstalten. Die Teilnehmer kamen aus Hamburg und Berlin, etwa hundertdreißig Leute an der Zahl, alle mit dem gemeinsamen Ziel, die Juden von früher und heute zu verunglimpfen. Alle trugen braune Hemden, die an die Sturmtruppen Adolf Hitlers kurz vor Ausbruch des Zweiten Weltkriegs erinnerten. Mit Fahnen, Transparenten und Tröten ausgestattet bildeten sie zwei Marschreihen, die sich in Reih und Glied vor dem Gustav Mahler Museum aufstellten und anschließend in entgegengesetzter Richtung aneinander vorbeimarschieren sollten. Gespannt warteten alle auf das Signal der beiden Anführer Michael Bormann und Johannes von Bandtrop aus Berlin.

Um Punkt neun Uhr gaben diese mit einem kurzen Kopfnicken den Startschuss für eine Kundgebung, die die Passanten schockieren sollte und bald Dutzende und Aberdutzende von Menschen auf die Peterstraße lockte, darunter Pressefotografen, Kameras und verschiedene Zeitungsreporter.

Die Mitglieder der beiden Kolonnen, von denen eine von Bormann und die andere von Bandtrop angeführt wurde, streckten große Plakate in die Höhe, auf denen die typisch antisemitische Karikatur eines großköpfigen, großnasigen, kleinwüchsigen Gustav Mahlers zu sehen war. Das Bild, das sich auf die Uraufführung seiner sechsten Symphonie im Januar 1907 bezog, zeigte einen verwirrten Mahler, der sich die rechte Hand an die Stirn hielt und hilflos neben einer Vielzahl von Schlaginstrumenten stand, die alle in der Symphonie verwendet wurden, zu seinen Füßen Kuhhörner und verschiedene Krachinstrumente mit der sarkastischen Überschrift „Mein Gott, ich habe die Autohupe vergessen! Jetzt muss ich eine neue Symphonie schreiben". Selbst einige der schockierten Zuschauer mussten lachen, als das Bild an ihnen vorbeizog.

Die Protestparole, die von den Demonstranten mit ihren Tröten ununterbrochen untermalt wurde, lautete: „Geliebtes Hamburg, keine Heimat dem Wanderjuden Mahler!" Einige Schaulustige stimmten sogar in den Sprechchor ein, was Fotografen anlockte und Buhrufe aus der versammelten Menge hervorrief. Die Polizei war sofort zur Stelle, aber die Kundgebung war offiziell genehmigt, und bis jetzt war nichts passiert, was ein Eingreifen, eine Verhaftung oder einen Abbruch des sorgfältig koordinierten Protestmarsches rechtfertigen würde. Das ganze Spektakel dauerte etwa vierzig Minuten, dann sammelten sich die Demonstranten neben zwei unscheinbaren Lastwagen, die in einer Seitenstraße in der Nähe geparkt waren. Dort tauschten sie ihre Mahler-Schilder gegen andere aus und gruppierten sich geräuschvoll, um zum nahe gelegenen Fanny und Felix Mendelssohn Museum zu marschieren. Sie und ihre Anführer Bormann und von Bandtrop waren bereit, weiteres Unheil anzurichten.

15

Die Ablenkung, die Jared Oppenheim gesucht hatte, um sich aus seinem albtraumhaften Zustand nach dem Schockerlebnis auf dem Hamburger Jüdischen Friedhof zu befreien, war erfolgreich gewesen. Die Reeperbahn, das berühmte Rotlichtviertel der Stadt, bot für jedermann Abwechslung, der sexuelles Vergessen suchte. Jared landete bei einem jungen Rothaarigen, der ihn nach getaner Arbeit noch auf den Beatles-Platz mitnahm. Auf dem 2008 errichteten Gedenkplatz – einer schwarz gestrichenen kreisförmigen Kreuzung, rund und schwarz wie eine Schallplatte – waren die vier Beatles als Metallstatuen zu sehen, darunter die Titel ihrer berühmtesten Songs. Hier trennten sie sich, aber Jared würde die Intensität und das schiere Glück ihrer kurzen Begegnung nie vergessen. Er spürte das Kribbeln der Nacht noch immer, als er in seinem Hotelzimmer ankam, doch nun, nach einem köstlichen Frühstück, richtete er seine Aufmerksamkeit auf das Tagesprogramm.

Der Nachmittag war für ein Treffen mit der Direktorin des Fanny und Felix Mendelssohn Museums, Rachael Skylar, reserviert, doch vorher wollte er noch das nahe gelegene Gustav Mahler Museum besuchen, sobald es um zehn Uhr aufsperrte.

Es sollte ein Tag ganz im Zeichen der Musik werden, denn Jared wollte auch noch die anderen Komponistenmuseen besuchen, die sich in der Reihe der restaurierten historischen roten Backsteinbauten mit ihren vielen weiß gerahmten Fenstern in der Peterstraße 29–39 befanden. Er hatte vor, diese chronologisch nach dem Datum ihrer Gründung zu besichtigen. Das erste, das Brahms Museum, war bereits 1971 eröffnet worden. Als nächstes und nach einer langen Lücke, was das Gründungsdatum betraf, würde er sich das Museum von Georg Philipp Telemann ansehen, das 2011 gegründet worden war. Dann würde er die Museen zweier weiterer Musiker des 18. Jahrhunderts besuchen, die beide 2015 eröffnet hatten: eines war dem Opernkomponisten Johann Adolf Hasse gewidmet, das andere Carl Philipp Emanuel Bach, dem begabtesten von Johann Sebastian Bachs vielen Kindern, zudem Telemanns Patensohn. C.P.E. Bach, wie er genannt wurde, war als Musikdirektor und Kurator der fünf Hamburger Hauptkirchen tätig gewesen – interessanterweise ein begehrter Posten, den zuvor auch Telemann innegehabt hatte.

Jared, der im Lauf seiner Karriere als Bass-Bariton Werke aller dieser Komponisten aufgeführt hatte, war besonders erfreut darüber, dass Hamburg auch die Tonkünstler des späten Barock und der frühen Klassik zu schätzen wusste. Das Brahms Museum, das Mahler Museum und das Mendelssohn Museum bildeten sozusagen deren „modernen Rahmen". Doch als er beim Mahler Museum ankam, erwies sich dessen Besuch als unmöglich. Vor dem frisch restaurierten Gebäude, in dem der Komponist und Dirigent einst sieben Jahre lang gelebt hatte, fand eine grauenhafte, lautstarke Neonazi-Demonstration statt. Das seelische Gleichgewicht, das Jared gerade eben erst wieder erlangt hatte, wurde erneut erschüttert, als er fassungslos den Zug der Demonstranten beobachtete, die mit hässlichen antisemitischen Karikaturen von Mahler, dem „Wanderjuden", aufmarschierten. So abstoßend er es auch fand, Jared konnte sich nicht von dem Anblick losreißen. Er sah wie hypnotisiert zu, sah, wie die Polizistinnen und Polizisten nichts unternahmen. Sie standen einfach nur da, Gewehr bei Fuß.

Na gut, dann sollten sie ihren Gewaltausbruch haben! Überhaupt nicht feige brach Jared durch die Menge der Zuschauer und warf sich auf den nächstbesten Demonstranten.

„*Hate your bigoted self, not Jews!*", schrie er, als er mit seinem Gegner zu Boden fiel.

16

Richard Sire bedauerte bereits, dass er mit seinem Mobiltelefon keine Anrufe tätigen oder entgegennehmen konnte. Das hatte er nicht bedacht, als er seine abrupte und gewagte Entscheidung getroffen hatte, in die Ukraine zu reisen. Im Gespräch mit Gabor Uninsky, dem Inhaber der renommierten gleichnamigen Berliner Galerie, in der seine Ausstellung stattfinden sollte, waren sie sich einig geworden. Ja. Die Reise war relevant und moralisch notwendig. Richard würde die Dinge sofort in die Hand nehmen.

17

„Mein Gott! Du bist die Nächste!“

Abraham Aronson, der Direktor des Gustav Mahler Museums, stand an seinem Bürofenster und blickte auf die Straße hinunter, während er mit seiner hochgeschätzten Kollegin Rachael Skylar telefonierte. Er hatte sich an diesem Tag schon zweimal mit ihr in Verbindung gesetzt. Zuerst zu Beginn des Protests, als sich mehrere Hundert Krawallmacher lautstark vor seinem Gebäude versammelten, und dann noch einmal, nachdem die Menge in geordneten Reihen rasch in einer Seitenstraße verschwunden war. Jetzt waren sie gerade wieder aufgetaucht, schwenkten neue Transparente mit Beschimpfungen gegen Fanny und Felix Mendelssohn, dazwischen große Plakate mit einem auffälligen Bild, das einen kleinen, buckligen Mann zeigte, der von einem großen Wachmann an einem Stadttor aufgehalten wird. Die Bildunterschrift lautete: „Jude Moses Mendelssohn, Großvater der ‚christlichen Konvertiten‘ Fanny und Felix Mendelssohn“. Die Bezeichnung der Geschwister als Konvertiten war sicherlich zutreffend. Beide waren Lutheraner geworden, ebenso wie ihre Eltern, die ihrem Nachnamen den nichtjüdischen Zusatz *Bartholdy* hinzugefügt hatten. Nichtsdestotrotz war der hasserfüllte Sarkasmus des Protestplakats unübersehbar.

Während Aronson und dann auch Skylar mit Entsetzen tatenlos zusehen mussten, stellte sich der zusammenlaufende Mob mit seinen Hassbotschaften neuerlich in zwei akkuraten Reihen vor dem Mendelssohn Museum auf. Ein Pfiff ihres Anführers Johannes von Bandtrop, und sie begannen wieder in entgegengesetzter Richtung hin und her zu marschieren. Michael Bormann, der Anführer der Hamburger Neonazi-Organisation, war vor dem Mahler Museum einem wütenden Schaulustigen zum Opfer gefallen und zu Boden gestoßen worden. Beide waren von der Hamburger Polizei festgenommen worden. Als sich Jared Oppenheim als amerikanischer Geschäftsmann zu erkennen gab und erklärte, dass er spontan gegen die judenverachtenden Demonstranten aufgetreten war, wurde er zwar gemahnt, aber wieder freigelassen. Michael Bormann, gegen den ein Haftbefehl vorlag, wurde jedoch verhaftet.

18

Megan hatte gerade ihre morgendlichen Turnübungen beendet – eine lebenslange Routine, die sie *FKAB* nannte: Flexibilität, Kraft, Aerobic und Gleichgewicht. Erholt und fit ging sie zum Frühstück hinunter, um ihre tägliche Frühstücksmischung aus Blaubeeren, Erdbeeren, Banane, Joghurt und Müsli zu sich zu nehmen. Da es im Hotel keine Mandelmilch gab, entschied sie sich für Kuhmilch. Während sie aßen, äußerte ihre Reisegefährtin Mary den Gedanken, dass sie vielleicht Salomon Mendelssohn anrufen sollten, um ihn zu fragen, ob er noch vorhatte, von ihnen abgeholt zu werden. Gesagt, getan, doch als der alte Herr von der Rezeption der Seniorenresidenz verbunden wurde, fanden sie ihn in einem sehr aufgeregten Zustand.

„Ach, mein Gott! Ich habe so sehr versucht, herauszufinden, wie ich Sie erreichen kann. Ich muss Ihnen sagen, dass ich heute unter keinen Umständen mit Ihnen ins Mendelssohn Museum gehen kann. Ich bin dazu einfach nicht in der Lage. Ich bitte um Entschuldigung und bin Ihnen sehr dankbar für Ihr Angebot. Gott sei Dank haben Sie mich angerufen!"

Megan erkannte, dass der alte Herr nicht umgestimmt werden konnte. Sie sagte ihm, er solle sich keine Sorgen machen, und dass sie der Direktorin auf jeden Fall seine besten Grüße ausrichten würden. Da Mary und Megan nun unerwartet viel Zeit hatten, kehrten sie in ihre Zimmer zurück, um noch ein paar E-Mails zu beantworten.

Sie brachen zwanzig Minuten früher zu ihrem 11-Uhr-Termin mit Direktorin Rachael Skylar auf, weil Megan vorher noch die Fassaden aller sechs Museen im Komponistenviertel fotografieren wollte. Doch mit Entsetzen mussten sie schließlich feststellen, dass sich vor dem Mendelssohn Museum eine lautstarke, ja beängstigende Neonazi-Kundgebung zusammengerottet hatte. Einige Menora wurden auf den Boden geworfen und zertrampelt. Dutzende von antisemitischen Plakaten wurden hochgehalten, auf denen Moses Mendelssohn unverhohlen als schändliche Karikatur dargestellt war. Aber dann verließen die über zweihundert Braunhemden – von denen viele aus Berlin stammten, wie ihre Mützen verrieten – plötzlich in präziser Formation die Szene. Die Menge der wütenden und empörten Schaulustigen begann sich ebenfalls aufzulösen. Als Mary einen von ihnen befragte, erfuhr sie, dass die Unruhestifter nur deshalb abgezogen waren, um sich vor dem Hamburger Museum für Geschichte neu zu formieren, und dass das üble Treiben bereits eine Stunde zuvor vor dem Mahler Museum seinen Anfang genommen hatte.

Besorgt wiesen sich die beiden Amerikanerinnen gegenüber den Polizisten, die am Eingang des Mendelssohn Museums Wache standen, aus und nannten ihren Termin mit der Direktorin. Das war kein Problem: Ihre Namen standen auf der Liste, die einer der Polizisten in der Hand hielt. Drinnen angekommen, empfing sie schon Rachael Skylar, gekleidet in einen hellblauen Hosenanzug mit einem wallenden gelben Schal, die Hände entschuldigend zur Begrüßung ausgestreckt.

„Guten Morgen! Guten Morgen, meine Damen! Es tut mir so leid, dass Ihr lange erwarteter Besuch bei uns an einem Tag mit solch unerwartetem Aufruhr stattfindet." Nach dem Händeschütteln zogen sich die drei in Skylars Büro im Obergeschoss zurück. Zunächst diskutierten sie über den Ausbruch von Antisemitismus in Hamburg – zwei Grabstätten auf dem alten jüdischen Friedhof der Stadt waren erst am Vortag geschändet worden. Dann drehte sich das Gespräch um den Zweck und den Umfang von Megans Buch über Fanny Mendelssohn.

„Ich habe Ihr faszinierendes Buch über Clara Schumann gelesen, und ich nehme an, dass Sie auch Fanny Mendelssohns Kompositionen in den Mittelpunkt stellen wollen. Ja?"

„Auf jeden Fall. Und dank meiner Kollegin Mary werden meine musikalischen Analysen kompetent kontrolliert und höchstwahrscheinlich verbessert werden."

„Ach ja, es ist immer gut, wenn Kolleginnen aus verschiedenen Bereichen zusammenarbeiten. Haben Sie denn schon einen Titel für das neue Buch?"

„Nun, mein viel zu langer Arbeitstitel lautet im Moment *Vom Vergessen zum Ruhm: Das außergewöhnliche Vermächtnis von Fanny Mendelssohn Bartholdy Hensel.*"

„Ich denke, das ist überhaupt nicht zu lang! Dieser Titel vermittelt auf jeden Fall, worum es geht." Rachaels Begeisterung war aufrichtig.

„Danke", lachte Mary. „Genau dasselbe habe ich ihr auch gesagt."

Megan gab sich bescheiden und wechselte das Thema.

„Wir haben gehört, dass es heute auch schon eine Demonstration vor dem Mahler Museum gegeben hat. Wie furchtbar!"

„Ja, mein Kollege dort hat mich angerufen und mich vorgewarnt, dass der wütende Mob auf dem Weg zu uns ist. Zum Glück hat keines der Museen sichtbare Schäden davongetragen, soweit wir das beurteilen können."

„Es ist schrecklich, einfach schrecklich. Auch bei uns in Amerika gibt es eine Welle des Antisemitismus", sagte Mary.

„Sollen wir jetzt die Ausstellungsräume besuchen?", fragte Rachael und stand auf. „Ich hoffe, die Kundgebungen sind vorbei, zumindest für heute."

„Oh ja, wir würden uns gerne einige Ihrer Museumsbestände ansehen", bestätigte Mary, während auch Megan sich von ihrem Platz erhob und begeistert nickte.

Die Direktorin führte ihre Gäste zunächst in den Hauptsaal. Auf dem Weg dorthin kamen sie an einem kleinen Raum vorbei, in dessen Mitte ein schönes braunes Pianoforte stand. Als sie daran vorbeigingen, aktivierte ein Erkennungsgerät eine Tonaufnahme und ein wehmütiges Klavierstück erklang. Lächelnd hielten sie inne, um zuzuhören. Eine Laufschrift über dem Eingang identifizierte die Klaviermusik als „von Felix, Italienisches Gondellied in g-Moll, Nr. 6 der Lieder ohne Worte, op. 19b, 1830".

Als das Stück zu Ende war, wies Rachael auf zwei kleine Knöpfe in Hüfthöhe neben der Tür. Dort stand jeweils „Für Fanny hier drücken" und „Für Felix hier drücken". Verzaubert griff Megan hin und drückte den Fanny-Knopf. Ein neues Klavierstück erklang und die Laufschrift lautete „von Fanny, Sonate (Capriccio) op. 113, 1824". Als Rachael die Freude auf den Gesichtern von Megan und Mary sah, winkte sie sie lächelnd in den Raum.

„Sehen Sie sich dieses prächtige Instrument aus dem 18. Jahrhundert von vorne an", forderte sie ihre Gäste auf. Sie gingen tiefer in das Zimmer hinein, das durch ein Fenster am hinteren Ende mit Tageslicht erhellt wurde. Entlang der beiden weißen Seitenwände verlief ein Band mit kleinen, beschrifteten Bildern, die Fanny und Felix in verschiedenen Abschnitten ihres Lebens zeigten.

„Wie faszinierend!“, rief Mary aus und erreichte als Erste die Klaviertastatur. „Die Tasten sind umgekehrt schwarz und weiß!“

Megan hatte noch nie ein Klavier mit umgekehrten Tastenfarben gesehen und schaute erst fasziniert, dann verwirrt auf die Tasten hinunter.

„Aber es ist so schwer, diese Tasten zu unterscheiden. Man kann die Zwischenräume zwischen den schwarzen Tasten doch kaum sehen.“

„Deshalb wurden die Farben geändert, seither sind Klaviertasten schwarz und weiß“, lächelte Rachael, „auch wenn Elfenbein immer knapp war. Die sieben ‚natürlichen‘ Töne jeder Oktave wurden weiß, und die fünf Halbtöne – b und Kreuze – wurden schwarz. So entstand eine Klaviatur, auf der alles leichter zu erkennen war.“

Die Besucherinnen betrachteten nun die Bilder an den Wänden. Eines zeigte den zwölfjährigen Felix im Profil, wie er in einem großen, festlichen Saal spielt, hinter ihm ein Streichertrio. Eine Person, die Megan als Fannys und Felix’ Lehrer Carl Friedrich Zelter erkannte, blätterte für den Jungen die Seiten um. Ein prominenter Zuhörer stand neben dem Klavier, die Hände hinter dem Rücken verschränkt, während er anerkennend auf Felix herabblickt. Dabei handelte es sich um Johann Wolfgang von Goethe, den deutschen Dichterfürsten; der Ort des Geschehens war sein Haus in Weimar. Sein Urteil über den Jungen lautete, wie auf der Informationstafel unter dem Bild zu lesen stand, „wie der junge Mozart … nur besser“.

Über Fanny hatte Zelter an Goethe geschrieben, „sie spielt wie ein Mann“. Megan fühlte sich an ein anderes junges Mädchen erinnert, das tatsächlich für Goethe gespielt hatte, Clara Wieck, die spätere Clara Schumann. Über sie hatte der Dichter gesagt: „Das Mädchen spielt mit der Kraft von sechs Knaben!“ Das alles würde sie in ihr Fanny-Mendelssohn-Buch aufnehmen.

Ein ganz anderes Bild an der gegenüberliegenden Wand des Raumes zog Megans wissende und traurige Aufmerksamkeit auf sich. Es war das Titelblatt eines Aufsatzes, den Richard Wagner 1850 – nur drei Jahre nach dem Tod von Felix Mendelssohn – unter einem Pseudonym und 1869 erneut, diesmal unter seinem eigenen Namen veröffentlicht hatte. Der Titel lautete *Das Judenthum in der Musik*. Die bigotte Absicht war es, zu zeigen, dass die jüdischen Komponisten für ihn nur „Parasiten" waren, die die Musikkultur, in der sie lebten, lediglich nachahmten, da sie keine eigene authentische Kultur besaßen.

Rachael bemerkte, dass Megan stehen geblieben war, und kommentierte: „So verletzend und grausam der Aufsatz auch ist, wir zeigen ihn, weil unsere Besucher über die Vergangenheit und die Vorurteile, denen jüdische Komponisten ausgesetzt waren, aufgeklärt werden müssen. Und natürlich auch, wie Wagners voreingenommene Sichtweise Hitler und seine massive Judenvernichtung vorweggenommen hat."

„Ich bin ganz Ihrer Meinung, dass diese Geschichte weiterhin bekannt gemacht werden muss", sagte Megan. „In der Tat habe ich die Existenz des Aufsatzes auch in meinem Kunstgeschichtsunterricht immer erwähnt."

„Und wo haben Sie unterrichtet, wenn ich fragen darf?"

„Zuerst zehn Jahre lang an der Columbia University in New York und dann bis zum Ende meiner Lehrtätigkeit an der Southern Methodist University in Dallas."

„Sie sind also Kunsthistorikerin, aber auch Musikhistorikerin", erklärte Rachael.

„Ja, so könnte man es ausdrücken. Wenn ich mich zwischen den beiden entscheiden müsste, wäre es die Musik." In diesem Moment trat Mary zu ihnen, und die Direktorin wies die beiden Amerikanerinnen auf eine weitere Sehenswürdigkeit in Bezug auf die Mendelssohn-Geschwister hin.

„Wenn Sie nach dem Museum noch Zeit haben, sollten Sie die beiden ‚zwillingshaften' Gedenksteine von Fanny und Felix besichtigen, die beide auch mit ihrem zweiten Nachnamen, also Bartholdy, bezeichnet sind. Es sind ihre Porträts darauf eingemeißelt, wobei Fanny denselben großen, breitkrempigen Hut trägt, den Sie hier auf Bildern von ihr gesehen haben … Warten Sie, ich schreibe Ihnen die Adresse auf."

„Wunderbar! Danke", sagte Mary, während Megan nickte.

„Und als nächstes möchte ich Ihnen die prächtige und mittlerweile berühmte Ophikleide zeigen, die auf meine Veranlassung hin hier über Felix Mendelssohns kürzlich entdeckter Originalpartitur der Ouvertüre *ein Sommernachtstraum* hängt. Er komponierte das Stück, als er gerade siebzehneinhalb Jahre alt war. Die Besucher nennen den Raum, in dem sie sich befindet, deshalb das *Ophikleiden-Zimmer*."

Megan und Mary wussten, dass die lange verschollene Partitur einer der Höhepunkte des Museums war, und folgten der Direktorin in freudiger Erwartung. Auf Knopfdruck konnte man die Seiten des in der Glasvitrine ausgestellten Manuskripts umblättern, nicht physisch, sondern auf einem Bildschirm an der Wand darüber. Jedes Blatt der Partitur war dafür abfotografiert worden, und einige Musiker studierten auf diese Weise tatsächlich die gesamte Ouvertüre.

Nachdem die beiden die Schätze des beeindruckenden Museums ausgiebig studiert hatten, begleitete Rachael Skylar die beiden mit großer Herzlichkeit zur Tür. Nun durften auch andere Besucher wieder in das Gebäude, und die Dinge schienen sich zu normalisieren.

„Ich muss Ihnen sagen, dass heute noch ein Landsmann von Ihnen zu mir kommen wird", sagte sie, als sie sich gerade verabschieden wollten. „Es ist Jared Oppenheim, der Gründer des Mendelssohn-Komplexes in New York City."

„Was für ein Zufall!", sagte Megan erstaunt. „Ich hatte daran gedacht, mich mit ihm in Verbindung zu setzen, bis ich erfuhr, dass er gar nicht der eigentliche Leiter des Komplexes ist, sondern dass jemand anderes dafür ausgewählt wurde."

„Nun, wenn Sie sich trotzdem mit ihm treffen und beraten wollen, können Sie das heute gerne tun. Herr Oppenheim kommt um zwei Uhr nachmittags und wir sollten um drei Uhr fertig sein, falls Sie noch einmal vorbeikommen möchten."

„Wärst du damit einverstanden?" Megan schaute Mary an.

„Aber ja. Ich glaube, das könnte ganz interessant werden."

„Gut, dann sehen wir uns um drei wieder", lächelte Megan.

„Dann bis um drei also", verabschiedete sich die sympathische Direktorin mit einem Händeschütteln.

19

Als sie am Museum für Hamburgische Geschichte ankamen, sahen sie zertrümmerte Menoras auf dem Boden, die davon zeugten, dass die Braunhemden ihre Kundgebung auch hier wiederholt hatten. Glücklicherweise waren die Demonstranten und ihre Plakate bereits verschwunden, und sie konnten das Museum problemlos betreten. Sie fragten nach der Dauerausstellung über die Geschichte des jüdischen Lebens in Hamburg. Zu ihrer Freude waren schon die Artefakte auf dem Weg dorthin vielfältig und faszinierend. Dazu gehörten eine Miniaturnachbildung des alten mehrgleisigen Hamburger Bahnhofs mit seinen verzweigten Eisenbahnlinien, eine Walross-Wetterfahne aus Metall aus dem Jahr 1701, exquisit detailgetreue hölzerne Schiffsmodelle aus früheren Jahrhunderten und faszinierende Luftaufnahmen von Hamburg, die zeigten, wie die Stadt an der Elbe von zwei ihrer Nebenflüsse, der Alster und der Bille, umschlossen wird.

Die Versuchung für Mary und Megan, sich einzelne Exponate genauer anzuschauen, war riesig, und wenn sie nicht um drei Uhr schon wieder im Mendelssohn Museum erwartet worden wären, wären sie gern länger geblieben.

Als sie zu den jüdischen Exponaten kamen, die von Beispielen des hebräischen Buchdrucks bis zur Modell-Nachbildung einer kleinen Synagoge mit all ihren Einrichtungsgegenständen reichten, hielten sie inne, um im Schnelldurchlauf die Zusammenfassung der jüdischen Geschichte von Hamburg zu lesen, die an der Eingangswand angebracht war. Ein uniformierter Museumswärter rückte diskret von der großen Tafel ab, um ihnen mehr Sicht zu verschaffen. Sie lasen, dass die Anwesenheit sephardischer Juden bis ins Jahr 1590 zurückreichte, als sie aus Portugal kamen und in Altona eine Gemeinde gegründet hatten.

Altona! Mary und Megan freuten sich über den Hinweis auf das, was sie erst kürzlich erfahren hatten: Der „Ursprung" des Namens Altona ging auf die Beschwerde der Kaufleute im Stadtzentrum zurück, dass der blühende sephardisch-jüdische Vorort direkt westlich von ihnen „allzu nah" sei. Wenn man weiterlas, erfuhr man, dass sich auch deutsche, aschkenasische, jiddisch sprechende Juden im Jahr 1600 in Hamburg niedergelassen hatten, aber neunundvierzig Jahre später vertrieben wurden und dennoch weitere sieben Jahre danach erfolgreich zurückkehrten. Was für eine wechselvolle Geschichte!

In der knappen Zeit, die ihnen blieb, gingen die beiden Freundinnen zu den Exponaten des 20. Jahrhunderts. Sie lasen, dass die Zahl der in Hamburg lebenden Juden zu Beginn des Ersten Weltkriegs etwa 17.000 betragen hatte. Die erschreckende Statistik besagte, dass nach dem Holocaust von der einst blühenden Jüdischen Gemeinde Hamburgs nur noch 674 Juden übriggeblieben waren.

Sprachlos über diese traurige Tatsache wollten sie gerade weitergehen, als plötzlich hinter ihnen die Geräusche rennender und schreiender Jugendlicher ertönten. Der Museumswärter eilte zu dem Modell der Synagoge, aus dem der Krach kam. Dort warfen zwei Jungen eine kleine neunarmige Menora hin und her, während sie „Frohes Chanukka!" riefen. Ihr ungestümes Treiben hatte bereits eine Schar besorgter Schaulustiger angezogen, aber erst der Wachmann schaffte es, den Jugendlichen den Kerzenständer abzunehmen. Er stellte diesen wieder auf das Altarregal, wo er zuvor gestanden hatte, und die Jungen wurden von ihren verlegenen, sich entschuldigenden Eltern gerufen und gemahnt. „Die Kinder haben vorhin draußen gesehen, als die Demonstranten das gemacht haben“, erklärten sie. Mary sah Megan an. Es war höchste Zeit zu gehen.

20

„Es tut mir leid, aber ich kann nichts dagegen tun. Es gab bereits einen Haftbefehl gegen Michael. Deshalb wurde er festgenommen.“

Johannes von Bandtrop versuchte, den jungen inneren Kreis von Anführer Michael Bormann, der vor aller Augen in Handschellen von der Protestszenerie vor dem Mahler Museum abgeführt worden war, zu beschwichtigen.

Angesichts der bedrückenden Stille machte Bandtrop einen, wie er hoffte, hilfreichen Vorschlag.

„Ihr solltet vielleicht darüber nachdenken, eine Vertretung für Michael zu wählen. Meine rechte Hand Barbara Badubrecht kommt ursprünglich aus Hamburg und ist vorübergehend hierher zurückgekehrt, weil ihre Eltern mit gesundheitlichen Problemen zu kämpfen haben. Einige von euch kennen sie vielleicht?“

Mehrere nickten und ein junger Mann mit kahl geschorenem Kopf und tätowierten Armen meldete sich zu Wort.

„Ja. Wir haben von ihr gehört, und einige von uns, mich eingeschlossen, kennen sie persönlich, weil wir oft nach Berlin gefahren sind, um eure Kundgebungen zu verstärken. Du erwähnst sie, weil sie uns eine gute vorübergehende Anführerin sein könnte, bis Bormann aus dem Gefängnis kommt. Richtig?“

„Richtig“, antwortete Bandtrop lächelnd. „Ich denke, sie hat das Temperament für diese Aufgabe und ihr könntet viel von ihr lernen … und sie von euch.“

Mehr brauchte er nicht zu sagen. Der innere Kreis stimmte einstimmig für die Badubrecht als vorübergehende Führerin.

„Ausgezeichnet“, sagte Bandtrop. „Ich werde ihr Bescheid geben. Sie ist noch hier in Hamburg und könnte sich wahrscheinlich schon morgen für euch Zeit nehmen. Ich bleibe in Kontakt mit euch. Ich werde nämlich bald einige von euch bitten, nach Berlin zu kommen, um bei einer wichtigen Kundgebung zu helfen, die ich dort veranstalten will.“

„Allzeit bereit“, sagten einige der Braunhemden.

„Und danke, dass du uns Barbara Badubrecht leihst“, grinste ein anderer und wagte es, dem imposanten Berliner auf die Schulter zu klopfen.

21

Jared Oppenheims Verabredung mit Rachael Skylar im Mendelssohn Museum war sehr gut verlaufen. Sie waren sich auf Anhieb sympathisch und unterhielten sich angeregt über verschiedene Stücke aus den einzigartigen Ausstellungsbeständen der beiden Institutionen. Rachael akzeptierte Jareds wichtigstes Anliegen bereitwillig. Es war die Idee eines Objekttausches, sodass sie jeweils für die Dauer von drei Monaten einen außergewöhnlichen Gegenstand aus dem Besitz des anderen Museums ausstellen konnten, mit den dazugehörigen Informationen über die ausleihende Einrichtung. Rachael freute sich über die Publicity, die dies künftig ihrem Museum bei den Amerikanern bringen würde, vor allem jetzt, da die Leute wieder mehr reisten, nachdem die COVID-Beschränkungen gelockert worden waren.

Sie waren so sehr in ihr Gespräch vertieft, dass sie die Zeit übersahen, bis der Portier anrief, um mitzuteilen, dass eine Professorin mit dem Namen Crespi und ihre Begleiterin zu ihrem Termin eingetroffen waren.

„Ja richtig. Schicken Sie die beiden bitte gleich in mein Büro.“ Rachael wandte sich an Jared.

„Du lieber Gott, ich hatte ganz vergessen, dass ich zwei sehr nette amerikanische Wissenschaftlerinnen hierher eingeladen hatte. Die beiden würden Sie gerne kennenlernen."

„Kein Problem", sagte Jared großzügig, „aber danach würde ich mich gerne in Ihrem beeindruckenden Museum umsehen."

„Das würden die zwei sicher auch gerne tun, denn sie hatten heute Morgen nur etwa dreißig Minuten Zeit für die Ausstellung."

„Und wer ist es, wenn ich fragen darf? Sie sagten, es sind zwei Amerikanerinnen?" „Ja. Eine von ihnen, Mary Russell, arbeitet mit Opernsängern. Die andere ist eine pensionierte Professorin für Kunstgeschichte, die jetzt Bücher über Komponistinnen schreibt. Zuletzt über Clara Schumann und jetzt gerade über Fanny …"

„Moment mal! Sprechen Sie vielleicht von Megan Crespi?"

„Ganz genau. Woher kennen Sie sie denn?"

„Ich wollte sie immer schon kennenlernen, seit ich ihr Buch über Clara gelesen habe. Das hat mir wirklich die Augen geöffnet. Und jetzt schreibt sie über Fanny. Das ist ja perfekt!"

Es klopfte an der Bürotür.

„Herein!", rief Rachael, und sie erhoben sich zur Begrüßung.

Die nächsten fünfundvierzig Minuten waren dem gewidmet, was man ein angenehmes und interessantes Fachgespräch unter Experten nennen könnte.

Danach fuhr Rachael nach Hause, um nach ihrem Sohn zu sehen, während die drei Amerikaner die verbleibende Zeit damit verbrachten, sich die Ausstellung anzusehen und über verschiedene Objekte zu diskutieren.

Jared war schockiert, als er sah, dass nicht nur das Titelblatt, sondern auch die einzelnen Seiten des berüchtigten antisemitischen Pamphlets von Richard Wagner ausgestellt waren. Aber er stimmte zu, dass die Öffentlichkeit daran erinnert werden musste, dass Wagner so abschätzig über Juden in der Musik geschrieben hatte.

„Denken Sie nur daran, was Felix Mendelssohn und Giacomo Meyerbeer zu dieser Zeit erreicht hatten", erklärte Mary.

„Was meint ihr, warum hat Wagner diesen Text veröffentlicht?", fragte Megan mit Zorn in der Stimme und beantwortete auch gleich ihre eigene Frage: „Er dachte an seine Konkurrenz, Mendelssohn und Meyerbeer, Angehörige einer anderen Ethnie."

„Du kennst ja das berühmte Diktum", sagte Jared, „Juden sind wie andere Menschen, nur noch *mehr*." Das darauffolgende Lachen vertrieb die finsteren Gedanken, und als das Museum schloss, standen die drei immer noch lachend und diskutierend auf der Straße.

„Habt ihr zwei denn heute Abend schon etwas vor?", fragte Jared. Er wollte sich noch nicht von den interessanten Frauen verabschieden.

„Wir haben noch keine Pläne fürs Abendessen", antwortete Mary für sie beide.

„Wie wäre es dann mit einem gemeinsamen Essen in einem der interessantesten Restaurants in Hamburg? So hat man es mir zumindest gesagt."

„Hört sich gut an", sagte Megan und schaute ihre Freundin an. Diese nickte.

„Was ist das für ein Restaurant?"

„Nun, zuerst möchte ich sagen, dass es ganz hier unserer Nähe ist. Wir können es zu Fuß erreichen."

„Wirklich? Ich liebe das Restaurant jetzt schon."

„Und was für Essen gibt es dort?", wollte Mary wissen.

„Wie wäre es, wenn ihr die Nationalität der Speisekarte erratet, meine Damen?"

„Ach, Jared, das ist nicht fair! Aber gut, ich werde mal raten. Deutsche Küche?"

„Nein."

„Chinesisch?“

„Nein.“

„Italienisch?“

„Nein.“

„Ich weiß es. Amerikanisch?“, rätselte Megan.

„Nein.“

„Oh Jared, sei nicht so grausam. Welche Nationalität?“

„Französisch, es ist ein französisches Restaurant.“

„Hurra!“, rief Mary, die drei Jahrzehnte lang in Frankreich gelebt hatte und eine Leidenschaft für die französische Küche hegte.

„Und es wird im *Michelin* sehr empfohlen“, lächelte Jared stolz.

„Hat dieses Restaurant zufällig auch einen Namen?“, wollte Megan wissen.

„In der Tat. Es heißt *Le Petit Bonheur.*“

„Wie die Malerin Rosa Bonheur! Dann wird es mir gefallen. Das wird ein *Grand Bonheur.* Gehen wir!“

Jared wies Ihnen lächelnd den Weg und fragte Megan, wer denn Rosa Bonheur sei.

„Willst du die lange oder die kurze Version?“, bot sie an.

„Die Telegrammversion“, sagte er. Mary seufzte. Sie wusste, wie viel Megan über diese außergewöhnliche Künstlerin des 19. Jahrhunderts zu sagen hatte.

„Rosa Bonheur war eine Zeitgenossin des Malers Gustave Courbet und gehörte wie dieser zum Stil des französischen Realismus der mittleren 1850er-Jahre. Heute ist sie vor allem für ihr riesiges Gemälde aus 1855 bekannt, *Der Jahrmarkt der Pferde* im New Yorker Metropolitan Museum.“

„Na, da habe ich ja Glück! Ich kenne sie nicht, aber es klingt spannend, dass sie Pferde gemalt hat.“

„Wenn du dir das Bild mal anschaust, hier ein Tipp, worauf du achten solltest, denn die wenigsten Betrachter wissen das: Sie hat im Geheimen ein Halbporträt von sich selbst in das Bild eingefügt, gleich rechts von der Mitte, eine Reiterin mit Kappe in einem blauen Hemd. Direkt vor ihr versucht ein Reiter mit weißem Hemd, einen sich aufbäumenden Schimmel zu bändigen."

„Ja! Ich erinnere mich, dass ich das Bild mit den vielen Pferden im Metropolitan Museum gesehen habe. Ich wusste allerdings nicht, dass es von einer Frau stammt. Erstaunlich."

„Stimmt. Es ist ein Thema, das man sich damals oder vielleicht nicht mal heute von einer Frau vorstellen würde. Aber Rosa Bonheur war eine Tiermalerin und hat den Pferdemarkt monatelang beobachtet und vor Ort Skizzen gemacht. Dazu kleidete sie sich wie ein Mann, um nicht von Passanten belästigt zu werden."

„Das war schlau."

„Sie hätte es fast bis ins 20. Jahrhundert geschafft; sie starb 1899."

Mary berührte Jareds Schulter.

„Was du nicht weißt, Jared ist, dass Megan dem Kunstmuseum in Dallas vor kurzem ein kleines Ölgemälde von Rosa Bonheur geschenkt hat – *Das Mutterschaf*."

„Du hast ein Original von Rosa de Bonheur besessen, Megan?"

„Allerdings. Aber ich habe es schon vor Jahrzehnten entdeckt und günstig erworben. Das Sammeln von Künstlerinnen aus Vergangenheit und Gegenwart war immer eine Leidenschaft von mir, und ich habe früh damit angefangen, sodass ich mit einigen Werken sogar ein gutes Geschäft machen konnte."

„Schade, dass du keine Leidenschaft für Fanny Mendelssohn hattest. Wer weiß, was du alles gefunden hättest!", meinte Jared.

„Oder vielleicht doch", fügte Mary hinzu.

Megan wollte gerade eine Bemerkung dazu machen, aber sie waren beim Restaurant *Le Petit Bonheur* angelangt, also sagte sie stattdessen: „Schaut euch diese Fassade an. Das ist purer Jugendstil. Elegant!"

Ein freundlicher Kellner führte sie zu einem Tisch an einer der Fensterfronten. Das blendend weiße Tischtuch war mit Tafelsilber gedeckt, dazwischen standen bereits die Speisekarten zur Ansicht. Im Hintergrund hörte man Edith Piaf singen. Als sie sich setzten, lief gerade „Je ne regrette rien".

Jared, Mary und Megan studierten schweigend ihre Speisekarten, trafen ihre Wahl und sahen sich mit einem siegreichen Lächeln an.

„Für welches Gericht hast du dich entschieden, Mary?", erkundigte sich Jared.

„Für alle", antwortete Mary mit ernstem Gesicht.

„Perfekt! Aber welches als Vorspeise?", drängte Megan.

„Was könnte es anderes sein als Rindersteak *Tartar à la Maison*?"

„Au ja! Das will ich auch", nickte Jared und riss die Augen vor Vorfreude auf.

„Du wirst es nicht glauben, aber ich nehme das auch!" Megan lachte. „Und welchen Wein empfiehlst du, Mary, nachdem Frankreich ja deine zweite Heimat ist?"

„Da kommt nur ein Wein infrage, ein roter Beaujolais."

Der Kellner schien damit einverstanden zu sein, und bald verzehrten die drei Mendelssohn-Liebhaber ein perfektes Abendessen. Und nun kam das Dessert. Die Speisekarten wurden erneut konsultiert.

Wie schon beim Hauptgang bestellten alle drei das gleiche: Crêpes Suzette. Was sie nicht wussten, war, dass die köstlichen Crêpes direkt am Tisch für sie zubereitet werden würden. Die dünnen Pfannkuchen in flambierter Orangensauce waren so lecker wie erwartet, und sie unterhielten sich zufrieden beim abschließenden Kaffee und den Klängen von Piafs „La vie en rose".

„Also, wer wird das Thema als erster anschneiden?", fragte Jared nach einer Weile und schaute von einer zur anderen.

„Was anschneiden?", antwortete Mary.

„Ja, was anschneiden?", echote Megan.

„Was derzeit mit den ukrainischen Juden geschieht. Wir recherchieren hier über zwei deutsch-jüdische Komponisten in Deutschland, aber gerade jetzt passiert mit den ukrainischen Juden ein neues Unglück, weil die Russen in das Land einmarschiert sind."

„Was meinst du, wie viele Juden leben in der Ukraine?", fragte Mary.

„Ich habe das recherchiert und die Zahlen gehen weit auseinander, aber ich glaube, es sind etwa 350.000."

„Ein Freund hat mir einmal erzählt, dass die chassidische Bewegung eigentlich in der Ukraine entstanden ist. Stimmt das?", erkundigte sich Megan.

„Ich glaube schon. Ich habe gehört, dass sie im 17. Jahrhundert von einem bestimmten Rabbiner gegründet wurde, dessen Name zwar in den Geschichtsbüchern steht, an den ich mich aber nicht mehr erinnere. Warum fragst du?" Jared war neugierig.

„Oh, wegen des russischen Luftangriffs auf den Kiewer Radio- und Fernsehturm, der ja nur wenige Schritte vom Holocaust-Gedenkzentrum der Stadt entfernt ist. Es ist eine Gedenkstätte an den Massenmord von 34.000 Juden im September 1941. Und ich konnte nicht umhin, mich zu fragen, wie viele von ihnen chassidische Juden waren, da sie mit ihren langen schwarzen Gewändern und den seitlichen Locken so gut zu erkennen sind."

„Aber damit waren sie die ersten, die erkannt wurden und die ersten, die umkamen", sagte Mary traurig.

„Lasst uns das Thema wechseln", drängte Jared. „Was habt ihr beide denn als nächstes vor?"

„Wir fliegen morgen früh nach Berlin", antwortete Mary. „Unser Flug geht um 10:30 Uhr, also werden wir noch vor Mittag dort sein."

„Berlin. Hm. Ich hatte nicht geplant, dorthin zu fahren, aber vielleicht sollte ich es tun, besonders wenn man bedenkt, wie lange Fanny Mendelssohn dort gelebt hat. Es gibt dort viel von der Familie Mendelssohn zu sehen und zu besuchen. In welchem Hotel seid ihr untergebracht?"

„Dort, wo ich immer wohne, wenn ich in Berlin bin", antwortete Megan fröhlich, „im Hotel *Kempinski*, wie ich es immer noch nenne, jetzt heißt es allerdings *Bristol*, direkt am Kurfürstendamm 27. In der Mitte von Berlin."

„Sie sagt, es ist sehr pompös", fügte Mary hinzu.

„Pompös? Ich liebe pompös. Wie viele Tage wollt ihr bleiben? Hättet ihr etwas dagegen, wenn ich übermorgen dazu komme? Ich verbringe den morgigen Tag wieder in Rachaels Museum, aber danach ..."

„Tolle Idee", lächelte Megan. Es würde Spaß machen, das Mendelssohn-Trio fortzusetzen. Jeder hatte etwas beizutragen, und sie spürte, dass Mary die Gesellschaft des sympathischen jüngeren Mannes ebenso genoss wie sie selbst.

Sie verließen das Restaurant und Jared winkte sie in Richtung eines kleinen Parks am Ende der Straße.

„Meine Damen, es ist noch früh. Was haltet ihr davon, wenn wir uns mitten in dieser hektischen Stadt an einen Ruhepol der Natur begeben und uns eine Fanny-Mendelssohn-Aufführung gönnen, die ich kürzlich auf YouTube entdeckt habe?"

„Ja, unbedingt", lachte Mary. „Ich bin dabei. Was ist mit dir, Megan?"

„Klar."

Kurze Zeit später saßen sie weit weg vom Verkehrslärm mitten im Park auf einer bequemen Holzbank mit einem kleinen Holztisch an der Seite. Jared setzte sich zwischen die beiden und holte sein Smartphone hervor. Es war ein *Samsung Galaxy Fold* und nachdem er eine Adresse eingegeben hatte, klappte er das Handy auf, stellte es aufrecht auf den Tisch und drückte den Play-Button. Es war Fannys *Ouvertüre in C-Dur*, gespielt von der Frauenphilharmonie von San Francisco unter der Leitung von Maestra JoAnn Falletta. Die Klangqualität des Samsung war ausgezeichnet und brachte die gesamte Instrumentierung zur Geltung. Zehn Minuten und fünfundzwanzig Sekunden lang bewegte sich die Musik von leiser Trauer bis zu einem Jubel in Allegro. Hin und wieder war eine unverhohlene Hommage an Beethoven zu erkennen. Mehrere Passanten blieben stehen, um zuzuhören, und klatschten am Ende des Stücks sogar. Diese schöne Musik war also von einer Frau komponiert worden?

Jared wurde gebeten, das Stück noch einmal zu spielen, und eine wachsende Gruppe von Zuhörern, die sich um sie versammelt hatte, verfolgte auch die Bilder auf dem Smartphone. Bilder, die nicht das Orchester zeigten, sondern verschiedene Porträts der Komponistin, am Ende das heitere Ölporträt von Moritz Daniel Oppenheim aus dem Jahr 1842. Als Jared den Namen des Malers las, *Oppenheim*, wie er selbst, hätte er die Aufnahme fast unterbrochen, so verblüfft war er von dem Gedanken einer möglichen Verwandtschaft mit diesem Oppenheim der Vergangenheit. Und nun, nach dem zweiten Abspielen der Ouvertüre, wandte sich Jared an die Gruppe der Zuhörer und begann einen spontanen Vortrag über Fanny Mendelssohn Hensel als Musikerin. Trotz der Tatsache, dass er auf Englisch sprach, blieb der größte Teil der Menge stehen, um zu hören, was er zu sagen hatte. Ein Mann jedoch spuckte in einer Geste von Abscheu auf den Boden und stürmte davon.

„Warum wird in dem Video nicht das Orchester gezeigt?“, erkundigte sich ein Zuschauer.

„Anscheinend wurde es nur akustisch aufgezeichnet und nicht auf Video aufgenommen“, antwortete Jared. „Und leider hat sich das Orchester nach fast fünfundzwanzig Jahren seines Bestehens – von 1980 bis 2004 – aufgelöst. Aber die Arbeit wird vom Community Women's Orchestra in Oakland, Kalifornien, fortgesetzt, das fünfundachtzig Jahre zuvor gegründet wurde.“

„Es braucht also Amerikanerinnen, um diese wunderbare Hamburger Komponistin in der Welt bekannt zu machen“, schloss ein Zuhörer.

Nachdem Fannys Ouvertüre ein drittes Mal lief, löste sich die kleine Gruppe von Menschen, die kurz durch die Musik vereint gewesen war, langsam auf. Jared nutzte seine praktische Uber-App, um sich zurück in sein Hotel in Altona fahren zu lassen. Für Mary und Megan war es einfacher: Sie konnten einfach zu ihrem nahegelegenen Hotel spazieren. Alle drei freuten sich darüber, dass es bald ein Wiedersehen geben würde, und zwar in Berlin.

Sie nannten sich nun offiziell das „Fanny-und-Felix-Trio".

22

Die demoralisierte Hamburger Gruppe war dem Vorschlag des Berliner Neonazi-Führers Bandtrop gefolgt, sich mit seiner Gefolgsfrau zu treffen und sie zu ihrer stellvertretenden Anführerin zu ernennen. Zumindest solange, bis ihr eigener Anführer Michael Bormann wieder aus dem Gefängnis entlassen würde. Allerdings wurde allgemein mit einer langen Haft gerechnet.

Und so traf sich der innere Kreis der Hamburger Gruppe am frühen Donnerstagvormittag in einem Hinterzimmer des Café *Funk-Eck* mit Barbara Badubrecht. Ihre Selbstvorstellung war kurz und bündig.

„Meine lieben Hanseaten, ich bin Barbara Badubrecht, gebürtige Hamburgerin und derzeit Leutnant von Berlins ruhmreichem Führer Johannes von Bandtrop. Ich bin hier, um euch zu sagen, dass ich unserer Sache mit der gleichen Hingabe diene wie er. Wenn ihr mich heute zu eurer vorläufigen Führerin wählt, bis Michael Bormann freigelassen wird, werde ich ihn gut vertreten. Wir haben alle die gleiche Mission, ob wir nun in Berlin oder in Hamburg gegen die schädlichen Entwicklungen in unseren Städten auftreten."

Mehr brauchte die ungewöhnlich große Frau mit den blonden, zu einem praktischen Dutt hochgesteckten Haaren, gekleidet in einen schwarzen Hosenanzug mit rotem Halstuch – die Erkennungsfarben der SS – nicht zu sagen. Beifall brandete auf, und ausnahmslos alle sprangen auf die Beine. Die Badubrecht schüttelte jedem der anwesenden Männer und Frauen mit todernster Miene die Hand.

Ihre unverzichtbare Arbeit im Namen der Bewegung würde unaufhaltsam voranschreiten.

23

Fünf Tote lagen in der Mitte der ramponierten Autobahn. Schwere schwarze Altreifen waren notdürftig darüber gehäuft, um sie zu verbergen. Vierundzwanzig Kilometer weiter westlich befand sich ein zerstörtes Stadtgebiet mit weiteren Leichen, die einfach auf der Straße liegen gelassen worden waren. Viele davon waren Kinder.

Schweigend und konzentriert fotografierte ein einsamer Mann beide Orte mit seiner Leica. Dann erbrach er sich am Straßenrand.

24

„So wichtig Hamburg für ihre ersten Lebensjahre auch war, das dominierende kulturelle Umfeld für Fanny und Felix Mendelssohn war natürlich Berlin, nicht wahr, Megan?“ Mary war sich ziemlich sicher, wie die Antwort ihrer Reisegefährtin ausfallen würde. Sie wollte ihr Gespräch lediglich auf die interessante Geschichte der deutschen Hauptstadt lenken, über die sie gerade flogen. Ihre Konversationstaktik war erfolgreich.

„Oh ja, natürlich. Fanny war gerade sechs Jahre alt, als die Familie von Hamburg nach Berlin übersiedele, und der kleine Felix war erst zwei. In den ersten Berliner Jahren war es Fanny, die von ihrer Mutter Klavierunterricht erhielt. Zunächst nur fünf Minuten am Stück, dann länger, als die Aufmerksamkeit und Ausdauer der Tochter wuchs. Felix wurde natürlich auch von seiner Mutter unterrichtet, sobald er die Tasten drücken konnte.“

„Interessant. Den ersten Unterricht erhielten sie also beide von der Mutter.“

„Richtig. Es bestand kein Zweifel, dass beide Wunderkinder waren, eine Tatsache, die ihren Vater erfreute, bis Fanny sich zu sehr für das interessierte, was sie selbst ihren ‚musikalischen Drang' nannte. Das veranlasste ihn, ihr eine besorgte Mahnung ins Stammbuch zu schreiben, dessen Worte mich jedes Mal schmerzen, wenn ich daran denke."

„Ach, du meine Güte! Was hat er denn geschrieben?"

„Ich erinnere mich an jedes Wort. Er schrieb: ‚Vielleicht wird die Musik Felix' Beruf, während sie für dich nur eine Zierde sein kann und muss.'"

„Das ist ja schrecklich! Und doch so typisch für die damalige Zeit, für die allgemeine Vorstellung, dass das Leben einer Frau ganz dem Haus und der Familie gewidmet sein muss, ohne eigene berufliche Ambitionen."

„Richtig. Und obwohl es einige wenige Ausnahmen gab, ist genau das das Problem, oder? Dass es Ausnahmen waren."

„Ich beginne zu verstehen, warum du Fanny als Thema für dein neues Buch gewählt hast."

„Ja. Seltsam, nicht wahr? Die meisten meiner wissenschaftlichen Bücher waren über männliche österreichische Künstler, zum Beispiel Gustav Klimt, Egon Schiele und Oskar Kokoschka, und dann schrieb ich über Komponisten, zuerst über Mahler, Beethoven und Brahms. Erst jetzt konzentriere ich mich auf Komponistinnen und Musikerinnen wie Clara Schumann und Fanny Mendelssohn. Es ist ein echter Sirenenruf, dem ich nicht widerstehen kann."

„Ich glaube auch, dass es für dich wie ein Sirenengesang ist. Wenn ich daran denke, wie oft du meine Einladungen, mit mir und Sire zu einem Konzert zu gehen, ausgeschlagen hast, weil du, wie du sagtest, ‚glücklich in deinem Material gefangen' bist!"

„Das stimmt, und ich bin dir sehr dankbar, dass du mich trotzdem weiterhin zu musikalischen Veranstaltungen einlädst."

Ein Schatten zog über Marys Gesicht, aber Megan bemerkte ihn nicht.

„Und was möchtest du in Berlin als Erstes tun, nachdem wir in unser Hotel eingecheckt haben?“, fragte Mary, fast eine Spur zu fröhlich.

„Oh, da besteht keine Frage. Ich möchte, dass wir uns die große Barockvilla aus dem 18. Jahrhundert in der Leipziger Straße 3 ansehen, das Abraham Mendelssohn für seine Frau und seine vier Kinder gekauft und renoviert hat. In diesem Haus hat Fanny den größten Teil ihres Lebens verbracht, von ihrem fünfundzwanzigsten Lebensjahr bis zu ihrem Tod mit einundvierzig Jahren.

„Ja, gehen wir als erstes dorthin. Im Gartenflügel dieses Hauses veranstaltete sie ihre Sonntagsmusiken, ihren Musiksalon, nicht wahr?“

„Ja. Zuerst fanden die Konzerte am Sonntagvormittag statt, später wurden aus den Matineen sonntagabendliche Soireen. Sie waren ungeheuer populär. Berühmte Musiker und Komponisten spielten mit ihr oder für sie, und prominente Mitglieder der Berliner Gesellschaft wetteiferten um die Plätze. Dort mischten sich Christen und Juden problemlos.“

„Das muss ein wunderbares Vergnügen gewesen sein.“ Marys Tonfall verriet jedoch keine Begeisterung, und Megan blickte zu ihrer Freundin hinüber. Ihr Gesicht hatte einen versteinerten Ausdruck, sie starrte ins Leere.

„Aber was ist denn los mit dir, Mary? Du scheinst nicht du selbst zu sein.“

„Tut mir leid. Es ist nur so, dass ich mir langsam wirklich Sorgen um Sire mache. Er hat nicht zurückgerufen, und die Sprachbox ist aus, also kann ich nicht einmal … eine Nachricht für ihn hinterlassen.“ Marys Stimme brach und sie sagte nichts mehr.

„Oh, wie gefühllos von mir!“ Megan war über sich selbst verärgert. „Ich sag dir was: Vergessen wir die Mendelssohn-Villa. Sobald wir angekommen sind, gehen wir zu Sires Galerie, um dort nach ihm zu fragen. Die müssen doch wissen, wo er steckt.“

„Das habe ich mir auch gedacht, deshalb habe ich schon mehrmals dort angerufen. Aber die Empfangsdame sagt jedes Mal das Gleiche. Dass sie keine persönlichen Informationen über Künstler der Galerie herausgeben darf."

„Dann sollten wir, wie gesagt, gleich persönlich hingehen."

„Oh ja. Ich danke dir."

Fünfundzwanzig Minuten später waren sie in Berlin gelandet, und nachdem sie eingecheckt und ihre Koffer im *Bristol Kempinski* abgestellt hatten, riefen sie einen Uber, der sie zur berühmten Galerie Gabor in die Oranienburger Straße 37–38 brachte. Die belebte Straße befand sich inmitten des einst blühenden jüdischen Viertels. Als sie vor dem prachtvollen Backsteingebäude hielten, das damals das königliche Postamt gewesen war, zeigten sich beide Frauen überrascht von der schieren Größe. Dort hatten schon Retrospektiven von Annie Leibovitz, Robert Mapplethorpe, Peter Lindbergh und anderen großen Namen der Fotografie stattgefunden.

„Donnerwetter, da ist Sire wirklich in bester Gesellschaft", murmelte Megan und starrte beeindruckt auf das Gebäude.

„Ja, das findet er selber auch, und deshalb war er so begeistert, als die Galerie ihn kontaktierte."

„Perfekt!"

Ohne das kleine Schild vor dem Eingang zu beachten, eilten die beiden in die Galerie und gingen auf die junge Frau zu, die im Empfangsraum hinter dem Schreibtisch saß. Mary lächelte sie an und gab unmissverständlich bekannt, warum sie gekommen war.

„Ich bin Mary Russell aus Dallas, Texas, und ich möchte dringend Gabor Uninsky sprechen."

„Haben Sie denn einen Termin?"

„Nein, habe ich nicht. Aber er wird mich sehen wollen. Ich bin die Partnerin von Richard Sire."

„Einen Moment bitte. Ich werde ihn in seinem Büro anrufen." Ihr Anruf wurde sofort entgegengenommen, und nachdem sie die kurze Nachricht übermittelt hatte, verkündete sie, dass Herr Uninsky gleich zu ihnen kommen würde.

Noch bevor eine weitere Minute verging, erschien der Galerist mit einem Lächeln auf dem Gesicht. Sein Blick wanderte von Megan zu Mary.

„Meine Damen! Was für eine schöne Überraschung. Und wer von Ihnen ist Mary Russell, wenn ich fragen darf?"

„Das bin ich", nickte Mary. „Und das ist unsere liebe gemeinsame Freundin, die Kunsthistorikerin Professor Megan Crespi."

Rasch wurden die Hände geschüttelt.

„Ich wusste, dass Sie nach Berlin kommen würden, um an Sires Ausstellungseröffnung teilzunehmen, aber Sie sind zu früh. Sie wissen offenbar nicht Bescheid. Das tut mir leid. Wie auf unserem viel zu kleinen Schild draußen zu lesen ist und wie wir im Internet und in den Zeitungen angekündigt haben, ist die Eröffnung von Richard Sires Ausstellung um zwei Tage verschoben worden: Sie findet nicht wie geplant morgen, am Freitag, sondern am Sonntagabend statt. Hat er Ihnen das nicht gesagt?"

„Nein, hat er nicht! Und ich bin krank vor Sorge, Herr Uninsky, denn ich kann ihn seit Tagen nicht erreichen. Es ist, als ob die Leitung tot wäre. Wissen Sie, wo er ist? Bitte sagen Sie es mir."

„Ja, ich weiß, wo er ist. Sie brauchen sich keine Sorgen zu machen. Gehen wir in mein Büro und ich werde Ihnen alles erklären."

Uninsky führte sie durch mehrere Ausstellungsräume, an deren Wänden jeweils zur Hälfte Sires Fotografien aus Afghanistan von damals und heute hingen. Die andere Hälfte der Flächen in jedem Ausstellungsraum war leer. Uninsky winkte seine Besucherinnen zu sich in sein geräumiges Büro.

„Ich werde Ihnen erklären, was geschehen ist und warum auch ich Richard telefonisch nicht erreichen kann. Wegen der schrecklichen Dinge, die derzeit in der Ukraine geschehen, und weil Richard vor etwa dreißig Jahren, wie auch in Afghanistan, eine Reihe von Fotos von verschiedenen ukrainischen Städten und ihren architektonischen Schätzen gemacht hat … Nun, er ist in die Ukraine gefahren. Wussten Sie das denn nicht?" Mary schüttelte verblüfft den Kopf.

„Nun denn. Wie Sie wissen, hatten wir geplant, seine Afghanistan-Fotos, die er vor dreißig Jahren dort gemacht hat, und jene von heute im Sinne einer Gegenüberstellung zu zeigen. Doch nun bot sich ihm die außergewöhnliche Gelegenheit – er nannte es Verpflichtung – auf gleiche Weise zu dokumentieren, was derzeit in der Ukraine geschieht. Und so reiste er noch am selben Tag dorthin. Wir waren uns beide einig, dass es eine Notwendigkeit sei. Aber ich ahnte ja nicht, dass er Sie nicht über seine plötzliche Planänderung informiert hatte. Das tut mir sehr leid. Kein Wunder, dass Sie sich Sorgen gemacht haben." Mary traten Tränen in die Augen und Megan tätschelte ihr tröstend die Schulter.

„Gott, das ist so typisch für Sire! Ich hätte es wissen müssen, hätte mir denken können, wo er steckt." Marys Erleichterung war fast mit Händen zu greifen. Doch sofort kam ihr ein neuer sorgenvoller Gedanke.

„Aber woher wissen Sie, dass er in Sicherheit ist?"

„Das wissen wir, weil er uns vor zehn Minuten via Satellit mithilfe des MSNBC-Teams im Kiewer Stadtteil Bucha dies hier geschickt hat", sagte Uninsky und zeigte auf einen Bildschirm an der Wand. Bestürzt betrachteten Mary und Megan das Bild, das sich ihnen bot: In krassen Farben hatte Sire die Finsternis des Krieges eingefangen. Sieben Leichen, der Verwesung überlassen, lagen auf einer von Bäumen gesäumten Straße, vor den zerbombten Überresten einiger Häuser sowie eines kleinen Schulgebäudes.

„Und zwanzig Minuten davor hat Sire uns das hier geliefert."

Auf dem Bildschirm war nun in der Ferne eine zerbombte Kirche zu sehen und im Vordergrund eine verlassene Autobahn mit schwarzen Altreifen, die notdürftig auf fünf Leichen aufgeschichtet waren. Mary und Megan konnten sich nur stumm die Tränen wegwischen, die in ihnen hochgestiegen waren. Schließlich ergriff Gabor Uninsky wieder das Wort.

„Wir stellen diese schmerzhaften Bilder Orten und Schauplätzen gegenüber, die Sire vor dreißig Jahren in ihrer Unversehrtheit fotografiert hat. Diese Zeitdokumente sind eine Botschaft an die Öffentlichkeit. Und an die Nachrichtenmedien hier in Berlin und in der Welt. Was für ein mutiger Mann Ihr Richard Sire ist."

„Ja, was für ein mutiger Mann", murmelten die Amerikanerinnen.

25

Jared war erstaunt, die Direktorin des Hamburger Mendelssohn Museums nicht in ihrem Büro anzutreffen. Seit zehn Uhr hatte er im Museumsarchiv recherchiert, und gegen Mittag dachte er, es sei nun an der Zeit, eine Pause einzulegen, und und diese zu nutzen, um Rachael Skylar von zwei kleinen, aber interessanten Funden zu berichten, die er gemacht hatte. Beides hatte mit Felix Mendelssohns genialer Leistung zu tun, Bachs einst vergessene Matthäuspassion wieder in der Musikwelt zu verankern. Aber die Direktorin war nirgendwo zu finden, und als er einen der Museumswärter fragte, erfuhr er, dass sie an diesem Tag nicht zur Arbeit erschienen war.

Jared beschloss, sich ein Mittagessen bei Burger King zu gönnen. Er überprüfte die Reservierung, die er am frühen Morgen für das Hotel in Berlin vorgenommen hatte. Es war ihm nicht mehr gelungen, im *Bristol Kempinski* ein Zimmer zu bekommen, aber er hatte sich für ein interessantes Luxushotel entschieden, das direkt daneben an derselben Straße lag, das *Hotel Zoo* – nur zehn Minuten Fußweg vom Berliner Zoo entfernt. Wenn Grace Kelly und Sophia Loren in den 1960er-Jahren dort abgestiegen waren, dann sollte es auch gut genug für ihn sein.

„Frau Skylar ist jetzt hier“, verkündete der Wachmann, als Jared für seine Recherchen in das Museum zurückkam.

Jared ging direkt die Treppe hinauf zu ihrem Büro. An der geschlossenen Tür hielt er inne und klopfte an. Es herrschte Stille. Doch dann, gerade als er schon gehen wollte, hörte er die leise Stimme einer Frau, die angestrengt „Herein!“ sagte. Jared fand Rachael Skylar zitternd hinter ihrem Schreibtisch, hastig wischte sie sich ein paar Tränen weg.

„Frau Direktor! Rachael! Um Himmels willen, was ist denn passiert?“ Unfähig, sich zurückzuhalten, stürzte er am Schreibtisch vorbei zu ihr und nahm ihre beiden Hände in seine. Von Jareds Besorgnis zutiefst berührt brach aus Rachael alles heraus, was sie den ganzen Vormittag wie in einem Schraubstock in sich gehalten hatte.

„Ich … ich, wir, mein fünfjähriger Sohn Davyd und ich haben heute Morgen eine schreckliche Nachricht erhalten. Nazar, mein … mein Mann, ist gerade in der Ukraine, um seinen Eltern zur Flucht zu verhelfen und mit ihnen nach Hamburg zu kommen, aber … aber heute früh rief er mich an und sagte, sein Vater sei angeschossen worden! Russisches Kreuzfeuer, als ihr Bus nur noch achtzehn Kilometer von der Grenze entfernt war. Er lebt, dem Himmel sei Dank, seine Wunden sind oberflächlich, sagen sie, aber, aber …“ Rachael schluchzte, und Jared legte ihr tröstend eine Hand auf die Schulter, während sie ihre Tränen trocknete.

„Weiß Ihr Junge das alles?“, fragte er.

„Nein. Davyd weiß nur, was er von mir am Telefon gehört hat, ich habe ihm gesagt, dass sein Großvater … ‚krank‘ ist. Unser Hausmädchen ist jetzt bei ihm und wird den Rest des Tages bei ihm bleiben, bis ich wieder zu Hause bin.“

„Konnten Ihr Mann und seine Eltern denn trotz allem die Grenze überqueren?“

„Ja, Gott sei Dank. Sie sitzen gerade in einem Zug, der Polen durchquert und werden heute Abend voraussichtlich um sechs Uhr hier am Hamburger Hauptbahnhof ankommen.“

„Dann können Sie Ihre Angehörigen ja bald in die Arme schließen! Ist das nicht wunderbar?"

„Ja, ja, natürlich ist es das." Rachael lächelte verzweifelt und trocknete ihre Tränen. „Ich fürchte nur, dass ich nicht in der Lage sein werde, mit dem Auto zu fahren. Meine Nerven … Ich weiß, ich sollte nicht weinen, aber …"

„Machen Sie sich keine weiteren Gedanken, ich helfe Ihnen natürlich", unterbrach Jared sie und blickte ihr ermutigend in die Augen. „Wenn Sie erlauben, werde ich Sie in Ihrem Auto zum Bahnhof fahren und Sie und Ihre Familie nach Hause bringen. Alles wird gut, Sie werden sehen." Rachael dankte schluchzend.

Jared verabschiedete sich wieder in den Archivraum. Die beruhigende Wirkung von Felix Mendelssohn und Bach würde ihm die Zeit bis zur Fahrt zum Hamburger Hauptbahnhof überbrücken.

26

Mary und Megan diskutierten immer noch über Sires kühne wie überraschend plötzliche Entscheidung, in die Ukraine zu fahren, während sie in der Nähe von Gabor Uninskys Galerie Mittagessen gingen. Das Restaurant, für das sie sich entschieden hatten, befand sich in derselben Straße wie die Galerie. Der Name des Lokals hatte sie angezogen: *Hummus & Friends*. Sie wählten das, was auf der umfangreichen Speisekarte als „Hummus Trio für zwei" beschrieben wurde. Es handelte sich um eine Kreation aus frischer Bio-Avocado, Roter Bete und Kichererbsen.

„Ein gesünderes Mittagsmenü hätten wir nicht finden können", sagte Mary und streute ein wenig Knoblauch über das köstliche Gemisch.

„Mmhm. Ich stimme zu", murmelte Megan, deren Mund gerade voll war.

Beim Cappuccino sahen sie nach ihren E-Mails und beobachten ein wenig die Leute. Die Oranienburger Straße war offensichtlich eine sehr beliebte Geschäftsstraße in diesem Teil von Berlin Mitte, mit allen Arten von Cafés und Restaurants. Auf der anderen Straßenseite und nur zwei Blocks von ihnen entfernt sahen sie ein Gebäude, über das sie schon gelesen hatten: die Neue Synagoge. Diese Synagoge war bereits im 19. Jahrhundert erbaut worden und zeigte eine ungewöhnliche Fassade im maurischen Stil mit einer zentralen goldenen Kuppel und zwei kleineren Seitenkuppeln. Das Gebäude hatte die Zerstörung der Kristallnacht überlebt, weil die Polizei eingriff, als Nazischläger begannen, das Innere in Brand zu setzen – das Feuer drohte nicht nur die Synagoge, sondern auch die angrenzenden Wohnhäuser niederzubrennen. Die Bombenangriffe der Alliierten im Jahr 1943 überlebte sie jedoch nicht. Was Megan und Mary sahen, war lediglich eine Rekonstruktion des farbig ornamentierten Originals. Hinter dem Eingangsportal befanden sich nur noch wenige Räume.

Megan konnte nicht widerstehen und stand von ihrem Kaffee auf, um die Fassade zu fotografieren. Sie ließ Mary für ein paar Minuten im Restaurant zurück und kam mit einem triumphierenden Gesichtsausdruck wieder.

„Sieh dir das an“, sagte sie und hielt ihr Handy in Richtung ihrer Freundin. „Es ist eine Tafel an der Fassade, die uns die Daten verrät, plus eine sehr berührende Inschrift: *Dieses Gotteshauses soll für immer ein Ort des Gedenkens bleiben. NIEMALS VERGESSEN.*“

„Sehr berührend“, stimmte Mary zu und betrachtete das Foto, das Megan gemacht hatte. Sie saßen beide eine Minute lang schweigend da, und dann, um das ernste Thema zu wechseln, stellte Mary Megan eine Frage zu ihrer weiteren Berliner Reiseplanung.

„Welche Sehenswürdigkeiten außer der von Fannys Onkel und ihrem Vater gegründeten J. & A. Mendelssohn Bank könnten wir deiner Meinung nach noch besuchen, Megan, jetzt, wo wir zwei Tage länger hier sind als ursprünglich geplant?"

„Ach ja! Wir sollten erst sicherstellen, dass wir wirklich zwei Tage in unserem Hotel anhängen können. Ich werde gleich dort anrufen und unseren Aufenthalt verlängern." Sie suchte die Nummer in ihrem Handy und rief an. Es war ein kurzer und erfolgreicher Anruf. Der einzige kleine Nachteil war, dass sie für die zwei zusätzlichen Tage in ein anderes, aber ähnliches Zimmer umziehen würden müssen.

Dann wurde Mary klar, dass auch ihr Alitalia-Flug nach Rom geändert werden musste, und bei diesem Anruf bat sie auch darum, dass der Flugplan von Richard Sire an den ihren angepasst werden sollte. Das Datum ihres Rückflugs in die USA würde davon nicht betroffen sein. Nicht zu vergessen war jedoch der neue Ankunftstag in ihren Hotels in Rom. Auch diese Änderung ließ sich ohne Probleme bewerkstelligen. Diese gut fünfundvierzig Minuten Revisionsarbeit erforderten bloß zwei weitere Cappuccinos.

„Also, Mary, du hast vorhin gefragt, welche Fanny-Sehenswürdigkeiten wir heute noch besuchen könnten."

„Richtig. Vor allem jetzt, wo wir zwei Tage zusätzlich zur Verfügung haben."

„Die Mendelssohn-Bank ist nicht die dringendste Sehenswürdigkeit, aber wir sollten herausfinden, ob sich die Villa in der Jägerstraße 51 zufällig hier in der Nähe befindet." Megan tippte ein paar Worte in ihr Handy.

„Die Antwort ist nein. Aber es gibt eine gute Nachricht." Sie lächelte erfreut. „Die Bank ist ganz in der Nähe des Gendarmenmarktes, der auch hier im Bezirk Mitte liegt, also wenn wir jetzt zur Bank gehen, sind wir schon ganz in der Nähe unseres Hotels, was bedeutet, dass wir uns danach ein bisschen hinlegen können, so wie wir, oder besser gesagt, wie ich es in Hamburg getan habe."

„Oh ja. Wahrscheinlich werde ich das nicht brauchen, aber es gibt genug, was ich in unserem Zimmer in Ruhe tun kann, während du ein bisschen döst."

„Toll! Und dann, nach dem Abendessen im Hotel, sind wir ausgeruht und bereit für die Aufführung heute Abend."

Abends wollten sie in die Neuinszenierung des legendären Musicals *Cabaret* aus dem Jahr 1966 in der Schaubühne am Lehniner Platz. Mary hatte noch in den USA Karten bestellt, nachdem sie sich über das Berliner Theaterprogramm während ihres Aufenthalts informiert hatte. Das laute, bunte Musical, das in Berlin zurzeit des aufkommenden Nationalsozialismus spielt, schien irgendwie mit ihrer Suche nach Mendelssohn zusammenzupassen.

Voller Tatendrang machten sich die beiden auf den Weg zur Mendelssohn-Bank. Da sie insgeheim ein imposantes Bauwerk erwartet hatten, waren sie von deren Anblick fast enttäuscht. Das langgezogene, zweistöckige, denkmalgeschützte Gebäude aus dem 18. Jahrhundert war im neoklassizistischen Stil erbaut worden. Nun residierte eine Immobilienfirma dort.

Erst im 21. Jahrhundert hatte man eine Gedenktafel entworfen. Links war das Emblem der Mendelssohn-Bank zu sehen: ein wachsamer Kranich, der in einer Klaue eine Münze hält mit dem Motto „Ich wache".

„Ein sehr gutes Motto für eine Bank", kommentierte Mary. Während Megan fotografierte, las sie den Text auf der rechten Seite der handpolierten, glänzenden Bronzetafel laut vor:

In diesem Gebäude befand sich seit 1815 das Bankhaus der Brüder Joseph und Abraham Mendelssohn. Die Familie Mendelssohn machte ihr Geschäfts- und Wohnhaus über Generationen zu einem Treffpunkt für Künstler und Gelehrte. Das 1795 gegründete Unternehmen expandierte im 19. Jahrhundert zur größten Berliner Privatbank. 1938 wurde das Bankhaus Mendelssohn & Co. unter dem Druck der Nationalsozialisten liquidiert.

In mehreren Stationen erinnerte die Ausstellung im Inneren an die spannungsvolle Geschichte der Bank, das Leben der Mendelssohn-Bankiers und ihr Mäzenatentum, dem die

Berliner Museen wichtige Kunstwerke verdanken, ebenso wie die karitativen Bemühungen der Familie. Ihr Netzwerk der Beziehungen, Geschäftspartnerschaften und Freundschaften bezog Vertreter der Wirtschaft, der Wissenschaften, der Musik und der bildenden Künste ein. Der Naturforscher Alexander von Humboldt, Clara Schumann und Joseph Joachim gingen in diesem Haus als Kunden wie auch als vertraute Gäste ein und aus.

Bei der Besichtigung der ausgestellten Exponate erfuhren Megan und Mary, dass das informative Wappenschild am 21. Januar 2004, dem 200. Jahrestag der Gründung der Mendelssohn-Bank, enthüllt worden war. Ein digitaler Stammbaum über sieben Generationen erregte ihre Aufmerksamkeit, und sie verbrachten einige Zeit damit, an einer kleinen Medienstation Musik von Felix und Fanny zu hören.

Auf dem Rückweg zu ihrem Hotel sprachen Mary und Megan darüber, dass die historische Rückgabe des Gebäudes an die Familie Mendelssohn im Jahr 1998 und die Anbringung des Wappenschildes an der Fassade erst vor so kurzer Zeit stattgefunden hatten. Der Gedanke gefiel ihnen, dass der Siegerentwurf für die Tafel von einer Bildhauerin namens Annelies Rudolph eingereicht worden war.

„Fanny wäre stolz gewesen“, bemerkte Mary, und Megan nickte zustimmend.

Auf dem Weg zu ihrem Hotel kamen sie an einem ehemals herrschaftlichen alten Gebäude vorbei, vor dem ein weiterer „Stolperstein“ aus Messing in den Bürgersteig eingelassen war. Mary blieb stehen, um den Namen der jüdischen Familie zu lesen, die aus diesem Haus deportiert worden war, dann suchte sie auf ihrem Handy nach der Liste der Stolpersteine in Berlin. Erstaunt lasen sie, dass über die gesamte Metropole mehr als 1.400 Stolpersteine verteilt waren. Auch in anderen Ländern gab es diese Stolpersteine von verschiedenen Künstlern, wusste Megan, getrieben vom Prinzip „Niemals vergessen“. Wenigstens das sei ermutigend, meinten die beiden Freundinnen voll stiller Ehrfurcht.

Der Rest des Tages verlief wie verabredet. Zurück im Hotel machte Megan ein Nickerchen, Mary kümmerte sich um ihre E-Mails. Das Abendessen im Hotelrestaurant war köstlich, und das berühmte Berlin-Musical an der Schaubühne erfüllte all ihre Erwartungen – hervorragende Stimmen und Darsteller sowie ein starkes, beeindruckenden Bühnenbild. Es gab sogar englische Übertitel.

Ein unerwarteter Bonus war das Theater selbst – ein riesiger Rundbau, der 1928 als Kino eröffnet wurde, entworfen von dem Architekten Erich Mendelssohn, der damals zu den bedeutendsten deutschen Baumeistern gezählt hatte, doch 1933 nach England, dann nach Amerika emigrieren musste und 1953 in San Francisco gestorben war.

27

Die Mitglieder der Hamburger Neonazis waren überrascht, weil sie um zehn Uhr an diesem Freitagvormittag zu einem virtuellen Treffen gerufen wurden. Die Organisatorin des Zoom-Meetings war ihre neue Anführerin Barbara Badubrecht und ihre Botschaft war klar und deutlich.

„Ich grüße euch alle, ihr mutigen Hamburger Mitglieder unserer Gruppe. Seit gestern Vormittag bin ich, Barbara Badubrecht, eure neue Anführerin, so lange, bis unser hochverehrter Führer Michael Bormann wieder freigelassen wird. Unser erster und einziger Tagesordnungspunkt ist die Bitte unserer Berliner Waffenbrüder, dass wir von der Hamburger Truppe zwei wichtige Berliner Kundgebungen mit unserer Anwesenheit verstärken. Wenn Sie bei beiden Veranstaltungen anwesend sein können, kommen Sie bitte; wenn Sie nur bei einer dabei sein können, sagen Sie uns Bescheid. Wir werden jedem von euch den genauen Ablauf und die Treffpunkte der beiden separaten Berliner Protestkundgebungen per E-Mail zusenden. Wenn jemand von euch Neuigkeiten hat, sendet diese bitte umgehend an unsere E-Mail-Adresse.

Keine Telefonate! Anrufe werden nicht beantwortet. Wenn ihr Fragen habt, wendet euch bitte per E-Mail an uns. Ihr werdet im Lauf des Tages Updates erhalten. Vielen Dank und ... wir sehen uns in Berlin!“

Nachdem Badubrecht diesen Marschbefehl ausgesprochen hatte, blieb keine Zeit mehr für Fragen, sie tippte ohne ein Lächeln auf ihren Bildschirm und verließ das Zoom-Meeting.

28

An diesem Morgen, als Jared in seinen Flieger von Hamburg nach Berlin stieg, gingen ihm die ungewöhnlichen Ereignisse des vergangenen Abends durch den Kopf. Sein spontanes Angebot, Rachael Skylar zum Hamburger Hauptbahnhof und wieder zurückzufahren, um ihren Mann Nazar und dessen Eltern abzuholen, hatte sich zu einer chaotischen Such- und Rettungsaktion entwickelt, bei der er als einziger die Nerven behalten hatte, wie ihm schien. Zunächst einmal hatte der Zug aus Polen anderthalb Stunden Verspätung und kam auf einem ganz anderen Gleis an als angekündigt. Als Rachael die Familie schließlich entdeckte und sie aufeinander zu liefen, stürzte ihre Schwiegermutter so unglücklich, dass sie nicht wieder aufstehen konnte. Nazar konnte ihr nicht aufhelfen, da er seinen Vater stützen musste, dessen Wunden nach stundenlangem starrem Sitzen wieder zu bluten begonnen hatten. Und so war es Jared, der der alten Dame zu Hilfe eilte. Ein Blick reichte ihm, um zu handeln. Er zückte sein Handy und wählte den Notruf.

„Bleiben Sie alle vorerst da, wo sie sind!“, hatte er der Familie befohlen. „Ein Rettungswagen ist unterwegs.“

Rachael kniete sich zu ihrer Schwiegermutter, um sie zu ermahnen, nicht aufzustehen. Nazar führte seinen Vater zu einer der Bänke und brachte ihn zum Sitzen, denn er blutete immer stärker. Der Rettungswagen traf einige Minuten später ein, und Jared ermutigte Rachael: „Frag, in welches

Krankenhaus sie deine Eltern bringen, dann können wir hinterherfahren."

Sie erreichten Rachaels SUV zwar nicht so rasch, um dem Rettungswagen direkt zu folgen, aber Rachael wusste, wo das Albertinen-Krankenhaus lag, und als sie dort ankamen, wurden ihre Schwiegereltern bereits in der Notaufnahme versorgt. Nazars Mutter hatte sich eine Schulter gebrochen, die nun geschient wurde; die Wunden des Vaters wurden gereinigt und neu verbunden. Die beiden brauchten vor allem Ruhe.

Erst weit nach Mitternacht konnte Jared die ganze Familie zu Skylars Wohnung fahren. Der kleine Davyd, noch immer in der aufmerksamen Obhut des treuen Dienstmädchens, wachte auf und sah als erstes seinen Táto, der sich lächelnd über ihn beugte, und sein Jauchzen brachte endlich alle zum Schmunzeln. Selten hatte Jared eine solche Empathie und Zufriedenheit empfunden.

Nun war er im Flieger von Hamburg nach Berlin, um dort seine beiden neuen Freundinnen bei ihren Erkundungen für Megans Fanny-Mendelssohn-Buch zu begleiten. Außerdem war er sehr neugierig auf sein Berliner Hotel. Immerhin erwartete ihn dort im *Hotel Zoo* der Geist seiner „Vorgängerinnen" Grace Kelly, Romy Schneider, Hildegard Knef, Gina Lollobrigida und Sophia Loren ... zumindest waren sie alle auch einmal dort abgestiegen.

Eine Stunde später saß Jared in einem Taxi, das im Eiltempo vom Berliner Flughafen zu dem kompakten, siebenstöckigen Hotel fuhr. Der historische, drei Meter hohe Eingang am Kurfürstendamm war atemberaubend, und auch alles andere war ungewöhnlich, von der dunklen, gedämpften Lobby bis zu den Zimmern, die im Jahr 2012 neu gestaltet worden waren. Der Gesamteindruck war nach Jareds Urteil pompös, und das gefiel ihm. Es gab 127 Luxuszimmer und vierzehn opulente Suiten, von denen er sich eine mit Panoramablick gönnte. Denn wer weiß, vielleicht würden ihn seine beiden neuen amerikanischen „Freundinnen" in seiner spektakulären Unterkunft besuchen wollen?

Der Weg durch die weitläufige Lobby zur Rezeption führte ihn über einen dunkelgrünen Teppich mit lebensgroßen Leoparden. Die Raubkatzen geleiteten ihn zu einem eleganten Empfangsschalter, wo er seinen Koffer zur Aufbewahrung abgab, denn der Check-in war erst um drei Uhr nachmittags.

Bevor er Megan und Mary anrief, um zu erfahren, was sie für den Tag geplant hatten, wollte er die großzügigen, öffentlich zugänglichen Räume und den Ausblick Stockwerk für Stockwerk erkunden. Schließlich entdeckte er die elegante Rooftop-Bar auf dem Dach, deren 270-Grad-Panorama durch Glaswände geschützt war. Was für ein Blick auf die Stadt Berlin! Oh ja, Megan und Mary hierher einzuladen war ein Muss. Jared machte es sich in einem der Fauteuils auf der geschützten Dachterrasse gemütlich und genoss die Berliner Skyline.

Er bestellte einen Espresso und rief die Handynummer an, die Megan ihm gegeben hatte. Er erkannte gleich ihr fröhliches „Hallo“. „Megan! Ich bin's, Jared. Ich bin schon hier in Berlin, in meinem Hotel. Und obwohl Felix und Fanny noch nie hier waren, müsst ihr den Ort unbedingt auf eure Liste setzen. Dieses Hotel ist spektakulär – ein luxuriöser, moderner Overkill. Ihr werdet es lieben. Sicherlich noch eine Spur pompöser als euer *Bristol Kempinski*.“

Megan lachte. „Großartig. Wir werden gerne mal zu Besuch kommen. Unser Berlinaufenthalt hat sich verlängert, weil die Eröffnung von Richard Sires Foto-Ausstellung von heute Abend auf Sonntag verschoben wurde.“

„Oh. Das tut mir leid.“

„Das muss dir nicht leidtun. Wir sind sogar froh, dass wir jetzt mehr Zeit haben, um die Mendelssohn-Orte ausfindig zu machen.“

„Was habt ihr für heute geplant?“

„Nun, wir sind noch beim Frühstück, aber wir dachten, wir könnten uns heute den Grabstätten widmen.“

Ein Schauer durchfuhr Jared, denn er musste unwillkürlich an die grauenhafte Grabschändung denken, die er auf dem jüdischen Friedhof in Hamburg miterlebt hatte. Dennoch entschloss er sich mitzugehen.

„Fantastisch. Darf ich mich zu euch beiden Damen gesellen?"

„Aber natürlich! Warte einen Moment. Mary möchte dir etwas sagen."

„Klar doch."

„Willkommen in Berlin, Jared!" Marys unverwechselbare Stimme ertönte in seinem Ohr.

„Danke. Ich kann es kaum erwarten, euch beide wiederzusehen, dann ist das Fanny-und-Felix-Trio wieder komplett und einsatzbereit. Das F & F-Trio!" Lachkaskaden von Megan und Mary tönten an sein Ohr.

„Und was steht noch auf eurer Agenda, außer Grabstätten?", fuhr Jared unbeirrt fort.

„Wir dachten, es könnte auch ein guter Tag sein, um das Jüdische Museum zu besuchen." Ein breites Lächeln belebte Jareds Gesicht.

„Wie schön, ein rein jüdischer Tag. Zuerst Friedhof, dann Museum. Warum eigentlich nicht? Ich habe gelesen, dass das Berliner Jüdische Museum äußerst kompetent in der Chronik der langen Geschichte meines Volkes ist."

„Einverstanden", stimmte Mary zu, „dann machen wir es in dieser Reihenfolge. Wann und wo soll sich das F & F-Trio treffen?"

„Wie wäre es, wenn ihr beide bleibt, wo ihr gerade seid. Erlaubt mir, dass ich zu euch stoße, denn ich würde auch gerne frühstücken. Ich brauche maximal zehn Minuten, um bei euch zu sein."

Jared hielt sein Wort, und nachdem sie zu dritt das Frühstücksbuffet des *Bristol Kempinski* geplündert hatten, verweilten sie beim Kaffee und besprachen die Details ihres gemeinsamen Tagesprogramms.

„Ich finde es schön, dass die drei berühmtesten Mendelssohns hier in Berlin begraben sind. Sogar Felix, der in Leipzig starb", sinnierte Megan, während sie einen Faltplan der Stadt ausbreitete. Sie war eine überzeugte Anhängerin von Papierplänen und hatte immer einen von der jeweiligen Stadt dabei, in die sie auf ihren Reisen kam.

„Ja, aber noch erstaunlicher, eigentlich ein Wunder ist, dass die Grabstätten die Zerstörungswut der Nazis überlebt haben“, kommentierte Jared.

„Wenn du von ‚drei‘ der berühmtesten Mendelssohns sprichst, dann meinst du damit in der Reihenfolge ihres Todes, Moses, Fanny und Felix stimmt's?“, fragte Mary, um sicherzugehen.

„Ja, das ist richtig“, bestätigte Megan. „Sollen wir starten?“

Ihr erstes Ziel war der Alte Jüdische Friedhof in Berlin, wo Moses Mendelssohn begraben lag. Megan sprach aus, was ihr durch den Kopf ging, als sie sich dem Friedhof näherten.

„Wisst ihr, auf ein paar unscharfen Bildern im Internet sieht es so aus, als ob der Grabstein auf Hebräisch beschriftet wäre. Aber auf anderen Fotos ist die Inschrift eindeutig auf Deutsch. Verwirrend, aber interessant!“

„Beides könnte zutreffen“, mischte sich ihr Taxifahrer ein. „Vor einigen Jahren, im Jahr 2008, hat die Stadt begonnen, den Friedhof umzugestalten.“

„Interessant. Aber einen Grabstein ‚umgestalten‘? Das glaube ich nicht“, murmelte Mary kaum hörbar.

Bald konnten sie sich selbst davon überzeugen, dass der Grabstein von Moses Mendelssohn trotz oder vielleicht gerade wegen der städtischen Renovierung leicht zu finden war. Die hohe, freistehende graue Platte mit der geschwungenen Spitze im aschkenasischen Stil wies in fünf gut lesbaren Zeilen eindeutig auf Moses Mendelssohn, geboren in Dessau am 6. September 1729, verstorben am 4. Januar 1786 hin. Die Inschrift war auf der Vorderseite in Deutsch und auf der Rückseite in Hebräisch, somit war das Rätsel gelöst. Die drei fotografierten respektvoll beide Seiten des Grabsteins.

Dann ging es zurück zum wartenden Taxi und weiter zu ihrem nächsten Ziel, dem Dreifaltigkeitsfriedhof in Friedrichshain-Kreuzberg. Hier waren sowohl Fanny und Felix als auch ihre Eltern begraben, in dem Friedhofsteil, der für jüdische Konvertiten zum Christentum – Neuchristen – reserviert gewesen war. Der Kontrast zwischen Fannys und Felix' Grabsteinen hätte nicht größer sein können. Fanny war am 14. Mai 1847 gestorben und ihr Grabstein war eine große, rosa-braune, stehende Granitplatte, etwa einen Meter hoch, dreißig Zentimeter breit und neun Zentimeter dick. Die goldene Inschrift lautete: *Fanny Cäcilie Hensel geb. Mendelssohn Bartholdy,* dann folgten ihre Geburts- und Sterbedaten und in Notenschrift einige Takte einer Melodie von ihr. Eine Melodie, die, obwohl Mary sie sofort „vom Blatt" summte, keinem von ihnen bekannt war. Megan fotografierte sie für spätere Nachforschungen. Ein beeindruckendes Grabmal waren sich die drei einig.

Das Grab von Fannys Ehemann Wilhelm Hensel befand sich in der Nähe, doch gleich direkt neben Fanny war ihr Bruder Felix begraben. Sein Grabstein war ganz anders gestaltet. Er niedriger als der ihre und bestand aus einem hohen, weißen Zementkreuz. Am Querbalken waren in schwarzer Schrift alle Vornamen und der doppelte Nachname eingraviert, den sein Vater für die Familie angenommen hatte: Mendelssohn Bartholdy. Das Kreuz betonte den christlichen Glauben, zu dem Felix konvertiert war.

Faszinierend, fanden die Besucher aus Amerika. Sie begannen, die Inschriften auf den benachbarten Grabsteinen zu lesen und fotografierten einige, alle waren mit den Mendelssohns verwandt.

„Es ist wirklich ein Wunder, dass die Grabsteine von Fanny und Felix die Zerstörungswut der Nazis überlebt haben", erklärte Mary.

„Ja", staunte Jared, „und denkt nur an die verschiedenen Bereiche, die sie repräsentierten: Moses, der große Philosoph, seine Söhne Joseph und Abraham, Gründer einer angesehenen Bank, und Fanny und Felix, außergewöhnliche Komponisten."

„Und genau das ist es natürlich, was der nationalsozialistische Antisemitismus zerstören wollte: die Erinnerung an das Werk der Familie. Die emanzipatorische Philosophie von Moses, die Finanzmacht seiner Söhne und die Musik seines Enkels", erklärte Megan.

„Fannys Musik mussten sie ja nicht verbieten, denn sie war ohnehin einer größeren Öffentlichkeit unbekannt. Sie durfte auf Geheiß ihres Vaters nicht öffentlich spielen und ihre Kompositionen nicht publizieren. Ihre Entdeckung und Wiedergeburt wurden erst durch die Musikwissenschaft des 21. Jahrhunderts ermöglicht", sinnierte Mary ernst. Dann klarte sich ihre Stimmung wieder auf.

„Da wir gerade von Fannys Klavierspiel sprechen, ratet mal, was ich mitgebracht habe?"

„Was denn?", antworteten ihre Freunde gleichzeitig.

„Fannys Komposition *Das Jahr*", sagte Mary stolz. „Wenn wir ein Klavier und etwas Privatsphäre finden können, spiele ich es euch gerne vor."

„Wie wunderbar!", Megan klatschte vor Begeisterung.

„Wunderbar, wieso?", fragte Jared.

„Es ist ein zwölfteiliger Klavierzyklus, den sie in der glücklichsten Zeit ihres Lebens komponierte. *Das Jahr* bezieht sich auf ihre große Italienreise, die zwölf Monate zwischen 1838 und 1839, die sie mit ihrem Ehemann, dem Maler Wilhelm Hensel und ihrem neunjährigen Sohn Sebastian in Italien verbrachte", erklärte Megan. „Wie klug von dir, dass du die Noten mitgebracht hast, Mary. Hast du sie auf Papier ausgedruckt?"

„Es ist alles auf meinem iPad."

„Großartig!", rief Megan.

„Wie funktioniert das eigentlich, wenn du die Noten vom iPad abliest?", fragte Jared fast zeitgleich.

„Ich habe ein Bluetooth-Pedal zum Umblättern dabei. So kann ich die Seiten mit dem linken Fuß umblättern. Das ist viel einfacher als das händische Blättern", erklärte Mary. „Und jetzt, da wir drei hier in Berlin sind, wo Fanny ihrem Mann zu Weihnachten ihres letzten Lebensjahres ein Fahrrad und diese Komposition geschenkt hat, zu der sie in Rom inspiriert wurde, dachte ich, es wäre wirklich spannend, das *Jahr* mitzunehmen und hier durchzuspielen. Hier in Berlin und dann in Rom."

„Dann würde ich gerne mal nachsehen, ob ich das Klavier finde, auf dem ich immer wieder mal in den vergangenen Jahrzehnten für mich gespielt habe. Es stand immer in einem der Veranstaltungsräume im Untergeschoss des *Bristol Kempinski*. Wir suchen es gleich, wenn wir zurück im Hotel sind, einverstanden?", schlug Megan vor.

„Perfekt!"

„Jetzt haben wir die drei wichtigsten Grabsteine auf unserer Agenda gesehen", fuhr Megan fort, „aber es gibt noch ein weiteres Mendelssohn-Grab, das wir vielleicht besuchen sollten."

„Welches?", fragte Jared. Mary schwieg.

„Das von Joseph Mendelssohn, Fanny und Felix' Onkel. Er war es ja schließlich, der die Berliner Bank gründete: Sein jüngerer Bruder Abraham kam erst hinzu, als er mit seiner Familie im Jahr 1811 hierherzog."

Es kam keine Reaktion.

„Wo ist denn dieses Grab?", fragte Mary schließlich wenig begeistert.

„Es ist in der Schönhauser Allee, nordöstlich von hier am Prenzlauer Berg. Ihr wisst schon, dort wo Käthe Kollwitz lebte. Direkt neben dem nach ihr benannten Park."

„Wer ist Käthe Kollwitz?", fragte Jared.

„Wer ist Käthe Kollwitz? Wie bitte?", wiederholte Megan ungläubig. „Sie war die kraftvollste Künstlerin und Bildhauerin des Expressionismus. Sie stellte die Armut und das Leid der deutschen Arbeiterklasse dar, zutiefst ergreifend zum Entsetzen des deutschen Kaisers, später trotzte sie Hitler mit ihrem berühmten Plakat *Nie wieder Krieg*. Sie lebte jahrzehntelang praktisch direkt neben dem jüdischen Friedhof am Prenzlauer Berg und ich schaue jedes Mal dort vorbei, wenn ich in Berlin bin."

„War sie auch Jüdin?“, wollte Jared wissen.

„Nein, aber sie war während der Hitlerzeit solidarisch genug, um zusammen mit nur achtunddreißig anderen mutigen Menschen an der Beerdigung von Max Liebermann auf diesem Friedhof teilzunehmen.“

„Und ich nehme an, Liebermann war ein Künstler und er war Jude?“, warf Jared ein.

„Sicherlich, er war sogar Berlins wichtigster Porträtist.“

„Und wie kommst du auf diese genaue Zahl der Trauergäste bei Liebermanns Beerdigung?“ Jared war nun wirklich neugierig geworden.

„Weil sich neben Kollwitz achtunddreißig Trauergäste in das Kondolenzbuch eingetragen haben, deshalb. Sollen wir also hingehen?“ Megan fügte einen letzten interessanten Aspekt hinzu. „Übrigens ist auch der große Opernkomponist Giacomo Meyerbeer, der ‚zweite‘ wichtige jüdische Komponist zu Fannys und Felix’ Zeit, ebenfalls dort begraben. Obwohl er in Paris starb, wurden seine sterblichen Überreste vier Monate später …“

„Megan, das hört sich alles sehr interessant an, aber vielleicht sollten wir uns an unser primäres Forschungsziel, nämlich an Fanny Mendelssohn halten“, wagte Mary leisen Widerspruch.

„Und wir waren noch nicht mal im Jüdischen Museum. Wer weiß, vielleicht sind die Mendelssohns, für die wir uns hauptsächlich interessieren, Teil einer der Ausstellungen dort“, lockte Jared. Megan gab gnädig nach und sie kehrten zu ihrem geduldig wartenden Taxifahrer zurück. Auch er hatte einen Vorschlag, basierend auf ihrer bisherigen Fahrtroute: „Hier in Berlin gibt es das Anne Frank Institut in der Rosenthaler Straße, das könnte Sie doch interessieren.“

Megan war diejenige, die für sie alle antwortete: „Vielen Dank. Aber wir sind einer anderen berühmten jüdischen Frau auf der Spur, und wir müssen uns dieses Mal auf sie beschränken. Haben Sie jemals von Fanny Mendelssohn gehört?“

„Nein.“

„Ich werde Ihnen von ihr erzählen, während Sie uns freundlicherweise zu unserem nächsten Ziel, dem Jüdischen Museum, fahren.“

Die Strecke war länger, als sie dachten, und führte unter anderem am *Checkpoint Charlie* vorbei, dem ehemaligen Grenzübergang der Amerikaner zwischen West- und Ostberlin. Megan hatte diesen Kontrollpunkt in den vergangenen Jahrzehnten, auch in der DDR-Zeit, tatsächlich schon mehrmals passiert.

Als schließlich das alte und das neue Gebäude des Jüdischen Museums in Sichtweite kamen, entdeckte Jared etwas, das ihm momentan wichtiger erschien als alles andere. Denn er hatte Hunger.

„Moment mal! Halten Sie hier!“, befahl er dem Fahrer, der dies so rasch und sicher wie möglich tat. Sie hielten vor einer Reihe von Lokalen.

„Seht mal! Dieses Restaurant heißt *ONLY BAGELS*! Das wäre doch der beste Ort für ein kleines Mittagessen, bevor wir uns in das Labyrinth des Jüdischen Museums begeben. Stimmt's, Mädels?“

„Ja. Ich hätte schon ein bisschen Appetit“, stimmte Mary zu.

„Ich auch. Das habe ich bis eben gar nicht gemerkt“, gab auch Megan zu.

Im Inneren des kleinen, überfüllten Restaurants erwartete sie pulsierende deutsche Elektronik-Musik und eine abwechslungsreiche Speisekarte mit verschiedenen Kleinigkeiten. Jared bestellte einen Bagel mit Guacamole und Orangensaft, Mary einen Bagel mit Mozzarella und Tomate, ebenfalls mit Orangensaft, und Megan einen Lachs-Bagel mit reichlich Frischkäse sowie eine Schale Müsli mit Obst und Joghurt, die sie sich schließlich mit ihren neidischen Begleitern teilte.

„Kennt ihr die Entstehungsgeschichte der Bagels?“, fragte Jared, der als erster aufgegessen hatte.

„Ich weiß nur, dass ein Bagel mit Räucherlachs und Frischkäse überall auf der Welt mit der jüdischen Esskultur assoziiert wird", antwortete Megan. „In meinen New Yorker Jahren habe ich viele Lachs-Bagels verspeist."

„Nun, ich werde euch die Geschichte erzählen. Die Legende besagt, dass im 17. Jahrhundert ein jüdischer Bäcker aus Wien dem polnischen König ein Geschenk übersenden wollte, weil dieser die österreichische Kaiserstadt vor den Türken gerettet hatte. Der Bäcker wusste, dass der polnische König Pferde liebte, und so erfand er ein rundes Brötchen mit einem Loch in der Mitte, in Form eines Steigbügels – eines *Bügels* – und schon bald wurden Lachs und Frischkäse auf *Bagels* bei den österreichischen und polnischen Wiener Juden und schließlich in ganz Mittel- und Osteuropa beliebt. Dann waren es die jüdischen Einwanderer aus Osteuropa, die den Bagel im 19. Jahrhundert in New York einführten. Deshalb denken wir New Yorker an Europa, wenn wir Lachs und Frischkäse auf Bagels essen. Und die Europäer denken an New York. Ende der Geschichte."

„Nun, das ist eine gute Erklärung. Das wird für immer *wie ein Steigbügel* in meinem Gehirn hängen bleiben", witzelte Megan, die gerne mal ein Wortspiel übertrieb.

Frisch gestärkt schritt das F&F-Trio die Lindenstraße hinauf zum kürzlich fertiggestellten Jüdischen Museum – das größte jüdische Museum Europas. Es war ein seltsam erschütternder, monumentaler Anblick. Von dem alten gelben, rot überdachten, zweistöckigen Gebäude, das einst den Bundesgerichtshof beherbergte, breiteten sich nach links und rechts hinten zwei gigantische Zickzack-Bauten mit einer ebenmäßigen, fast fensterlosen Titan-Zink-Fassade aus. Auf den ersten Blick schien der moderne Neubau keine physische oder beabsichtigte Verbindung mit dem Barockgebäude zu haben. Doch aus der Vogelperspektive hätte man erkannt, dass die massiven, wie zufällig hingeworfenen, grau schimmerndem Bauten wie ein Blitz oder wie ein zerbrochener Davidstern miteinander verbunden waren. Mit seinem Entwurf wollte der Architekt nicht einfach ein Museum gestalten, sondern deutsch-jüdische Geschichte erzählen.

Im Museum erfuhren die drei mehr über den brillanten Architekten dieses Bauwerks, das zwei Jahrtausende deutsch-jüdischer Geschichte und Kultur beherbergte. Der in Polen geborene amerikanische Architekt Daniel Libeskind hatte seinem Entwurf drei Achsen zugrunde gelegt, die sich symbolisch kreuzen und für die unterschiedliche Entwicklung jüdischer Lebensgeschichte in Deutschland stehen: die Achse des *Exils*, die Achse des *Holocaust* und die Achse der *Kontinuität*. Letztere mündete in einer steilen Treppe, die an ihrem oberen Ende mit einer Lichtprojektion bespielt wurde und in die Dauerausstellung führte. Dort gab es eine Vielfalt von Exponaten zu sehen, die im Zickzack auf bisher nicht gekannte Weise angeordnet und in ganz unerwarteten Bereichen auf verschiedenen Ebenen untergebracht waren. Die meisten davon waren über Holz- oder Eisentreppen erreichbar, einige führten in vollkommen leere Hohlräume. Etwas, das Megan nachdenklich zur Kenntnis nahm. Die schrägen Wände, die unterirdischen Achsen, die leeren Betonhohlräume – Libeskinds *Voids* – , das alles hinterließ bei ihr wie bei vielen Besuchern das durchaus beabsichtigte Gefühl der Desorientierung, der Fremde, der Bedrückung, und erzeugte damit eine Ahnung vom Leid der Juden. Es war Geschichte in Beton gegossen – welch eine Leistung.

Die drei hörten sich einen Podcast von Libeskind an, in dem er darüber sprach, dass Architektur, ähnlich wie Musik, einen gemeinsamen Raum schaffen kann, der die Menschen verbindet.

Erst am Vortag war die Sonderausstellung über Moses Mendelssohn eröffnet worden, und natürlich besorgten die drei sich auch dafür Eintrittskarten. Im ersten Raum waren an einer Wand verteilt mehrere Porträtgemälde Mendelssohns zu sehen, darunter zwei identische historische Ölporträts, die unterschiedlich gerahmt und seitlich angebracht waren, eines über dem anderen. Bei der Betrachtung der Exponate wurde ihnen klar, wie weit es der bucklige Junge aus dem Dessauer Ghetto gebracht hatte. Er war zum Berliner Philosophen der Aufklärung geworden. Doch plötzlich begannen die Alarmleuchten zu blinken und eine Lautsprecherdurchsage unterbrach ihre Konzentration:

„Bitte um ihre Aufmerksamkeit! Wir sehen uns veranlasst, sie zu informieren! Vor einigen Minuten wurde ein Vandalenakt an Moses Mendelssohns Grabstein am Alten Jüdischen Friedhof entdeckt. Die Inschrift wurde überklebt. Darauf steht: *Juden sind Juden und bleiben Juden! Keine Moses M.-Ausstellung wird daran etwas ändern! Keine buckligen Hoffnungen auf Assimilation!*"

29

Um zwanzig Minuten nach fünf am Nachmittag telefonierte Johannes von Bandtrop aufgeregt mit Barbara Badubrecht. Er war wütend.

„Es ist in allen Nachrichten auf jedem Kanal. *Vandalenakt im alten Jüdischen Friedhof.* Wenn es nicht einer von deinen übereifrigen Leuten war, wer um Himmels willen war es dann?", fragte er seine Stellvertreterin, die auf seinen Vorschlag hin zur neuen Anführerin der Hamburger Neonazis gewählt worden war.

„Ich kann dir nur eines sagen, nämlich dass ich unsere Leute ordnungsgemäß auf die beiden bevorstehenden Demonstrationen vorbereitet habe. Ich habe eigens darauf gedrängt, dass sich morgen so viele wie möglich euren Leuten in Berlin anschließen. Morgen, nicht heute."

„Und du bist sicher, dass du *morgen* gesagt hast?" Johannes war mit seinem Latein am Ende. Hatte er etwa selbst einen übereifrigen Mitläufer in seiner Berliner Truppe?

„Ganz sicher, Hannes." Die Tatsache, dass Barbara seinen Spitznamen *Hannes* benutzte, überzeugte ihn. Ihre einstmals kurze Affäre hatten sie schon vor Jahren beendet, aber die beiden schätzten und vertrauten einander noch immer.

„Na schön, Babs. Dann muss ich wohl herausfinden, welcher Idiot hier die Initiative für diesen dämlichen Alleingang ergriffen hat. Und das am falschen Ort, zur falschen Zeit und am falschen Tag! Jetzt ist natürlich nicht mehr daran zu denken, die Demo gegen das Juden-Museum wie geplant morgen Vormittag abzuhalten. Der Ort, das ganze Viertel wird von der Polizei überwacht werden. Herrgott noch mal! Ist dir klar, dass ich verhaftet werden könnte, wenn wir weitermachen?"

„Ja, das ist schrecklich. Du musst das Arschloch finden, das dafür verantwortlich ist! Und ich werde natürlich in meinen Berliner Reihen auch noch mal alles überprüfen."

„Danke, Barbara. Sag deinen Leuten gleich jetzt Bescheid, dass die Sache beim Berliner Juden-Museum abgesagt werden muss. Sie sollen nur zu der anderen Berliner Demo morgen Abend kommen, zum Judentempel. Ich kümmere mich einstweilen um die hiesigen Waffenbrüder, verstanden?"

„Jawohl."

„Dann auf Wiedersehen." Johannes von Bandtrop legte abrupt auf, setzte sich an seinen Computer und begann, die dringende Veranstaltungsabsage einzugeben. Um sich zu beruhigen, drehte er die Musik, die im Hintergrund lief, lauter. Es war das, was er immer hörte, wenn er innere Ruhe brauchte: die Ouvertüre zu Richard Wagners *Tannhäuser.*

30

Jared, Mary und Megan waren noch immer fassungslos über die Nachricht von der Schändung des Grabsteins von Moses Mendelssohn auf dem Jüdischen Friedhof in der Schönhauser Allee. Überrascht, dass es schon halb sechs war, wurde ihnen klar, dass sie mehr als drei Stunden im Jüdischen Museum verbracht hatten. Sie hatten darüber ganz die Zeit übersehen. Jetzt war es zu spät, um noch weitere Mendelssohn-Stätten aufzusuchen, und so nahmen sie ein Taxi zu Jareds Hotel, in der Hoffnung, dass der Anblick seiner „pompösen" Unterkunft sie von den Ereignissen in der Stadt ablenken würde.

Dort angekommen, gab Jared den beiden Damen eine umfassende Führung, die natürlich seine Luxussuite mit dem grandiosen Blick über die Stadt einschloss. Der Rundgang endete an der Bar auf der Dachterrasse, wo sich alle drei einen Baileys auf Eis gönnten. Die Anspannung ließ nach, und erst da bemerkte Megan, dass sie den ganzen Tag gänzlich ohne ihr Nachmittagsschläfchen ausgekommen war. Der bloße Gedanke daran löste ein großes Gähnen bei ihr aus, das ansteckend war, denn sofort schlossen sich Mary und Jaredan. Aber hungrig waren sie auch.

„Worauf wir uns jetzt konzentrieren sollten, ist die Frage, was wir heute Abend unternehmen, oder habt ihr beide schon etwas vor?"

„Das hatten wir, aber die Eröffnung von Richards Fotoausstellung findet heute Abend nun doch nicht statt, sie musste auf Sonntag verschoben werden. Kannst du so lange in Berlin bleiben, Jared? Es wäre wunderbar, wenn du Richards Fotografien sehen könntest." Mary lächelte ihm aufmunternd zu.

„Als stolzes Mitglied des Felix-und-Fanny-Trios bin ich gerne bereit, ebenso lange in Berlin zu bleiben wie die werten Damen", bejahte Jared sofort.

„Dann könntest du ja auch morgen Abend mit uns zu einer ganz besonderen Veranstaltung gehen. Sonst würde Sires Konzertkarte ungenutzt bleiben", antwortete Mary. „Megans ehemaliger Studienkollege Simon Saragon, ein bekannter Komponist und Dirigent, kommt zur europäischen Erstaufführung seines kürzlich vollendeten … nun, sag du es ihm, Megan."

„Seines kürzlich vollendeten *A Jewish Requiem*. So wie Brahms sein Requiem ausdrücklich als *Deutsches Requiem* betitelt hat."

„Ein jüdisches Requiem? Ich glaube, davon habe ich noch nie gehört", sagte Jared, beeindruckt von der gewaltigen Idee.

„Für mich war es auch neu", antwortete Megan. „Aber die New Yorker Weltpremiere von *Azkara* – was so viel wie

‚Gedenken' oder ‚Erinnerung' bedeutet – wurde erst vor ein paar Monaten in der Park Avenue Synagogue gefeiert. Es war ein sensationeller Erfolg. Simons Berliner Musikerkollegen haben ihn sofort begeistert darum gebeten, das Werk als erste in Europa aufführen zu dürfen."

„Und ich lebe in New York und habe nichts davon mitbekommen! Aber ich bin ja auch kein praktizierender Jude. Ja, ich würde sehr gerne mit euch kommen. Wo wird es stattfinden?"

„In der Synagoge Rykestraße", antwortet Mary.

„Das ist die größte Synagoge Deutschlands", erklärte Megan. „Sie wurde 1904 fertiggestellt und sofort als ‚zu groß' kritisiert!"

„Wie das?" wollte Jared wissen.

„Nun, der Innenraum bot ursprünglich Platz für zweitausend Personen und ..."

„Das ist ja mega!", unterbrach Jared.

„Stimmt. Deshalb wurde der Gottesdienstraum bei den jüngsten Renovierungsarbeiten auf etwas mehr als tausend Personen verkleinert – eintausendvierundsiebzig, um genau zu sein", erwiderte Megan.

„Ist diese Synagoge liberal oder orthodox?"

„Liberal *und* orthodox, hieß es im Internet", war Megans überraschende Antwort.

„Ah, also getrennte Sitzplätze", überlegte Jared.

„Wie meinst du das? Getrennte Sitzplätze für Frauen und Männer?"

„Richtig."

„Ich hatte befürchtet, dass du genau das meinst." Megan seufzte, ihr feministisches Empfinden trat in den Vordergrund. Sollte sie Jared sagen, was sie an der Orthodoxie wirklich störte? Sie entschloss sich zu einem Ja.

„Ich kann nicht akzeptieren, dass jeder orthodoxe jüdische Mann in seinem täglichen Morgengebet Gott dafür danken soll, dass er ihn nicht als Frau erschaffen hat."

Jared seufzte. „Ja, das verstehe ich, Megan. Dafür gibt es natürlich mehrere Erklärungen, vor allem, dass zwei andere

Dinge zuvor in dem Gebet erwähnt werden – Gott wird auch dafür gedankt, dass er den Mann nicht zum Heiden oder zum Sklaven gemacht hat. Aber …"

„Aber gar nichts. Besten Dank, Jared. Ich habe alle Erklärungen gelesen, einschließlich derjenigen, die darauf hinweisen, dass die Rolle der Frau zu jener Zeit so eingeschränkt war, dass der Dank dafür, nicht als Frau geschaffen worden zu sein, nachvollziehbar und deshalb *an sich* keine frauenfeindliche Aussage sei. Aber ich kann nicht anders, Jared, es regt mich einfach auf. Und das trotz aller Erklärungen des historischen Hintergrunds."

Jared legte seine Hand sanft auf Megans Schulter. „Megan, Megan. Ich verstehe dich. Das Gebet hätte auch den Dank dafür beinhalten können, nicht homosexuell geworden zu sein. Ich verstehe deinen Schmerz, glaube mir."

Zwischen den beiden neuen Freunden war gerade ein Bund des gegenseitigen Verstehens geknüpft worden.

„Also, da Jared uns zu Simon Sargons *Jewish Requiem* begleiten wird, erzähl uns mehr über deinen ehemaligen Kollegen, den Komponisten", drängte Mary.

„Ja, Simon Saragon, nun, da gibt es eine Menge zu erzählen. Er kam als Kind aus Bombay nach Amerika. Seine Eltern waren indisch-jüdischer und osteuropäisch-aschkenasischer Herkunft. 1962 machte er seinen Master an der Juilliard School of Music in New York. Wir kannten uns damals noch gar nicht, aber zufällig wohnte ich zu dieser Zeit selbst in der Claremont Avenue 40 mit einem Fenster direkt auf die Juilliard School. Wer weiß, vielleicht sind wir dort schon auf der Straße über den Weg gelaufen! Ich muss ihm das irgendwann einmal erzählen."

„Was hast du damals eigentlich in New York gemacht?", fragte Mary. „Ich weiß, dass du aufs Barnard College gegangen bist, aber das war doch früher, oder?"

„Oh ja, sechs Jahre früher. Aber ich kehrte nach meinem Magisterabschluss in Berkeley – wo ich übrigens Egon Schiele entdeckte – nach New York zurück, um an der

Columbia University in Kunstgeschichte zu promovieren. Ich mietete die Wohnung in der Claremont Avenue, weil sie nur zwei Blocks von der Universität entfernt war. Und während acht der elf Jahre, die ich in Manhattan lebte, habe ich selbst an der Columbia University unterrichtet, erst als Lehrbeauftragte, dann als Assistenzprofessorin, bis ich nach Dallas abgezogen wurde."

„Abgezogen? Wie das?", fragte Jared lachend.

„Durch ein großartiges Lehrangebot der SMU, der Southern Methodist University, wo meine Mutter in den 1950er-Jahren die italienische Abteilung gründete und immer noch unterrichtete, als ich nach Hause zurückkam. Meine jüngere Schwester Tina ging sowohl bei unserer Mutter als auch bei mir, ihrer Schwester, in die Vorlesungen!"

„Das ist erstaunlich. Was hat sie denn studiert?", fragte Jared weiter. Megan lachte.

„Nun ja, jedenfalls am Ende weder Italienisch noch Kunstgeschichte! Sie hat sich an der SMU letztendlich für Stadtplanung entschieden und ist dann, um der Familie zu entfliehen, an die Florida State University gegangen, um auch dort Stadt- und Regionalplanung zu inskribieren."

„Und wir alle werden Tina in Rom treffen, wo sie einen zweiwöchigen Kurs in Glaskunst und Fiber-Art belegt", fügte Mary hinzu. „Aber Megan, erzähl uns doch bitte ein bisschen mehr über Simon Saragon."

„Gerne. Zunächst einmal hat er als Komponist Opern, symphonische Werke, Kammermusik, Chorwerke und Lieder geschrieben. Als Lehrer unterrichtete er zuerst am Sarah Lawrence College und dann an seiner Alma Mater, der Juilliard School, bevor er für mehr als zwei Jahrzehnte als Professor für Komposition an die SMU kam. Danach war er einige Jahre lang in Jerusalem an der Rubin Academy of Music. Und er war rund fünfundzwanzig Jahre lang Musikdirektor des renommierten Temple Emanu-El in Dallas." Megan betrachtete die gespannten Gesichter und fügte eine Frage hinzu, mit der sie ins Schwarze traf.

„Was meint ihr, wie alt schätzt ihr ihn nach all diesen Errungenschaften? Ich gebe euch einen Tipp. Er ist vier Jahre jünger als ich." Mary lächelte wissend, während Jared im Dunkeln tappte, bis Megan ihm stolz erzählte, in welchem Jahr ihrer Achtziger sie sich gerade befand.

„Wird er selbst sein Requiem dirigieren?", fragte Jared.

„Das hatte er vor, bis ihn ein etwas berühmterer Dirigent gefragt hat, ob er ihm diese Ehre erweisen würde."

„Wen meinst du?"

„Es ist Nathaniel Darenborne."

„Nathaniel Darenborne!" Jared war hin und weg. Nun konnte er es kaum erwarten, Simon Saragons *Azkara – A Jewish Requiem* in der historischen Berliner Synagoge zu hören und zu erleben.

Der morgige Abend konnte nicht schnell genug kommen.

33

„Papa wird so stolz auf mich sein. Endlich wird er bemerken, dass es mich gibt", murmelte der fünfzehnjährige Helmut von Bandtrop, während er vor dem Arbeitszimmer seines Vaters ungeduldig darauf wartete, dass dieser das hektische Telefonat beendete. Gerade hatte Johannes von Bandtrop seiner Hamburger Stellvertreterin mit zorniger, gepresster Stimme mitgeteilt, dass die für morgen Vormittag geplante Demo beim Jüdischen Museum abgesagt werden musste. Schließlich legte er auf, offensichtlich sehr schlecht gelaunt. Das wollte Helmut gleich ändern.

„Papa! Ich sehe, dass du verärgert bist, aber ich muss dir etwas erzählen, das dich aufheitern wird. Willst du wissen, was?"

„Nicht jetzt, Sohn. Ich habe zu tun."

„Aber du wirst dich sehr darüber freuen, wenn ich dir erzähle …"

„Nicht jetzt!" Wütend wandte sich Johannes von Bandtrop von seinem lästigen Sohn ab.

„Aber Papa! Und wenn ich dir erzähle, wer schon gestern etwas ganz Tolles gemacht hat, fast so toll wie das, was du für morgen planst?“ Sein Vater wirbelte herum und starrte ihn entgeistert an.

„Was?“

„Papa, ich war es! Ich bin derjenige, der den alten Moses-Mendelssohn-Grabstein mit farbigem Klebeband umwickelt hat. Und ich bin derjenige, der einen Spruch draufgeklebt hat, den ich von dir gelernt habe, nämlich, dass die Juden immer Juden bleiben. Ich wars, Helmut, dein eigener Sohn, ich habe all das getan, ganz allein. Bist du jetzt stolz auf mich?“

32

Warum zum Teufel hatte sie bloß ihre Zoom-Gruppe gerade erst gestern angewiesen, ihr E-Mail-Adress-Aktualisierungen zu schicken, fragte sich Barbara Badubrecht enerviert. Ihr Posteingang war von Adress-Aktualisierungen überflutet. Und von zweideutigen Einladungen. Ob sie vielleicht mit dem Absender essen gehen wolle. Einige enthielten sogar Fotos der Absender. Was für Idioten! Was wollten diese Hamburger Neonazi-Brüder? Eine Domina vielleicht?

Sie beantwortete keine einzige der unwillkommenen Nachrichten, sondern machte sich gleich an ihre tatsächliche Arbeit: Sie informierte alle Hamburger Mitglieder darüber, dass die für morgen Vormittag in Berlin geplante Demonstration am dortigen Jüdischen Museum soeben abgesagt worden sei. Umso wichtiger sei es, dass möglichst viele Mitglieder an der für den folgenden Abend geplanten Großkundgebung in Berlin teilnahmen. Die Startzeit war Punkt 19:30 Uhr abends, der Ort blieb derselbe wie ursprünglich angekündigt.

Geheimhaltung war oberste Priorität.

33

Die mitreißenden Klänge der *Tannhäuser*-Ouvertüre hatten ausnahmsweise nicht die erbauliche, beruhigende Wirkung, an die Bandtrop, selbst ein versierter Klavierspieler, gewöhnt war. Er konnte es kaum fassen, dass sein eigener Sohn mit einem selbstherrlichen und voreiligen Akt des Vandalismus die Absage einer seit langem geplanten Großdemonstration verursacht hatte. Der Protest gegen das verhasste Bauwerk, das seiner geliebten Stadt in der abscheulich modernen Gestalt des neuen Juden-Museums aufgezwungen worden war, würde einzig aus diesem lächerlichen Grunde nicht stattfinden können, denn natürlich hatte Helmuts Grabschändung die judenfreundliche Berliner Polizei auf den Plan gerufen.

Johannes musste sich irgendwie beruhigen, deshalb griff er nun zu einem berühmten Text seines Helden, der ihm immer half und in seinem Denken festigte: Wagners hervorragender Aufsatz *Über das Judenthum in der Musik*, der erstmals 1850 unter dem vielsagenden Pseudonym „K. Freigedank" in der *Neuen Zeitschrift für Musik* in Leipzig 1850 veröffentlicht worden war, nur drei Jahre nach Felix Mendelssohns frühem Tod in Berlin. Johannes erfreute sich immer wieder gerne an den Worten Wagners, an seiner vernichtenden Charakterisierung der Juden im Allgemeinen – ihres Aussehens, ihres Sprachgebrauchs, ihrer Aussprache des Deutschen – und an seiner hasserfüllten, ganz konkreten Kritik an den beiden bekanntesten jüdischen Komponisten der Zeit, Mendelssohn und Meyerbeer. Dabei war Meyerbeer ein früher Förderer Wagners gewesen, er hatte die Dresdner Uraufführung von Richard Wagners Oper *Rienzi* im Jahr 1850 ermöglicht. Doch fast zwanzig Jahre später, im Jahr 1869 – fünf Jahre nach Meyerbeers Tod – veröffentlichte Wagner sein Pamphlet erneut, diesmal unter seinem *eigenen* Namen und mit aktualisierten Fußnoten.

Auf der Suche nach einigen der treffendsten und relevantesten Passagen seines Idols konzentrierte sich Bandtrops

Blick auf seinen Lieblingsabschnitt, den er dick unterstrichen hatte. Es war jene Stelle, in der Wagner ausführte, warum der moderne Jude aufgrund seiner angeborenen Eigenschaften keine echte Musik komponieren könne. Johannes deklamierte die Zeilen laut, wobei er sich innerlich auf die anerkannte Autorität des großen Komponisten berief, dessen ganzes Leben dem schönen, ja, dem gewaltigen Klang gewidmet war.

> *Der Jude, der bekanntlich einen Gott ganz für sich hat, fällt uns im gemeinen Leben zunächst durch seine äußere Erscheinung auf, die, gleichviel welcher europäischen Nationalität wir angehören, etwas dieser Nationalität unangenehm Fremdartiges hat: wir wünschen unwillkürlich mit einem so aussehenden Menschen Nichts gemein zu haben.*

Diese niedergeschriebene Iteration aus dem Geiste Richard Wagners war Balsam auf Bandtrops zorniger Seele. Diesen Text hatte er seinem Sohn oft vorgelesen.

> *Im Besonderen widert uns nun aber die rein sinnliche Kundgebung der jüdischen Sprache an. … Als durchaus fremdartig und unangenehm fällt unsrem Ohre zunächst ein zischender, schrillender, summsender und murksender Lautausdruck der jüdischen Sprechweise auf: eine unsrer nationalen Sprache gänzlich uneigenthümliche Verwendung und willkürliche Verdrehung der Worte und der Phrasenconstructionen giebt diesem Lautausdrucke vollends noch den Charakter eines unerträglich verwirrten Geplappers.*

Richtig, Helmut hatte durch sein Ungestüm die Demonstrationspläne für morgen Vormittag über den Haufen geworfen, aber wenn ein so junger Mensch durch Wagners Worte *zum Handeln* angeregt wurde, dann sollte Johannes als Familienoberhaupt nicht zornig, sondern dankbar sein. Ein Gefühl der Zufriedenheit breitete sich in ihm aus. Zufriedenheit und Stolz darüber, dass sein eigener Sohn diese öffentlichkeitswirksame Protestaktion durchgeführt hatte.

Er würde den Jungen beim Abendessen vor seinen Schwestern und seiner Mutter loben.

34

Der deutsche Recke Horst Wesselmann, klein, blond, muskulös und mit auffallend gelblich-grünen Augen, war stolz darauf, ein „unabhängiges" Mitglied der gefürchteten Hamburger Neonazi-Organisation zu sein. Unabhängigkeit bedeutete für ihn, dass er sich nur gelegentlich dem lauten Haufen seiner Waffenbrüder anschloss, und zwar lediglich dann, wenn er dazu in Stimmung war und ihm der Anlass würdig genug erschien.

In seiner Freizeit war es seine Lieblingsbeschäftigung, kunstsinnige Museumsbesucher zu belästigen, sobald sie einen Ort der Judenverehrung wie etwa das peinliche neue Fanny und Felix Mendelssohn Museum verließen. Er folgte ihnen dann ein Stück, und wenn keine anderen Passanten in der Nähe waren, schleuderte er ihnen antisemitische Beleidigungen hinterher. Dann machte er sich aus dem Staub, noch bevor irgendjemand sein Gesicht erkennen konnte. Seine bevorzugte Beleidigung war das Zischen der Worte „Pass auf, du falscher Judenfreund!", sodass es nur der Betroffene und seine Begleitung hören konnte. Bisher hatte es deshalb noch keine Probleme oder Anzeigen bei der Polizei gegeben, und Horst fühlte sich ermutigt, diesen befriedigenden Zeitvertreib fortzusetzen, bis eine größere Aufgabe auftauchte.

Und das war nun der Fall.

Er hatte den inspirierenden, aber selten in der Öffentlichkeit gesehenen Anführer der Berliner Einheit, Johannes von Bandtrop, auf seinem Privattelefon erreicht. Horst erhielt einen persönlichen Auftrag von Bandtrop, der ihm sehr zusagte.

Er sollte am Samstag an einem ganz bestimmten Ort „für Unruhe sorgen“.

Die Wahl der Mittel hatte Johannes Bandtrop ihm freigestellt.

35

Am Samstagmorgen traf sich das F & F-Trio – Megan, Mary und Jared – zu einem entspannten Frühstück im Hotel *Bristol Kempinski*, dann nahmen sie einen Uber und fuhren über die schicke Leipzigerstraße in die östliche Friedrichstadt, wo die Familie Mendelssohn gelebt hatte. Vor ihrer Abreise aus den USA hatte Megan Details aus einer Reihe von Biografien einschließlich zweier Fotos über das Haus in der Leipzigerstraße 3 herausgesucht.

1825 hatten Abraham und Lea Mendelssohn den grandiosen, aber baufälligen Komplex – das ehemalige „Reck'sche Palais“ – gekauft und renoviert. Die lange dreiteilige Straßenfassade des Hauses mit neunzehn Fenstern im Obergeschoss und drei Mansardendächern ließ nicht erahnen, dass sich hinter dem Gebäude noch ein riesiges Gartengrundstück befand. Genau das war es, was die Familie Mendelssohn angesprochen hatte, sie suchten in der Zeit des eskalierenden Antisemitismus einen sicheren Ort, der auch als privates Kulturzentrum geeignet war und bald zum Schauplatz von Fannys beliebten musikalischen Matineen und Soireen werden sollte, für welche Christen und Juden ihre Unterschiede vergessend um Einladungen wetteiferten. Im geräumigen Gartenflügel des Hauses – den Fannys Ehemann Wilhelm Hensel in einer ansprechenden Skizze festgehalten hatte – lebten die beiden nach ihrer Hochzeit in fast ländlicher Abgeschiedenheit mitten in der Stadt, abgeschirmt vom Straßenlärm durch eine Allee großer Laubbäume.

Den Mittelteil des Hauses bildete ein grandioser Festsaal, der für imperiale Hofbälle geeignet gewesen wäre. Er bot

Platz für weit über hundertfünfzig Personen. Auf der Gartenseite ermöglichte eine Glasschiebewand, die von Säulen getragen wurde, dass der Saal mit seinem Blick auf den riesigen Garten im Sommer leicht in einen offenen Säulengang umgewandelt werden konnte. Am äußersten Ende des Grundstücks wohnte ursprünglich noch eine Bauernfamilie mit zwölf Kühen, die die Familie Mendelssohn mit frischer Milch und Butter versorgte.

Megan war bei ihrer zweiten Tasse Kaffee und las Mary und Jared begeistert aus ihren Notizen vor. Jared war besonders gespannt auf den Gartenpavillon der Mendelssohn-Villa, wo der jugendliche Felix sowohl sein Oktett für Streicher in Es-Dur als auch die berühmte Ouvertüre zu seinem *Sommernachtstraum* komponiert hatte, doch er unterbrach schließlich Megans Vortrag, um einen Uber zu rufen. Fünf Minuten später war das Trio auf dem Weg in die Leipzigerstraße 3.

„Ich bin total *ubermannt*", scherzte Jared, als der Uber sie am Ziel absetzte.

Doch als sie sich dort umsahen, war nichts so, wie sie es erwartet hatten. Das Gebäude auf Hausnummer drei war zwar riesig, aber es sah ganz und gar nicht aus wie die Mendelssohn-Villa auf den Fotos, die Megan ihnen beim Frühstück gezeigt hatte.

Stattdessen zierte eine griechische Tempelfassade die obere Fassade, und zwei angebaute Nebengebäude rahmten das Hauptgebäude ein. Wenn dieses Bauwerk irgendetwas mit der Mendelssohn-Villa gemeinsam hatte, dann nur, dass es scheinbar aus drei Teilen bestand. Ein Schild, das Mary schließlich entdeckte, informierte sie darüber, dass es sich um ein Regierungsgebäude handelte, das seit dem Jahr 2000 den Deutschen Bundesrat beherbergte. Kein Wort über die Mendelssohns.

„Ach Gott!", rief Megan. „Ich war so verzaubert von den Bildern des Hauses und des Gartens, dass ich gar nicht auf die Idee kam, nachzusehen, ob das alles überhaupt noch existiert. Ich war mir so sicher, dass sich in der ehemaligen Mendelssohn-Villa ein Museum befindet, so wie es sonst bei Künstlerhäusern oft gemacht wird. Ach nein, ich kann nicht glauben, dass ich das nicht überprüft habe! Das tut mir so leid!"

„Mach dir keinen Kopf, Megan", tröstete Jared sie. „Dein Enthusiasmus hat einfach wieder mal die Oberhand gewonnen."

„Das ist uns sicher allen schon mal passiert", fügte Mary hinzu.

Aber Megan wollte sich nicht trösten lassen.

„So etwas Dummes ist mir in all den Jahren der wissenschaftlichen Forschung nie passiert. Das muss daran liegen, dass ich mit meinen über achtzig Jahren nun doch langsam senil werde."

„Sicherlich nicht!", protestierte Mary, die Megans Clara-Schumann-Buch aus der Perspektive einer professionellen Musikerin bearbeitet hatte und wusste, wozu ihre langjährige Freundin fähig war.

„Nach allem, was ich von dir in Aktion gesehen habe, ganz bestimmt nicht, Megan", bestätigte Jared.

Dann grinste er.

„Ladies, gute Nachrichten. Wenn wir heute noch etwas *Mendelssohnsches* sehen wollen, könnten wir zum Mendelssohn-Bartholdy-Park fahren. Das ist eine U-Bahn-Station. Klingt das spannend oder nicht?"

„Nein, eindeutig nicht spannend genug", antworteten die beiden Damen lachend im Chor. Die drei schlenderten weiter fröhlich scherzend die Leipzigerstraße entlang, bis sie in die U-Bahn stiegen, um nach Berlin-Mitte und in ihre Hotels zurückzukehren.

36

Simon Saragon, Megans Komponistenfreund aus Dallas, war am späten Abend des Vortages in Berlin eingetroffen. Nun war er mit dem Dirigenten Nathaniel Darenborne in der historischen Synagoge in der Rykestraße verabredet, zu einer internen Generalprobe seines *Jüdischen Requiems*, bevor es zur europäischen Uraufführung gelangen sollte. Die Probe war für zehn Uhr angesetzt, und Simon, der Unpünktlichkeit hasste, war mit der U-Bahn etwa zwölf Minuten vor dem Termin am Ort des Geschehens eingetroffen. Simon, weißhaarig und etwas korpulent, betrachtete die markante Fassade des Gebäudes Rykestraße 53 mit den beiden Torbögen und fragte sich erstaunt, ob das wohl die Synagoge sei. Es wirkte auf ihn nicht wie eine Synagoge. Wie sich herausstellte, war das Gebäude an der Straßenseite seit dem Fall der Berliner Mauer als Schule verwendet worden. Erstaunt ging Simon durch eines der offenen Tore auf der Suche nach einer möglichen Hofsynagoge, und da war sie: ein großes zweistöckiges rotes Backsteingebäude mit einem dreiseitigen Dach und zwei Spitzbogeneingängen.

An der Wand fand er eine Tafel mit einer kurzen Beschreibung. Das Gebäude war 1904 eingeweiht worden und galt nach der Budapester Synagoge immer noch als die größte in Europa. Vor dem Ausbruch des Zweiten Weltkriegs im September 1939 war auf der Straße zugewandten Seite die jüdische Grund- und Religionsschule untergebracht gewesen. Doch schon während der Novemberpogrome 1938 hatten Nazi-Schergen die ursprüngliche Inneneinrichtung der Synagoge zerstört. Nur wegen der gefährlichen Nähe zu den benachbarten Wohnhäusern der Deutschen war sie nicht komplett niedergebrannt worden. 1940 beschlagnahmte schließlich Hitlers Wehrmacht das Gebäude, um es als Soldatenlager und Pferdestall zu nutzen.

Die Renovierungsarbeiten nach dem Krieg wurden 1953 abgeschlossen und dabei wurde die Zahl der Sitzplätze im

Tempelraum von über 2.000 auf knapp 1.200 reduziert. Während der DDR-Zeit in den 1960er, 70er und 80er-Jahren war dies die einzige Synagoge in Ost-Berlin. Im Jahr 2005 wurde das Gebäude durch gezielte Sanierung in den eleganten Zustand vor dem Zweiten Weltkrieg zurückversetzt. Die Synagoge Rykestraße sei die größte Synagoge Deutschlands, las Simon.

Solcherart über die erschütternde Geschichte des Gebäudes informiert und mit der Erkenntnis, dass es schon fast zehn Uhr war, machte sich Simon auf den Weg hinein. Er wurde von einem freundlichen jungen Mann empfangen, der offensichtlich auf sein Kommen vorbereitet war und wusste, in welcher Beziehung er zu Darenborne stand.

„Willkommen, Herr Professor Saragon! Der Maestro erwartet Sie bereits mit all seinen Musikern."

Im ersten Moment war Simon fast geblendet von dem himmlisch hellen Licht, das durch die langen Reihen von Bogenfenstern zu beiden Seiten der großen Empore hereinstrahlte. Ein gigantischer Kronleuchter, der aussah, als würde er eine Tonne wiegen, beherrschte den heiligen Raum, und die hohen Seitenwände schimmerten in weißem und grünem Marmor. Dasselbe ansprechende Grün fand sich auch in dem riesigen Bogen wieder, der den Altarraum einrahmte. Davor warteten ein kleines Orchester und ein Chor in vollständiger Aufstellung. Die Musiker schwiegen augenblicklich, als Dirigent Nathaniel Darenborne ihnen mit seinen markanten schwarzen Augenbrauen signalisierte, mit dem Stimmen der Instrumente aufzuhören, sich umdrehte und seinen Gast im Mittelgang zwischen den vielen Sitzreihen begrüßte.

„Simon Sargon! Da sind Sie ja, mein Freund! Unser Komponist! Setzen Sie sich zu uns, mein lieber Simon. Die Musiker freuen sich sehr darauf, Sie kennenzulernen und Ihnen vorzuspielen."

Es gab eine kurze Vorstellungsrunde und ein paar Fragen zu Tempo und Dynamik seines Werkes. Simon war sehr angetan von der Begeisterung und dem Wissen der Musiker.

„Und nun, in Erwartung Ihrer wohlwollenden Kritik und wie wir hoffen, Begeisterung, lassen Sie uns zur Generalprobe von *Azkara* schreiten: Ein jüdisches Requiem“, sagte Darenborne.

„Musiker! Von Anfang an, wenn ich bitten darf!“ Er gab den Auftakt.

Begeisterung und Zustimmung waren in der Tat die grundlegenden Emotionen, die Simon Saragon fühlte, als die in Töne gefassten Beteuerungen, Fragen und Aufforderungen seines Jüdischen Requiems in der beeindruckenden historischen Synagoge aus dem Jahr 1904 im Berlin des 21. Jahrhunderts zu erklingen begannen.

37

Der Samstag verlief für Bandtrop Senior ungewöhnlich geschäftig. Trotz der dringenden Anweisung von gestern Abend, dass die Vormittagsdemonstration abgesagt sei, waren einige Idioten sowohl aus Berlin als auch aus Hamburg am Jüdischen Museum aufgetaucht. Glücklicherweise machte niemand aus der versprengten Gruppe vor dem Museum einen Tumult, keiner zog unnötige Aufmerksamkeit auf sich. Stattdessen nahm ausnahmslos jeder, ohne von der Anwesenheit der anderen zu wissen, besorgt Kontakt zu ihren jeweiligen Anführern in Berlin und Hamburg auf. Badubrecht und Bandtrop hatten kurz miteinander telefonisch die Situation besprochen, dann ging es wieder ans Beantworten von panischen Handynachrichten und E-Mails. Ach, wären doch mehr verlässliche, intelligente Mitglieder in ihren Reihen, statt dieser Jammerlappen, die sie andauernd mit unzähligen Fragen belagerten!

Aber selbst dem armseligsten Mitglied war wenigstens bewusst, dass die Polizei rund um die Museumsgebäude eine sehr sichtbare Präsenz zeigte, folglich hielten sie sich zurück und machten keine Dummheiten, die die für den Abend angesetzte Demonstration gefährdet hätten. Diese würde an einem anderen Ort stattfinden als die üblichen Kundgebungen, nicht wie sonst in der Nähe von jüdischen Museen und Friedhöfen.

Der Ort war ein ganz besonderer, einer, den sie bisher um des Friedens willen vermieden hatten. Bandtrop hielt es für sehr wahrscheinlich, dass der daraus resultierende Überraschungseffekt den Tag, oder besser gesagt den Abend beherrschen würde und dass jener mutige, unabhängige Neonazi aus Hamburg, dem er die wichtigste Aufgabe übertragen hatte, in dem anschließenden Tumult unbemerkt verschwinden und damit seiner Verhaftung entgehen würde.

Sowohl Bandtrop als auch Badubrecht hatten in letzter Minute beschlossen, bei diesem ebenso dramatischen wie angemessenen Akt der Abrechnung persönlich anwesend zu sein.

38

Horst Wesselmann verbrachte den ganzen Tag in Berlin als Tourist und besichtigte alles, was ihn interessierte. Nach der Absage der Vormittagsdemonstration am Jüdischen Museum hatte er Zeit für sich, bevor um 19:30 Uhr die Abendveranstaltung in der Rykestraße losgehen sollte. Darauf freute er sich schon sehr, denn er war noch nie mit einer solchen Spezialaufgabe in einem Judentempel gewesen.

Er musste nur noch eine kleine Besorgung in einem Baumarkt machen, bevor er den Rest des schönen Augusttages für sich selbst nutzen konnte.

Als erstes stand das *Monsterkabinett*, das er in einer Sackgasse abseits der belebten Rosenthalerstraße fand, auf seinem Programm. Dann ging es weiter in den zu DDR-Zeiten berühmten und nun verfallenen und unkrautüberwucherten Spreepark, einen der berühmtesten Lost Places in Berlin, der erst in letzter Zeit langsam wiederbelebt wurde.

Und schließlich ging er zur Erholung ins *Tempodrom*. Dort wollte er den Nachmittag damit verbringen, sich im riesigen Salzwasserschwimmbecken des *Liquidroms* treiben zu lassen. Eine riesige Kuppel überspannte das mit dezenten Farbeffekten beleuchtete Becken und Musik von Techno bis Klassik war bis unter Wasser zu hören.

Das war die perfekte Entspannung, bevor er sich der ehrenvollen Aufgabe zuwandte, die ihm für den Abend aufgetragen worden war.

39

Simon Saragon saß in der vordersten Reihe am Mittelgang mit ungehindertem Blick auf das Orchester, den Chor und den Dirigenten und war voll und ganz auf die Generalprobe seines siebenteiligen Jüdischen Requiems konzentriert. Ihm gefiel die Art und Weise, wie das Orchester den ersten Teil interpretierte, er war zufrieden mit der gebotenen emotionalen Spannung. Außerdem freute er sich, dass aufgrund des kürzlichen Wechsels der Synagoge vom orthodoxen zum Reformjudentum ein Kantor und eine Kantorin vor ihm standen. Simon konnte es kaum erwarten, seiner eigenen Frau davon zu berichten.

Das zehntaktige Einleitungsmotiv für Cello und Streicher, das später vom Chor wiederholt wurde, sollte nicht die Trauerstimmung vermitteln, die man von christlichen Requiemwerken gewohnt war, sondern eine unmittelbare und ernste Frage an Gott.

Die Eingangszeile, von der Sopranstimme der Kantorin vorgetragen, erschien Simon besonders eindringlich: „Herr, was ist der Mensch? – *Adonai Mah Adam?*“ Diese in Psalm 144,3 gestellte Frage wiederholte sich dreimal:

Herr, was ist der Mensch, dass du dich um ihn sorgst? Ewiger, was ist der Mensch, dass du dich seiner annimmst; und was ist des Menschen Kind, dass du es so beachtest?

Ja, Simon nickte unbewusst, diese Frage musste mehrmals gestellt werden. Dreimal hatte er sie aufsteigend formuliert, mit einem Abstieg ganz am Ende. Das funktionierte sehr gut.

„Und nun zum zweiten der sieben Abschnitte“, sinnierte der Komponist und machte sich bereit, die mehr als vierminütige Musik zu „Der Herr ist mein Hirte – *Adonai Roi*“ in sich aufzunehmen, wie sie ihm von den Orchestermusikern dargeboten wurde. Der Text, diesmal vom Tenor des Kantors ergreifend vorgetragen und vom Chor unterstützt, war ein Abschnitt aus den Psalmen 144 und 90, die die Kürze des Lebens betonen:

Großer Gott, wir sind wie ein Hauch. Unser Leben ist wie ein vorübergehender Schatten. Bei Tagesanbruch blüht es auf und wächst heran. In der Abenddämmerung verwelkt es und trocknet aus.

Simons Komposition veranschaulichte den Prozess der Vergänglichkeit durch leise entschwindende Akkorde. Er lächelte, als die Musik mit einer aufsteigenden Oktave ausklang.

„Vergiss nicht, wie schwach ich bin – *Z'chor Ani Meh Chaw-led*“ lautete die Anrufung im dritten Satz, und nun gesellten sich Holzblasinstrumente zu den Streichern. Die Musik erfüllte die Synagoge, und wieder war es der Tenorkantor, der die flehentlichen, ausgedehnten Klagen des Chors in Moll wiederholte. Himmlische Holzbläserklänge beendeten den hoffnungsvollen Aufstieg des langsamen Vier-Ton-Motivs.

Simon fragte sich, wie ‚jüdisch‘ die verminderten Sekunden und Moll-Tonarten seines Requiems für ein gemischtes Publikum aus Juden und Christen klingen würde. Würde die Verwendung von Tonleitern mit mikrotonalen Noten aus aschkenasischen und sephardischen Traditionen für die einen jüdisch und für die anderen einfach nur schwermütig erscheinen? Er dachte an Leonard Bernsteins Variationen jüdischer liturgischer Themen in seiner dritten Symphonie, dem *Kaddish*. Simon hoffte, etwas Ähnliches zustande gebracht zu haben.

Doch bevor er weiter darüber nachdenken konnte, begann der vierte Satz des Requiems: „Ich erhebe meine Augen – *Esa Einai*“. Diesmal führte keine Kantorenstimme; es war ein reines Chorstück, ein meditatives Wechselspiel von Männer- und Frauenstimmen, die wiederholt das betonten, was in der westlichen Musik eine verminderte Sekunde wäre, also ein Halbtonschritt zwischen zwei aufeinanderfolgenden Tönen der Oktave.

Seine Aufmerksamkeit galt wieder den Interpreten, als der fünfte Satz erklang: „Der Herr gibt; der Herr nimmt – *Adonai Natan; Adonai Lakach*“. Innerhalb dieser etwas mehr als dreieinhalb Minuten beantwortete der Chor das kräftige Sforzando der Blechbläser. Zunächst dominierten Bässe, Tenöre und Altstimmen; dann folgte eine Steigerung durch die Sopranstimmen, bis plötzlich ein weiterer Blechbläserlauf die musikalische Stimmung verdunkelte, wie die bestürzende Wahrnehmung, dass der Herr auch *nimmt*. Der Chor wechselte von ruhiger Akzeptanz zu trauernder Erkenntnis dieser Wahrheit, mit einem kurzen orchestralen Schluss.

Ja, genau so wollte ich es haben, sagte sich Simon, doch vielleicht sollte ich Nathaniel vorschlagen, die Bass-Stimmen mehr hervorzuheben; manchmal klingen sie zu sehr überlagert.

Gerade als Simon dies dachte, drehte sich Maestro Darenborne mit einem sanften Lächeln zu ihm um. Er wollte eben den sechsten Teil des Requiems einleiten, „Er ist der Fels, dessen Werk vollkommen ist – *Tsur Ta-mim P'-aw-lo*“. Simon erwiderte Nathaniels Lächeln und nickte, dieser wandte sich wieder seinem Orchester zu und gab einen sanften Auftakt. Gegen die schwebenden Chorstimmen begann der Tenorsolist vom vollkommenen Werk des Felsengottes zu singen:

Denn alle seine Wege sind recht, ein Gott der Treue und der Gerechtigkeit, gerecht und wahrhaftig ist er.

Am Ende erhob sich die Tenorstimme mit vier Schlusstönen in himmlische Höhen, von denen der letzte freudig in das Firmament aufstieg.

„Perfekt!“ Simon konnte nicht anders, als laut auszurufen, was er dachte, sehr zur Freude des Maestros und seiner Mitwirkenden. Jetzt würde der große, wie er hoffte, erhebende Höhepunkt kommen. Der Komponist ließ sich auf seinem Platz nieder und richtete seine volle Aufmerksamkeit auf den finalen und längsten Satz seines Requiems: Sieben Minuten und fünfzehn Sekunden lang erklang „Gott voll des Erbarmens – *Eil Maleih Rachamim* / Gesegnet sei der Richter der Wahrheit – *Baruch Dayan Ha'emet*“.

Arpeggierte Akkorde der Violinen, himmlisch begleitet von Flöten, vermittelten dem Zuhörer Gelassenheit und Sicherheit, gefolgt von einem sanften Tenorsolo. Orchester und Chor umschmeichelten zärtlich die Worte, und zum ersten Mal waren deutlich ‚jüdische‘ Mollintervalle und verminderte Sekundentriller zu erkennen, beginnend mit der ersten Phrase des Tenors und während des gesamten finalen Satzes. Das ist eine überirdische musikalische Gelassenheit, so empfand Simon die Interpretation seines *A Jewish Requiem.* Und offenbar sahen das die Musiker genauso. Als die Musik zu Ende war, applaudierten sie ihrem Komponisten, bis Simon mit Tränen in den Augen aufstand, um die Anerkennung entgegenzunehmen, die *A Jewish Requiem* verdient hatte.

40

Jared hatte Mary und Megan zurück ins *Bristol Kempinski* begleitet, da sie der Verlockung eines mit Fanny Mendelssohn in Verbindung stehenden Dokuments folgen wollten, das zum Glück erhalten geblieben war, im Gegensatz zu der legendären Familienvilla in der Leipzigerstraße 3.

Mary holte ihr iPad mit den Noten von Fannys italienisch inspirierter Klavierkomposition *Das Jahr* und sie folgten Megan in den Aufzug, wo sie den Knopf für das Untergeschoss drückte. Dort traten sie in einen Flur, der auf einer Seite mit Wischmopps, Eimern und anderem Reinigungsmaterial gesäumt war. Hoffnungsvoll öffnete Megan die erste der Türen im Gang und warf einen Blick in den Raum. Kein Klavier. Sie tat das Gleiche mit den anderen fünf Türen und erhielt das gleiche negative Ergebnis. Nur Hotelzubehör und zwei überfüllte Büros.

„Ich schätze, die neuen Geschäftsführer haben den praktischen Klavierübungsraum, den das alte *Kempinski* so großzügig allen Gästen zur Verfügung gestellt hat, einfach abgeschafft", erklärte sie verärgert. „So eine Schande und so typisch für die heutigen Wertvorstellungen."

„Dann lasst uns überlegen, was wir stattdessen vor dem Abendessen und dem Konzert in dieser schönen Stadt unternehmen wollen", drängte Mary.

„Wir könnten eine Bootstour auf der Spree machen", schlug Jared vor. „Ich habe auf dem Flug hierher gelesen, dass man sogar eine Tour durch ganz Berlin machen kann, ohne jemals das Schiff zu verlassen." Er schaute die beiden erwartungsvoll an. Megans Gesicht war ausdruckslos, aber Mary hatte sofort eine Antwort parat.

„Ich möchte lieber wichtige Bauten von innen besichtigen und sie nicht nur von außen bestaunen, egal wie prächtig die Fassaden auch sein mögen." Megan nickte zustimmend und schlug eine Lösung vor.

„Wir könnten zur Museumsinsel mitten in der Spree gehen und sowohl das Alte als auch das Neue Museum besichtigen – dort befindet sich der berühmte Kopf der Nofretete, wisst ihr.“

„Was macht eine altägyptische Skulptur in einer Sammlung, die sich *Neues Museum* nennt?“, fragte Jared etwas mürrisch.

„Die beiden Museumsnamen spiegeln doch nicht die Kunstepochen, die sie beherbergen, sondern wann sie gebaut wurden“, lachte Megan. Aber sie merkte, wie sehr Jared eine Bootsfahrt machen wollte, und so fügte sie eine Ermutigung hinzu.

„Ich sag dir was. Wenn wir nach dem Besuch der beiden Inselmuseen – und eigentlich, Jared, gibt es dort *fünf* davon – noch Zeit haben, könnten wir eine Bootstour nach Potsdam machen und uns das sogenannte Versailles Deutschlands aus dem 18. Jahrhundert, den Park Sanssouci und zumindest von außen, das Schloss Sanssouci – die Sommerresidenz der deutschen Kaiser – ansehen.“

„Wie wär's, wenn wir uns nur für *ein* Museum auf der Museumsinsel entscheiden und uns dann auf den Weg nach Potsdam machen?“, lautete Jareds zähneknirschende Antwort, während er von Megan zu Mary schaute.

„Mal sehen, wie es zeitlich passt“, murmelte Mary diplomatisch. Sie liebte griechische und römische Kunst, und davon gab es sowohl im Alten als auch im Neuen Museum reichlich. Ein weiterer Blick auf ihr Smartphone zeigte ihr den Weg mit der S-Bahn bis zur Haltestelle Hacke'scher Markt, und von dort waren es nur noch ein paar Schritte zur Museumsinsel.

Gesagt, getan. Innerhalb von sechzehn Minuten waren sie auf der Insel und gingen in Richtung Neues Museum. Ihre Eintrittskarten hatten sie unterwegs online gekauft. Dann standen sie vor dem Prunkstück des Museums: der lebensgroßen, faszinierend bemalten Kalksteinbüste der schönen altägyptischen Königin Nofretete. Die Büste wurde vor weit über dreitausend Jahren, 1345 vor Christus, geschaffen, erfuhren sie. Das erhobene Kinn und der schlanke Nacken betonten den langen Hals der Herrscherin, ihr Haar war von einem Kopfschmuck gekrönt, der anderthalb Mal so hoch war wie der Kopf selbst. Die Hauptfarben der Krone waren rauchiges Blau und mattes Rot, der Teint der Königin ein helles Vanillefarben.

Jared war verzaubert. Wie erstarrt stand er vor der Büste, die in Augenhöhe in einer hohen Glasvitrine ausgestellt war, sodass er das Gefühl hatte, direkt in die dunklen Augen der Königin zu blicken. Ein Blick in die Museumsbroschüre verriet ihm, dass nur eines davon ein Original war – das rechte. Das fast unversehrte Abbild der Nofretete war am 6. Dezember 1912 in Ägypten entdeckt worden, als ein deutscher Archäologe namens Ludwig Borchardt die Ruinen eines Hauses in Amarna ausgrub, das dem Bildhauer des mit Nofretete verheirateten Pharaos Thutmosis gehört hatte. Borchardt sah in den Trümmern einen hautfarbenen Hals, dann den unteren Teil der Büste und schließlich die konische Krone. Die abgebrochenen Teile eines Ohrs wurden geborgen, aber das fehlende linke Auge wurde nie gefunden – möglicherweise, weil die Büste gar nicht fertiggestellt worden war.

Jared war gefesselt, hypnotisiert von der Büste, die so voller Geschichte und Schönheit war. Er wollte die Museumsbroschüre weiter durchlesen, während er vor der ägyptischen Königin stand, und winkte seinen geduldig wartenden Begleiterinnen weiterzugehen: er würde sich ihnen bald wieder anschließen. Er las, dass die Büste der Nofretete während des Zweiten Weltkriegs von der deutschen Wehrmacht in einer Salzmine versteckt, dort nach Kriegsende von amerikanischen Truppen entdeckt und dem Deutschen Museum zurückgegeben worden war. Jared erfuhr auch, dass der Name *Nofretete* „Die Schöne, die da kommt" bedeutet, und er begann, wie die Ägyptologen zu rätseln, woher die Schöne wirklich gekommen war.

Erst fast eine Stunde später war der Zauber der Nofretete gebrochen, und Jared, der sich völlig in das Kunstwerk versenkt hatte, taumelte etwas desorientiert in Richtung der Museumslobby, um nach seinen Freundinnen zu suchen. Sie waren nirgends zu sehen. Er überprüfte sein Handy. Dort wartete eine SMS von Mary auf ihn, die sie dreiundzwanzig Minuten zuvor geschickt hatte: „Wir wollten deine Huldigung der Nofretete nicht stören und sind einstweilen ins Alte Museum gegangen, um uns die griechische, etruskische und römische Kunst anzusehen. Danach möchte Megan ihr Mittagsschläfchen halten, und ich muss meine E-Mails abarbeiten. Warum machst du also nicht die Bootstour nach Potsdam und Sanssouci, und wir treffen uns vor dem Konzert heute Abend in deinem *Hotel Zoo* zu einem frühen Abendessen. Schick mir eine SMS, wenn es ok ist." Jared simste *ok* und kehrte dann zu Nofretete zurück.

Vergessen war die Bootstour, vergessen Potsdam und Sanssouci. Er war genau da, wo er jetzt sein wollte.

41

Barbara Badubrechts ICE kam pünktlich um vier Uhr nachmittags am Berliner Hauptbahnhof an und damit würde sie rechtzeitig zum Abendessen bei Johannes von Bandtrop eintreffen, bevor sie alle zusammen in das Konzert im Judentempel an der Rykestraße gehen würden. Die Bandtrops wohnten in einer geräumigen Altbauwohnung mit Blick auf den Marlene-Dietrich-Platz.

Der große, urbane Platz selbst war ebenso beeindruckend wie seine Namensgeberin. Dort befanden sich ein Kino, das Berliner Filmmuseum, ein IMAX-Kino, ein Casino, Cafés, Wohn- und Geschäftshäuser und das *Grand Hyatt Hotel*, in dem Barbara übernachten würde. Sie freute sich, wieder einmal Bandtrops Familie zu sehen, denn sie fand Kinder leicht formbar, besonders den jungen Helmut, der von seinem Vater so geringgeschätzt wurde. Umso größer war ihre Überraschung, dass Johannes beim Abendessen seinen Sohn ausdrücklich lobte und mit stolzgeschwellter Brust Barbara und Helmuts Mutter anvertraute, dass *der Junge ganz allein* für den Vandalismus am Grabstein von Moses Mendelssohn verantwortlich war. Beide Frauen applaudierten bei dieser unerwarteten Neuigkeit und Helmuts Wangen erröteten vor Freude. Ein Lob von seinem viel beschäftigten, bedeutenden Vater!

Die Unterhaltung ließ die Zeit wie im Flug vergehen, und ehe sie sich versahen, war es auch schon wieder Zeit, aufzubrechen. Johannes und Barbara nahmen den jungen Helmut und seine Mutter mit in den seltsamen Judentempel, wo das Konzert stattfinden sollte, und sie hörten mit Begeisterung, was sie dort in der Synagoge am Prenzlauer Berg erwarten würde.

42

Trotz seiner unerwarteten, unverhohlenen Liebesaffäre mit Nofretete saß Jared schon lange vor der Ankunft seiner beiden Reisegefährtinnen im eleganten oder pompösen, wie er es nannte, Restaurant seines Hotels. Es war ihm gelungen, einen Ecktisch für drei zu ergattern, und nachdem er den schön dekorierten Raum begutachtet hatte, war er gerade dabei, die Speisekarte zu studieren, als Megan und Mary gut gelaunt eintrafen. Sie waren bald ebenso fasziniert wie Jared von dem begrenzten, aber abwechslungsreichen europäisch-asiatischen Angebot. Mary lachte laut über den ersten Punkt: eine Liste der angebotenen Sprudelwässer. Es gab zwei Sorten – „L'Eau Sans Souci classic" und „L'Eau Sans Souci naturelle".

„Perfekt für dich, Jared, da du es heute Nachmittag verpasst hast, nach Sanssouci zu fahren", scherzte Megan.

„Glaub mir, es hat mir überhaupt nichts ausgemacht, ich hatte mich so in diese unglaublich schöne Büste der Nofretete verliebt."

Das Essen war ziemlich hochpreisig, aber wie das Trio bald feststellte, war es das Geld allemal wert. Sie bestellten alle als Vorspeise getrüffelten Blattsalat, dann wählten sie verschiedene Gerichte: Jared entschied sich für das Lachs-*Tataki*; Megan für das Frühlingshähnchen auf Zitronengras; und Mary für das peruanische Lammfilet. Als Beilagen wählten sie sautierten Spinat, Jasminreis und chinesischen Gurkensalat. Köstlich, alles war köstlich, da waren sie sich einig. Aber sie würden definitiv kein Dessert bestellen, denn sie waren vom Hauptgang bereits satt.

„Ihr Lieben!" Mary schaute auf ihre Uhr. „Es wird Zeit, dass wir gehen, wenn wir rechtzeitig zum Konzert kommen wollen, um gute Plätze zu bekommen. Es ist freie Platzwahl."

„Genau", stimmte Jared zu. „Ich werde uns einen Uber bestellen. Ihr fragt nach der Rechnung und überlegt euch, wie wir sie durch Drei teilen können."

Neun Minuten später waren sie auf dem Weg zur europäischen Erstaufführung von Simon Saragons *Azkara – A Jewish Requiem.*

43

Unweit der Synagoge Rykestraße, in der Schliemannstraße 15 fand ein weiteres gemütliches Zusammensein statt. An einem kleinen Ecktisch hatten sich Simon Saragon und Nathaniel Darenborne zum Abendessen vor dem großen Auftritt getroffen. Das von ihnen gewählte vegetarische Restaurant *Kanaan* am Prenzlauer Berg war von einem alten Berliner Freund Nathaniels als hervorragendes Lokal mit köstlicher israelischer und palästinensischer Küche empfohlen worden. Und so war es auch. Verschiedene Salate, frisches Gemüse, knusprige Falafels und, was am verlockendsten war, verschiedene Hummus-Kreationen. Die Besitzer, ein Israeli und ein Palästinenser, legten offensichtlich ebenso viel Wert auf Toleranz wie auf leckere Speisen. Sowohl sie selbst als auch alle Kellner trugen schwarze T-Shirts, auf denen in leuchtend weißer Schrift *Ich bin hummussexuell* zu lesen war.

Simon und Nathaniel genossen Essen und Ambiente, während sie sich über verschiedene Aspekte der bevorstehenden Aufführung unterhielten – von der Akustik über das Metrum bis hin zu Fragen der Interpretation. Der größte Teil ihrer Unterhaltung drehte sich um die deutschsprachige Übersetzung. Würde es auch Sinn machen, das Werk hier in Deutschland in der Originalsprache Hebräisch aufzuführen? Nathaniel war der Meinung, dass die Übersetzung, die, wie er erfuhr, von einem ehemaligen Schüler Simons angefertigt worden war, den hebräischen Worten nicht gerecht wurde, da die deutschen Worte nicht die innewohnende Kraft des Originals wiedergeben konnten. Es gab mehrere gute Übersetzer in Berlin, die Nathaniel empfehlen konnte, einer von ihnen ein praktizierender Kantor, und Simon war dankbar für seine Offenheit. Die beiden weißhaarigen Freunde waren sich über alle wichtigen Aspekte der Musik einig, und ihnen war klar, es war ein anspruchsvolles Werk für das Berliner Publikum. Und obwohl das Konzert ausverkauft war, rechneten sie nicht mit irgendwelchen Problemen.

Was für ein Segen und was für eine Ehre es war, der Welt die europäische Erstaufführung des einzig existierenden jüdischen Requiems präsentieren zu können!

Der gemeinsame Moment der Freude zwischen den Freunden wurde jäh unterbrochen, als Nathaniels Mobiltelefon klingelte. Es war ein nervös geblaffter Appell des Geschäftsführers der Synagoge.

„Maestro! Hier Jakob. Es ist dringend! Wenn Sie zur Synagoge kommen, benutzen Sie nicht den Vordereingang. Auf der Rykestraße findet eine Neonazi-Demonstration statt! Nehmen Sie den Hintereingang eine Straße weiter, links unter den drei blauen Kuppeln."

44

Unter den wenigen unerschrockenen frühen Konzertbesuchern, die den bedrohlichen Aufmarsch der Neonazis vor dem Eingang der Synagoge durchbrachen, befand sich ein kleiner, muskulöser Mann mit gelb-grünen Augen. Er hielt einen länglichen Metallwerkzeugkasten in der Hand, an dem mehrere Kabel aufgerollt befestigt waren. Er winkte den jungen Portier an der Innenhoftür des Gotteshauses zu sich und gab sich als Notstrom-Elektriker aus, der dringend von der Direktion gerufen worden sei, um den Sicherungskasten für die Deckenbeleuchtung zu überprüfen, da gerade ein Problem aufgetreten sei.

„Ich werde nur ein paar Minuten brauchen, das Problem werde ich gleich finden. Sie wollen doch keine Stromausfälle während des Konzerts", lachte er zuversichtlich und ging wie selbstverständlich an dem Portier vorbei.

„Danke!", rief ihm der junge Mann hinterher.

Eine Familie, die aus drei Erwachsenen und einem kleinen Jungen zu bestehen schien, hatte innegehalten und starrte auf die fahnentragenden, lautstark skandierenden Demonstranten, die alle die klassischen braunen Hemden der Neonazis trugen. Auf ihren Schildern stand in großer fetter Schrift: *KEINE JUDENMUSIK MEHR IN BERLIN*! Die Demonstranten deklamierten diese Parole, während sie vor dem Straßeneingang der Synagoge Rykestraße hin und her liefen. Auf der anderen Straßenseite stand ein einzelnes Polizeiauto in Bereitschaft. Die Demonstration war genehmigt, solange es nicht zu Gewalttätigkeiten oder Behinderungen kam, war die Polizei machtlos, sie durfte nicht eingreifen. Als die Musiker mit ihren Instrumentenkoffern ankamen, wiesen zwei der Beamten sie hilfsbereit an, den Hintereingang des Gebäudes zu benutzen. Doch als die ersten Konzertbesucher eintrafen, zogen sich die Polizisten zurück. Und so begaben sich auch Barbara Badubrecht und die Familie Bandtrop in das Gebäude, und zehn Minuten später folgte ihnen das F & F-Trio.

Saragon und Darenborne betraten wie vorgewarnt die Synagoge durch den Hintereingang und begannen, sich mit den besorgten Musikern zu beraten. Die beiden Kantoren kamen hinzu, und allmählich beruhigte sich die Stimmung in der Synagoge. Schließlich fand die Neonazi-Demonstration draußen statt; der erhabene Trost von *Azkara – A Jewish Requiem* würde drinnen stattfinden.

45

Der Notstromelektriker hatte auf dem Balkon der Synagoge einen perfekten Platz für sein Vorhaben gefunden, das keineswegs die Sicherungskästen des Gebäudes betraf. Er postierte sich neben einem Stützbogen in der ersten Reihe der linken Empore auf halber Höhe des Altarraums. Von dort aus hatte er einen guten Überblick über den Saal, wo sich gerade das Orchester und der Chor versammelten. Sein Moment würde noch kommen.

Megan, Mary und Jared hatten genügend Zeit, um sich gute Sitzplätze zu sichern, und Jared entdeckte auf dem rechten Balkon ein paar nebeneinanderliegende freie Plätze in der ersten Reihe. Die meisten Konzertbesucher hatten es vorgezogen, im Parterre auf den schönen Holzbänken zu sitzen, doch Jared wollte einen ungehinderten Blick auf die Bühne, und so folgten Megan und Mary ihrem Freund die Treppe hinauf und nahmen dort Platz. Beeindruckt studierten sie das beige-weiße Innere des Gebäudes mit seinen grünen Querstreben, und den gigantischen Bogen, der die Kuppel über den Musikern einrahmte. Der gesamte Raum war in das Licht von drei riesigen Kronleuchtern getaucht, die von der hohen Decke bis weit hinab über die Kirchenbänke im Erdgeschoß hingen.

Wie so viele der Konzertbesucher hatten die Bandtrops und Barbara Badubrecht beschlossen, unten zu sitzen, und sie hatten das Glück, zusammenhängende Plätze in der elften Reihe zu finden, wobei Johannes den Platz am Gang einnahm. Sein Sohn Helmut betrachtete mit großen Augen die ungewohnte Architektur des seltsamen Gebäudes, in dem die Berliner Juden ihren Gottesdienst feierten. Und er war erstaunt, dass es nicht nur einen Chor, sondern auch ein Orchester gab.

„Hat denn jede Syngoge ein eigenes Orchester?", fragte er seine Mutter.

„Es heißt Synagoge, nicht *Syngoge*, mein Schatz, und nein, keine von ihnen hat ein festes Orchester. Heute Abend ist eines da, weil es ein besonderes Konzert geben wird. Es wird wahrscheinlich sehr traurige Musik sein, weil es eine Gedenkfeier für Verstorbene ist."

„Und der Mann, der die Musik komponiert hat, ist ein amerikanischer Jude", fügte Barbara hinzu, die das Gespräch mitgehört hatte.

„Du meinst, es gibt Juden in Amerika?"

„Es gibt Juden auf der ganzen Welt, mein Schatz", antwortete Barbara, „und deshalb machen wir uns Sorgen, dass sie die Welt übernehmen könnten. Sie kontrollieren das Geld, das Fernsehen und die Presse, bringen große Familien hervor und verdrängen Leute wie uns."

„Tante Barbara hat Recht Liebling, und deshalb haben sie und dein Vater so viele Anhänger", fügte Frau Bandtrop hinzu.

„Wenn ich groß bin, will ich auch in *deinem* Verein sein", erklärte Helmut und wandte sich mit großen bewundernden Augen an Barbara.

„Das würde bedeuten, dass du in Hamburg leben müsstest und nicht hier, Helmut. Denk daran, wie stolz dein Vater auf dich ist. Er wäre sehr traurig, wenn du nicht in seinem Verein wärst."

„Worum gehts?", fragte Johannes, der nur den letzten Teil von Barbaras Satz mitbekommen hatte und seinen Sohn anblickte. Barbara antwortete für ihn.

„Nur, dass Helmut in eurem Verein sein will, wenn er volljährig ist."

„Gut. Und weil du dich gestern so tapfer geschlagen hast, bist du bereits ein Ehrenmitglied."

„Wirklich? Heißt das, dass ich jetzt auf Juden wütend sein darf, so wie du?"

Simon und Nathaniel hatten sich inzwischen getrennt. Der Komponist begab sich nach oben und ging zu dem für ihn reservierten Platz Balkon-Mitte. Von dieser Position aus hoffte er, alle Elemente seines Requiems aufnehmen zu können – den Klang, die Aufführung und die Reaktion des Publikums. Und es würde ihm nicht peinlich sein, gelegentlich Fotos mit seinem Handy zu machen, obwohl er wusste, dass auch ein professionelles Video von der Vorstellung produziert und ihm zugeschickt werden würde. Was für ein Abend für ihn als Amerikaner in Berlin!

Nun trat der Rabbiner der Berliner Synagoge auf das Podium vor dem Orchester. Seine Begrüßung war fröhlich, freundlich und kurz.

„Ich wünsche Ihnen allen einen Guten Abend und heiße Sie willkommen in unserer historischen Berliner Synagoge. Wir haben uns heute Abend zu einem außergewöhnlichen Ereignis versammelt: der europäischen Erstaufführung des bekannten amerikanischen Komponisten Simon Saragon, *Azkara – A Jewish Requiem*. Er ist heute hier bei uns, ebenso wie der weltberühmte Dirigent Nathaniel Darenborne, der dieses erste jüdische Requiem, das jemals komponiert worden ist, dirigieren wird. Und es wurde auch Zeit! Maestro, wenn Sie so freundlich wären."

Darenborne schritt zügig zum Podium, quittierte den Applaus des Publikums mit ans Herz gedrückten Händen und wandte sich lächelnd dem Orchester zu, die Arme in symbolischer Umarmung ausgebreitet. Dann gab er den Auftakt und *Azkara* begann mit den Worten:

Herr, was ist der Mensch, dass du dich um ihn sorgst?
Ewiger, was ist der Mensch, dass du dich seiner annimmst;
und was ist des Menschen Kind, dass du es so beachtest?

„Siehst du, was ich meine?“, flüsterte Barbara Badubrecht und beugte sich näher zu Helmut. „So typisch jüdisch, gleich eine dumme Frage zu stellen, anstatt Gott zu loben oder die Toten zu segnen oder die Trauernden zu trösten.“

Helmuts Mutter legte ihren Finger an die Lippen, nickte aber zustimmend.

„Der Herr ist mein Hirte“ war das zweite vorgetragene Stück, und trotz einiger positiver Aussagen herrschte auch hier dieses typisch jüdische Geheule vor, dachte Johannes Bandtrop.

„Immer am Jammern und Klagen, diese Juden, immer am Jammern“, flüsterte er seiner Frau ins Ohr, die ein Kichern kaum unterdrücken konnte.

Auch der dritte Satz von der *Schwäche des Menschen* erschien manch einem Nicht-Juden im Publikum als typisch jüdische Larmoyanz. Einer war besonders irritiert von dem schwermütigen Gejammer. Er hatte endgültig genug von diesem hebräischen Selbstmitleid. Auf seinem Platz links am Balkon neben einem Stützpfeiler zog er von allen unbemerkt eine *Glock 18C* mit Schalldämpfer aus der Jackentasche, legte sie auf seinen Schoß und richtete sie schließlich von dort an die Decke. Ein nahezu lautloser Schuss traf die Deckenbefestigung des größten der drei Kronleuchter, der in der Mitte der Synagoge herabhing. Mit einem ohrenbetäubenden Krach fiel dieser auf etwa zwei Dutzend Zuschauer, die in den mittleren Bänken der Synagoge saßen. Schmerzensschreie, entsetztes Kreischen und verzweifelte Hilferufe erfüllten das ganze Gebäude.

In dem darauffolgenden Tumult stürmte der treffsichere Schütze unerkannt als einer der Ersten aus der Synagoge, vorbei an den ahnungslosen Braunhemden-Demonstranten und hinaus in die Nacht. Ein verlassener Werkzeugkasten mit elektrischen Kabeln wurde später bei einem der Balkonfenster im Obergeschoss entdeckt.

46

Der Kronleuchter war direkt auf die Zuhörer in den mittleren Bänken der Synagoge gestürzt und in siebzehn schwere Eisenteile zerborsten. Nachdem die vier auf der Straße stationierten Polizeibeamten in das Gebäude geeilt waren, forderten sie Verstärkung an, dann trafen die Rettungskräfte ein. Die Neonazi-Demonstration war zum Stillstand gekommen, die Marschreihen lösten sich auf, die meisten Demonstranten verließen den Ort so rasch sie konnten.

Im Inneren der Synagoge herrschte Chaos, der Saal war erfüllt von den Schmerzensschreien der Verwundeten und dem Schluchzen derjenigen, die neben sich die Toten entdeckten. Unter den rasch identifizierten Leichen waren auch die von Johannes und Helmut von Bandtrop. Insgesamt wurden sieben Tote identifiziert und dreizehn Verletze.

Das F & F-Trio blieb zurück, weil Megan Simon suchen wollte, um sich zu vergewissern, dass ihm nichts passiert war. Sie fand ihn zusammen mit dem Maestro im Gespräch mit einem Polizeibeamten in Zivil. Der verstörte Komponist wandte sich an Megan und umarmte sie.

„Es ist ein Glück, dass der Todesschütze nicht auf dich oder Nathaniel geschossen hat", sagte sie.

„Dafür danken wir Gott, aber wie der Kommissar uns erklärte, war es offenbar das Ziel dieses Verbrechers, so viele Juden wie möglich mit einem einzigen Schuss zu töten oder zu verwunden. Und das ist ihm leider gelungen."

„Sie können sich darauf verlassen, dass die Berliner Polizei nicht eher ruhen wird, bis wir den Täter gefunden haben", fügte der Kommissar hinzu.

Maestro Darenborne hatte ein schwaches Lächeln auf den Lippen. Er streckte seine Hand nach Megan aus.

„Trotz des Schreckens freue ich mich, Simons gute Freundin Megan Crespi kennenzulernen. Ich habe außergewöhnliche Neuigkeiten für uns alle. Gerade erhielt ich einen Anruf vom Manager der Berliner Philharmoniker. Sie wollen

Simon Sargons Jüdisches Requiem aufführen, sobald sie es einrichten können. In der Philharmonie werden über zweitausend glückliche Menschen Ihr Requiem hören können!"

47

Der Sonntag brachte eine Reihe guter und schlechter Nachrichten, die alle mit dem Schrecken in der Synagoge am Vorabend zusammenhingen. In ihren jeweiligen Hotelzimmern sah das F & F-Trio die Frühnachrichten. Zuerst kam ein langer Bericht über das Attentat in der Synagoge, dann folgte eine Erklärung der amtierenden Bürgermeisterin von Berlin, Franziska Gottfried. In ihrer Rede aus der Senatskanzlei kündigte sie an, dass von nun an jedes Jahr ein öffentliches Gedenken an das schreckliche Ereignis stattfinden würde, an dem auch andere Gotteshäuser und Schulen teilnehmen würden. Dann folgte ein erschütternder Bericht über einen nächtlichen Vandalismus am Berliner Holocaust-Denkmal. Ganz in der Nähe des Brandenburger Tors war 2005 das *Denkmal für die ermordeten Juden Europas* eröffnet worden, ein Labyrinth aus 2.711 grauen Betonplatten – Stelen, Särgen, Grabsteinen, je nach Betrachtung. Am frühen Morgen waren dort zwei Hakenkreuze und ein „Heil Hitler"-Schriftzug entdeckt worden. Die Polizei hatte trotz Videoüberwachung noch keinerlei Hinweise auf die Urheber des Vandalismus.

„Aha! Du hast es schon gehört", sagte Jared, als er an sein Handy ging und abhob. Er hatte im Voraus erraten, wer ihn anrief – es konnte nur entweder Megan oder Mary sein. Und er hatte recht: Mary war in der Leitung, sie hatte den Lautsprecher eingeschaltet, damit Megan mithören konnte. Nachdem er sich über den neu aufkeimenden Antisemitismus in Deutschland beklagt hatte, berichtete Jared etwas Ähnliches.

„Auf einem anderen Kanal habe ich einen Bericht gehört, dass es eine große russische Fake-News-Kampagne in den sozialen Medien gibt. Auf Facebook, Instagram und Twitter wird behauptet, dass die Gedenkstätte des ehemaligen Konzentrationslagers Sachsenhausen nun für die Unterbringung von ukrainischen Flüchtlingen geöffnet werde. Wie verdreht und hasserfüllt können diese Antisemiten noch werden?"

„Ekelhaft! Lasst uns an etwas Erfreulicheres denken. Heute Nachmittag kommt mein lieber Sire aus der Ukraine zurück, um am Abend seine Fotoausstellung zu eröffnen. Aber warte, Jared, Megan möchte auch mit dir sprechen. Hier ist sie."

„Hallo, Jared! Ich habe gehört, was du Mary erzählt hast. Ungeheuerlich! Aber ich stimme ihr zu, dass wir versuchen sollten, uns abzulenken und uns etwas Fröhliches einfallen zu lassen. Wie wär's, wenn wir drei heute Vormittag eine Bootsfahrt nach Potsdam machen?"

„Potsdam und Sanssouci! Großartig. Klingt nach dem perfekten Ort, um *ohne Sorge* zu sein. Habt ihr schon gefrühstückt? Nein? Dann komme ich zum Frühstück zu euch ins Hotel und wir können überlegen, welche Havel-Kreuzfahrt wir machen. Ich meine, wenn das für euch beide okay ist?"

„Klar, das ist in Ordnung. Wir treffen uns hier zum Frühstück, sagen wir in etwa zwanzig Minuten", lachte Megan und schaute Mary an, die zustimmend nickte. Heute sollte ein positiver Tag werden, bei Gott!

Und das versprach er auch zu werden, denn ein paar Minuten später klingelte Marys Telefon und sie war baff, als sie hörte, wer am Apparat war. Es war ihr Richard! Er rief von einem Flughafen in Polen an, denn er würde gleich in den Flieger steigen, der um vier Uhr am Sonntagnachmittag in Berlin ankommen würde.

48

Erschöpft von seinen erfolgreichen Anstrengungen der vergangenen Nacht hatte Horst Wesselmann bis weit nach neun Uhr morgens geschlafen. Als er aufwachte, verspürte er keine Lust, sofort die dreistündige Fahrt zurück nach Hamburg anzutreten. Warum nicht noch ein bisschen in Berlin entspannen, bevor es nach Hause ging? Der gestrige Nachmittag im *Liquidrom* war himmlisch gewesen. Vielleicht sollte er sich mehr Zeit am Wasser nehmen. Nein, nicht wieder das *Liquidrom*, sondern die Spree. Eine dieser Flusskreuzfahrten, die so beworben wurden. Er schaute auf seinem Handy nach: Ah, da war schon ein perfektes Angebot, Abfahrt und Rückkehr zum Kronprinzessinnenweg 5. Abfahrtszeit um elf. Perfekt. Horst zog sich an, checkte aus seinem billigen Hotel aus und ging zu der Straße, wo er sein Auto geparkt hatte.

Die Recherche des F & F-Trios über Flusskreuzfahrten nach Potsdam ergab eine Vielzahl von Möglichkeiten, doch Mary wünschte sich eine kurze Kreuzfahrt, da sie rechtzeitig zurück in Berlin sein wollte, um Sire vom Flughafen abzuholen. Die kürzeste Schifffahrt, die sie finden konnten, dauerte anderthalb Stunden und startete und endete an der Anlegestelle Kronprinzessinnenweg.

„Das hört sich gut an", sagte Megan mit ihrem Laptop auf den Knien. „Wir tauchen in die Natur ein, während unser Schiff zum sogenannten ‚Preußischen Arkadien' fährt."

„Arkadien?", fragte Jared. „Das ist das Richtige für mich. Da gibt es viel zu essen und zu trinken. Wann gehts los?"

„Um elf."

„Also gut, dann lasst uns loslegen! Das Wichtigste ist mir, rechtzeitig zur Ankunft von Sire um vier Uhr am Flughafen zu sein", trieb Mary sie an.

Ein zweistöckiges, strahlend weißes Ausflugsschiff namens *Sea Surprise* legte pünktlich um elf Uhr vom Kronprinzessinnenweg ab, und zwei der Passagiere machten sich, anstatt die grüne Flusslandschaft zu betrachten, sofort auf die Suche nach den Speisen und Getränken. Tatsächlich befand sich auf dem Unterdeck in der Mitte des Schiffes ein kleines Buffet. Die Männer trafen aus unterschiedlichen Richtungen kommend fast gleichzeitig dort ein, doch ihre Aufmerksamkeit galt dem einladenden Angebot und nicht den anderen Passagieren. Nachdem sie ihre Teller gefüllt und Getränke bestellt hatten, blickte einer der beiden auf. Sein Gegenüber kam ihm irgendwie bekannt vor, aber Horst konnte ihn nicht einordnen, bis etwas Seltsames geschah. Eine Melodie erklang in seinem Kopf, und die konnte er zuordnen. Sie war von diesem schrecklichen Judenmädchen Fanny Mendelssohn. Ja! Das wars. Scheißmusik! Und der große Mann, der ihm gegenüberstand, war derselbe Mann, der diese Musik auf seinem Handy einer Gruppe von Leuten im Park vorgespielt hatte. Und den er erst gestern im neuen Jüdischen Museum in Berlin zufällig wiedergesehen hatte. Das musste ein Jude sein, und Horst wollte gerade etwas Passendes zu ihm sagen, als die Lautsprecheranlage die Nachricht verkündete, dass der Grabstein von Moses Mendelssohn – er musste wohl mit Fanny verwandt sein – mit einer Hassbotschaft beschmiert worden war. Doch bevor Horst den Mund aufmachen konnte, hatte sich der Fremde schon umgedreht und verschwand mit einem Teller voll Kuchen aus seinem Blickfeld.

„Wer hat Lust auf Süßes?“, fragte Jared, als er sich wieder zu seinen Freundinnen gesellte, die an den Fenstern auf dem Oberdeck des Schiffes saßen. Beide Frauen lehnten ab. Sie bewunderten die Landschaft und Megan machte Fotos.

„Wir haben doch gerade gefrühstückt. Wie kannst du jetzt schon wieder etwas essen?“, sagte Mary entgeistert.

„Wie schaffst du es bloß, bei deinem ständigen Heißhunger so schlank zu bleiben?“, fragte Megan, rollte mit den Augen und lachte.

„Mein Geheimnis ist Schwimmen“, antwortete Jared wahrheitsgemäß.

„Schwimmen? In New York? Im Hudson River?“ Megan bemühte sich, ein ernstes Gesicht zu machen.

„Nein. West 56. Straße. Ein Hotelpool, zwei Blocks südlich des Central Park zwischen der Sixth und der Seventh Avenue. Ich drehe dort fast jeden Tag eine halbe Stunde meine Runden.“

„Das muss unglaublich teuer sein“, reagierte Mary, wandte den Kopf von der Aussicht auf das grüne Flussufer ab und starrte Jared an. „Warum gehst du nicht einfach in ein YMCA?“

„Weil es mir dort nicht gefällt, zu viele Familien mit Kindern für meinen Geschmack.“

Megan und Mary tauschten amüsierte Blicke aus, sagten aber nichts.

Weitere zehn Minuten vergingen, dann sahen sie es: das Rokoko-Sommerschloss Sanssouci von Friedrich dem Großen auf einer kleinen Anhöhe mit grünen Weinbergterrassen. Megan hatte es vor Jahren schon einmal besichtigt und war daher nicht überrascht. Anstelle eines traditionellen mehrstöckigen Palastes war Sanssouci ein einstöckiges, extrem lang gestrecktes Gebäude mit einer niedrigen Kuppel in der Mitte. Sechs niedrige, breite Stufen führten von einem enormen Brunnenbecken hinauf, das von einem gewaltigen Wasserspeier geschmückt und von einigen lebensgroßen Marmorstatuen allegorischer Figuren umgeben war.

Als die Passagiere ausstiegen und das Trio sich um den niedrigen Springbrunnen herum auf die Stufen des Palastes zubewegte, ereignete sich ein scheinbarer Unfall. Einer ihrer Mitreisenden, ein kleiner, muskulöser Mann, stolperte plötzlich und prallte mit voller Wucht gegen Jared, der daraufhin in das Becken des Brunnens fiel. Nur Jared hörte, was der Mann ihm zuflüsterte, während er gegen ihn stieß. Es war nur ein einziges Wort. *Jude.* Tropfnass kletterte Jared aus dem Brunnen und starrte auf die Gestalt des Mannes, der ihn absichtlich ins Wasser gestoßen hatte und nun in der Entfernung verschwand. Er erzählte den besorgten Freundinnen Mary und Megan nicht, was sich tatsächlich ereignet hatte. Irgendetwas hielt ihn zurück. Er versuchte, die Situation auf die leichte Schulter zu nehmen und scherzte: „Ach du meine Güte! Ich dachte kurz, das wäre der Dachterrassen-Pool meines Hotels!“

Kurze Zeit später bekam er seine Gelegenheit, Rache zu nehmen. Alle standen im Gemäldesaal und bewunderten die lebensgroßen Kopien von Kunstwerken, die einst die Wände des Schlosses geziert hatten. Megan, die Amateurflötistin, lenkte die Aufmerksamkeit ihrer Freunde begeistert auf das große Ölgemälde von Adolf Menzel aus dem Jahr 1852: Friedrich der Große beim Flötenspiel in Sanssouci. Während sie sprach und enthusiastisch darauf hinwies, dass der Pianist, der den König begleitete, ein Sohn von J. S. Bach war, entdeckte Jared den Mann, der ihn in das Brunnenbecken gestoßen hatte. Der Kerl stand allein abseits von der Reisegruppe im Saal und betrachtete eine laszive Darstellung dreier weiblicher Akte. Er bemerkte nicht, dass sich Jared hinter ihm leise näherte. Sekunden später hatte Jared den Judenhasser mit einem Würgegriff rückwärts auf den Boden geworfen. Das alles geschah so rasch und lautlos, dass niemand etwas mitbekam. Erst ein paar Minuten später bemerkte der Reiseleiter, dass ein Mitglied seiner Gruppe bewusstlos auf dem Boden lag. Ein Krankenwagen wurde gerufen, und Horst Wesselmann kam in ein Potsdamer Krankenhaus, wo er einige Stunden später wieder das Bewusstsein erlangte. Seine Wirbelsäule war an zwei Stellen gebrochen, doch er weigerte sich, dem Krankenhauspersonal eine Erklärung für die Geschehnisse in Sanssouci zu geben.

49

Richard Sires Versuch, am Sonntagvormittag den polnischen Flughafen Rzeszów-Jasionka zu erreichen, der nur achtzig Kilometer von der ukrainischen Südostgrenze entfernt liegt, war erfolgreich verlaufen, auch weil er zwei Grenzwachen ein „Trinkgeld“ in beträchtlicher Höhe gegeben hatte. Nun war er auf dem Flug nach Berlin, wo seine Liebste Mary auf ihn wartete. Die Eröffnung seiner Berliner Ausstellung, die auf heute verschoben worden war, sollte um sieben Uhr stattfinden.

„Alles ist vorbereitet, Richard, und wenn überhaupt, dann hat die Verzögerung das Interesse an deiner Arbeit noch verstärkt“, hatte ihm sein Galerist bestätigt. „Eine Journalistin war diese Woche schon zweimal hier, nur um deine Fotos zu bewundern und sich Notizen zu machen. Und eine andere kam in die Galerie, um mich über dein Werk zu interviewen. Der Artikel ist in der heutigen Sonntagszeitung erschienen, ich habe einige Exemplare für dich aufgehoben.“

„Und alle meine Fotos sind über das MSNBC-Fotodesk gekommen?“

„In der Tat, das sind sie! Wunderbare hohe Auflösung, perfekt für unsere Vergrößerungen.“

„Vergrößerungen? Vergrößerungen im gleichen Format wie meine Fotos von vor dreißig Jahren?“

„Nein, noch größer. Deine Bilder von jetzt sind so ausdrucksstark, dass sie nach einem noch größeren Format verlangten. Wirklich groß. Zum Beispiel die vor dreißig Jahren abgelichtete Kirche mit der Kuppel, die friedlich in den Maisfeldern steht; wir haben sie im Format zwei mal zwei Meter, und darüber haben wir die aktuelle Ansicht der verwüsteten Gegend im Format drei mal drei Meter gehängt. Das Ergebnis ist atemberaubend. Es wird dir gefallen, Richard. Lass nur das Abendessen nicht ausfallen.“

„Abendessen? Wer denkt denn ans Abendessen?“

50

„Leute, es ist erst halb zwei. Wie wäre es, wenn wir zu Mittag essen, solange wir noch hier im Grünen sind?", fragte Megan in die Runde, nachdem sie von Bord gegangen waren. Mary schaute auf die Uhr.

„Ich habe nichts dagegen, aber bitte irgendwo, wo es schnell geht, denn ich will vor vier Uhr nachmittags am Flughafen sein, und die Fahrt dorthin dauert gut fünfundvierzig Minuten. Und außerdem möchte ich meine Sachen in das Zimmer bringen, das für Sire und mich reserviert ist."

„Da gibts die perfekte Lösung: Auf Google Maps sehe ich, dass es in der Nähe einen Burger King gibt." Jared wedelte mit seinem Handy herum.

„Das klingt perfekt! Ab und zu esse ich gerne einen Cheeseburger", lächelte Mary.

„Ich auch", stimmte Megan zu. „Und ich mag besonders, was man dazu bestellen kann."

„Und was ist das?", lächelte Jared.

„Einen Schoko-Sundae."

„Lecker. Dann nichts wie hin!", befahl Mary.

Während sie fröhlich ihre Burger und ihr Eis verzehrten, kam Jared eine Idee. Er sprach Megan und Mary gleich darauf an.

„Sagt mal, wo seid ihr in Rom untergebracht? Werdet ihr beide in demselben Hotel wohnen?"

„Nein", antwortete Mary. „Sire und ich werden in einem schicken Hotel namens *Colosseum Corner* wohnen, nur hundert Meter vom Kolosseum entfernt, und Megan wird sich ihrer Schwester Tina anschließen, die bereits in Rom ist und im Hotel *Scalinata di Spagna* wohnt, ganz in der Nähe der Spanischen Treppe."

„Und was ist dein Plan, Jared? Wirst du nach New York zurückkehren?", fragte Mary im Gegenzug.

Jared dachte an die missliche Situation in dem von ihm gegründeten Mendelssohn-Komplex, und dass der Vorstand statt ihm selbst einfach eine pensionierte Professorin für Musikwissenschaft am Hunter College, Monica Sallinger, die von ihren Studenten „die Bulldogge" genannt wurde, zur Leitung ausgewählt hatte.

„Irgendwann, aber ich habe noch nicht entschieden, wann. Ich genieße meinen Aufenthalt in Deutschland wirklich sehr, und gerade kam mir die Idee, ich könnte nach Hamburg zurückkehren, um im Mendelssohn Museum weiter zu forschen und vielleicht der armen Rachael Skylar auszuhelfen. Angesichts der plötzlichen Erweiterung ihrer Familie kann sie vielleicht etwas Unterstützung brauchen."

„Wie aufmerksam von dir", kommentierte Megan.

Die Schoko-Eisbecher waren rasch verzehrt und die vier nahmen einen Uber zurück in ihre Hotels. Mary brachte ihre Sachen in das Zimmer, das sie mit Sire teilen würde, während Megan sich „ganz kurz" noch ein bisschen hinlegte. Um drei Uhr nachmittags fuhr Mary mit dem Bus vom Ku'damm zum Flughafen Berlin Brandenburg und kam fünfzehn Minuten vor dem Eintreffen von Sires Flugzeug an. Sie stellte sich so nah wie möglich an den Passagierausgang.

„Mary! Darling! Hier bin ich!", rief Sire, als er sie erblickte. Wenige Sekunden später lagen sie sich in den Armen. Sire bestand darauf, ein Taxi in die Stadt zu nehmen, und während der Fahrt erzählten sie sich, was sie in den letzten Tagen erlebt hatten.

„Es tut mir aufrichtig leid, Liebling, dass ich dich nicht über meine ungeplante, plötzliche Entscheidung in die Ukraine zu reisen, informiert habe", sagte Sire. „Es ging alles so schnell und ich habe einfach nicht damit gerechnet, dass ich von dort aus keinen Telefonkontakt haben würde."

„Nun, du bist ein wenig, aber nicht vollständig entschuldigt. Du kannst dir gar nicht vorstellen, wie besorgt ich war, als ich nichts – gar nichts – von dir hörte. Zum Glück gibt es Gabor Uninsky. Seine Empfangsdame wollte uns nichts sagen, als ich anrief, also sind Megan und ich einfach in die Galerie gegangen, wo Gabor uns schließlich über deine Reise aufgeklärt hat. Er hat uns in seinem Büro bereits einige der Bilder gezeigt, die du ihm dank des Fototeams von MSNBC geschickt hattest. Du lieber Gott, so bewegend. Die Bilder zerreißen einem das Herz! Ich bin so stolz auf dich, mein Liebster." Mary wischte sich eine Träne von der Wange.

„Und ich bin so froh, wieder bei dir zu sein." Sie hielten sich an den Händen und saßen eine Zeit lang schweigend im Taxi. Sire brach die Stille.

„Was hältst du davon, wenn wir gleich in die Galerie gehen, nachdem ich mich im Hotel umziehen und frisch machen konnte?"

„Natürlich!"

„Dann machen wir es so."

Aber Mary hatte plötzlich einen anderen Gedanken. „Sire, könnten wir nicht zuerst ein schnelles Abendessen zu uns nehmen?"

„Klar, natürlich können wir das. Aber lass uns das irgendwo in der Nähe der Galerie machen. Oder?"

„Klingt perfekt. Und ich weiß genau, wo wir essen können. Ich habe ein Lokal gesehen, das mir gefällt."

„Sag bloß, es ist ein Burger King", sagte Sire mit ernster Miene.

Mary brach in Gelächter aus.

„Nein, Liebster, es ist ein chinesisches Restaurant, *Peking City*. Und weißt du was?"

„Keine Ahnung. Sag schon."

„Es befindet sich gleich neben deiner Galerie."

51

Jared und Megan hatten sich darauf geeinigt, keine gemeinsamen Pläne für den Nachmittag zu machen, nachdem Mary aufgebrochen war. Jeder wollte seiner eigenen Wege gehen, bevor es Zeit war, um sieben Uhr die Ausstellungseröffnung von Sire in der Galerie Gabor zu besuchen. Jared würde Megan um halb sieben abholen, dann würden sie rechtzeitig in der Galerie ankommen.

Für Megan bedeutete diese Zeitspanne nach ihrem kurzen Nickerchen, das zu organisieren und zu vertiefen, was sie im Hamburger Mendelssohn Museum und seit ihrer Ankunft in Berlin über die außergewöhnliche Fanny Mendelssohn erfahren hatte. Aufrecht auf dem Bett sitzend legte sie ihren Laptop auf ein Kissen und begann, ihre Notizen zu sortieren. Frühe Forscher hatten überliefert, dass Fannys klavierspielende Mutter, die selbst bei einem Bach-Schüler studiert hatte, 1805 über ihre neugeborene Tochter gesagt hatte, sie besitze „Bachs fugierte Finger". Fanny gab ihrer Mutter Recht, indem sie im Alter von vierzehn Jahren als Geburtstagsgeschenk für ihren Vater das gesamte „Wohltemperierte Klavier" auswendig spielte. Und als Fanny selbst ein Kind bekam, gab sie ihm drei Namen nach ihren drei Lieblingskomponisten: Sebastian (Bach), Ludwig (Beethoven) und Felix (ihr Bruder).

Fanny verliebte sich im Alter von sechzehn Jahren in den aufstrebenden Berliner Künstler Wilhelm Hensel, der elf Jahre älter war als sie. Ihre Eltern waren wegen des Altersunterschieds gegen diese Verbindung, aber nach sieben Jahren, in denen sie heimlich einige seiner Gedichte vertonte, durften die beiden schließlich heiraten. Die Hochzeit fand am 3. Oktober 1829 statt. Eine von Wilhelm schriftlich festgehaltene Bedingung für die Heirat war, dass Fannys „unbegrenztes Üben" auf dem Klavier fortgesetzt werden sollte. Dies war sicherlich ein gutes Vorzeichen für eine sehr glückliche Ehe.

Die drei bestimmenden Faktoren in Fannys Leben waren das Komponieren und Aufführen von Musik, die Geburt von Sebastian im Jahr 1830 und der einjährige Aufenthalt der Familie in Italien von August 1839 bis September 1840. Sie bekam keine weiteren Kinder und so wurde Sebastian, der von 1830 bis 1898 lebte, der Familienhistoriker. Er bearbeitete die Briefe und Tagebücher seiner Eltern und veröffentlichte sie 1884.

Ach, dachte Megan lächelnd, wie musste Fanny die Ehebedingungen ihres Mannes geliebt haben, die sich so sehr von den lebenslang einschränkenden Erwartungen ihres Vaters und ihres Bruders Felix unterschieden! Das würde sie sicherlich in ihr Buch über Fanny aufnehmen. So wie die schriftliche Ermahnung Abraham Mendelssohns an seine Tochter: „Die Musik wird vielleicht Felix' Beruf werden, während sie für dich nur eine Zierde sein kann und darf, niemals die Wurzel deines Seins und Tuns." Oh, wie sehr hatte die Tochter ihrem Vater das Gegenteil bewiesen! Wenn sie auch nicht in die Welt hinausgehen durfte, um ihre Musik unter die Leute zu bringen, lud sie viele zu sich nach Hause ein – in ihren Salon, wo sie und andere Musiker ihre Kompositionen aufführten. Eines ihrer frühesten Werke komponierte sie, nachdem sie vergeblich auf die von ihrem Bruder versprochene Musik gewartet hatte, am Abend vor ihrer eigenen Hochzeit: die Musik für die Zeremonie.

Fanny saß Modell für das berühmte Gemälde ihres Mannes, das die biblische Miriam zeigt, welche häufig als Symbol für die Kunst der Musik verwendet wird. Königin Victoria sah das Gemälde 1838, traf den Künstler und lobte Miriams Schönheit. Als Hensel der Königin später das Werk überreichte, schenkte sie ihm einen Smaragdring und einen Diamanten für seine schöne Frau. Möglicherweise tat sie dies, um die berühmte Blamage wiedergutzumachen, die sie Fannys berühmtem Bruder zugefügt hatte, als er seine Jahre zuvor veröffentlichten Kompositionen für sie spielte und zugeben musste, dass das Stück, das die Königin ausdrücklich verlangte – *Italien* – eigentlich von seiner Schwester Fanny komponiert worden war.

Als Fanny im Alter von vierzig Jahren beschloss, gegen den Willen ihres Bruders ihre Kompositionen unter eigenem Namen zu veröffentlichen, schrieb sie Felix einen besorgten Brief: „Eigentlich würde ich nicht erwarten, dass du diesen Unsinn jetzt liest, so beschäftigt du auch bist, wenn ich dir nicht etwas sagen müsste. Aber da ich von vornherein weiß, dass es dir nicht gefallen wird, ist es ein bisschen unangenehm, damit anzufangen. Lach mich aus oder lass es bleiben, wie du willst: Ich fürchte mich vor meinem Bruder mit vierzig Jahren, wie ich mich vor Vater mit vierzehn Jahren gefürchtet habe. Mit einem Wort, ich fange an zu publizieren." Sie war von zwei Berliner Verlegern angesprochen worden und wollte eine Sammlung ihrer Lieder unter ihrem ehelichen Namen „Fanny Hensel geb. Mendelssohn Bartholdy" veröffentlichen. Nach dem Erscheinen ihres ersten Werkes – *Sechs Lieder, Opus eins* – schrieb Felix an sie: „Ich sende dir meinen beruflichen Segen dazu, dass du Mitglied der Zunft geworden bist … Mögest du viel Freude daran haben, anderen eine Freude zu bereiten; mögest du nur die Süße und nichts von der Bitterkeit der Autorschaft kosten; möge das Publikum dich mit Rosen überschütten und niemals mit Sand." Am 14. August desselben Jahres schrieb Fanny in ihr Tagebuch: „Felix hat geschrieben und mir auf die freundlichste Weise seinen beruflichen Segen gegeben. Ich weiß, dass er in seinem Herzen nicht ganz zufrieden ist, aber ich bin froh, dass er ein freundliches Wort darüber zu mir gesagt hat." Trotz der freundlichen Worte blieb ihr Bruder bei seiner altmodischen Auffassung, dass Frauen besser nur im häuslichen Bereich, nicht aber in der Öffentlichkeit künstlerisch tätig sein sollten.

Eine neue Information, die Megan von Jared erhalten hatte, hatte Megan einen weiteren Anreiz gegeben, an ihrer Biografie über Fanny weiterzuarbeiten. Die *Ostersonate* in A-Dur aus dem Jahr 1829 war ursprünglich Felix Mendelssohn zugeschrieben worden. Das Manuskript war 1970 entdeckt worden, und die Wissenschaftler schlossen aus der Signatur „F. Mendelssohn" automatisch, dass es sich um ein verlorenes Werk von Felix handeln musste. Neueste Forschungen, so Jared, hatten jedoch ergeben, dass tatsächlich Fanny die Komponistin dieses Stücks war. Die Verwendung des Nachnamens Mendelssohn war auf die Tatsache zurückzuführen, dass sie im Jahr der Komposition erst am 3. Oktober Hensel geheiratet hatte.

Megan sah auf ihrem Laptop, wie spät es war. Schon 17:40 Uhr? Plötzlich verspürte sie Heißhunger. Ach ja, das eilige Cheeseburger-Mittagessen. Ihre geliebte Recherche hatte die Stunden so schnell vergehen lassen. Nun, bei der Vernissage würde es sicher Häppchen geben. Aber ach, die Forschung! Meine wahre Nahrung, dachte sie.

52

An diesem Nachmittag verspürte Jared das Bedürfnis, Dampf abzulassen. Er hatte eigentlich vorgehabt, sich auf dem komfortablen Bett in seinem schicken Zimmer im *Hotel Zoo* auszuruhen und abzuschalten. Doch kaum hatte er seine Augen geschlossen, ging ihm die Abfolge der Ereignisse in Sanssouci immer wieder durch den Kopf. Zuerst der gezielte Angriff dieses völlig Fremden, der ihm das Wort „Jude" ins Ohr gezischt hatte. Im Fallen hatte Jared noch das Gesicht des Mannes gesehen, und als er ihn schließlich im Ausstellungssaal wieder entdeckte, war etwas in ihm außer Kontrolle geraten.

„Ich muss hier raus!", hörte Jared sich selbst rufen und sprang von seinem Bett auf. Aber wohin? Die Antwort fiel ihm sofort ein. Schöneberg. Das schwule Herz von Berlin. Und praktischerweise war es nicht weit von seinem Hotel entfernt, direkt südlich des U-Bahnhofs Zoo der U2-Linie. „Na klar! Ablenkung ist das, was ich brauche. Und die kann ich zu Fuß erreichen."

Als er das Viertel betrat, wo die Kabaretts der 1920er-Jahre und Christopher Isherwoods Bücher der 1930er, 60er- und 70er-Jahre spielten, fiel ihm ein interessanter Ort ins Auge. Das *Mann-O-Meter* war Berlins wichtigstes Zentrum für Schwule und Lesben, wo alle möglichen Informationen und Ratschläge erhältlich waren. Er blieb stehen und erfuhr, dass es ganz in der Nähe auch eine Einrichtung namens *Jude-Jutsu* gab, die wenig mit Schwulenbars oder Kampfsport zu tun hatte, sondern eine Beratungsstelle für jüdische Berliner und jüdische Besucher war.

Jared betrat das Lokal, und schon besserte sich seine Laune.

53

Es war genauso, wie Mary es versprochen hatte. Das kleine, aber elegante Restaurant *Peking City* lag direkt neben der Galerie Gabor, und obwohl Sire unbedingt gleich einen Blick in die Galerie werfen wollte, musste er zugeben, dass auch er Appetit hatte.

„Du bestellst", sagte er zu Mary, während er die originelle Dekoration des Restaurants betrachtete. An den Wänden hingen große Fotos von den Gerichten, dazwischen waren echte grün-weiße Porzellanteller angebracht.

„Nicht nötig", antwortete sie. „Schreib einfach die Nummer des Gerichts auf, das am verlockendsten aussieht. Siehst du die kleine Tafel und den Stift neben deiner Serviette?"

„Ist mir gar nicht aufgefallen. Was für eine ungewöhnliche Idee. Gut, dass ich noch keine Brille brauche", sagte er und schielte auf die Bilder an der Wand. Es überraschte Mary nicht, dass sie schließlich beide die Nummer 12 notierten: Peking-Ente.

Um halb sieben hatten sie bezahlt und verließen das Restaurant. Mit Vergnügen betrachteten sie die Mini-Ausstellung, die zu beiden Seiten des Eingangs der Galerie Gabor aufgebaut war. Sie bestand aus etwa zwanzig kleinen ukrainischen blau-gelben Flaggen: das Blau symbolisiert den Himmel, die Flüsse und die Berge der Ukraine, das Gelb den Weizen. Eine weitere Symbolik interpretiert das Blau als Frieden und das Gelb als Wohlstand. So eilig Sire es auch hatte, konnte er nicht umhin, vor den Fahnen stehen zu bleiben, die so viel bedeuteten.

„Da bist du ja, Sire, mein lieber Freund, Gott sei Dank!"

Es war Gabor, er stand an der Tür zur Galerie, ein breites Lächeln im Gesicht.

Die Freunde umarmten einander und machten einen raschen Rundgang durch die Galerie, die noch dreißig Minuten lang für das Publikum geschlossen war. Sires Bedenken wegen der zwei unterschiedlichen Größen der Bilder waren wie weggeblasen, als er erkannte, wie wirkungsvoll der Kontrast war. Die vor dreißig Jahren aufgenommenen Ansichten konnten sich trotz ihres kleineren Formats gegenüber den kürzlich geschossenen Fotos behaupten. Wegen der Aktualität der ukrainischen Bilder von damals und heute hatte Gabor sie in den beiden vorderen Räumen platziert. Der Kontrast war überwältigend, und die Tatsache, dass es Sire in fast allen Fällen gelungen war, den Originalstandort wieder zu finden, war wirklich außergewöhnlich. Das Gleiche galt für seine Bilder von Afghanistan, die die beiden hinteren Räume füllten. Nach der Betrachtung der letzten Fotos klatschte Sire in die Hände, breitete seine Arme aus und umarmte den grinsenden Gabor.

„Mein Freund, du bist hier der Künstler. Deine Hängung meiner Bilder verleiht ihnen ebenso viel Aussagekraft und Dynamik wie die Fotografien selbst. Ich danke dir von ganzem Herzen."

Marys blaue Augen strahlten vor Vergnügen, während sie die beiden Männer beobachtete. Wie reich hatten sie sich gegenseitig beschenkt.

Es war sieben Uhr und die Türen der Galerie wurden pünktlich für das Publikum geöffnet. Megan und Jared standen fast als Erste in der Schlange.

54

Am Montagmorgen trafen sich Sire und das F & F-Trio zu einem fröhlichen Frühstück im Berliner Hotel *Bristol Kempinski.* Jared, der zehn Minuten zu spät kam, schien in auffallend guter Laune zu sein, gab aber keinen Kommentar ab. Gerade als der Kellner Jareds Bestellung entgegennehmen wollte, klingelte Megans Telefon. Genervt schaute sie auf die Anrufer-ID.

„Ach, um Himmels willen, der ist ja wirklich hartnäckig. Nur weil ich ihm gesagt habe, dass ich diese Woche in Rom sein werde, muss er mich doch nicht gleich am Montagmorgen um halb neun anrufen!"

„Von wem redest du?", fragte Mary, als sie erkannte, dass Megan den Anruf nicht entgegennehmen wollte.

„Es ist ein Verrückter aus Rom, der mich kürzlich angerufen hat und behauptet, er habe ein unbekanntes Porträt von Fanny Mendelssohn, das ich beglaubigen soll. Ich habe ihm schließlich gesagt, dass ich Ende der Woche in Rom sein werde, und jetzt versucht er schon wieder, mich zu erreichen. Aber ich will nicht mit ihm reden, solange ich noch in Berlin bin."

„Oje. Bekommst du viele Anfragen wie diese?"

„Ungefähr zwanzig im Jahr. Anrufe und E-Mails. Besonders viele zu Schiele und Klimt. Aber fast ausnahmslos handelt es sich um Fälschungen."

Nun klingelte Jareds Telefon, er sprang vom Tisch auf, wandte seinen Freunden den Rücken zu, nahm den Anruf entgegen und lauschte aufmerksam. Es folgte eine lange Pause, in der Jareds Gesichtsausdruck zu rotwangigem Jubel wechselte.

„Ja, ja! Und zwar sofort. Danke, danke und es tut mir leid, dass Sie den Wecker stellen mussten, um mich zu erwischen", sagte er schließlich mit einem breiten Lächeln im Gesicht, als er auflegte und sich seiner neugierigen Tischgesellschaft zuwandte.

„Was ist los, Jared? Sag es uns!“, drängte Megan erstaunt über sein aufgeregtes Verhalten.

„Es ist folgendes. Die Direktorin unserer Organisation, die ‚Bulldogge‘ Monica Sallinger, ist offensichtlich in einem Wutanfall zurückgetreten und der Vorstandsvorsitzende – das war er am Telefon – hat mir eben mitgeteilt, dass der Vorstand einstimmig beschlossen hat, mich zu fragen: Ob ich selbst bereit wäre, die ständige Leitung des Mendelssohn-Komplexes zu übernehmen?“

Mary klatschte in die Hände.

„Oh, Jared, das ist wunderbar! Wir freuen uns so für dich“, rief Megan gleichzeitig aus.

„Ist halb zehn morgens zu früh, um Champagner für alle zu bestellen?“, fragte Sire.

55

Um die Mittagszeit saßen die drei in der Lounge im zweiten Stock des Flughafens Berlin Brandenburg International und warteten auf ihren Lufthansa-Flug nach Rom. Sire lauschte mit wachsendem Entsetzen Marys und Megans Schilderung des Attentats in der Synagoge Rykestraße. Es war ein Thema, das sie gestern Abend während seiner großen Veranstaltung nicht hatten ansprechen wollen.

„Gott sei Dank befand sich niemand von euch in der direkten Schusslinie des Schützen“, sagte er schließlich und schüttelte den Kopf.

„Aber wir saßen genau dort oben, von wo aus er geschossen hat“, sagte Mary.

„Schon der Gedanke daran ist beängstigend! Lass uns das Thema wechseln. Mary, wie sagtest du, heißt unser Hotel in Rom noch einmal? *Colosseum*?“

„Fast richtig, es ist das *Colosseum Corner.*“

„Und in welchem Hotel wirst du wohnen, Megan?“, hakte Sire nach.

„*Hotel Scalinata di Spagna*, gleich bei der Spanischen Treppe und auch nur wenige Schritte von … na ja, wenn du diesen wunderbaren Thriller ‚Der talentierte Mr. Ripley' mit Matt Damon gesehen hast, wirst du das Café aus dem Film wiedererkennen; es liegt genau gegenüber!"

„Oh, ja, ich erinnere mich genau an das Café", lachte Mary. „Der Film basiert auf dem Roman von der großartigen Patricia Highsmith."

„Stimmt", sagte Megan begeistert. „Und wusstest du, dass sie in Fort Worth geboren wurde?"

„Nein! Wirklich?"

„Ja. Und meine Mutter und ich haben etwas mit ihr gemeinsam: Sie war auch in New York am Barnard College!", nickte Megan und sprach weiter. „Und da wir gerade von der Spanischen Treppe sprechen, verrate ich euch, welches mein römisches Lieblingscafé ist, das *Caffè Greco*. Es wurde 1760 von einem Griechen gegründet. Es war und ist immer noch ein beliebter Treffpunkt für lokale Politiker und Intellektuelle sowie für Heerscharen von Schriftstellern und Künstlern, weil sich auch das in der Villa Medici untergebrachte Kunstzentrum Académie de France ganz in der Nähe befindet."

„Ein Café, das in der Mitte des 18. Jahrhunderts gegründet wurde", wiederholte Sire. „Oha, das ist eine lange Zeit. Wer waren die Schriftsteller und Künstler, die sich dort getroffen haben?"

„Willst du das wirklich wissen? Ich habe früher über das berühmte Café referiert, und die Liste ist lang. Natürlich hebt unser Flugzeug erst in vierzig Minuten ab."

„Schieß los. Ich bin ganz Ohr." Mary schloss sich Sires Bitte an.

„Also gut. Jetzt hört euch das an und ich nenne nur ein paar: Goethe, Antonio Canova, Shelley, Keats, Byron, Ingres, der dänische Bildhauer Bertel Thorvaldsen, die Schweizer Porträtistin Angelica Kauffman, Camille Corot, Stendhal, Schopenhauer, Nietzsche, Rossini, Liszt, Wagner,

Berlioz, Bizet, Brahms, Grieg, Gogol, Hans Christian Andersen, der verrückte König Ludwig der Zweite von Bayern, James Fenimore Cooper, Charles Dickens, Nathaniel Hawthorne, Mark Twain, Henrik Ibsen, Thomas Mann, James Joyce, Henry James, Gabriele D'Annunzio, Baudelaire, Apollinaire, Giorgio de Chirico, der wie Keats ganz in der Nähe wohnte, Buffalo Bill, James Joyce, Orson Welles, Lawrence Ferlinghetti, Sophia Loren, Audrey Hepburn, Elizabeth Taylor, Prinzessin Diana und … soll ich fortfahren?"

„Nein, reicht schon!", rief Sire aus. „Mir brummt der Kopf vor lauter Namen."

„Unser Flugzeug fliegt jeden Moment ab", fügte Mary spitzbübisch hinzu.

Megan schaute nach der Uhrzeit. „Huch! Es ist schon weg!" Die beiden schossen einander die Pointen zu wie Pingpong Bälle.

„Na schön. Tut mir leid. Es ist wirklich sehr interessant, all diese berühmten Persönlichkeiten, die du erwähnt hast."

„Und noch dazu fast alle in chronologischer Reihenfolge", räumte Sire ein.

„In diesem Fall, und da wir noch mehr als eine halbe Stunde warten müssen, möchte ich noch zwei weitere kulturelle Persönlichkeiten erwähnen. Und sie wurden mit denselben Nachnamen geboren. Habt ihr eine Ahnung, wen ich meine?"

Ihre Freunde schauten verblüfft. Megan strahlte und präsentierte ihnen eine ausführliche, aber interessante Antwort.

„Fanny und Felix Mendelssohn! Beide besuchten Italien zu unterschiedlichen Zeiten ihres Lebens, Felix zuerst, dann zehn Jahre später Fanny. Über wen wollt ihr zuerst etwas hören?"

„Felix!", rief Sire, noch bevor Mary ihre Wahl aussprechen konnte.

„Na schön. Sehr gerne!" Megan schien begeistert zu sein. „Wenn ich euch vom jungen Felix in Italien erzähle, muss ich euch auch an seine Verbindung zu Goethe erinnern, mit der alles begann. Als Junge von zwölf Jahren hatte Felix in Weimar mit viel Erfolg für Deutschlands größten Dichter gespielt. Die Lektüre von Goethes *Italienischer Reise* inspirierte Felix später wie Hunderte anderer junger Künstler und Musiker in ganz Europa, selbst nach Italien zu reisen. Im Frühjahr 1830, mit einundzwanzig Jahren, begann er seine Reise und stattete unterwegs Weimar und dem achtzigjährigen Goethe seinen zweiten und längeren Besuch ab. Als Felix endlich in Rom ankam, waren seine musikalischen Erfahrungen dort enttäuschend, und er beklagte sich später, Zitat: ‚Ich habe keine einzige Note gehört, an die ich mich erinnern könnte.' Über die Musikszene in Neapel äußerte er sich abfällig, und in Rom war es offenbar noch schlimmer: Die Orchester seien schlampig, die päpstlichen Sänger untalentiert und die Tradition der katholischen liturgischen Musik, besonders die gregorianischen Choräle, für ihn generell unerträglich."

„Donnerwetter! Was für ein Urteil", bemerkte Mary und schüttelte den Kopf. „Stimmt, aber hör mal, ich bin ziemlich sicher, er hat im *Caffè Greco* vorbeigeschaut, weil er die dortige ‚Kolonie von hageren deutschen Künstlern mit grandiosen Bärten' beschrieb. Klingt doch plausibel, oder?"

„Bei dir klingt es plausibel, das ist mal sicher", antwortete Sire. „Und war dieser Aufenthalt in Italien nicht der Anstoß zu seiner *Italienischen Symphonie*?"

„Richtig", mischte sich Mary in das Gespräch ein. „Und das hüpfende Thema des letzten Satzes ist dem lebhaften italienischen Tanz *Saltarello* entlehnt, vom Wort für springen – *saltare*."

„Ja", stimmte Sire zu. „Also, Megan, erzählst du uns auch etwas von Fanny in Rom?"

„Mit Vergnügen! Sie war vierunddreißig. Sie reiste mit ihrem Mann Wilhelm und ihrem neunjährigen Sohn Sebastian durch Italien und sie blieben dort ein ganzes Jahr lang, vom August 1839 bis zum 30. September 1840. In dieser Zeit lebten sie sechs Monate lang in Rom. Sie kam dort am Abend des 26. November an, mit einem Exemplar von Goethes *Italienischer Reise* in der Hand und mit ihrem Mann als Reiseleiter, denn er hatte zuvor schon drei Jahre von 1825 bis 1828 als Maler im Auftrag des preußischen Königs Friedrich Wilhelm des Dritten in Rom verbracht. Er kopierte für ihn Gemälde von Raffael. So wurde Fanny sehr schnell mit einigen der Sehenswürdigkeiten Roms vertraut. Und Wilhelms alte Freunde und Bekannte luden ihn und seine außergewöhnliche Frau, die Pianistin, immer gern zu eleganten Diners und Veranstaltungen ein." Megan sah Mary an und lächelte wissend.

„Und doch", fuhr sie mit einem Blick auf Sire fort, „hatte Fanny dort in Rom, trotz oder gerade wegen des ständigen gesellschaftlichen Treibens, Inspirationen und Ideen für das, was später ihr Klavierzyklus *Das Jahr* wurde. Mary, du hast ja die Noten auf deinem Laptop und wirst es uns vorspielen, sobald wir irgendwo ein Klavier finden. Kennst du das Werk, Sire?"

„Ähm, nein, das kann ich nicht behaupten."

„Nun, es ist ein Zyklus von zwölf bildhaften ‚Szenen' für Klavier, jede stellt einen Monat des Jahres dar. Es ist eine Art musikalisches Tagebuch, das Fannys Gedanken, Beobachtungen und Gefühle während jedes der zwölf Monate ihres Auslandsjahres in Italien wiedergibt. So beginnt der Zyklus zum Beispiel mit dem Januar, dem zweiten vollen Monat, den die Familie in Rom verbrachte, und deutet einen kühlen, aber nicht kalten Januar an, so wie das Wetter tatsächlich war, als Fanny dort weilte. Dies drückt sich in Form eines *Adagios* aus, und die Musik ist feierlich deklarativ und suggeriert Entschlossenheit und Energie."

„Entschlossenheit und Energie. Das gefällt mir", stimmte Mary zu, die das Stück wie ihre Westentasche kannte.

„So wie auch der Februar, mit viel Betriebsamkeit durch ein *Scherzo* und ein *Presto*, aber auch mit einem verweilenden meditativen Thema." Megan summte es.

„Schön!", erklärte Sire.

„Finde ich auch. Der März vermittelt durch ein Präludium, gefolgt von einem ruhigen Choral, schließlich einen sanften Aufschwung, so wie Rom in Wirklichkeit von einem feinen Schneegestöber überrascht wurde, als Fanny dort war."

„Ich kann mir gut vorstellen, dass ein helles Klimpern von Klaviertasten an Schneeflocken erinnern könnte", meinte Sire lächelnd.

„Genau. Und dann bringt der April ein *Capriccioso* voller guter Laune, Zufriedenheit und Dankbarkeit. Der Mai ist wahrlich ein Frühlingslied, mit einem *Allegro Vivo*, das die Natur selbst in optimistischen thematischen Aussagen beschwört. Und der Juni, Fannys letzter Monat in Rom, beginnt zwar wehmütig mit einem Abschiedsständchen, ist aber voll von *Allegro*-Sprüngen und -Läufen und glücklichen Äußerungen, während sie andere italienische Städte erkundete, die auch Goethe besucht hatte. Der Sommermonat Juli ist von einem meditativen *Larghetto* geprägt."

„Wenn ich dir also richtig folge, beginnt *Das Jahr* mit dem Kalendermonat Januar und nicht mit November, als sie bereits in Rom war?" Sire wollte sich vergewissern, ob er Megans Schilderung verstanden hatte.

„Genau! Es beginnt, nachdem sie mit ihrer Familie Mailand, Venedig und Florenz besucht hatten. So kommen wir musikalisch zum achten Monat des Jahres, dem August, als die drei 1840 Rom verließen, um weitere bekannte italienische Städte, vor allem Neapel, zu besuchen, bevor es wieder zurück nach Berlin ging."

„Wie spiegelt sich das in ihrer Musik wider?", erkundigte sich Sire.

„Die Musik für August beginnt mit einem feierlichen *Andante con moto*, das die Abreise ankündigt und eine geradezu aufregende und fröhliche Energie versprüht, ähnlich wie der amerikanische Song ‚I'm on the road again'. Kennst du als Brite das Lied, Sire?"

„Ja, natürlich. ‚Well, I'm so tired of cryin' but I'm out on the road again …'" Er begann voll Stolz zu singen und Mary, dann Megan, stimmten mit ein.

„Gut, Megan, zurück zu Fanny. Erzähl uns noch etwas über die September-Musik", bat Sire.

„Nun, der September, mit dem Stichwort ‚Am Fluss', zeichnet sich durch eine fröhlich fließende musikalische Vorwärtsbewegung aus. Und der Oktober ist ein rasanter Ausflug in den Herbst, dargestellt in einem fröhlichen *Allegro con spirito.* Der November beschwört nicht nur die Winterkälte von 1839 herauf, sondern auch die persönliche Erregung, endlich in Rom anzukommen, was, wie ich schon sagte, die Familie am 26. des Monats um zehn Uhr abends tat. So spät!"

„Und das alles hat sie in ihrem Reisetagebuch oder in ihren Briefen festgehalten?", fragte Sire.

„Genau. Ausführlich. Und schließlich beginnt der Dezember, der letzte Kalendermonat mit einem aufgeregtem *Molto Allegro*, das wie Schneegestöber klingt, aber auch zunächst noch unmerklich, dann unerwartet triumphal aus Bachs Choralkantate ‚Ein feste Burg ist unser Gott' zitiert."

„Oh, wie der Bruder, so die Schwester!", rief Mary aus. „Felix hat diesen Choral in seiner fünften Sinfonie aus dem Jahr 1830 verwendet."

„Wenn Fanny ihn also in *Das Jahr* verwendete, das sie ein Jahr nach ihrer Rückkehr aus Italien veröffentlichte, dann hat sie sich eindeutig an ihrem Bruder Felix orientiert", schlussfolgerte Megan ein wenig widerstrebend. Als ihr einfiel, was sie ihren Freunden noch über die Komposition erzählen könnte, wurde sie sofort fröhlicher.

„Übrigens ist *Das Jahr* ein sehr langer Zyklus und hat auch ein Nachspiel. Selbst ohne dieses dauert es achtundvierzig bis zweiundfünfzig Minuten. Damit liegt es in der Größenordnung von Beethovens einstündigen Diabelli-Variationen. Im Gegensatz dazu hat Clara Schumann, um eine andere zeitgenössische Komponistin zu nennen, nie Musik komponiert, die länger als eine halbe Stunde dauert. Ich denke, Fannys *Das Jahr* ist gleichwertig mit Liszts musikalischem Tagebuch seiner Italienreise, das er einige Jahre vor Fanny komponierte."

„Liszts *Années de pelerinage*. Oh ja, ein sehr langes, eindrucksvolles Stück", kommentierte Mary.

„Zwei letzte Worte zu Fannys Komposition, wenn ich darf", sagte Megan und lächelte. „Als sie das Werk Monate nach ihrer Rückkehr zusammenfügte, notierte sie die musikalischen Monate auf farbige Papierbögen mit einem kurzen Gedicht für jeden Monat, und jeder Monat wurde von ihrem Maler-Ehemann illustriert."

„Was für eine liebevolle Beziehung", sagte Sire.

„Und die andere Sache, die ich mit euch teilen wollte, ist Teil eines Briefes, den Fanny während ihres Aufenthaltes in Rom an Felix schrieb. Zu diesem Zeitpunkt war sie in ihrem musikalischen Denken noch nicht auf die Idee gekommen, die Musik als zwölf Monate eines Jahres zu charakterisieren. Es verrät, wovon sie sich inspirieren ließ. Ich lese es euch vor – ich habe es gleich hier auf meinem Laptop." Ein paar Klicks später begann sie, ihren zwei faszinierten Zuhörern vorzulesen.

„Sie schrieb: ‚Ich habe in letzter Zeit viel komponiert und die Klavierstücke nach den Namen meiner Lieblingsorte benannt, teils weil sie mir dort wirklich in den Sinn gekommen sind, teils weil ich beim Komponieren an unsere schönen Ausflüge gedacht habe. Das wird ein schönes Andenken sein, eine Art zweites Tagebuch.'"

Megan sah Mary und Sire an. Sie reagierten mit schweigendem Erwarten.

„Versteht ihr denn nicht? Sie schreibt ‚meine Lieblingsorte'. Daraus könnte ich die Theorie ableiten, dass Fanny Mendelssohn Hensel zusammen mit ihrem Künstlerehemann im *Caffè Greco* gewesen sein könnte, möglicherweise sogar mehrmals, zwischen Ende November und der Abreise aus Rom sechs Monate später."

„Hm.“ Sire war skeptisch. „Durften Frauen zu dieser Zeit überhaupt in Kaffeehäuser gehen?“

„Ich kann dir eine genaue Antwort geben, die das historische *Antico Caffè Greco* betrifft“, antwortete Megan sichtlich bewegt. „An einer Wand in diesem Café hängt ein Gemälde, das auf das Jahr 1797 datiert ist und von der damals vierzigjährigen Marianna Dionigi signiert wurde, die nicht nur als römische Salongastgeberin bekannt war, sondern auch als Künstlerin, die in einer Monografie die berühmten archäologischen Stätten vor den Toren Roms in der Region Latium bis ins kleinste Detail illustrierte.“

„Wir müssen unbedingt einige archäologische Ausgrabungen besuchen“, sagte Sire.

„Und weißt du was“, sagte Megan, um nicht vom Thema abzukommen, „sie kannte Mary Shelley – eine weitere Besucherin des *Caffè Greco.* Und da wir gerade von Künstlerinnen sprechen, die bekannte Schweizer Malerin Angelica Kauffman, die hier in Rom lebte, war ebenfalls eine Stammkundin.“

„Faszinierend!“ Mary war von diesem unerwartet positiven Nachweis über den Status privilegierter Frauen im Rom jener Zeit begeistert.

„Gut“, fügte Megan hinzu. „Wenn wir in Rom sind, müssen wir unbedingt einen Cappuccino im *Caffè Greco* trinken, und dann kannst du dir dieses Gemälde in natura ansehen. Es hängt dort an der Wand neben dem Tisch, wo sie gesessen hat.“

„Das wird sicher sehr interessant“, kommentierte Sire und bestärkte Marys Begeisterung.

„Und das ist sogar einer der Gründe, warum ich nach Rom will“, antwortete Megan ernsthaft. „Vielleicht weiß der jetzige Besitzer des *Caffè Greco*, ob Fanny tatsächlich dort zu Gast war. Wenn er es nicht weiß, werde ich erst einmal gründlich recherchieren, bevor ich eine solche Behauptung in meiner Biografie über sie aufstelle.“

„Auf jeden Fall kann nichts und niemand Mary und dich im 21. Jahrhundert daran hindern, dort einen Kaffee zu trinken“, erklärte Sire lächelnd.

„Genau, nichts und niemand! Wir müssen unbedingt hingehen, und zwar wir alle drei gemeinsam." Mary war begeistert.

„Unbedingt!" Megan konnte es sich gar nicht anders vorstellen. „Und wir werden dort in Gesellschaft einer weiteren Künstlerin sein."

„Wer denn?", fragte Sire.

Megan wandte sich an Mary.

„Du weißt doch sicher, wen ich meine, Mary."

„Deine Schwester?"

„Meine Schwester."

„Schön! Ich freue mich schon sehr darauf, Tina Crespi kennenzulernen", sagte Sire. Er warf einen Blick auf seine Uhr.

„Du liebe Zeit! Unser Gate schließt in sechs Minuten!"

56

Jareds Lufthansa-Flug nach New York startete an diesem Tag ebenfalls vom neuen internationalen Flughafen in Berlin, allerdings erst um 17:30 Uhr mit einer Zwischenlandung in München und einer entspannten Ankunft am JFK am nächsten Vormittag um 10:05 Uhr. Genau die Art von Nachtflug, die ihm normalerweise gefiel – rasch einschlafen in seinen bequemen Bluejeans und dann ein Frühstück zur richtigen Zeit.

Doch was sich an diesem Nachmittag in Berlin abgespielt hatte, sorgte dafür, dass er seine Flugreise nicht so entspannt wie sonst antrat. Er war angewidert und empfand gleichzeitig rachsüchtige Zustimmung. Der Vorfall hatte sich gegen halb vier am Nachmittag ereignet und war sofort in allen Medien erschienen. Er erfuhr davon, als er zum Zeitüberbrücken in einem Straßencafé saß und die neuesten Nachrichten auf seinem Handy las. Er suchte sofort die Lounge des ersten Hotels auf, das er finden konnte, und verfolgte gebannt die Berichterstattung über den blutigen Vorfall auf dem Großbildschirm.

Ein kalifornischer Tourist, der auf dem Dreifaltigkeits-Friedhof die Gräber von Fanny und Felix Mendelssohn besuchen wollte, hatte dort eine ungewöhnlich große, blondhaarige Frau beobachtet, die gerade die zwei benachbarten Grabsteine fotografierte, neben sich am Boden eine Spraydose. Die goldene Inschrift auf dem hohen Granitblock, die das Grab als das von Fanny Hensel auswies, war durch schwarze Sprühfarbe fast unkenntlich gemacht worden. Auf die Grabstätte von Felix Mendelssohn war in dicken schwarzen Buchstaben ein einziges Wort gesprüht worden: *SAKRILEG!* Die blonde Fotografin dokumentierte offensichtlich ihr eigenes abscheuliches Werk!

Der stumme Zeuge dieser Schandtat zog sich vorsichtig zurück und verständigte, als er weit genug entfernt war die Polizei. Da aufgrund der Vorfälle der letzten Tage die Polizeipräsenz an jüdischen Gedenkstätten deutlich erhöht worden war, hatten innerhalb kurzer Zeit vier Beamte die immer noch fotografierende Frau umzingelt. Als sie diese verhaften wollten, stand sie aber auf und bedrohte die Polizisten mit einer Pistole, die sie aus ihrem Gürtel gezogen hatte.

„Die ganze Welt soll wissen, dass ich, Barbara Badubrecht, Anführerin der Hamburger Neonazis, das schreckliche Unrecht wiedergutgemacht habe, das Johannes von Bandtrop, Anführer der Berliner Neonazis, und seinem kleinen Sohn Helmut angetan wurde, als sie vor zwei Nächten während eines Konzerts in der berüchtigten jüdischen Hochburg, der Synagoge Rykestraße, von einem herzlosen Killer ermordet wurden!"

Daraufhin richtete Barbara Badubrecht die Pistole gegen ihre Schläfe und drückte ab. Ein Pressefotograf, der der Polizei gefolgt war, hielt die grausige Szene auf Video fest, und das wurde von allen Kanälen wieder und wieder gezeigt.

Während seines Fluges nach München grübelte Jared über die Tatsache, dass er angesichts dieses grausigen Anblicks vor allem ein Gefühl der Genugtuung empfand.

57

Megan, Mary und Sire schafften es in letzter Sekunde zum Flugsteig und ernteten dafür verärgerte Blicke des Flugpersonals. In der fünften Reihe warteten drei leere Sitze auf das Trio, und Sire trat zur Seite, damit zuerst Megan und dann Mary auf ihre Plätze schlüpfen konnte. Megan freute sich über ihren Fensterplatz, und Mary war glücklich, neben dem geliebten Mann zu sitzen, der aus dem grausamen Kriegsgebiet in der Ukraine heil und ganz wieder zurückgekehrt war.

Während das wiedervereinte Paar fröhlich über tausend Dinge plauderte, vertiefte sich Megan in ihre Bücher: Das eine war Goethes *Italienische Reise*, das andere eine Sammlung der Korrespondenz und Tagebücher von Fanny und Felix sowie späterer Briefe von Fannys Sohn Sebastian Hensel, der bis 1898 gelebt hatte. Megan war begeistert, welch eine faszinierende Welt sich ihr durch dieses Buch erschloss. Wie oft verwies Fanny auf Goethe, während sie die architektonischen Sehenswürdigkeiten sah, die auch er besucht und kommentiert hatte! Eine Szene, überliefert in einem Brief vom 16. Dezember 1830 an ihre Schwester und Vertraute Rebecka war ein schönes Beispiel für Fannys unbändigen Sinn für Humor. Megan war so begeistert, dass sie das Paar neben sich unterbrach und die beiden bat, ihr zuzuhören. Es war die Beschreibung des Treibens auf einer feierlichen Versammlung der Römischen Archäologischen Gesellschaft, deren Einladung Fanny und Wilhelm unmöglich hätten ablehnen können:

> *... alles sprach leise, und es ging so putzig feierlich zu, dass mir schon der Magen zum Lachen wackelte, ehe noch ein Mensch gesprochen hatte. Nun fingen aber die Reden an! Die Herren, die sich in italienischer Sprache vernehmen ließen, hießen Kestner, Braun, Otfried Müller und Abeken, und ihre Aussprache klang ebenso italienisch wie ihre Namen. Kestner las die Einleitung wie ein altes, vernünftiges Pferd, das einen angemessenen Schritt*

geht, bei jedem stolpert, aber doch nicht fällt. Hierauf galoppierte Braun herbei … er zeichnete sich dadurch aus, dass er auf gut sächsisch b mit p und d mit t verwechselte. Dann kam Otfried Müller, für diesmal der Lion, – alles räusperte sich, ehe er anfing. Er bewies aus alten Schriftstellern, wo ein gewisses Gebäude des Forums gestanden habe müsse. Anfangs bildete ich mir wirklich ein, es interessiere mich, aber bald sah ich meinen Irrtum ein, und da kam mir alles so willkürlich vor, und der Gegenbeweis schien mir so leicht zu führen, dass ich beinahe auf den Tisch gestiegen wäre und mit den Maulwürfen geheult hätte.

Das entzückte Lachen von Mary und Sire war Megan Bestätigung genug dafür, dass sie deren vertrautes Gespräch mit diesem Hinweis auf Fanny unterbrochen hatte. So verging die Zeit wie im Flug, und schon waren sie in München. Der Weiterflug nach Rom erlaubte es Megan, zu Goethe und Fanny zurückzukehren, während Sire und Mary ihre Unterhaltung fortsetzten. Bald war es 18:25 Uhr und sie landeten in der einladenden, historischen Stadt Rom.

58

„Nein, nein, Megan, wir setzen dich ab“, beharrte Sire, als sie am Flughafen Fiumicino in Rom in ein Taxi stiegen. Es war kurz vor sieben Uhr, und als Megan das sah, machte sie einen praktischen Vorschlag.

„Wie wär’s denn damit? Wir fahren zuerst zu eurem Hotel, dort gebt ihr euer Gepäck ab, während ich im Taxi warte, dann gehen wir in ein wunderbares, nahe gelegenes Dachrestaurant, das ich von meiner letzten Romreise kenne, und danach rufe ich mir einen Uber, um in mein Hotel zu fahren. Ich habe bereits mit meiner Schwester telefoniert und ihr gesagt, dass sie ab etwa neun Uhr nach mir Ausschau halten soll. Sie ist jetzt gerade bei einer Freundin zum Abendessen.“

Sire schaute Mary fragend an. „Was sagst du, Liebling? Bist du hungrig?“

„Ich sterbe vor Hunger. Gehen wir essen!“

Sie folgten Megans Vorschlag und fuhren zunächst zum *Colosseum Corner*, wo der Eingang schwer zu finden war und Sire erst klingeln musste, um eingelassen zu werden. Megan blieb im Uber und plauderte mit dem Fahrer. Dann brachte sie das Taxi zur nahe gelegenen Via Labicana, wo sich im obersten Stockwerk des Palazzo Manfredi das Restaurant *Aroma* befand, mit einer Terrasse mit Blick direkt auf das Kolosseum.

„Sehr euch das an, diese Aussicht ist sogar noch besser, als ich dachte“, sagte Mary begeistert. „Und ist das nicht traumhaft mit dieser nächtlichen Beleuchtung! Seht mal, die Lichter sind in den drei Farben der italienischen Flagge gehalten – grün, weiß und rot!“

„Wie raffiniert. Woher kennst du dieses Restaurant?“, fragte Sire Megan.

„Freunde haben es mir bei meinem letzten Aufenthalt in Rom gezeigt. Und es ist nicht nur die unglaubliche Lage am Kolosseum, auch das Essen ist fantastisch und ungewöhnlich.“

Schweigend studierten die drei die Speisekarte, die in italienischer Übersetzung eine berühmte Bemerkung von Andy Warhol enthielt: „*Credo che sia un' artista chiunque sappia fare bene una cosa; cucinare, per esempio.*“ – „Ein Künstler ist jemand, der etwas gut kann. Zum Beispiel kochen.“

„Nun, die Küche hier ist jedenfalls ausgezeichnet“, bestätigte Megan. „Auch wenn die Portionen für meinen Geschmack etwas klein sind. Seht euch nur dieses siebengängige ‚Degustationsmenü‘ an. Das könnten wir uns teilen. Es beginnt mit Bernsteinmakrele an Couscous und Sprossengemüse, gefolgt von getrüffeltem Carpaccio mit Ricotta.“

„Alles klar“, murmelte Mary. „Darauf folgt eine Kombination aus weichem Ei mit Haselnusskrokant und Provolone-Käse-Schäumchen, oh, ‚mit grünem Tee‘. Gefolgt von

Austern mit rotem Rübenrisotto oder Ravioli gefüllt mit Büffel-Stracciatella, Scampi und … *Bottarga?* Weiß jemand, was das ist?“ Sie sah Megan fragend an.

„Ich habe keine Ahnung! Vielleicht finden wir es heraus, wenn wir es probieren. Es geht hier um Vielfalt in kleinen Portionen – seht euch nur diese eleganten Tellerchen und Schälchen an.“ Megan deutete auf den Nebentisch, wo ein Kellner gerade abservierte.

„Sieh mal dort in dem Schälchen ist ein Miniatur-Kolosseum aus Frischkäse!“

„Entzückend“, kommentierte Sire. „Sehen wir uns die sieben Gerichte auf der Speisekarte weiter an. Geräucherter St. Peters-Fisch, Seeigel Bearnaise und Artischocken. Und dann …“

„Wer ist eigentlich St. Peter?“, unterbrach Mary.

Sire ignorierte die Frage und las weiter vor.

„Dann gibts gegrilltes Lamm, Cevapcici und gebratenes Lammbries. Und schließlich als Menüpunkt sieben Sauerkirsche mit Ricotta. Sollen wir uns darauf einlassen? Es kostet 220 Euro, aber wenn man das durch drei teilt, bleiben für jeden 73 Euro.“

„Also ich finde, wir sollten uns das gönnen!“ Mary war begeistert.

„Klar.“ Megan war etwas weniger enthusiastisch. An dem Restaurant *Aroma* gefiel ihr vor allem die Aussicht auf das Kolosseum, nicht so sehr die winzigen Portionen. Aber sie war dabei.

Der Kellner erschien, Megan bestellte und bat als erstes um eine Extraportion Grissini. Nur Sire wollte Wein, die beiden Frauen entschieden sich für Sprudelwasser.

„Was haben wir morgen vor?“, fragte Sire, nachdem sie die sieben Gänge mit Genuss verspeist hatten.

In diesem Moment vibrierte Megans i-Phone.

„Ach, du meine Güte! Dieser Nathan Bartholdy versucht schon wieder, mich zu erreichen. Kann er mich nicht wenigstens in Ruhe hier ankommen lassen?“ Sie steckte das

Handy weg, ohne den Anruf anzunehmen. „Übermorgen, am fünfzehnten ist Ferragosto, der große Feiertag des Augustus. Ich werde ihm wohl diesen Tag für ein Treffen vorschlagen, weil dann fast alles, was für uns in Rom von Interesse ist, geschlossen hat."

„Du scheinst auf diese Begegnung nicht sehr erpicht zu sein", lachte Mary.

„Zu gegebener Zeit, doch. Aber ich habe ein komisches Gefühl bei seiner Behauptung, er habe ein unbekanntes Ölporträt von Fanny entdeckt. Und dann ist da noch etwas anderes: Die Kunst des frühen 19. Jahrhunderts ist nicht mein Spezialgebiet. Wie ist er also überhaupt auf mich gekommen?"

„Dieses Rätsel dürfte sich lösen, wenn du seinem Ruf folgst", lachte Sire. „Möchtest du, dass wir dich zu dem Treffen begleiten?"

„Keine schlechte Idee. Aber lasst mich erst herausfinden, was er will. Was morgen betrifft, so weiß ich, dass ihr am Vormittag schon etwas vorhabt, aber ihr ahnt bestimmt, was ich für den Nachmittag geplant habe."

Sire und Mary sahen einander einen Augenblick lang ratlos an.

„Wir treffen uns zur Besichtigung des protestantischen Friedhofs und gehen danach ins *Caffè Greco*!", verkündete Sire.

„Genau. Wollen wir das für drei Uhr fixieren?"

„Also um drei", verkündete Mary. Sire nickte bestätigend.

Nachdem alle Schälchen des siebengängigen Menüs geleert waren, hatte keiner mehr Appetit auf Dessert oder Kaffee, also zahlten sie und gingen hinunter zum Eingang, wo innerhalb weniger Sekunden Megans Uber hielt.

„*A domani!*", rief Megan.

„*A domani!*", antworteten Megan und Sire und winkten fröhlich.

Endlich waren sie in Rom!

59

Ein anderes Flugzeug, das an diesem Montag von Berlin abflog, war ebenfalls in München zwischengelandet, bevor es sein endgültiges Ziel ansteuerte: New York. Jared hatte die Nacht durchgeschlafen und genoss das kleine, aber leckere Frühstück der Lufthansa Boeing, die um genau fünf Minuten nach zehn auf der Landebahn des New Yorker Flughafens JFK zur Landung aufsetzte.

Etwa fünfundvierzig Minuten später kam der routinierte Jetsetter in seiner Wohnung in der Fifth Avenue an, nicht weit vom Lincoln Center, wo sich der Sitz seines großzügig angelegten Mendelssohn Museums mitsamt Bibliothek und Konzertsaal befand. Sollte er gleich dort vorbeischauen oder erst später, nach einer erfrischenden Runde im Pool des nahe gelegenen *Parker Hotels*? Dafür müsste er sich eigens anmelden, da seine reguläre Schwimmzeit normalerweise der späte Abend war, aber das war kein Problem, also gesagt, getan.

Danach fühlte sich Jared herrlich erfrischt, kehrte nach Hause zurück, tauschte Jeans und T-Shirt gegen formellere Kleidung und begab sich zu seinem Büro im Komplex, bereit die Leitung zu übernehmen.

Die Begrüßung war ebenso herzlich wie erleichtert. Da seine sofortige Rückkehr aus Europa schnell die Runde gemacht hatte, waren auch mehrere Vorstandsmitglieder anwesend, und jeder hatte Geschichten über den katastrophalen Führungsstil der „Bulldogge“ zu erzählen, die mit unrealistischen Zielvorgaben, sinnlosen Umstrukturierungen und diktatorischen Verhaltensregeln bei Mitarbeitern und Besuchern eine Reihe von Beschwerden ausgelöst hatte.

Jared hörte den Berichten aufmerksam zu und beschloss für sich selbst niemals derart diktatorisch auftreten zu wollen. Schließlich lag der Fortbestand des Projekts gleichermaßen auf seinen Schultern wie auf denen seiner engagierten Mitarbeiter. Er lud Vorstand und Belegschaft für einen der kommenden Nachmittage zu einem Business-Meeting ein, bei dem alle ihre Ideen und Ziele für „ihren", wie Jared betonte, Mendelssohn-Komplex vorstellen sollten. Zwar hatte er wegen seiner verfrühten Rückreise die letzten Erlebnisse des F & F-Trios in Deutschland verpasst, aber er war froh, wieder zu Hause zu sein und sich den inspirierenden Plänen zu widmen, die ihm für die Einführung von Felix und vor allem Fanny in seiner geliebten Heimatstadt New York vorschwebten. Ja, jetzt hatte Jared ein Lebensziel. Und was das Komponieren betraf, so hatte er bereits die Idee, eine einaktige Oper mit den außergewöhnlichen Mendelssohn-Geschwistern in den Hauptrollen zu verfassen. Oder vielleicht ein dreiaktiges Werk über die gesamte Familie von Moses über seinen Sohn Abraham und seine Enkel Fanny und Felix bis hin zu deren Sohn Sebastian, den er sich gut als Erzähler vorstellen konnte, um die Akte und Szenen zusammenfügen. Er wusste noch nicht, wie. Er wusste nur, dass ihn jetzt nichts mehr aufhalten konnte.

60

Es war ein freudiges Wiedersehen zwischen den beiden Schwestern Megan und Tina an diesem Abend im Hotel *Scalinata di Spagna*. Megan hatte schon öfter dort gewohnt und liebte die Tatsache, dass das kleine Hotel an der Spanischen Treppe und damit in unmittelbarer Nähe der Via Condotti und des *Caffè Greco* aus allen Fenstern und Balkonen einen wunderbaren Blick auf Rom bot. Das ganze Viertel war besonders bei englischen Besuchern beliebt, und im Laufe der Jahre hatten sich viele von ihnen hier einen fixen Wohnsitz eingerichtet. In vergangenen Jahrhunderten war es sogar als englisches Viertel bezeichnet worden.

Das Hotel der Crespi-Schwestern befand sich auf der gleichen Ebene wie der nahegelegene ehemalige, längst abgebrochene Palazzo von Fannys wohlhabendem Onkel. Jakob Bartholdy hatte die katholischen, österreichischen und deutschen Nazarener-Künstler in Rom großzügig mit der Freskenmalerei für einen der Säle seines Palastes beauftragt. Diese realistischen religiösen Szenen waren sorgfältig aufbewahrt worden, als Bartholdys Villa abgerissen wurde, und befanden sich nun in Berlin. Megan beschloss jedoch, ihre Schwester nicht damit zu behelligen, da Tina ihr ihre eigenen Kunstprojekte aus ihrem römischen Workshop zeigen wollte.

Sie sahen sich etwa dreißig Fotos ihrer Fiber-Art-Kunstwerke an, darunter ein 3D-„Mosaik", bei dem Tina verschiedene Blautöne von Papier und blauem Meerglas verwendet hatte, um das Schmelzen der Eisberge aufgrund der globalen Erwärmung darzustellen. Sie hatte damit am Ende des zweiwöchigen Workshops den ersten Preis gewonnen.

„Und sie schicken es mir kostenlos nach Dallas, sobald die Ausstellung mit den Arbeiten dieses Sommers zu Ende ist." Es war klar, dass Tina über diese Entwicklung begeistert war, und Megan war stolz und freute sich mit ihr.

Am frühen Dienstagmorgen saßen die Schwestern beim Frühstück auf der schattigen Dachterrasse ihres Hotels und planten fröhlich ihr Tagesprogramm. Das Frühstücksbuffet des Hotels bot Rührei mit gebratenem Speck, Aufschnitt und Käse sowie frisches Obst. Megan hatte sich ein wenig darüber geärgert, dass es weder Müsli noch Joghurt gab, denn diese zwei Ingredienzien bildeten die Grundlage für ihr übliches Frühstück, das sie in den vergangenen drei Jahrzehnten regelmäßig zu sich genommen hatte. Tina genoss ihre Eier mit Speck und umging die vorhersehbare Bemerkung ihrer Schwester über dieses ungesunde Frühstück mit der gezielten Frage, ob der Protestantische Friedhof auf dem Tagesprogramm stünde. Beide Schwestern liebten es, Friedhöfe zu besuchen, insbesondere die ihrer italienischen Vorfahren. Tina erinnerte sich noch genau an ihre letzte Reise nach Wien, wo Megan einige Vorträge über den österreichischen Künstler Egon Schiele gehalten hatte. An dem letzten Tag ihres Aufenthalts waren sie von einer lieben Schiele-Kollegin namens Lilli Dutz zum etwa eine Stunde entfernten römischen Friedhof von Carnuntum gefahren worden, um etwas ganz Besonderes zu sehen. Es war der zwei Meter hohe Grabstein ihres indirekten Vorfahren *Lucius Crespibus Comini*, der, wie die Inschrift besagte, im Alter von einundzwanzig Jahren fern der Heimat gestorben und von seinen beiden Brüdern begraben worden war. Kein Friedhofserlebnis konnte das übertreffen!

Gleichwohl übte der Protestantische Friedhof in Rom eine große Anziehungskraft auf sie aus, insbesondere auf Megan, die in einem von Fannys ersten Briefen an die Familie in Berlin einen ausdrücklichen Hinweis auf den Besuch dieses Friedhofs und des Grabes ihres Onkels Jakob Salomon Bartholdy gefunden hatte.

„Und welche Gräber möchtest du gerne sehen?", fragte Tina. „Meinst du, wir haben vielleicht entfernte Verwandte in Rom?"

„Das ist schon möglich, aber ich habe andere, berühmte Namen im Sinn. Zwei davon sind Briten, und deshalb habe ich Sire und Mary vorgeschlagen, um drei Uhr den Friedhof zu besichtigen, bevor wir alle ins *Caffè Greco* gehen."

„Aha, na gut."

„Aber vorher müssen wir beide ein kleines Museum besuchen, das mit diesen zwei Briten zu tun hat, nur einen Steinwurf von hier entfernt, am Fuße der Spanischen Treppe, das erste Gebäude auf der linken Seite und dort im zweiten Stock."

„Wen meinst du denn?"

„Es war der große romantische Dichter John Keats. Nachdem bei ihm Tuberkulose diagnostiziert worden war, riet man ihm, in ein wärmeres Klima zu ziehen, und das bedeutete für ihn Rom. Ein paar Zimmer dort waren sein Zuhause. Aber es ging ihm immer schlechter, und sein treuer Malerfreund Joseph Severn kam und pflegte ihn, bis er in seinen Armen starb. Das war im Jahr 1821. Keats war erst fünfundzwanzig Jahre alt und hielt sich schon für einen gescheiterten Dichter. Das Zimmer, in dem er starb, ist in dem heutigen Keats-Shelley Museum erhalten geblieben. Lass uns als erstes dorthin gehen. Später werden wir auf dem Protestantischen Friedhof Keats' Grabstein sehen, leicht zu erkennen, denn er stellt einer Leier mit zerrissenen Saiten dar. Dort findet man anstelle seines Namens eine wehmütige Inschrift, die auf Wunsch von Keats selbst vom trauernden Severn veranlasst wurde: *Hier ruht einer, dessen Name in Wasser geschrieben war.*"

„Aber das ist ja furchtbar traurig", sagte Tina.

„Nun, seine freidenkerische Lyrik hatte zu Hause in England heftige Kritik hervorgerufen. Aber auf dem benachbarten Grabstein von Severn, der Jahrzehnte später im Alter von 85 Jahren starb, ist er mit seinem Namen genannt. Und seine Grabplatte ist mit einer großen Palette und Pinseln geschmückt. Zwischen den beiden großen Grabsteinen befindet sich ein kleiner Grabstein, der an Severns kleinen Sohn erinnert. Und nicht weit davon entfernt liegt, wie du wahrscheinlich weißt, das Grab mit der Asche von Percy Bysshe Shelley."

„Aber natürlich weiß ich das!", sagte Tina mit einem Augenzwinkern. Obwohl sich die Schwestern sehr nahestanden, neckten sie einander oft wegen ihrer unterschiedlichen Interessen, insbesondere bezüglich ihres Literaturgeschmacks. Tinas literarische Welt entsprach nicht der ihrer Schwester. Ihre anstrengende ehrenamtliche Arbeit im Tierschutz ließ ihr nur wenig Zeit zum Lesen, und wenn sie las, dann entweder Romane von zeitgenössischen Autoren oder Sachbücher über Tiere. In diesem Moment siegte ihr Sinn für Humor.

„Weißt du was, Megan? Das Wunderbare an deiner ausführlichen Beschreibung ist, dass wir den Protestantischen Friedhof gar nicht mehr persönlich besuchen müssen." Einen Moment lang herrschte betretenes Schweigen. Dann kam Megans scherzhaft verärgerte Reaktion.

„Also, ich gehe auf jeden Fall hin."

„Und ich komme natürlich auf jeden Fall mit, große Schwester. *Andiamo!*"

61

Ein ähnliches Frühstücksgespräch fand auf der Dachterrasse des Hotels *Colosseum Corner* statt, das nur 800 Meter von dem berühmten ovalen Amphitheater aus der Römerzeit entfernt lag.

„Habe ich recht, Sire, wenn ich annehme, dass du bereits jede Sehenswürdigkeit hier in Rom fotografiert hast?", fragte Mary und biss genüsslich von ihrem Croissant ab.

„Nein, Liebes, das habe ich nicht. Ich war zu sehr damit beschäftigt, die historischen Hintergründe zu absorbieren, anstatt die Motive zu dokumentieren."

„Vielleicht möchtest du das ja heute nachholen. Die versäumten Aufnahmen machen?"

„Eigentlich nicht. Ich möchte einfach nur genießen, dass wir nun wirklich in der Ewigen Stadt sind. Ich war schon lange nicht mehr hier und wenn es dir genauso geht, dann können wir vielleicht die üblichen Touristenattraktionen auslassen und uns einfach daran erfreuen, in Rom zu sein. Ganz normale Dinge tun, wie spazieren gehen, lauschen, essen, Leute beobachten."

„Ja, gerne. Es gibt jedoch eine berühmte römische Stätte, die ich wirklich gerne sehen würde, und ich hoffe, dass du mitkommst. Dort könnten wir eine berühmte Filmszene nachstellen."

„Eine berühmte Filmszene?"

„Genau. Fällt sie dir ein?"

„Ähm. Nein."

„Ja, dann … Es ist die *Bocca della Verità*. Wir können mit der U-Bahn direkt dorthin fahren; ich hab's überprüft."

„Gut. Also los! Und dann treffen wir uns mit Megan und ihrer Schwester um drei Uhr auf dem Protestantischen Friedhof. Und danach gehen wir ins *Caffè Greco*."

„Einverstanden."

„Ich bin mir nicht sicher, ob wir unsere Hände in diesen Schlund stecken wollen", sagte Sire misstrauisch, als sie wenig später vor dem runden Steingesicht der Wahrheit standen.

„Aber Sire! Hast du mir denn nicht immer die Wahrheit gesagt?“

„Natürlich habe ich das! Es ist nur so ein Gedanke. Aber macht nichts.“

Sire bat eine Dame, ob sie ein Foto von ihnen mit ihren Händen vereint in der *Bocca* machen würde. Die Touristin willigte freudig ein, und so steckten sie ihre Hände mutig hinein und beteuerten einander ihre Liebe.

Das Maul aus Stein blieb weit offen, sie behielten ihre Hände.

62

„Heute ist ja schon Dienstag. Diese Professorin namens Megan Crespi hat mir bei unserem Telefonat letzte Woche ausdrücklich zugesagt, dass sie diese Woche in Rom sein würde. Offenbar war sie gestern noch nicht hier. Oder sie geht nicht ran. So ärgerlich das auch ist, ich werde es noch einmal versuchen, sobald wir beide hier unser Geschäft abgeschlossen haben. Und dann ist sie hoffentlich endlich erreichbar!“ Nathan Bartholdy, direkter Nachfahre von Rebecka Mendelssohn Bartholdy, blickte empört auf den routinierten Kunstmaler, der vor dem blattgoldgerahmten Ölporträt von Rebeckas älterer Schwester Fanny stand, das über seinem Schreibtisch hing.

63

Gerade als die Crespi-Schwestern das Keats-Shelley Museum am Fuße der Spanischen Treppe verließen, läutete Megans Telefon. Sie beschloss, den Anruf zu ignorieren, aber das Klingeln hörte einfach nicht auf. Als sie es schließlich aus ihrer Umhängetasche zog, verzog sie das Gesicht beim Anblick der Anrufer-ID. Es war der Name des Mannes, der sie wegen des Fanny-Mendelssohn-Porträts kontaktiert hatte.

„Ach ja richtig", sagte sie zu Tina, „ich habe ihm gesagt, dass ich in Rom sein werde und er mich dann noch mal kontaktieren kann. Wie dumm! Ich nehme den Anruf besser an. Entschuldige bitte." Vorsichtig ließ sie sich auf der zweituntersten Stufe der Spanischen Treppe nieder. Tina nickte, setzte sich auf die Stufe darüber und begann, die Nachrichten auf ihrem eigenen Telefon durchzusehen.

„Hallo?" Megan versuchte, freundlich zu klingen.

„Ist dort Professoressa Dottoressa Crespi?"

„Ja?"

„Hier spricht Nathan Bartholdy aus Rom. Wir haben letzte Woche kurz miteinander telefoniert, und Sie sagten mir, Sie wären diese Woche in Rom und ich könne Sie anrufen."

„Ja, natürlich. Ich erinnere mich, Signore Bartholdy. Sie sagten, dass Sie ein unbekanntes Ölporträt von Fanny Mendelssohn besitzen würden und dass Sie möchten, dass ich es authentifiziere. Und ich erklärte Ihnen, dass ich das Porträt persönlich sehen muss."

„Wann kann ich Ihnen das Gemälde zeigen? Es ist mir sehr wichtig, dass ich mir bestätigen lasse, dass das Porträt tatsächlich Fanny Mendelssohn Bartholdy Hensel darstellt und dass es authentisch ist."

„Das verstehe ich. Aber was ich nicht verstehe, Herr Bartholdy, ist, warum Sie sich ausgerechnet mich gewandt haben. Mein Fachgebiet ist nicht die europäische Kunst des 19. Jahrhunderts, sondern die des 20. Jahrhunderts, mit einer Spezialisierung auf österreichische Kunst. Warum also wollen Sie gerade mir das Gemälde zeigen, so interessant es auch klingt?"

„Ich habe mich an Sie gewandt, Professoressa Dottoressa Crespi, weil ich Ihr neuestes Buch gelesen habe, Ihre scharfsinnige Biografie über Clara Schumann. Und obwohl ich weiß, dass Sie nicht auf das 19. Jahrhundert spezialisiert sind, scheint es mir, dass Ihr Verständnis und Ihre Sensibilität für Clara und ihre Zeit Sie als Gelehrte befähigen, ein Porträt von Fanny Mendelssohn zu identifizieren und zu authentifizieren."

„Nun, das ist alles sehr schmeichelhaft, Herr Bartholdy, aber sicherlich gibt es hier in Italien oder Deutschland Kunsthistoriker, die Ihnen damit besser helfen können. Ich glaube wirklich nicht, dass ich in dieser Angelegenheit die richtige Ansprechpartnerin bin."

„Da muss ich Ihnen widersprechen. Ihr Verleger hat mir mitgeteilt, dass Sie derzeit an einer Biografie über Fanny Mendelssohn schreiben. Wer wäre also besser geeignet als Sie? Erlauben Sie mir wenigstens, Ihnen das Porträt zu zeigen? Es ist wirklich außergewöhnlich."

„Sie haben mein Interesse geweckt, das steht fest. Also gut, ich werde mir das Porträt ansehen. Wo sollen wir uns treffen?"

Tinas Augen weiteten sich, als sie hörte, dass ihre Schwester einer Sache zustimmte, die ihre gemeinsame Zeit in Rom einschränken würde.

„Wenn Sie einverstanden sind, besuchen Sie mich in meinem Büro, dort hängt das Fanny-Porträt in seiner ganzen Pracht. Es liegt am linken Tiberufer, gleich gegenüber der kleinen Tiberinsel in der Via Portico d'Ottavia."

Megan war erstaunt, dass Herr Bartholdy nicht erwähnte, dass seine Straße im Herzen des historischen jüdischen Viertels lag.

„Wann könnten Sie sich das Porträt ansehen?"

„Nun, heute ist mein Terminkalender schon voll, aber morgen am späten Vormittag kann ich vorbeikommen."

„Das ist gut. Ich sage Ihnen gleich die genaue Adresse, und wäre es Ihnen recht, wenn Sie um elf Uhr kommen?"

„Ja, das geht in Ordnung. Aber bitte schicken Sie mir einfach die Adresse an diese Nummer. Einverstanden?"

„Ja, natürlich. Das werde ich gleich tun."

„Und darf ich meine Schwester mitbringen? Sie begleitet mich hier in Rom." Es herrschte kurzes Schweigen.

„Wenn Sie es wünschen." Die Stimme von Nathan Bartholdy klang plötzlich angespannt.

„Also gut, Herr Bartholdy. Bis morgen früh um elf Uhr."

„Bis dann." Seine Stimme hatte eindeutig einen anderen Tonfall angenommen.

Auch Tina klang enttäuscht; sie bekundete umgehend ihr Desinteresse an dem neuen geschäftlichen Termin ihrer Schwester. Während Megan telefonierte, hatte sie einen kleinen, lebhaften Malteserhund bewundert, der von einem älteren Herrn liebevoll herumgeführt wurde. Welch ein harmonischer Anblick nach den vielen verwilderten Streunerkatzen, die die Straßen Roms bevölkerten.

„Oh, sieh nur, Megan, ist sie oder er nicht hinreißend?"

„Ja, so süß. Da möchte ich gleich nach meinem kleinen Button sehen."

„Ja, es ist eine ungewöhnliche Situation, dass wir beide ohne unsere Hündchen unterwegs sind. Aber wie oft verreisen wir beide denn noch zusammen? Es ist großartig, dass wir dank *Ring Security International* in Bills Haus nach ihnen sehen können – sogar mit ihnen plaudern können –, wenn die Zeit gerade passt."

„Stimmt, das ist wahr", Megans Blick war immer noch auf den Malteser gerichtet, der genauso aussah wie ihr kleiner Liebling.

„Die Vorfahren der Malteser stammen doch angeblich von der Insel Malta, oder?", fragte Tina.

„Richtig. Allerdings gibt es inzwischen unterschiedliche Theorien darüber", murmelte Megan, während sie angestrengt einen letzten Blick auf den trippelnden kleinen römischen Malteser warf. „Weißt du, in der Antike wurden sie nicht nur als Schoßhunde und Statussymbol verwendet. Sie waren Bettwärmer und Flohvertreiber. Das sind sie immer noch!"

„Ja. Und stell dir nur vor, was für ein Trost der Malteser für Mary, Königin der Schotten, gewesen sein muss!"

„Bitte was?"

Wovon sprach Tina?

„Ach, weißt du das nicht? Die Legende besagt, dass man gleich nach ihrer Enthauptung entdeckte, dass ihr treuer kleiner Malteser unter ihrem Unterrock versteckt war."

„Wie rührend!"

„Und auch Marie Antoinette besaß einen. Als sie gezwungen wurde, vor einer großen Menschenmenge zur Guillotine zu gehen, sprang ihr verzweifelter Malteser von der Brücke Saint Michel in den Tod."

„Das habe ich nicht gewusst! Woher kennst du all diese Geschichten, Tina?"

„Weil das mein ‚Literaturgeschmack' ist, Big Sis. Hunde-Literatur!"

Die Schwestern strahlten sich gegenseitig an. Ganz so unterschiedlich waren ihre Interessen wohl doch nicht.

64

„Und was möchtest du jetzt unternehmen, Sire? Es tut mir leid, dass ich dich zu einem typischen Touristenziel geschleppt habe, nachdem du doch sagtest, dass du solche Orte vermeiden wolltest", entschuldigte sich Mary.

„Nun, ich bereue es nicht, denn ich wäre wohl nie auf die Idee gekommen, dorthin zu gehen. Nein, nein, *La Bocca della Verità* war eine wahre Freude. Ich bin froh, dass wir dort waren. Und nun fragst du, was ich gerne als nächstes unternehmen würde? Nun, ich würde gerne etwas die Gegend um Rom erkunden. Zumindest bis wir uns um drei Uhr mit den Crespi-Schwestern auf dem Protestantischen Friedhof treffen. Oder auf dem *Cimitero Acattolico,* wie die Italiener ihn etwas diskriminierend nennen."

„Nicht diskriminierender als die Bezeichnung *Engländerfriedhof,* wie er auch genannt wird. Also, Sire, sag schon, was du unternehmen möchtest."

„Ich möchte spazieren gehen, nicht irgendwo, sondern auf der berühmten Straße, die von Rom aus nach Süden bis zum Hafen von Brindisi führt: auf der Via Appia."

„Die Via Appia! Klar, ich bin dabei, und ich habe die perfekten Schuhe an." Mary deutete auf ihre bequemen blauen Laufschuhe.

„Dann lass uns zu unserem Hotel zurückkehren, denn der Bus, den wir zur Via Appia brauchen, fährt vor dem Kolosseum ab. Es fährt etwa alle zwanzig Minuten einer habe ich gelesen."

Sire hatte Recht, was ihr Transportmittel anging. Kaum waren sie wieder am Hotel *Colosseum Corner* angekommen, hielt auch schon der orangefarbene Bus zur Via Appia. Dort gingen sie zum Besucherinformationszentrum und erfuhren, dass man E-Bikes für die Fahrt über die Via Appia Antica ausleihen konnte. Weder Sire noch Mary waren je mit einem Elektrofahrrad gefahren.

Fast im gleichen Moment drehten sie sich zueinander um. „Genug Informationen?", fragte Sire.

„Genug Informationen. Leihen wir uns E-Bikes aus!"

65

„Was wollen Sie eigentlich von dieser amerikanischen Professorin, Herr Bartholdy?", fragte Giorgio Complice seinen missmutigen Arbeitgeber. „Könnten Sie das, was Sie wünschen, nicht von einem Experten hier bekommen?"

„Sie verstehen das nicht. Ich will die Familienehre schützen."

„Was meinen Sie mit ‚Familienehre'?"

„Sie sind ein Künstler und sehen doch nicht, was vor Ihnen steht, Giorgio?"

„Ich sehe eine sitzende Frau, vielleicht Anfang vierzig, mit dichten Augenbrauen über sehr großen, dunklen Augen mit festem Blick, einer dominanten Nase, einer breiten Unterlippe und braunen Locken, die an den Seiten ihrer Wangen entlang bis zu ihrem Hals reichen.

„Ja, und?"

„Nun, ihr Kopf ist leicht nach rechts geneigt, sie hat einen sentimentalen Gesichtsausdruck, ihre Arme sind verschränkt, die linke Hand über der rechten. Sie trägt einen Schal über den Schultern und eine Brosche unterhalb des Halses.

„Und das ist alles, was Sie sehen?"

„Ich sehe die Hand eines Meisters, wenn Sie wissen, was ich meine." Er erlaubte sich kichernd ein Selbstlob.

„Verschwinde einfach, Giorgio, geh! Und komm nicht zurück, bis ich dich rufe."

Der nervöse Nachfahre von Fanny Mendelssohn Bartholdy Hensel wartete, bis er den Rücken des Malers sah, dann zündete er sich zur Beruhigung eine Zigarette an. „Ein Maler, der nicht sieht, was er gemalt hat", sagte sich Nathan misstrauisch.

66

„Willst du lieber mit dem Bus oder mit der römischen U-Bahn zum Protestantischen Friedhof fahren?", fragte Megan ihre jüngere Schwester.

„Mir ist beides recht."

„Nun, die U-Bahn ist nicht weit weg und ich erinnere mich, dass es die Linie B ist, bis zur Station *Piramide*."

„Pyramidenstation? Warum sollten wir zu einer Pyramide fahren? Pyramiden stehen doch in Ägypten, nicht in Italien."

„Stimmt. Aber du vergisst, dass Rom vor vielen Jahrhunderten Ägypten erobert hat, denk an Antonius und Kleopatra, und dann wird es dir gar nicht so abwegig vorkommen, dass es auch hier in Rom eine Pyramide gibt, die im Jahr zwölf vor Christus erbaut wurde, das riesige Grabmal des Caius Cestius. Sie befindet sich direkt neben dem Haupteingang der Porta San Paolo. Und du wirst sehen, dass die Pyramide ein Bestandteil der alten Friedhofsmauern ist, die einst das Verteidigungssystem Roms bildeten."

Die U-Bahn Linie B brachte sie zügig ans Ziel, und Tina sah die strahlend weiße, beeindruckend hohe Pyramide aus Carrara-Marmor.

„Bitte warte, Megan! Ich möchte lesen, was auf dem Schild über die Pyramide steht."

Megan lächelte und wartete geduldig, bis ihre Schwester sowohl das Schild als auch die Pyramide und die Inschrift darauf fotografiert hatte. Genauso, wie sie es selbst vor etwa dreißig Jahren getan hatte. Man merkt, dass wir die Töchter eines Berufsfotografen sind, dachte sie und sah vor ihrem inneren Auge das erfolgreiche Porträtstudio, das ihr Vater, damals frisch aus Italien, gegründet hatte, nachdem die Familie Crespi nach Dallas übersiedelt war.

„Wohin gehen wir nun, nachdem wir dieses schöne, kühle Portal durchschritten haben? Geradeaus?"

„Nein, wir biegen links ab, wo all die Kiefern und dunkelgrünen Zypressen und die blühenden Rosen stehen. Komm!" Mit ungewöhnlicher Energie schritt Megan vor ihrer Schwester her.

„Siehst du, da haben wir sie: die beiden großen Grabsteine, Keats auf der linken Seite und sein guter Freund, der Maler Joseph Severn, auf der rechten Seite. Severn war es, der Keats in seinen letzten Tagen pflegte, und wie ich schon sagte, starb der Dichter buchstäblich in Severns Armen. Und obwohl Keats wollte, dass sein Name ‚ins Wasser geschrieben' und sein Grab unerkannt bleibt, findest du seinen Namen groß geschrieben auf Severns eigenem Grabstein. Siehst du?"

„Aber ja doch", antwortete Tina. „Faszinierend. Und dazwischen, genau wie du gesagt hast, hier ist das Kindergrab von Severns kleinem Sohn. Sehr rührend", sagte sie und trat dicht an Keats' Grab heran, „und wo ist der Grabstein für seinen Dichterfreund Shelley? Den möchte ich auch sehen und fotografieren."

Megan hatte noch eine besondere Überraschung für Tina. Dann würde sie mit dem Fotografieren überhaupt nicht mehr aufhören.

„Shelleys Grab ist auf der anderen Seite, auf dem sogenannten *Neuen Friedhof*, ein kleiner Spaziergang von hier aus", sagte sie, „Weißt du auch, wie Shelley gestorben ist?"

„Nein, aber ich bin sicher, du wirst es mir erzählen", lachte Tina.

„Es ist ziemlich tragisch. Und das nur ein Jahr nach dem Tod von Keats. Shelley ertrank 1822 während eines plötzlichen Sommersturms vor der Westküste der Toskana, kurz nachdem er Lord Byron besucht hatte. Erst nach einigen Tagen wurde sein Leichnam an Land gespült, entdeckt und im Beisein von Byron direkt am Sandstrand eingeäschert. Nur sein Herz blieb unversehrt und wurde Mary Shelley übergeben, die es bis zu ihrem Tod aufbewahrte."

„Ist das die Mary Shelley, die den *Frankenstein* geschrieben hat?" Tina war verblüfft.

„Ja, genau. Das Rührende an Shelleys Tod ist, dass sich in seiner Tasche eine Ausgabe von Keats' Gedichten befand, als man seine Leiche am Ufer fand. Das Büchlein war nach außen gefaltet, als ob es zu einem bestimmten Gedicht aufgeschlagen wäre."

„Und Lord Byron starb nur zwei Jahre nach Shelley in Missolonghi in Griechenland, nachdem er sich dem griechischen Unabhängigkeitskrieg gegen das Osmanische Reich angeschlossen hatte. Er wird dort immer noch wie ein Held verehrt."

„Ist sein Grab auch hier?"

„Nein. In England."

„Ein Glück", murmelte Tina kaum hörbar.

Schließlich erreichten sie am Ende des sonnenüberfluteten Weges Shelleys Grabstein. Unter dem Namen *Percy Bysshe Shelley* befand sich eine Inschrift mit nur zwei Wörtern: *Cor Cordium* – „Herz der Herzen". Und am unteren Rand der Marmorplatte war unter Shelleys Geburts- und Sterbedaten ein Zitat aus Ariels Lied aus Shakespeares *Der Sturm* eingraviert: *Nothing of him that doth fade but doth suffer a sea change into something rich and strange.*

Während die Schwestern all dies schweigend auf sich wirken ließen, geschah etwas Wunderbares und Merkwürdiges. Wie aus dem Nichts tauchte plötzlich eine große schwarz-weiße Katze auf und sprang besitzergreifend auf den flachen Grabstein, miaute laut wie zum Gruß und schaute Tina auffordernd an.

„Ist das zu glauben?", flüsterte Tina aufgeregt.

„Allerdings. Das war vorhersehbar, ich habe nur darauf gewartet, dass es passiert. Meine Überraschung für dich. Es scheint, dass dieser Friedhof einschließlich des Bereichs um die Pyramide immer schon ein Reich der Katzen war. Eine halb verwilderte Kolonie, die von einer Gruppe engagierter Freiwilliger betreut wird."

„Du wusstest das also und hast es mir nicht gesagt?"

„Hat es so nicht mehr Spaß gemacht?"

„Ich bin immer noch fassungslos. Oh Mann, jetzt werde ich ein paar tolle Fotos machen. Schau mal! Da sind noch mehr!" Tatsächlich, Katzen faulenzten auf Bänken, huschten an Mauern entlang, dösten in schattigen Nischen und drapierten sich in dramatischer Pose auf Grabsteinen. Ein Paradies! Tina begann wie wild zu fotografieren, während Megan ihr amüsiert folgte.

Gerade als sie den prächtigen, lebensgroßen Trauerengel des amerikanischen Bildhauers William Wetmore Story erreichten, riefen bekannte Stimmen nach ihnen.

„Da seid ihr ja! Megan! Tina! Hey! Hier sind wir!" Es waren Mary und Sire. „Wir wollten uns doch um drei Uhr am Eingang bei der Pyramide treffen", sagte Mary zu Recht ein wenig vorwurfsvoll, denn es war bereits fünfzehn nach drei.

„Es tut uns so leid! Wir haben uns von den Friedhofskatzen hinreißen lassen. Mindestens dreißig Katzen leben hier. Tina musste sie einfach fotografieren."

„Ist schon gut", beruhigte Sire, „wir haben uns die Pyramide und einige Gräber angesehen, bevor wir beschlossen, euch zu suchen. Und wir haben euch ja gefunden! Schön, dich endlich kennenzulernen, Tina." Sie gaben einander herzlich die Hand.

„Und wir haben auch die Gräber von Keats und Shelley gesehen, als wir auf der Suche nach euch über den Friedhof gelaufen sind", fügte Mary mit Begeisterung hinzu.

„Gut! Es gibt nur noch eines, das ich finden möchte, denn im Januar 1840 besuchte Fanny Mendelssohn mit ihrem Mann und ihrem Sohn Sebastian diese Grabstätte."

„Wessen Grab ist das?“, wollte Sire wissen.

„Das ihres Onkels Jakob Salomon Bartholdy, der nur fünfzehn Jahre zuvor gestorben war. Er war ein preußischer Diplomat, der in Rom stationiert war, und wurde hier zum Mäzen der deutschen Nazarener, die in Rom lebten und malten. Sie malten auch Fresken für den Empfangssaal der Villa Bartholdy. Aber dieser Palazzo wurde leider einige Zeit nach Jakobs Tod im Jahr 1825 abgerissen. Wenigstens konnten Fanny und ihre Familie ihn besichtigen, als sie in Rom waren. Da ihr Onkel fünfzehn Jahre zuvor gestorben war, wurde das Haus damals, wie Fanny schrieb, ‚von einigen Engländern bewohnt‘.“

„Interessant!“ Mary nickte.

„Dieser Friedhof hat viele Namen, wie ich festgestellt habe, von *Protestantischer Friedhof* über *Englischer Friedhof* bis hin zu *Campo Cestio* und *Cimitero Acattolico* – nicht-katholischer Friedhof. Heißt das also, dass auch Juden hier begraben sein könnten? Bartholdy war doch Jude, oder?“

„Er stammte von jüdischen Eltern ab, ja, aber er konvertierte, wie so viele andere deutsche Juden damals, zum reformierten Christentum. Andere, wie Fanny und Felix und später ihre Eltern, wurden Lutheraner. Tatsächlich war es Jakob Salomon Bartholdy, der die Eltern von Fanny und Felix und die meisten ihrer erwachsenen Kinder dazu überredete, nicht nur zu konvertieren, sondern auch den nicht-jüdischen Namen Bartholdy anzunehmen oder hinzuzufügen – den Namen eines Berliner Anwesens, das seiner Familie gehörte.“

„Wissen wir, wo genau Jakob Salomon Bartholdy begraben liegt?“, fragte Mary.

„Ich habe mehrere Leute gefragt, und alle sagten mir, dass er in der Nähe des Grabes von Goethes vierzigjährigem Sohn liegt, und das ist in der ersten Zone.“ Dort fanden sie den großen Grabstein mit dem Profil von Goethes Sohn und einer Inschrift über seinem Todesjahr 1830.

GOETHE FILIUS PATRI ANTEVERTENS OBIT.

„Goethes Sohn starb vor dem Vater. Lese ich das richtig?“, fragte Mary erstaunt. Megan nickte.

„Ziemlich egoistisch von Goethe, seinen Sohn um so viele Jahre zu überleben“, kommentierte Sire sarkastisch.

„Hört sich so an, aber ich nehme an, das war unvermeidlich“, bemerkte Megan spitz, „schließlich wusste damals jeder, wer der berühmte Schriftsteller Johann Wolfgang von Goethe war, aber wer war August Goethe? Nun, er war ein Trunkenbold, verließ seine Frau und drei Kinder und starb in Rom an den Pocken.“

Dann erklärte Megan: „Eigentlich war *Goethe Pater* über den Tod von *Goethe Filius* bestürzt und beauftragte den dänischen Bildhauer Bertel Thorvaldsen mit der Anfertigung des Bronzeporträts, das wir hier sehen. Thorvaldsen war übrigens einer der Stammgäste im *Caffè Greco*!“

„Nun, Leute, was ist mit Jakob Mendelssohn Bartholdy und seinem Grab? Sollen wir uns aufteilen und versuchen, es zu finden?“ Tina war bereit, aber waren es die anderen?

Megan schaute auf ihre Uhr und stieß einen Schrei aus.

„Oje! Es ist schon zehn vor vier, und ich habe jemand, der mir sehr wichtig ist, zu einem Treffen im *Caffè Greco* um vier Uhr eingeladen!“

67

„Mein Vetter dritten Grades, sagen Sie?“

„Ja, ich bin Ihr Vetter dritten Grades, zunächst über Moses Mendelssohns Urenkel Carl, dessen Vater Felix war, während Sie mit mir über Moses Mendelssohns Enkelin Fanny verwandt sind, deren Sohn Sebastian Söhne zeugte, die wiederum Söhne zeugten, bis Sie auftauchten“, erklärte Salomon Mendelssohn aus Hamburg Nathan Bartholdy aus Rom am Telefon.

„Nun! Ich finde es schön, Ihre Bekanntschaft zu machen, aber wie haben Sie mich ausfindig gemacht?“ Nathan war zwiegespalten über diesen erstaunlichen Telefonanruf. Was war der Grund dafür? Nur um ihm mitzuteilen, dass sie entfernt verwandt waren, oder weil dieser „Verwandte“ etwas von ihm wollte, da er wusste, dass er ein wohlhabender Bankier im Ruhestand war?

„Ich weiß aus der Familienlegende, dass Ihre Großeltern, die eine Vorliebe für italienische Opern hatten, im 19. Jahrhundert nach Rom ausgewandert sind und dass Sie deren Enkel sind. Wir müssen also mehr oder weniger gleich alt sein.“

„Interessant. Wie alt sind Sie?“ „Ich bin siebenundneunzig. Und Sie?“

„Zweiundneunzig. Was war Ihr Beruf, und wo leben Sie heute?“ Nathan begann, sich für den Mann zu interessieren, der behauptete, sie seien verwandt und der von der vor langer Zeit erfolgten Übersiedlung seiner Großeltern nach Italien wusste.

„Ich war etwa vierzig Jahre lang Gesangslehrer an der Hamburger Staatsoper.“

„Da wird mir ganz warm ums Herz. Wie froh wären meine Großeltern gewesen!“, rutschte es Nathan heraus. Sein Misstrauen war zerstreut und der Gedanke, einen noch lebenden Verwandten in seinem Alter zu haben, war bemerkenswert.

„Und Sie?“, erkundigte sich Salomon.

„Bankier; schon lange im Ruhestand.“ Nathan erwähnte seinen Beinahe-Bankrott und seine enormen Schulden nicht.

„Glücklich, hoffe ich.“

„In der Tat. Mein Hauptaugenmerk liegt jetzt auf der Kunst.“ Nathan seufzte und dachte insgeheim: Oh mein Gott, habe ich das wirklich gesagt?

„Kunst! Nun, das ist der Grund, warum ich Sie kontaktieren wollte, Nathan. Letzte Woche hatte ich Besuch von einer amerikanischen Kunst- und Musikhistorikerin namens Megan Crespi, die ein Buch über Fanny Mendelssohn schreibt. Ich war positiv beeindruckt, und sie scheint die meisten der Fakten für ihr Buch bereits beisammen zu haben. Sie interessiert sich sehr für die Porträts von Fanny."

„Aber Salomon, das ist doch verrückt! Ich habe erst letzte Woche mit ihr in Amerika telefoniert und jetzt ist sie in Rom und wir sehen uns morgen Vormittag in meinem Büro!"

„Wunderbar! Sie hat einen guten Eindruck auf mich gemacht. Das Einzige, was sie noch nicht wusste, war Fannys Vererbung der familiären Dysautonomie. Ich war froh, sie diesbezüglich auf die richtige Spur zu bringen."

Die beiden Vettern dritten Grades unterhielten sich noch eine gute Viertelstunde lang über Familienangelegenheiten. Es war Nathan, der das Gespräch mit seinem neu gewonnenen Verwandten beendete, indem er ihm versprach, ihm am nächsten Morgen, Ferragosto, einen Bericht über die Entwicklungen zu geben.

Salomon seinerseits war erfreut, sich mit einem Verwandten unterhalten zu haben, mit dem er noch nie gesprochen hatte. Und er fragte sich, was das morgige Treffen mit Professor Crespi wohl bringen würde. Was Nathan ihm danach zu sagen haben würde. Auch im Alter von siebenundneunzig Jahren konnte das Leben noch voller Überraschungen sein.

68

Alessandro Divitore, ein pummeliger, freundlicher Mann mittleren Alters mit grau meliertem Haar, war der erste, der im *Antico Caffè Greco* eintraf. Er war ein führendes Mitglied der italienischen Partei der nationalen Einheit und hatte mit Stolz als Manager für Öffentlichkeitsarbeit unter dem schillernden Ministerpräsidenten Mario Draghi gedient, dessen technokratische Koalition Italien mit einer wirksamen Impfkampagne und mit viel Kompetenz durch COVID-19 geführt und der Bevölkerung Vertrauen eingeflößt hatte. Umso tragischer war es, dass Draghis Herrschaft vor einem Monat nach der Revolte der 5-Sterne-Bewegung, der

Anti-Establishment-Partei von Draghis Vorgänger als Ministerpräsident, Giuseppe Conti, zusammengebrochen war. Der Umschwung hatte eine Periode politischer Stabilität für das Land beendet und Italien in die früheren Wirren zurückgeworfen, die das Land jahrzehntelang gelähmt hatten. Alessandro freute sich darauf, mit Megan und ihren hoffentlich gleichgesinnten Freunden über die politische Lage in seinem geliebten Land zu sprechen.

Er hatte zuerst einen Tisch im hinteren Teil des Cafés für seine Freunde reserviert, doch dort feierte eine fröhliche Gesellschaft lautstark die Bar Mitzwa eines rotwangigen Jungen. Glücklicherweise war nahe der Bar am Eingang noch ein rotes Samtsofa frei, direkt unter einem gerahmten Foto des Dramatikers und Journalisten Gabriele D'Annunzio in seiner Pilotenuniform. Alessandro war fasziniert von diesem charismatischen Mann, dessen politische Haltung sich von der extremen Rechten über die extreme Linke bis hin zu einem beständigen italienischen Nationalismus entwickelt hatte.

„Alessandro! Entschuldige unsere Verspätung!“

Megan, Tina, Mary und Sire setzten sich zu Alessandro.

„Megan, hast du deinen Freunden und deiner Schwester erzählt, dass ich einmal dein Student war?“

„Was?“ Tina war verblüfft. Mary und Sire waren ebenso überrascht.

„Ja, das ist wahr. Alessandro war vor einigen Jahren mein Student in Dallas.“

„Vor siebenunddreißig Jahren, um genau zu sein“, lächelte er, „und ich habe ihren Unterricht nie vergessen: nicht nur, was sie gelehrt hat, sondern auch, wie sie es tat.“

„Wie kamen Sie als Italiener nach Dallas?“, fragte Mary.

„Mein Vater war im diplomatischen Dienst und für ein paar Jahre dem italienischen Honorarkonsulat in Dallas zugeteilt, als ich noch jung war.“

„Und gefielen Ihnen die ausführlichen Vorlesungen meiner Schwester?“ Tina wusste, wovon sie sprach. Doch Alessandro ging nicht darauf ein.

„Ich habe sie geliebt. So habe ich auch den Herrn hier über uns an der Wand kennengelernt: in Amerika, in Megans Vorlesung, nicht in Italien", er deutete auf das Foto von D'Annunzio.

„Wie hast du D'Annunzio in deinen Vorlesungen über Kunstgeschichte untergebracht?", wollte Sire von Megan wissen.

„Ganz einfach. Durch die große italienische Schauspielerin Eleanora Duse, die eine Zeit lang seine Geliebte war, und weil er ein Theaterstück speziell für die ebenso große französische Schauspielerin Sarah Bernhardt schrieb." Noch verblüffter stellte Sire eine weitere Frage.

„Aber was hat das alles mit Kunstgeschichte zu tun?"

„Nun, der Untertitel all meiner Vorlesungen lautete ‚Der kulturelle Inhalt der künstlerischen Form', es ging also um mehr als nur Malerei und Bildhauerei."

„Und wir Studenten liebten dieses umfassende Kunstverständnis. Aber Megan, darf ich das sagen, du siehst so jung aus!" Alessandro starrte seine Professorin mit freudigem Erstaunen an. „Wie machst du das? Was ist dein Geheimnis? Verrate es uns."

„Ja, wie?", mischten sich die anderen ein.

„Gesunde Ernährung und tägliche Bewegung. Außerdem färbe ich mein weißes Haar braun." Megans Antwort war kurz, offen und auf den Punkt gebracht. Sie hingegen wollte erfahren, wie es ihrem ehemaligen Studenten nach dem italienischen Rechtsruck erging, der politische Beobachter in Europa schockiert hatte. „Wir sind hier in einer Stadt mit großer historischer Vergangenheit ... und einer beunruhigenden politischen Gegenwart. Wie geht es dir mit den neuesten Entwicklungen?"

Alessandro seufzte. „So gut es eben geht. Italien ist dabei, auseinanderzubrechen, in seine alten provinziellen Gewohnheiten zurückzufallen. Was soll ich sagen? Was den neuen Premierminister Giuseppe Conti betrifft, so will er nicht einmal Mittel für den Bau einer vernünftigen Müllverbrennungsanlage in Rom bewilligen. Sie haben sicher bemerkt, wie verdreckt unsere Straßen sind. Es sind nicht mehr nur die wilden Katzen, es ist der Gestank des Unrats …"

Drei Schüsse aus einer AR-15-Pistole unterbrachen alle Gespräche im *Antico Caffè Greco*. Niemand hatte bisher den maskierten Angreifer bemerkt, der durch die Küchentür eingetreten, an den erschrockenen Mitarbeitern vorbeigelaufen war, rasch die lärmende Bar-Mizwa-Feier ausfindig gemacht hatte und den Jungen, der gerade geehrt wurde, sowie die beiden Personen an seiner Seite – seine Eltern – erschoss. Das alles dauerte nur Sekunden, dann verschwand der Täter durch die Hintertür in das Labyrinth der römischen Gassen.

Drei Juden lagen ermordet in Roms legendärem *Caffè Greco*.

69

In der darauffolgenden Stunde hatte die römische Polizei das Sagen am Tatort. Der Besitzer, das Personal und die Gäste wurden befragt, dann wurden die Gäste wegen des dichten Gedränges von Passanten und Reportern vor dem Haupteingang angewiesen, das Lokal über den durch die Küche führenden Gang zu verlassen. Zwei Pressefotografen standen bereits an der Küchentür und warteten auf Fotogelegenheiten. Zu den Personen, die das Lokal als erste über diesen Weg verließen, gehörte Alessandro Divitore, der Sekretär des ehemaligen Ministerpräsidenten Mario Draghi, in Begleitung von vier Personen, die als Amerikaner identifiziert wurden, und alle fünf wurden rechtzeitig für die Abendzeitungen fotografiert.

Das neu gebildete Rom-Quintett, das nach dem Verbrechen im *Caffè Greco* etwas Beruhigung brauchte, vereinbarte ein frühes Abendessen auf der winzigen Insel mitten im Tiber, direkt beim historischen jüdischen Viertel. Von den beiden Zwischengeschossen des ehrwürdigen *Ristorante Tiberino* hatte man einen faszinierenden Ausblick auf die Stadt.

Trotz ihrer Bemühungen, sich abzulenken, kreiste das Gespräch immer wieder um den schrecklichen Vorfall im *Caffè Greco*, den Ausbruch von Judenhass und Antisemitismus. Megan erzählte von dem legendären Krankenhaus *Fatebenefratelli*, das 1585 auf der *Isola Tiberina* gebaut worden war. Aufgrund seiner isolierten Lage war dieses seit jeher ein bevorzugter Ort für die Behandlung von Seuchenopfern. Im Jahr 1911 errichtete man in der Nähe der Insel eine Schule für medizinische Heilkunde. Während des Holocausts von 1941 bis 1945 bot das Krankenhaus jüdischen Verfolgten Zuflucht, indem ihre italienischen Retter sie aufforderten, Tuberkulose-Symptome mit unablässigen Hustenanfällen zu simulieren. Aus Angst vor Ansteckung verzichteten die deutschen Soldaten darauf, die Krankenstationen zu durchsuchen. Es war nun zum *Israelitischen Krankenhaus* geworden.

Das ermutigte Alessandro, etwas über sich zu erzählen, was keiner wusste, nicht einmal seine alte Professorin Megan Crespi.

„Ich selbst bin mütterlicherseits jüdisch. Der Familienname meiner Mutter war *Rappaport*." Megan war erstaunt.

„Ich hatte ja keine Ahnung!"

70

„Mein wichtigstes Standbein ist jetzt die Kunst." Nathan Bartholdy saß an dem Schreibtisch seiner Zweizimmerwohnung im jüdischen Viertel von Rom und konnte immer noch nicht glauben, dass er diesen möglicherweise verräterischen Satz gegenüber seinem Cousin dritten Grades, Salomon Mendelssohn aus Hamburg, geäußert hatte, den er nicht einmal persönlich kannte. Niemand durfte von dem zweistufigen Plan wissen, der ihm vorschwebte und für den er, wenn die Dinge so verliefen, wie er hoffte, zu extremen, aber genialen Mitteln greifen würde.

Morgen Vormittag um elf Uhr würde er seinen Plan auf die Probe stellen.

71

An diesem Abend, nachdem der sympathische Alessandro sich verabschiedet hatte und das Rom-Quintett wieder zum Quartett geworden war, hatte Mary eine ungewöhnliche, aber willkommene Einladung für ihre Freunde. Sie hatte erfahren, dass es in einem der Bankettsäle des *Colosseum Corner Hotels* einen Konzertflügel gab. Um den Trübsinn zu vertreiben, unter dem sie alle immer noch litten, wollte sie für ihre Freunde Fanny Mendelssohns *Das Jahr* spielen.

Marys musikalische Einladung wurde mit Freude angenommen und bald wurde der alte Bösendorfer Flügel zum musikalischen Botschafter. Als Mary den ersten Monat des Jahres eindrucksvoll vortrug, konnte man das kühle Wetter in ihrem *Adagio* spüren und sich Fannys Besuch auf dem riesigen Protestantischen Friedhof mit seinen Tausenden von berühmten und weniger berühmten Persönlichkeiten lebhaft vergegenwärtigen. Was für eine Vorstellung!

Jeder neue Monat brachte die Schönheit und Lebendigkeit von Fannys Rom zum Klingen, und als Mary zum September kam, mit seinem feierlich bewegten *Andante con moto* „Am Fluss“, war die Übereinstimmung der Musik mit ihrem gerade beendeten Abendessen am Tiber überwältigend.

72

Die schwüle Morgendämmerung am darauffolgenden Mittwochmorgen, dem 15. August, deutete darauf hin, dass dieser Tag des *Ferragosto* tatsächlich der heißeste des Sommers werden würde. Halb Rom war bereits in Richtung neapolitanischer Küste geflüchtet. Auch Mary und Sire waren schon um acht Uhr früh mit ihrem Mietwagen nach Neapel aufgebrochen, und Tina hatte sich ihnen in letzter Minute angeschlossen, da sie lieber Neapel kennenlernen wollte, als ihre Schwester in Rom zu einem Geschäftstermin zu begleiten.

Sire wollte das berühmte Acquario di Napoli aus dem 19. Jahrhundert und seine Sammlung von über zweihundert Tier- und Meeresarten besuchen und fotografieren. Das Aquarium war Teil der noch berühmteren Zoologischen Station Anton Dohrn, einer außergewöhnlichen Kombination aus Aquarium, Herbarium, historischem Archiv, Bibliothek und zoologischer Sammlung. Eigentlich hätte Mary ein Aquarium nicht ganz oben auf ihre Liste der Sehenswürdigkeiten gesetzt, aber Sires Beschreibung dessen, was sie dort zu sehen bekämen, war schwer zu ignorieren.

Als Mary dann auch noch googelte, wer dieser Felix Anton Dohrn eigentlich war, fand sie heraus, dass sein Patenonkel Felix Mendelssohn Bartholdy war. Anton, wie er genannt wurde, war mit wohlhabenden Eltern gesegnet, die als Mäzene in der zeitgenössischen Musikwelt tätig waren und als solche den Geigenvirtuosen Joseph Joachim und die schwedische Opernsängerin Jenny Lind beherbergt hatten. Auch deshalb ermutigte Megan ihre Schwester zu dem Ausflug nach Neapel.

Aber Tina brauchte keine Aufforderung, sich in die Nähe des Vesuvs zu begeben. Am liebsten hätte sie eine Tour direkt auf den Vulkan unternommen, während Mary und Sire sich beim ‚Fischen' herumtrieben, wie sie es ausdrückte. Aber am Ende kamen die beiden sogar mit zu Tinas Gipfelbesteigung auf den Vesuv. Sie bereuten es nicht, als sie vom Kraterrand hinunter in den schwarzen Abgrund starrten.

Megan hingegen war ganz zufrieden damit, den hartnäckigen Nathan Bartholdy in Rom allein zu besuchen. Nach ihren fünfundvierzig Minuten Morgengymnastik und einem entspannten Frühstück auf der Dachterrasse des Hotels studierte sie auf ihrem Handy verschiedene Karten des jüdischen Viertels – seit Jahrhunderten als jüdisches Ghetto bekannt – und war endlich bereit, die Via Portico d'Ottavia aufzusuchen.

73

Megan bestellte lieber einen Uber, als sich mit öffentlichen Verkehrsmitteln abzumühen. Die Adresse lag in der Nähe des historischen Teatro Marcello, und als der Uber langsamer wurde, erkannte Megan, dass die Straße die monumentale Synagoge Roms mit ihrer ungewöhnlichen quadratischen Kuppel umschloss.

Als sie aus dem Uber ausstieg, entdeckte sie auf dem Bürgersteig etwas, das ihr zum ersten Mal in Hamburg begegnet war: einen Stolperstein mit den Namen der einstigen jüdischen Anwohner dieser Straße, die während des Holocausts deportiert und ermordet worden waren. Ein Schauer überlief sie, als sie an der Klingel mit Bartholdys Wohnungsnummer läutete. Die Haustür öffnete sich und sie betrat das Gebäude. Es war genau elf Uhr. Eine rundliche Frau mittleren Alters mit dunklem Haar und finsterer Miene stieg gerade die Treppe vom zweiten Obergeschoss hinunter. Die beiden gingen aneinander vorbei, doch unten angekommen drehte sich die Frau um, offensichtlich um Megan zu beobachten. Sie wartete tatsächlich im Flur, die Hände in die Hüften gestemmt, bis sie sah, bei welcher Wohnungsnummer die Unbekannte stehen blieb.

Als Megan Bartholdys Wohnung erreichte, stand die Tür bereits offen, und ein kleiner, hagerer Mann mit weißem Haar nickte ihr zur Begrüßung stumm zu. Darauf folgte eine Frage, wenn nicht sogar ein Lächeln. Es war Nathan Bartholdy.

„Aber wo ist Ihre Schwester, Dottoressa?"

„Nun ja, sie ist mit Freunden nach Neapel gefahren, um ein kühleres Ferragosto zu genießen als hier in Rom." Diese Information löste bei ihrem Gastgeber ein breites Lächeln aus.

„Ich sah, Signore Bartholdy, dass direkt vor Ihrem Wohnhaus ein Stolperstein aus Messing in die Straße eingelassen ist. Wie tragisch!"

„Ach, Sie wissen, was Stolpersteine sind, Frau Doktor?" Jede Anspannung war verschwunden und Bartholdy war sich nicht bewusst, dass er bei der Erwähnung des Worts „Stolperstein" in die deutsche Sprache verfallen war.

„Ja, in der Tat. Ich habe sie in Hamburg und Berlin gesehen und mir wurde gesagt, dass sie jetzt in ganz Europa zu finden sind", antwortete Megan und wechselte ebenfalls ins Deutsche.

„Ja, ganz richtig. Wenn auch viel zu spät", sagte Bartholdy.

„Übrigens, Herr Bartholdy, es ist etwas Seltsames passiert, als ich die Treppe zu Ihrer Wohnung hochstieg. Eine Frau, die mir auf dem Weg nach unten begegnete, drehte sich um und folgte mir zurück in Ihr Stockwerk. Sie stand einfach da und beobachtete mich, bis ich zu Ihrer Tür kam."

„Das muss meine Haushälterin gewesen sein, Signora Ursula. Ja, sie ist sehr besitzergreifend und wacht über mich, nun ja, nicht wie eine Bedienstete, sondern ich würde sagen, wie eine strenge Mutter über ein möglicherweise unartiges Kind. Das macht mich manchmal ein bisschen nervös. Aber sie ist schon so viele Jahre bei mir und eine so ausgezeichnete Reinigungskraft, dass ich keine weitere Kritik an ihr äußern kann. Aber bitte kommen Sie doch herein!"

Bartholdy winkte seinen Gast in einen mittelgroßen Raum, der offensichtlich als sein Büro diente. Dort hing ein großes gerahmtes Gemälde an der Wand über dem ausladenden Schreibtisch. Das Porträt zeigte eindeutig Fanny Mendelssohn Bartholdy Hensel. Zumindest der goldene Holzrahmen schien recht alt zu sein.

Megan äußerte diesen Gedanken gegenüber ihrem Gastgeber und fügte dann einen Vorbehalt hinzu. „Aber ist es ein zeitgenössisches Porträt? Hat Fanny dafür Modell gesessen? Das sollten wir sofort feststellen. Wäre es für Sie, für uns, zu viel Aufwand, das Porträt von der Wand zu nehmen?“ Sie fragte sich, ob der ältere Herr in der Lage wäre, das schwere gerahmte Gemälde selbst von der Wand zu nehmen. Erstaunlicherweise stürzte sich Bartholdy fast auf das Gemälde.

„Ja“, sagte er, „wir können es auf jeden Fall abnehmen, und ja, ich wäre Ihnen für Ihre Hilfe dankbar.“

Megan stellte die schmale Aktentasche, die sie mitgebracht hatte, ab und gesellte sich zu ihm hinter den massiven Schreibtisch. Gemeinsam nahmen sie das Gemälde von der Wand und platzierten es auf dem einst prächtigen Ledersofa.

„Nein, nein, es geht mir jetzt erst mal nicht um die Vorderseite. Ich muss mir die Rückseite ansehen“, sagte Megan zu Bartholdys Überraschung. Er schien nichts dagegen zu haben, denn ohne ein Wort half er ihr, das Porträt umzudrehen. Er entfernte sich ein paar Schritte und beobachtete die amerikanische Kunsthistorikerin mit großem Interesse. Aus einem ledernen Etui, das sie an einer Kette um den Hals trug, zog sie ein rundes Objekt mit einem schwarzen Griff heraus. Es war eine *Fancii*-LED-Lupe mit einer übergroßen Linse und drei Vergrößerungsstufen. Damit untersuchte Megan besonders die Verbindung von Leinwand und Rahmen. Dann strich sie mit den Fingern vorsichtig über den Keilrahmen und das hölzerne Tragwerk. Sie nickte und begutachtete anschließend die Leinwand selbst. Dann hielt sie ihre Nase für einige Sekunden dicht an die Leinwand und untersuchte danach weiter die Rückseite des Gemäldes. Erneut nickte sie und trat dann von dem Werk zurück.

„Nun gut. Zeigen Sie mir jetzt bitte die Vorderseite.“ Bartholdy willigte sofort ein, sie drehten das Gemälde vorsichtig um, und Megan wiederholte die Prozedur einschließlich der Geruchsprobe. Mit der Lupe suchte sie nach Craquelé – den Spuren des Alters, die sich auf der obersten Farbschicht bildeten. Es folgten noch einige Minuten des konzentrierten Schweigens, dann trat Megan einen Schritt zurück und sah den alten Mann mitfühlend an.

„Ich muss Ihnen leider mitteilen, Herr Bartholdy, dass ich nicht glaube, dass dieses Kunstwerk im 19. Jahrhundert entstanden ist, bestimmt nicht in der ersten Hälfte des Jahrhunderts, was wichtig ist, da Fanny 1847 gestorben ist. Aufgrund des tadellosen Zustands der Leinwand, ihrer hohen Fadenzahl, der Tiefe und Anzahl der Farbschichten, des Fehlens eines Craquelé-Musters, das sich im Laufe der Zeit auf der Oberfläche der obersten Farbschicht gebildet haben müsste, und der Verwendung eines Keilrahmens aus heller Kiefer würde ich sagen, dass das Bild aus dem 21. Jahrhundert stammt. Außerdem befindet sich ganz unten links auf der Rückseite der Leinwand, fast versteckt unter dem hölzernen Keilrahmen, der bekannte Stempel des Leinwandherstellers: der Lieferant Savino Del Bene." Megan hielt inne und war auf eine enttäuschte Reaktion gefasst. Aber Nathans Gesichtsausdruck verriet keine Emotion, es gab keinen Hinweis darauf, wie er die negative Nachricht aufnahm.

„Mit anderen Worten, und es tut mir leid, das sagen zu müssen, Sie besitzen ein Werk, das irgendwann in den letzten zwanzig Jahren entstanden ist; nicht in der ersten Hälfte des 19. Jahrhunderts, und es handelt sich nicht um eine deutsche Leinwand mit geringer Fadenzahl aus dem 19. Jahrhundert, sondern um eine moderne italienische Leinwand mit viel höherer Fadenzahl. Es tut mir sehr leid, Herr Bartholdy."

Doch anstatt niedergeschlagen oder verärgert zu wirken, lächelte dieser.

„Frau Doktor Crespi, Sie haben meinen Test bestanden! Das echte Porträt befindet sich im Nebenzimmer und ich freue mich, es Ihnen jetzt zu präsentieren. Doch ich musste mich erst vergewissern, dass Sie eine Kopie zu erkennen vermögen."

„Nun, ich bin erleichtert, dass mein Urteil über das Werk Sie nicht betrübt hat. Und ich bin froh, dass ich Ihren Test ‚bestanden' habe. Haben Sie das auch bei anderen Kunsthistorikern versucht?"

„Allerdings. Drei insgesamt, zwei Italiener und ein Deutscher. Sie waren alle sofort erpicht darauf, mir zu sagen, was für einen Schatz ich hier habe."

„In diesem Fall möchte ich Ihnen auch sagen, was mir auf diesem Porträt gefehlt hat. Nämlich irgendein Hinweis auf Fannys leicht schiefe Schultern, was von der familiären Dysautonomie herrührt, von der ihr Großvater Jakob so betroffen war."

„Ausgezeichnet! Dieses ‚Korrigieren' des Schulterschiefstandes ist genau das, was mir an diesem Werk missfällt – es ist eine Kopie, die auf meinen Wunsch hin von einem Maler aus meinem Bekanntenkreis angefertigt wurde. Ich nehme an, er wollte das, was ihm als fehlerhaft erschien, korrigieren und so das Porträt gefälliger machen. Ich habe ihm dafür die Hölle heißgemacht. Also gut, liebe Dottoressa, sehen wir uns jetzt das echte Porträt von Fanny an."

Er führte sie in ein Nebenzimmer und sie war sofort von dem gerahmten Porträt über dem Doppelbett gefesselt. Gespannte Stille herrschte, als Megan sich dem Gemälde näherte, das ebenfalls in einen alten, goldenen Holzrahmen gefasst war, der jedoch deutlich leichter war als der vorhergehende.

„Sollen wir das Bildnis von der Wand nehmen?", fragte Bartholdy, nachdem eine schweigsame Minute verstrichen war.

„Noch nicht. Wenn ich mich nicht völlig täusche, kann ich jetzt schon sagen, dass dieses Gemälde nicht nur echt ist, sondern dass es sich um ein bisher unbekanntes Porträt des Malers Moritz Daniel Oppenheim handelt, dessen berühmtes Büstenporträt der Fanny von 1842 so bekannt war, dass die Republik Liberia es für eine ihrer Briefmarken verwendet hat."

„Ganz genau! Sie sprechen es aus. Ich habe eingehend alles recherchiert, was über diesen erstaunlichen Künstler geschrieben wurde, der als erster jüdischer Künstler in der antisemitischen Gesellschaft seiner Zeit erfolgreich war – und zwar in großem Stil. Man nannte ihn ‚den Maler der Rothschilds und den Rothschild der Maler'. Wussten Sie das?" Nathan Bartholdy strahlte über das ganze Gesicht.

„Ja, das wusste ich, und ich finde es wunderbar. Und wissen Sie, dass Oppenheim auch Goethe dargestellt hat, wie er mit Felix Mendelssohn zusammensitzt?"

„Ja, natürlich! Goethe ließ das Bild anfertigen, als Felix auf dem Weg nach Italien im Jahre 1830 in Weimar bei ihm zu Besuch war. Er hatte ihm ja schon als Junge vorgespielt."

„Stimmt. Und kennen Sie die Verbindung von Fanny zu Goethe?" Megans zweiundneunzigjähriger Gastgeber schüttelte den Kopf.

„Nein, bitte erzählen Sie doch!"

„Nun, das geht auf das Jahr 1821 zurück. Nachdem Goethe von seinem Musikfreund Carl Friedrich Zelter so viel über die begabten Mendelssohn-Kinder aus Berlin gehört hatte, lud er die beiden ein, ihn in Weimar zu besuchen. Der zwölfjährige Felix durfte mit Zelter reisen, aber die sechzehnjährige Fanny musste zu Hause bleiben. Dennoch sorgte Felix dafür, dass Goethe einige Kompositionen seiner Schwester hörte, und der Dichter war zugleich entzückt von der Musik und traurig darüber, dass Fanny ihm nicht persönlich vorspielen konnte. Also schrieb er gleich ein kurzes Gedicht mit der Widmung ‚An die Entfernte', die, wie er hoffte, es gleich vertonen würde, nachdem Felix es dem ‚fernen Mädchen' nach Hause gebracht hatte. Und ich bin gerade dabei, dieses Lied aufzuspüren, in der Hoffnung, herauszufinden, ob die Geschichte wirklich stimmt."

„Ihr Verleger lag sicher richtig, als er Ihr Clara-Schumann-Buch herausbrachte. Tatsächlich hat er sich sehr schmeichelhaft über Sie geäußert, als ich mit ihm sprach.

Das ist ein Grund, warum ich immer wieder versucht habe, Sie zu erreichen!“

Megan wagte es, eine Frage zu stellen, die ihr schon seit ihrem ersten Telefonat auf der Zunge lag.

„Sagen Sie mir doch bitte, wenn es Ihnen nichts ausmacht, warum ist Ihr Nachname Bartholdy, obwohl er auch Mendelssohn hätte lauten können, wie bei Ihren Großeltern?“ Nathan lachte.

„Das liegt an meinem sehr sensiblen Vater. Er wollte für seine Schulkameraden hier unbedingt mehr wie ein Italiener klingen und trug diesen Nachnamen auch als Erwachsener noch; er ließ ihn sogar rechtlich eintragen. Das ist der Grund. Und ich muss gestehen, dass auch ich Bartholdy dem Mendelssohn vorziehe, und zwar mit derselben Begründung.“

„Aber Sie wohnen doch mitten im jüdischen Viertel von Rom!“

„Ja. Nun, wir Juden sind manchmal recht widersprüchlich.“

Sie unterhielten sich angeregt weiter, während sie das Gemälde von der Wand abnahmen und es vorsichtig auf das Bett legten, mit der Vorderseite nach unten.

Megan untersuchte den Keilrahmen und die Rückseite der Leinwand ebenso gründlich wie das vorherige Gemälde. Der Rahmen war aus langsam verwitterndem nordischem Kiefernholz gefertigt, was für sie die Echtheit der europäischen Herkunft aus dem 19. Jahrhundert bestätigte. Der Leinenrücken war leicht fleckig, ein weiteres Zeichen für das Alter des Bildes. Dann drehte sie das Gemälde um und studierte es eingehend mit der Lupe. Schließlich hob sie den Kopf, wandte sich an den alten Mann, lächelte und sprach.

„Glückwunsch, Herr Bartholdy. Um Ihre drei früheren inkompetenten Experten zu zitieren: ‚Sie besitzen einen Schatz‘.“

Nathan Bartholdy holte tief Luft, Megan fuhr fort.

„Sie haben hier ein bisher unbekanntes, echtes Porträt von Fanny Mendelssohn Bartholdy Hensel, gemalt von dem

Künstler Moritz Daniel Oppenheim. Wir sehen sie im Alter von etwa vierzig Jahren, ein Halbporträt, den Kopf etwas nach rechts geneigt, den Betrachter direkt anblickend. Sie hat dieselben Gesichtszüge, die wir aus den vielen Skizzen ihres geliebten Mannes kennen, mit dem festen Blick und den großen braunen Augen, der markanten Nase, der üppigen Unterlippe, den auffallend dichten Augenbrauen und dem vollen, lockigen Haar."

„Ja, genau, das ist alles vollkommen richtig."

„Was einzigartig an diesem Gemälde ist, dass wir es hier mit einer völlig authentischen Darstellung dessen zu tun haben, was der Künstler vor sich sah. Fanny und Oppenheim waren nur fünf Jahre auseinander, verstanden sich, wie wir wissen, gut und hatten jede Gelegenheit, offen zueinander zu sein. Wie das Porträt damals aufgenommen wurde, ist uns bisher nicht bekannt. Aber die Tatsache, dass es erst jetzt ans Licht kommt und in keiner Quelle Erwähnung findet, lässt auf eine gewisse Missbilligung schließen. Auch ihr Sohn Sebastian schreibt in seinen Aufzeichnungen nicht über dieses Bild."

Megan sah Nathan direkt an und wartete.

„Würden Sie mich bitte aufklären, Herr Bartholdy, und mir so viel wie möglich darüber erzählen, wie dieses Gemälde in Ihre Hände gekommen ist?"

„Gewiss. Aber lassen Sie mich zunächst sagen, wie beeindruckt und natürlich erfreut ich über Ihre Feststellungen bin. Und zum anderen ist die Geschichte sehr einfach. Es stimmt, dass Fanny selbst nicht besonders angetan von dem Porträt war. Sie mochte den Maler, aber nicht das Bild, könnte man sagen. Sebastian muss das gewusst haben, da er damit aufgewachsen ist, und es ist gut möglich, dass das Gemälde nie aufgehängt wurde, sondern irgendwo verwahrt wurde, auch dann noch, als Sebastian es geerbt hatte. Dies hätte sich über Generationen fortsetzen können. Als jedoch meine Großeltern von Berlin nach Rom zogen, brachten sie unter anderem dieses Bild mit, und wir Kinder wuchsen damit auf. Wir haben es nie besonders beachtet." Nathan drehte sich plötzlich weg und sagte nichts mehr. Megan schwieg aus Respekt vor seinem unerwarteten Stimmungsumschwung. Doch schließlich sprach sie ihn an.

„Darf ich Sie fragen, was Sie dazu veranlasst hat, mir und drei anderen Kunsthistorikern die Tatsache zu offenbaren, dass Sie dieses außergewöhnliche Porträt von Fanny besitzen?" Nathan antwortete nicht. Dann drehte er sich um und legte seine rechte Hand auf Megans Arm. Tränen standen ihm in den Augen.

„Was mich dazu veranlasst hat? Die Not, die pure Not hat mich veranlasst! Die Leute kennen mich als Bankier im Ruhestand, das ist mein Ruf. Aber sie wissen nicht, dass ich ein ruinierter Bankier im Ruhestand bin. Dass ich alles verloren habe, was ich einmal besaß. Auch dieses Wohnhaus. Ja, ich habe es einmal besessen! Aber ein dummes Grundstücksgeschäft hat mich ruiniert. Und ich bin allein. Ich habe keine Familie mehr, keine lebenden Nachkommen. Meine Schulden sind erdrückend, und man hat mir mitgeteilt, dass mein Mietvertrag für diese armselige kleine Zweizimmerwohnung nächstes Jahr ausläuft und nicht verlängert wird. Kurzum, Dottoressa Crespi, ich bin verzweifelt und *muss* dieses Gemälde verkaufen! Und ich weiß nicht so recht wie, an wen ich mich wenden soll, welche Auktionshäuser ich ansprechen soll." Megan streichelte mitfühlend die Hand des zweiundneunzigjährigen Mannes.

„Ich verstehe Sie. Danke, dass Sie sich mir anvertraut haben. Und vielleicht habe ich sogar eine Lösung für Ihr Problem."

„Eine Lösung?"

„Ja, eine Lösung. Ein guter amerikanischer Freund von mir hat kürzlich eine neue Mendelssohn-Stiftung in New York City gegründet, den Mendelssohn-Komplex, ein ausgezeichnetes Archiv mit einer reichhaltigen Bibliothek, einem Aufführungsraum für Konzerte und viel Platz für Ausstellungen. Er ist äußerst gut vernetzt und auch finanziell und wissenschaftlich sehr erfolgreich. Ich bin sicher, dass er bereit wäre, für eine so außergewöhnliche Ergänzung seines Bestandes einen guten Preis zu zahlen. Soll ich ihn anrufen und ihm ein paar Fotos von dem Gemälde schicken – wenn Sie erlauben – und ihn fragen? Würde Ihnen das zusagen?"

Nathan antwortete, ohne zu zögern. „Ja, das würde mir sehr zusagen. Es wäre einfach wunderbar. Kein Gang von Auktionshaus zu Auktionshaus, von Experte zu Experte." In seinen Augen glänzten Tränen der Erleichterung.

„Dann erlauben Sie mir Ihnen noch etwas zu verraten, was Ihr Porträt von Fanny betrifft, nämlich warum es so besonders wichtig für den Mendelssohn-Komplex in New York sein wird."

„Und was wäre das?", fragte Nathan mit schwacher Stimme.

„Der Familienname des Gründers und Direktors ist Oppenheim."

74

Ursula Ladro war nicht erfreut über den Sarkasmus ihres Mannes, als er erst am späten Nachmittag nach Hause kam. Carlo, der als Leichenwagenfahrer für das Obitorio Scaduti e Figli in Rom tätig war, hatte auf dem Weg zum Mausoleo di S. Elena ein Vergaserproblem mit seiner beladenen Limousine gehabt. Es hatte länger gedauert, bis das Problem behoben war, und er konnte ihren stillen Ärger spüren, als ihn seine Frau in der Wohnung empfing. Seine Stimmung verdüsterte sich noch mehr, als er seiner Frau zuhörte, wie sie über ihren exzentrischen Arbeitgeber Bartholdy sprach, und dass er sie neuerdings nur noch einmal im Monat statt wöchentlich brauchte. Sie erzählte Carlo von der ungewöhnlichen Besucherin, einer älteren Dame in Hosen mit einer Aktentasche statt einer Handtasche.

„Begreifst du das nicht, Ursula? Er hat deine Nachfolgerin interviewt", hatte Carlo sardonisch geantwortet. Dies hatte

Ursula zu einer regelrechten Tirade über die angespannten Verhältnisse, in denen sie bereits lebten, veranlasst.

„Selbst hier im überfüllten Centocelle werden wir es nie schaffen, Carlo, wenn Bartholdy jetzt meinen Lohn kürzt oder mich ganz ersetzt! Vor Jahren sagte er, er wolle mir etwas hinterlassen, wenn er stirbt, aber wie kann ich sicher sein, dass er das immer noch beabsichtigt?"

„Was soll ich denn machen? Wir müssen froh und dankbar sein, dass ich meinen Job noch habe."

„Das wird nicht ausreichen, verstehst du? Wir kommen nie aus diesem heruntergekommenen Viertel heraus, wenn wir nicht mehr Geld verdienen. Hör mir zu. Bartholdy ist reich – er hat zwei große goldgerahmte alte Gemälde an der Wand –, aber er ist ein echter Pfennigfuchser. Ich sehe, wie er schwächer wird. Und er hat keine lebenden Verwandten mehr, das hat er mir selbst gesagt."

„Und nun?"

„Mein Gedanke ist folgender. Wenn der alte Mann stirbt, wird sein Besitz von der Stadt übernommen und das wars dann. Aber was wäre, wenn eines seiner Besitztümer, etwas wirklich Wertvolles, aus der Wohnung verschwindet, bevor er das Zeitliche segnet?"

„Was zum Beispiel?"

„Zum Beispiel eines der beiden Gemälde an der Wand, von denen ich dir gerade erzählt habe. Allein die alten, vergoldeten Rahmen müssen eine Menge wert sein. Und das Seltsame ist, dass die Gemälde genau gleich aussehen! Eineiige Zwillinge, könnte man sagen."

„Ist das dein Ernst?"

„Aber ja. Es sind zwei identische Bilder. Gleiche Größe, gleiche Frau, gleicher Gesichtsausdruck. Vielleicht seine verstorbene Frau oder eine, die er einmal geliebt hat."

„Du meinst also, Ursula, wenn man ihm eines nimmt, dann hätte er immer noch das andere, so dass er sich nicht zu sehr aufregen würde?"

„Genau das denke ich. Weiß Gott, er ist so alt, dass er vielleicht gar nicht merkt, wenn ein Bild weg ist."

„Aber welches, es sind ja beide gleich?"

„Der goldene Rahmen des Schlafzimmergemäldes ist schmaler und weniger edel, also ist bestimmt das Gemälde im Wohnzimmer das wertvollere."

„Klingt nach einem Plan. Wir holen uns das Bild, wenn er schläft. Und wann willst du das tun?"

„Heute Nacht, je später, desto besser. Sagen wir um ein Uhr nachts?"

Carlos war der Sarkasmus vergangen. Der Plan seiner Frau könnte ihre finanzielle Lage enorm verbessern. Vielleicht könnten sie dann wirklich aus diesem heruntergekommenen Viertel in ein weit besseres übersiedeln.

„Dann tun wir es heute Nacht."

75

Zum Abendessen trafen sich Megan, Mary, Sire und Tina in einem wunderbaren Restaurant und Megan erzählte ihnen von den Irrungen und Wirrungen ihres komplizierten, aber überaus erfolgreichen Besuchs bei Nathan Bartholdy.

„Morgen früh rufe ich Jared an, und es würde mich nicht wundern, wenn er daraufhin sofort einen Flug nach Rom bucht", sagte sie.

„Und du bist die einzige Person, die weiß, dass der alte Bartholdy das echte Gemälde besitzt?", fragte Tina.

„Das wollte ich auch gerade fragen!", rief Mary.

„Ja, genau, die drei vorherigen Experten haben den Test nicht bestanden und die Kopie als echt eingestuft."

„Nun, dann wissen zumindest drei andere Leute von der Existenz des Gemäldes, auch wenn ihnen das echte Bild nicht gezeigt wurde, nicht wahr?", fragte Sire.

„Ja, du hast Recht, so habe ich das noch gar nicht gesehen", gab Megan zu.

„Nun, deshalb denke ich, dass es klug wäre, wenn du deinen Freund Jared so rasch wie möglich anrufst."

„Du hast ganz Recht, Sire. Und wenn ich es mir recht überlege, hat tatsächlich jemand in dem Haus mitbekommen, dass ich zu Besuch war. Auf der Treppe zu seiner Wohnung kam ich an einer unangenehmen Frau vorbei, die irritiert schien, mir begegnet zu sein. Sie kam sogar hinter mir die Treppe hoch, anscheinend um zu sehen, in welche Wohnung ich gehen würde. Ich hielt sie für eine Wichtigtuerin, das ist alles. Aber als ich sie Bartholdy gegenüber erwähnte, sagte er, sie sei seine Haushälterin, und sie sei eben so, misstrauisch und übermäßig fürsorglich."

„Schon möglich", sagte Tina, wenig erfreut über die eindringliche Befragung Ihrer Schwester.

„Jetzt hast du mich nervös gemacht, Sire", gestand Megan. „Schauen wir mal. Zwischen Rom und New York gibt es einen Zeitunterschied von sechs Stunden. Wenn ich Jared morgen zu Mittag anrufe, ist es für ihn sechs Uhr morgens, und ich würde ihn mit Sicherheit zu Hause erreichen. Das werde ich tun, und vielleicht besänftigt dich das."

„Liebe Megan, du musst mich nicht besänftigen. Ich mache mir nur Gedanken darüber, wie schnell es sich herumsprechen könnte, dass es in Rom einen alten Herrn gibt, der das verschollene Original-Ölporträt der Komponistin Fanny Mendelssohn besitzt."

„Nun, dann können wir wohl alle ganz entspannt bleiben, denn wie viele Leute wissen oder interessieren sich überhaupt dafür, wer Fanny Mendelssohn war?" Megan klang etwas verbittert.

Oder war sie einfach nur besorgt?

76

„Hol mich an der nächsten Ecke auf der rechten Straßenseite ab, Carlo, damit ich nicht direkt vor unserem Haus in den Leichenwagen steige", wies Ursula Ladro ihren Mann an.

„Gute Idee. Ich werde jetzt die Limousine holen und sollte in weniger als zehn Minuten wieder hier sein."

Sie trafen sich genau wie geplant und Ursula lotste Carlo zu dem Haus ihres langjährigen Arbeitgebers. Es war kurz nach ein Uhr nachts, und der alte Mann schlief sicherlich schon tief und fest. Carlo parkte den Leichenwagen, dessen Firmenlogo des *Obitorio Scaduti e Figli* er mit Klebeband unkenntlich gemacht hatte, ein Stück oberhalb von Bartholdys Adresse. Nachdem sie mit Ursulas Schlüssel das Haustor aufgeschlossen hatten, stieg das Paar zur Wohnung hoch. Ursula schaute sich im Flur um, dann sperrte sie die Wohnungstüre geräuschlos auf.

„Lass mich zuerst allein hineingehen, nur für den Fall, dass er doch noch wach ist", flüsterte sie Carlo zu. „Dann sage ich einfach, dass ich meine Handtasche vergessen habe und ihn nicht damit belästigen wollte. Wenn er tief und fest schläft, werde ich ihn gleich wie abgesprochen mit dem Pestizid in Ohnmacht versetzen. In jedem Fall komme ich gleich zurück und öffne dir die Tür, sobald ich weiß, dass alles sicher ist."

Carlo nickte.

Ursula schlich in die Wohnung und lauschte. Sie hörte regelmäßiges Schnarchen aus dem Schlafzimmer. Vorsicht ist besser als Nachsicht, dachte sie. Lautlos betrat sie das Zimmer, besprühte das Gesicht des schnarchenden Schläfers von oben bis unten mit dem mitgebrachten Spray, dann stellte sie die Dose auf dem Beistelltisch ab, für den Fall, dass sie die Dosis später erhöhen musste. Dann ließ sie ihren Mann in die Wohnung.

Carlo schaffte es, das Gemälde schnell und ohne ihre Hilfe von der Wand nehmen, ohne dass Bartholdy etwas mitbekam. Innerhalb weniger Minuten hatten sie ihren Plan fertig durchgeführt. Wie Ursula es geplant hatte, ließen sie die Wohnungstür und die Eingangstür des Hauses weit offenstehen.

„Auf diese Weise wird kein Verdacht auf mich fallen, weil ich ja die Schlüssel zu Haus und Wohnung habe."

„Clever", murmelte Carlo.

Carlo trug das Gemälde eingehüllt in ein Leintuch zum Leichenwagen, während Ursula in die entgegengesetzte Richtung davonging. Bis jetzt hatten sie niemanden gesehen, und das blieb auch so, als Carlo seine Frau zwei Blocks entfernt mit dem Auto einholte.

„Wir haben es geschafft!", rief Ursula triumphierend.

„Und das Pestizid hat auch seinen Zweck erfüllt", sagte Carlo mit einem zufriedenen Lächeln.

„Ach ja, das Pestizid." Carlo bemerkte nicht, dass seine Frau plötzlich blass wurde. Sie hatte es in der Wohnung vergessen.

Na ja, was solls, sagte sie sich. Es ist nur ein weiteres Reinigungsmittel, das ich in der Wohnung des alten Mannes verwende.

77

„Megan! Ist dir klar, dass ich noch geschlafen habe?"

Das unaufhörliche Klingeln seines Telefons hatte Jared Oppenheim wie ein Feueralarm aus einem tiefen Traum geweckt.

„Ja, ich weiß. Es ist sechs Uhr früh in Dallas. Also zwölf Uhr Mittag in Rom. Aber du wirst mir gleich vergeben, wenn du erfährst, warum ich dich jetzt anrufe und nicht später."

„Was zum Teufel meinst du? Warte! Ich muss zuerst auf die Toilette. Bin gleich wieder da." Megan wartete ungeduldig.

„Okay, ich bin wieder da. Was ist denn so wichtig, dass es nicht noch etwas warten kann?"

„Etwas so Unglaubliches, dass du sofort nach Rom fliegen musst."

„Ha! Das bezweifle ich.“

„Hör dir an, was ich zu sagen habe, und dann wirst du schon sehen. Okay?“

„Okay.“

Megan schilderte ausführlich ihren Besuch bei Nathan Bartholdy, und dass sie nach eingehender Prüfung des Gemäldes absolut sicher war, dass es echt war und auch, dass Fanny dafür Modell gesessen hatte.

„Schau in deine E-Mails. Es warten Fotos davon auf dich.“

„Moment. Ich gehe rüber zu meinem Laptop.“ Megan konnte seine Schritte hören, dann bestätigte er, nun mit hellwacher Stimme, dass er die Fotos angesehen habe und dass das Porträt umwerfend sei.

„Genau auf diese Reaktion habe ich gehofft. Jetzt hör mal zu, Jared. Nathan ist hoch verschuldet, hat keine Familie und ist begierig, ja verzweifelt, das Gemälde zu verkaufen. Und zwar sofort! Und das könnte sich schnell herumsprechen. Ich habe ihm von dir erzählt, und dass du bestimmt Interesse am Erwerb des Porträts hast. Ich habe doch recht, oder nicht?“

„Du hast so verdammt recht, Megan, dass ich sofort den nächsten Flug nach Rom nehmen werde. Mit Glück könnte ich schon morgen Vormittag dort sein. In welchem Hotel wohnst du? Ich komme direkt dorthin.“

„Wir sind im Hotel *Scalinata di Spagna*, jeder römische Taxifahrer kennt es.“

„In Ordnung, meine Beste, wenn alles klappt, sehen wir uns morgen früh. Ich freue mich darauf, deine Schwester kennenzulernen, das F & F-Trio wiederzusehen und Fanny mit eigenen Augen zu bewundern! Bis dann.“

„Warte! Eine Sache solltest du noch wissen.“

„Was denn?“ Jared hatte beinahe schon aufgelegt.

„Der Name des Künstlers, der Fannys Porträt gemalt hat, ist *Oppenheim*. Moritz Daniel Oppenheim!“

78

Dreieinhalb Stunden später klingelte Megans Handy und Jared war dran. Seine Stimme spiegelte wider, wie er sich fühlte.

„Hallo, Megan. Ich bin's. Und ich habe enttäuschende Nachrichten. Alle Nachmittags- und Abendflüge nach Rom sind ausgebucht; natürlich bin ich auf Stand-by, aber meine Reservierung ist jetzt Alitalia morgen früh um sieben. Das ist ein achteinhalbstündiger Flug, also werde ich erst morgen Nachmittag um halb vier ankommen."

„Mach dir keine Sorgen, Jared. Es wird alles klappen. Ich rufe Bartholdy an und sage ihm, dass wir gegen fünf Uhr bei ihm sein werden. Einverstanden?"

„Wenn du meinst. Hauptsache, du machst ihm klar, dass ich das Gemälde wirklich kaufen will, und dass ich das Geld in bar in Euros zur direkten Übergabe mitbringe. Das bedeutet natürlich, dass ich deinem Urteil über die Echtheit des Werkes voll und ganz vertraue."

„Ich bin mir absolut sicher."

„Ich frage mich noch, wie wir das Gemälde dann zu einem Verpackungs- und Versandunternehmen bringen für den Transport nach Amerika?"

„Das habe ich alles schon in Erfahrung gebracht, Jared. Ich habe mehrere Firmen verglichen und hätte dir eine Spedition namens *Mancini Aerotrasporto* hier in Rom vorgeschlagen. Und zwar aus folgendem Grund: Sie wären bereit, das Gemälde direkt aus Bartholdys Wohnung abzuholen. Sie können die Abholung innerhalb einer Stunde durchführen, wenn du das willst. Auf der Grundlage dieser Informationen könnten wir auch deinen Rückflug planen. Du kannst entweder versuchen, es als Fracht bei deinem eigenen Flug unterzubringen, oder du kannst es separat transportieren lassen."

„Hey, Megan, willst du nicht vielleicht die Organisation bei uns im Mendelssohn-Komplex übernehmen?"

Megan lachte herzlich. „Ach, nein, zwölf Jahre in New York waren wirklich genug!"

„Was den Rückflug angeht, ich habe einen New-York-Flug ab Rom für nächsten Montagabend um neun reserviert, vielleicht kann diese Firma alles so weit organisieren, dass ich es dann gleich mitnehmen kann?"

„Ach ja? So lange willst du in Rom bleiben?"

„Ich könnte am Sonntag kurz nach Hamburg fliegen und bei Rachael Skylar vorbeischauen, nachsehen, wie es ihr geht."

„Wie lieb von dir! Ich glaube, du hast dich wirklich ein bisschen in sie verliebt."

„Nicht unmöglich, aber ich denke da an die ganze Familie. Aber zurück zu unserem eigentlichen Thema. Du sagtest, wir könnten morgen Nachmittag zwischen fünf und sechs Uhr bei Bartholdy sein. Ich komme direkt vom Flughafen zu dir ins Hotel und von dort gehen wir gemeinsam zu ihm. Einverstanden?"

„Mehr als das, Jared. Ich bin begeistert, dass du das Gemälde für deine Sammlung haben willst, und dass du selbst nach Rom kommst, um es zu holen! Wir haben dich vermisst."

„Und ich habe unser F & F-Trio vermisst. Ihr ahnt ja nicht, wie sehr."

79

Megan, Tina, Mary und Sire hatten beschlossen, später am Nachmittag eine weitere gemeinsame Fanny-Aktivität in Angriff zu nehmen: den Besuch der Villa Medici, zugleich der Sitz der Académie de France an der Spanischen Treppe. Auch Fanny war mit ihrem Mann häufig dort gewesen. Gleich in ihrem ersten vollen Monat in Rom hatten sie sich mit dem Direktor der Académie de France, dem Künstler Jean Auguste Dominique Ingres, angefreundet.

Fanny beschrieb die gemeinsamen Abende und die Hausmusik: „Zu Ingres' Fiedel kann man nicht tanzen, denn er will nur klassische Musik machen." In einem ihrer Briefe nach Hause beschrieb sie auch, wie sie bei Ingres regelmäßigen Sonntagabend-Diners in der Villa Medici auf die Kundschaft des *Caffè Greco* traf: „Die gesamte Académie de France war dort versammelt, alle sahen durch und durch *jeune France* aus, mit Bärten und Haaren à la Raphael, und fast alle waren gutaussehende junge Männer."

Mit diesen Anekdoten unterhielt Megan ihre Freunde, als sie um zwei Uhr das eingezäunte Gelände der Villa Medici betraten. Die Académie de France hatte im Lauf der Jahrzehnte über zweitausend Stipendiaten, darunter Hector Berlioz und Claude Debussy beherbergt, doch für Touristen war das Gebäude nicht zugänglich, so dass sie nur im prachtvollen Garten zwischen Brunnen, Fragmenten antiker Skulpturen und einer überwältigenden Pflanzenvielfalt umherspazieren konnten. Der spektakuläre Blick auf Rom entschädigte sie.

Es war ein entspannter Nachmittag, und beim anschließenden Abendessen waren Megans Freunde begeistert über die Nachricht, dass Jared Oppenheim am nächsten Nachmittag in Rom eintreffen würde. Mary klatschte vor Freude über diese Nachricht in die Hände.

Für den Abend hatten sie sich etwas Besonderes vorgenommen: Sie wollten die römischen Caracalla-Thermen aus dem dritten Jahrhundert vor Christus besichtigen – glücklicherweise nicht weit vom *Colosseum Corner Hotel* von Mary und Sire entfernt – und dort eine Oper im Freien besuchen. Es war das letzte große Ereignis der Sommersaison: Giuseppe Verdis frühe Oper *Nabucco*, die er im Alter von sechsundzwanzig Jahren geschrieben hatte und die 1842 in Mailand uraufgeführt worden war.

Megan war begeistert. In dem Bestreben, alle nur möglichen kulturellen Rahmenbedingungen für ihr Buch über

Fanny zu berücksichtigen, fand sie den Besuch der Oper nicht nur faszinierend, sondern sogar nützlich. Die anderen drei brauchten keine extra Motivation. Eine Oper unter freiem Himmel in einem ehemaligen römischen Bad zu sehen, war reizvoll genug.

Gegen fünf Uhr, nachdem Megan ihr Nickerchen im Hotel beendet hatte, bat Tina ihre Schwester, sie auf die Oper vorzubereiten, so wie sie es immer machten, wenn Tina mit Megan zu einer Veranstaltung ging.

„Aber mach es kurz. Ich brauche nicht alle Details, meine liebe, gelehrte ältere Schwester."

„Keine Sorge. Aber die Handlung ist furchtbar kompliziert. Du musst nur wissen, dass die beiden Töchter des babylonischen Königs Nabucco – *Nebukadnezar* – in denselben Mann verliebt sind, während wir gleichzeitig die historische Notlage der Juden vorgeführt bekommen, die sich im Tempel Salomos vor den anrückenden babylonischen Truppen verstecken. Jedenfalls stehen sie kurz davor, von Nabucco erobert, unterworfen und schließlich aus ihrer Heimat vertrieben zu werden, da …"

„Stopp! Das ist jetzt schon viel zu kompliziert für mich!"

„Tut mir leid. Lass es mich anders ausdrücken. Die ganze Oper ist wunderschön und herzzerreißend, aber der Höhepunkt, auf den jedes Publikum wartet, ist der dritte Akt und der Chor der hebräischen Sklaven, wenn sie das weltberühmte *Va pensiero* singen und all ihre Gedanken sich auf die Hoffnung ihrer Rückkehr in ihre schöne, aber verlorene Heimat konzentrieren."

„Das klingt schon besser. Wie lauten die ersten Worte des Refrains, bitte nur die ersten …"

Megan begann zu singen:

Va', pensiero, sull'ali dorate;
Va, ti posa sui clivi, sui colli,
ove olezzano tepide e molli
l'aure dolci del suolo natal!

Del Giordano le rive saluta,
di Sionne le torri atterrate …
Oh mia Patria sì bella e perduta!
Oh membranza sì cara e fatal!

„Nun, die Melodie ist wunderschön. Aber was bedeuten die Worte?"

„Ich übersetze sie für dich."

Geh, Gedanke, auf goldenen Schwingen;
Geh, lass dich nieder auf den Hängen und Hügeln,
wo die süße Brise unseres Heimatlandes
mild und köstlich riecht!
Grüßt die Ufer des Jordans,
Die zerstörten Türme von Zion …
Oh, mein Land, so schön und verloren!
Oh, die Erinnerung, so teuer und tödlich!

„Die letzten beiden Zeilen sind wirklich traurig", murmelte Tina.

„Ja, so empfand Verdi auch sein geteiltes Italien vor dem *Risorgimento*. Und du weißt, wie dieser Refrain in vielen Situationen zu allen Zeiten und überall auf der Welt gesungen wird. Auch jetzt in der Ukraine."

„Da bekomme ich eine Gänsehaut. Sag mal, ziehen wir uns für die Oper schick an?"

„Die Oper wird im Freien aufgeführt, in den Caracalla-Ruinen, schon vergessen?"

„Und?"

„Wir werden auf dem Boden sitzen."

Wollte Megan sie veräppeln?

80

Roms Polizeichef Cesare Cacciatore hielt seinen geschätzten Freund Alessandro Divitore über bedeutende Ereignisse stets persönlich auf dem Laufenden. Die beiden Männer hatten sich zu Beginn der Amtszeit von Ministerpräsident Draghi kennengelernt und schätzten sich sehr. Beide waren in ihrer knappen Freizeit begeisterte Anhänger des *Giro d'Italia Donne*, des Radsports, der internationale Sportlerinnen durch Städte und Dörfer quer durch Italien führte. Wenn ein Rennen in einer Stadt in der Nähe von Rom stattfand und beide frei hatten, fuhren die beiden Junggesellen – der etwas pummelige Alessandro und der auffallend magere Cesare – zu dem jeweiligen Austragungsort und reihten sich unter die Zuschauer, um die tapferen Radfahrerinnen anzufeuern. Ihre Favoritin war die 39-jährige Niederländerin Annemiek van Vleuten, die im Vorjahr den Gesamttitel beim *Giro d'Italia Donne* gewonnen hatte.

Ein weiterer Wettkampf stand in wenigen Wochen in Frascati an, nur zwanzig Kilometer von Rom entfernt. Als Cesare Alessandro anrief, nahm dieser sofort an, dass es um das Radsport-Event in Frascati ging. Aber nein, es handelte sich um etwas ganz anderes: Es war durchgesickert, dass für den Abend eine „Störaktion" an einem nicht näher bezeichneten beliebten Ort in Rom geplant war. Bereits am Vortag waren israelfeindliche Schriften in der ewigen Menschenmenge vor dem Petersdom verteilt worden: Flugblätter, die zum Boykott von gewissen Geschäftslokalen aufriefen und etwa vierzig Geschäfte, Restaurants, Hotels und sogar Bars auflisteten, die angeblich in jüdischem Besitz waren. In Italien war ein neuer, fast schon legitimer und sicherlich bequemer Antisemitismus entstanden, der sich gegen Israel und sein Verhalten gegenüber seinen Nachbarn richtete.

„Ich wollte, dass du Bescheid weißt, was heute Abend passieren könnte, und dass du auf der Hut bist, falls du oder deine Eltern unterwegs sein sollten."

„Vielen Dank, Cesare. Heute Abend bleiben wir alle zu Hause, aber ich werde sicher einige unserer Nachbarn informieren. Oh, nicht zu vergessen, eine gute Bekannte, die gerade zu Gast in Rom ist. Du musst dir das vorstellen! Megan Crespi ist meine ehemalige fantastische Professorin, bei der ich damals in Dallas, Texas, studiert habe und …“ Er hustete plötzlich und musste sich heftig räuspern, bevor er weitersprechen konnte.

„Ich werde mich immer daran erinnern, was ich in ihrem Unterricht gelernt habe.“ Alessandro beschrieb einige der spannenden Kurse, die er bei Megan Crespi besucht hatte.

„Als wir einmal zur Vorbereitung auf das Studium des Künstlers Jacques-Louis David die Französische Revolution durchnahmen, ließ sie einige Studenten durch die Gänge zu dem Podium auf der Bühne marschieren und die Marseillaise summen, während ein Musikstudent aus dem hinteren Teil des Hörsaals die Hymne auf seiner Trompete schmetterte!“

„Was für schöne Erinnerungen du an deine Professorin hast, Alessandro! Wie heißt sie noch mal?“

„Crespi, Megan Crespi. Ich werde ihren Unterricht nie vergessen. Und sie ist heute noch genauso unterhaltsam wie damals.“

„Das glaube ich gern. Gut. Wir sehen uns in Frascati!“

„*Sì, certo!*“

81

Es war ein Vorteil, dass die Crespi-Schwestern zugestimmt hatten, in der Nähe des Hotels von Mary und Sire zu essen, denn auch die Caracalla-Thermen waren nicht allzu weit von dort entfernt. Die vier hatten sich zwanglos gekleidet, denn ihre Plätze vor der Bühne würden „etwas ungemütlich“ sein, wie Sire es umschrieb. Sie waren angenehm überrascht, als sie sahen, dass Reihen von Holzklappstühlen aufgestellt worden waren. Dennoch passten sie mit ihrer informellen

Kleidung zu der der meisten anderen Zuschauer. Ihre Plätze befanden sich in der zwanzigsten Reihe und Megan hatte für sich selbst ihren stets bevorzugten Gangplatz reserviert. „Fanny hat in einem Brief an ihre Familie erwähnt, dass sie mal hier gewesen ist.“ „Aha! Deshalb wolltest du hierherkommen. Nicht wegen der Oper, sondern weil deine heilige Fanny hier war!“, stichelte Tina.

Sie waren eine Viertelstunde vor Beginn eingetroffen, dennoch waren die meisten Plätze für die Neun-Uhr-Vorstellung bereits besetzt. Der Himmel war an diesem Augustabend noch hell.

Beim Anblick der imposanten architektonischen Überreste musste Megan unweigerlich an die 1910 erbaute gigantische Hauptallee der Penn Station in New York denken, deren Ausmaße von denen der Caracalla-Thermen inspiriert worden waren. Sie hatte 1963 in New York gelebt, als der Rückbau des stark frequentierten Bahnhofs begann, um eine neue Anlage zu errichten. Schade, dass man nicht eine modernere Version der Caracalla-Thermen gebaut hatte.

Die Erwartungen stiegen, als die Mitglieder des Orchesters zu ihren Plätzen auf der erhöhten Bühne schritten. Unter begeistertem Applaus trat der Dirigent pünktlich um neun Uhr an sein Pult, begrüßte erst die Musiker und dann das Publikum. Nach einem Moment der Stille begann die Aufführung. Die Akustik war viel besser, als Mary es erwartet hatte. Es gab keine Pausen zwischen den Akten und in der kurzen Stille vor dem mit Spannung erwarteten dritten Akt mit dem Chor der hebräischen Sklaven, „Va pensiero“, hätte man eine Stecknadel fallen hören können. Tina stupste ihre Schwester in freudiger Erwartung an. Mit Megans wörtlicher Übersetzung im Vorfeld gewann alles eine viel größere Bedeutung.

Und bedeutungsvoll war es, bis die siebte Zeile, „Oh mia Patria sì bella e perduta“, gesungen wurde. Unmittelbar danach brach die Hölle los. Wie aus dem Nichts schlossen sich vor dem verblüfften Dirigenten zwei Marschkolonnen skandierender Männer zu beiden Seiten des Orchesters zusammen. Zwar trugen sie keine Uniform, aber jeder von ihnen hatte eine *Fascis* um den Hals, das Rutenbündel mit einem symbolisierten Beil, jenes Symbol der Macht, das Mussolini aus der Römerzeit übernommen und pervertiert hatte.

Sie riefen abscheuliche Parolen: „Hebräer! Raus aus Italien! Geht zurück nach Israel!"

Diese Hasskundgebung dauerte zum Entsetzen von Orchester, Maestro und Publikum fast fünf Minuten, bevor endlich die Polizei eintraf und die sechzehn skandierenden Übeltäter festnahm. Selbst als sie abgeführt wurden, forderten sie noch immer die Rückkehr der Juden nach Israel. Nachdem er sich mit dem Orchester beraten hatte, wandte sich der Maestro an das Publikum und rief: „Sollen wir fortfahren?" Ein ohrenbetäubendes „Ja!" ertönte und brachte alle wieder in Stimmung, und Verdis Oper wurde bis zum Ende aufgeführt. Trotz des beschämenden Zwischenfalls ließ sich das Rom-Quartett wie der Rest des Publikums von der inspirierenden Musik von *Nabucco* begeistern.

82

Nur langsam gelang es Nathan, sich zu orientieren. Eben noch war er im Tiefschlaf in Hamburg bei seinem Cousin in der Seniorenresidenz gewesen, und hatte sich mit Salomon Mendelssohn prächtig über Familienlegenden amüsiert und in Erinnerungen an Familienmitglieder geschwelgt.

Aber nein. Er war nicht in Hamburg. Er war in Rom. In seinem eigenen Bett!

Aber wie spät war es? Er öffnete verschlafen ein Auge und schaute auf den Wecker auf dem Nachttisch. Schon zehn Uhr morgens! So lange blieb er sonst nie im Bett. Er stand immer schon lange vor sieben Uhr früh auf. Wie konnte das nur passieren? Nun, da er jetzt wach war, sollte er besser die Morgenzeitung holen. Sie würde noch immer vor seiner

Eingangstür im Flur liegen. Etwas steif stieg er vorsichtig aus dem Bett und betrat sein Arbeitszimmer. Das Erste, was er sah, war, dass die Tür zum Korridor offen war. Weit offen! Das zweite, was er sah, war, dass das Porträt von Fanny über seinem Schreibtisch fehlte! Was zum Teufel war da los? Nachdem er mühsam die Zeitung aufgehoben hatte, tapste er zu seinem Schreibtisch und ließ sich in den Stuhl sinken. Immer wieder blickte er ungläubig hoch, nur um festzustellen, dass das Porträt wirklich nicht da war. Es war verschwunden!

Was sollte er tun? Den Diebstahl melden? Die Polizei anrufen und zum Mittelpunkt des Interesses werden, vielleicht sogar zum Objekt eifriger Presseberichterstattung? Nein! Niemals! Gott sei Dank war es die Kopie und nicht das Original, das gestohlen worden war. Nathan war genauso bestürzt darüber, dass jemand in seinem Haus gewesen war, wie darüber, dass ein Gemälde entwendet worden war. Was sollte er tun?

Die Antwort war klar: Er würde Megan Crespi anrufen.

83

„Was für ein Abend!", rief Tina beim Frühstück mit ihrer Schwester, das sie wieder gemeinsam auf der Dachterrasse ihres Hotels genossen.

„Das kann man wohl sagen. Ich wünschte nur, ich hätte Fotos von den Demonstranten und ihrer Verhaftung gemacht."

„Keine Sorge. Die Welt wird sich auch ohne deine ständige Dokumentation weiterdrehen, weißt du."

„Nun, die Zeitungen haben sicherlich ausführlich darüber berichtet. Und …"

Megans Handy vibrierte und ihre Augen weiteten sich, als sie die Anrufer-ID erkannte. Sie nahm sofort ab.

„Ja, hier ist Megan Crespi. Wie geht es Ihnen, Herr Bartholdy?"

„Ach, Frau Doktor Crespi, ich bin so froh, dass ich Sie erreiche! Etwas Schreckliches ist passiert. Ich wurde überfallen und ich glaube, man hat mich unter Drogen gesetzt, um mir das Porträt von Fanny zu stehlen!“

„Ach, nein! Ist alles in Ordnung mit Ihnen?“

„Ja, jetzt schon, aber ich habe viele Stunden bis spät in den Morgen geschlafen, als hätte man mich betäubt. Und als ich aufwachte, stand die Tür zu meiner Wohnung weit offen und eines meiner Fanny-Porträts war weg!“

„Oh nein! Welches?“

„Das falsche, Gott sei Dank!“

„Aber Ihre Gesundheit. Soll ich Ihnen einen Arzt rufen, Signore Bartholdy?“

„Nein, nein! Ich möchte, dass Sie Folgendes tun, wenn Sie so freundlich wären. Bitte kommen Sie selbst her. Ich brauche jemandem, der die Wahrheit über die beiden Fanny-Porträts kennt. Ich will weder Ärzte noch Polizei oder Zeitungen hier haben.“

„Natürlich werde ich kommen, und zwar sofort, wenn Sie wollen. Oder …“ Ein Gedanke kam Megan in den Sinn. „Oder wenn Sie möchten und ein wenig warten könnten, kann ich heute Nachmittag zu Ihnen kommen und gleich den Direktor des Mendelssohn-Komplexes, Jared Oppenheim, mitbringen. Sein Flieger aus New York landet um 15:30 Uhr hier in Rom. Wir könnten zwischen 16:30 und 17 Uhr bei Ihnen sein.“

„Ach ja! Ich hatte Herrn Oppenheim völlig vergessen. Aber das wäre natürlich das Richtige. Wir könnten zu dritt alles besprechen und vielleicht sogar das Geschäft abschließen, das wir bereits geklärt haben, nämlich den Kauf des Originalporträts von Fanny Oppenheim.“

„Das Gute daran ist, dass sich die Dinge persönlich am besten regeln lassen. Ich weiß, dass er eine großzügige Summe im Gepäck haben wird.“ Oje, dachte Megan bei sich, hätte ich Bartholdy das sagen sollen? Wie unvorsichtig von mir.

„Diese Nachricht beruhigt mich ein wenig. Jetzt werde ich vielleicht etwas essen können und mich ausruhen. Ja, Frau Doktor Crespi, treffen wir uns am späten Nachmittag, wie Sie sagten. Es geht mir schon viel besser. Ich danke Ihnen."

„Dann bis heute Nachmittag", sagte Megan.

„Bis heute Nachmittag", erwiderte Nathan erleichtert.

84

Für seinen Flug von New York nach Rom hatte Jared Unterlagen mitgenommen, in die er sich vertiefen wollte. Ein Kompendium von Daten zu den aktuellen Auktionspreisen für Porträts deutscher Persönlichkeiten aus der Mitte des 19. Jahrhunderts von namhaften deutschen Künstlern. Die Erlöse waren nicht so hoch, wie er gedacht hatte, aber sie waren dennoch beachtlich.

Außerdem hatte Jared Aufnahmen und Bilddetails der beiden Oppenheim-Porträts von Fanny Mendelssohn zu Vergleichszwecken ausgedruckt. Die Unterschiede waren signifikant. Das bekannte Ölporträt aus dem Jahr 1842 von Fanny im Alter von Mitte dreißig, also aus ihrer Blütezeit, jenes mit dem gedankenvollen Blick, befand sich im Bestand des Jüdischen Museums von New York. Das zweite Gemälde gehörte einem gewissen Nathan Bartholdy aus Rom und zeigte eine ganz andere Fanny. Es musste nicht lange vor ihrem frühen Tod im Alter von einundvierzig Jahren entstanden sein, dachte Jared bedauernd. Fanny sitzend im Halbporträt, den Kopf leicht nach rechts geneigt, scheint sie den Betrachter fast flehentlich anzuschauen, mit der Andeutung eines wehmütigen Lächelns. Ihr üppiges Haar, das auf dem Porträt von 1842 lockig fast bis zu den Schultern fällt, reicht im späteren Bild nur bis zum Kinn, als wäre die Frisur mit dem Alter zu einer größeren Aufgabe geworden.

Das hervorstechendste Detail an dem späteren Porträt, fand Jared, war Fannys ungleiche Schulterhöhe, die Oppenheim diesmal so offenkundig festgehalten hatte. Nicht einmal der weiße Schal, den die Künstlerin trug, verbarg die Ungleichmäßigkeit. Die Stimmung der Dargestellten drückte sich in Jareds Augen vor allem durch die fast vollständige Bedeckung ihrer Hände aus. Sie waren auf ihrem Schoß verschränkt und dazu noch in langen Ärmeln versteckt. Das war eine ganz andere Fanny! Sie scheint sich an sich selbst festzuhalten. Aber warum? Sie befand sich doch auf dem Höhepunkt ihrer Begabung!

Bei der Probe von Felix' Kantate *Die erste Walpurgisnacht* für das sonntägliche Salonkonzert sollte Fanny im Jahr 1847 plötzlich jedes Gefühl in den Händen verlieren und einen Freund beten, sie am Klavier zu vertreten. Sie wollte keinen Arzt rufen und rieb sich stattdessen die Hände mit Essig ein. Und gerade als sie zur Probe zurückkehren wollte, erlitt sie einen weiteren schwereren Zusammenbruch, den Schlaganfall, der sie das Bewusstsein verlieren ließ, und einige Stunden später war sie tot. Es war der 14. Mai 1847; sie war erst einundvierzig Jahre alt. Und Felix, der über den Tod seiner Schwester tief betrübt war, starb kaum ein halbes Jahr später, offenbar ebenfalls an einem Schlaganfall. Die moderne Forschung, das hatte Jared vor kurzem gelesen, hielt bei beiden eine Gehirnblutung für die wahrscheinliche Todesursache, genau wie bei ihren Eltern und bei ihrem Großvater Moses.

Oh, wie sehr Jared sich darauf freute, Oppenheims späteres Porträt von Fanny mit eigenen Augen zu sehen. Sollte er es erwerben können, welch ein Interesse würde es wecken, sobald es im Mendelssohn-Komplex ausgestellt würde! Es würde nicht nur mit dem Oppenheim-Porträt von Fanny im Jüdischen Museum konkurrieren, sondern wäre auch von weitaus größerer historischer Bedeutung. Und, so hatte Megan ihm versichert, Nathan Bartholdy war mehr als bereit, das einzigartige Porträt zu verkaufen. An jenem frühen Nachmittag an

Bord seines Fluges nach Rom recherchierte Jared Oppenheim erneut, ob er mit dem Maler verwandt sein könnte oder nicht. Und wieder einmal war er frustriert, weil er keine überzeugende Verbindung finden konnte. Aber das war jetzt egal. Er sah schon die Schlagzeilen vor sich: „Direktor Oppenheim erwirbt ein Porträt des berühmten Malers Oppenheim von Fanny Mendelssohn für New York".

85

Die Diskussion zwischen dem Ehepaar Ladro darüber, wie es mit dem gestohlenen Porträtgemälde weitergehen sollte, endete am späten Vormittag in einer vorläufigen Sackgasse.

„In unserer Eile, das Bild zu bekommen, Ursula, haben wir uns einfach nicht ausreichend Zeit genommen, darüber nachzudenken, was wir danach damit machen sollen", fasste Carlo ihre Überlegungen zusammen. Er fuhr fort.

„Wenn wir Kaufinteressenten aus Auktionshäusern und Galerien zur Begutachtung des Porträts einladen, dann wissen sie, wo wir wohnen. Das wollen wir sicherlich nicht. Wenn wir zum Beispiel ein Kaufangebot ablehnen, weil es uns zu niedrig ist, könnten sie wütend oder misstrauisch werden und unsere Adresse der Polizei weitergeben. Und das wollen wir auf keinen Fall!"

„Du hast ja recht, du hast ja recht, Carlo", jammerte seine überforderte Frau. „Wenn der alte Mann irgendwann aufwacht, wird er der Polizei von dem Diebstahl erzählen, und dann werden sie mich vielleicht befragen. *Dio!* Sie könnten jetzt schon auf dem Weg hierher sein! Sie würden das Bild bei uns finden!"

„Beruhige dich", mahnte Carlo. „Ich glaube, das Gemälde mitsamt Rahmen könnte unters Bett passen."

„Oh, Carlo, du bist genial! Du bist ..."

Ursulas Mobiltelefon klingelte laut in ihrer Handtasche. Sie warf rasch einen Blick auf die Anrufer-ID.

Es war Nathan Bartholdy.

Ursula hielt das Telefon hoch, damit auch Carlo sah, wer anrief.

„Soll ich abheben?“, flüsterte sie.

Ja, nickte er energisch. Sie gehorchte und nahm all ihren Mut zusammen.

„Signore Bartholdy?“

„Ja, ich bin es. Ursula, ich muss Ihnen etwas sehr Beunruhigendes mitteilen. Gestern Abend, nachdem ich wie üblich gegen zehn Uhr eingeschlafen war, brach jemand in meine Wohnung ein, betrat mein Schlafzimmer und besprühte mich mit einem Pestizid, das mich für viele Stunden außer Gefecht setzte. Tatsächlich bin ich erst heute Morgen um zehn Uhr aufgewacht. Und dann entdeckte ich, dass eines meiner Gemälde gestohlen worden war!“

„Du lieber Gott! Wie schrecklich! Haben Sie die Polizei verständigt?“

„Um Himmels willen! Ganz sicher nicht. Das Letzte, was ich will, sind neugierige Polizisten und Kommissare, die meine Sachen durchwühlen und Fragen stellen.“

„Ja, natürlich. Da haben Sie Recht. Möchten Sie, dass ich zu Ihnen komme? Hat der Einbrecher die Wohnung arg verwüstet zurückgelassen?“

„Oh nein, deshalb habe ich Sie nicht angerufen. Ich möchte wissen, ob Ihnen in letzter Zeit irgendetwas Ungewöhnliches aufgefallen ist. Jemand, der sich auf dem Flur in meiner Etage oder unten beim Eingang herumtreibt. Jemand, der meine Wohnung beobachtet. Wer auch immer der Einbrecher war, er hat meine Tür weit offengelassen. Das war das Erste, was ich heute Vormittag sah – die Tür zu meiner Wohnung stand offen. Ich kann Ihnen gar nicht sagen, wie beunruhigend das war.“

„Das kann ich mir vorstellen, Signore Bartholdy.“ Plötzlich kam ihr eine Idee. „Wissen Sie, wenn ich es mir recht überlege, ist mir gestern schon etwas Merkwürdiges aufgefallen, als ich Sie verließ. Eine Frau stieg die Treppe hoch, als ich hinunterging. Ich hatte ein ungutes Gefühl bei ihr, also kehrte ich um und folgte ihr. Dann sah ich sie vor Ihrer Wohnungstür stehen."

„Ach ja, das war eine amerikanische Professorin, ein vorangekündigter Besuch. Aber ich danke Ihnen, dass Sie noch einmal die Treppe hochkamen, um nach dem Rechten zu sehen."

„Oh, Signore, ich mache mir wirklich große Sorgen um Sie!"

„Nun, dafür danke ich Ihnen herzlich, liebe Ursula."

„Aber ... Sie sagten, die Person, die in Ihre Wohnung eingebrochen ist, hat Sie mit einem Pestizid besprüht. Wie haben Sie das herausgefunden?"

„Weil der Täter die Dose auf dem Tischchen bei der Schlafzimmertür stehen ließ."

„Das würde bedeuten, dass seine Fingerabdrücke auf der Dose sind. Werden Sie das der Polizei melden?"

„Nein! Ich will keine Polizei in meinem Haus. Ich lasse einen Schlüsseldienst kommen, auch wenn der frühestens morgen kommen kann, und dann wird ein neues Schloss eingebaut. Ich besorge Ihnen natürlich einen Zweitschlüssel, und wenn Sie das nächste Mal zu mir kommen, klingeln Sie einfach unten und ich lasse Sie rein. Ich werde dann eben auf Sie warten."

Nathan sah nicht, dass seine Putzfrau ihrem Mann mit einer Handgeste das Zeichen für *Victory* zeigte. „Eine gute Idee, Signore. Aber was Sie vorhin über diesen schrecklichen Einbruch sagten ... Sie sagten, dass eines Ihrer Gemälde gestohlen wurde?"

„Ja. Aber zum Glück war es nur eine Kopie. Das Original hängt in meinem Schlafzimmer über dem Bett. Wie nett von Ihnen, dass Sie sich darüber Gedanken machen, Ursula. Aber das gestohlene Gemälde ist Gott sei Dank wertlos."

„Wertlos?"

„Ja, völlig wertlos. Dann auf Wiedersehen."

Nathan legte auf und hörte nicht mehr, wie Ursula laut aufstöhnte.

86

„Und was möchtest du heute machen, Tina?", fragte Megan auf dem Weg von der Hotelterrasse zurück in ihr Zimmer. „Möchtest du mit uns heute Mittag zu dem Komponistinnen-Konzert gehen?"

„Hm, ich glaube nicht. Es gibt etwas, das ich hier unbedingt machen wollte, aber während meines Kunstkurses hatte ich keine Zeit dafür."

„Um was gehts denn?"

„Das Kolosseum. Es gibt eine zweieinhalbstündige Besichtigung mit einer kleinen Gruppe mit Zugang zu all den unterirdischen Kammern. Ich habe erst heute früh gebucht, während du deine Übungen gemacht hast."

Megan war nicht allzu überrascht. Sie kannte ihre Schwester und wusste, dass sie auch in Texas gerne archäologische Stätten besuchte, um dort zu malen. Sie hatte sich nur nicht vorstellen können, dass Tina auch italienische Artefakte erforschen würde. Und das Kolosseum war sicherlich ein ganz besonderes Artefakt.

„Das wird sicher ein tolles Erlebnis für dich, und heute ist der perfekte Tag dafür."

„Schön, dass du das verstehst, *Big Sis*. Und außerdem gehe ich heute Abend zum Abschiedsessen mit den Leuten aus dem Kunstkurs. Ich hoffe, es ist okay für dich, wenn ich mich nicht zu euch geselle."

„Na so was. Du bist nicht die Einzige. Mary und Sire treffen sich heute Abend mit einem seiner alten Investmentbank-Kollegen, der hier in Rom lebt, zum Essen. Und ich selbst habe später mit Jared, der am Nachmittag ankommt, einen wichtigen Termin, der letztendlich auch ein Abendessen beinhalten könnte. Unser Rom-Quartett wird heute Abend wohl getrennt auftreten!"

„Ja, sieht ganz so aus. Also, ich muss jetzt los", verkündete Tina und packte ihre Sachen zusammen.

„Wenn du noch einen Moment wartest, komme ich mit dir mit. Wir fahren genau in die gleiche Richtung, denn ich treffe mich mit Mary und Sire in ihrem Hotel."

Tina wartete geduldig, während sie ihrer Schwester bei der neuen Zahnpflege-Routine zusah, die ihr von ihrem fürsorglichen Zahnarzt auferlegt worden war. Dann fuhren sie mit der bewährten Buslinie 51 zum Kolosseum. Megan ging zum Hotel, während Tina direkt zum Amphitheater eilte. In der Lobby traf Megan auf den lächelnden Sire, der ihr mitteilte, dass Mary noch auf ihrem Zimmer sei.

„Sie braucht immer Stunden für ihre Zahnhygiene", stellte er fest.

Megan lachte laut auf, erklärte aber nicht, warum. Ihre eigene Zahnputzroutine war wahrscheinlich doppelt so lang wie die von Mary.

„Hallo ihr beiden!", begrüßte Mary sie nach wenigen Minuten. „Die Ottorino Respighi School of Music ist nur zwei U-Bahn-Stationen entfernt, also folgt mir!"

Kurze Zeit später und noch rechtzeitig vor dem Konzert traten sie aus der U-Bahn und erblickten die Schule. Etwa achtzig Musikstudenten, überwiegend People of Colour, standen am Eingang und hielten Transparente mit der Aufschrift *Benvenuto Grace e Troy!* Bei den beiden afroamerikanischen Künstlern, die auf diese Weise feierlich begrüßt wurden, handelte es sich um ein berühmtes singendes Ehepaar aus den USA, das sich mit Liedern von Komponistinnen aus Vergangenheit und Gegenwart einen Namen gemacht hatte. Zusammen mit ihrem Begleitpianisten Joseph Terald befanden sie sich nun schon auf ihrer zweiten Konzertreise durch Europa. Einer der bemerkenswerten Aspekte ihrer Auftritte bestand darin, dass sie nicht nur in stets ausverkauften Konzertsälen, sondern auch in Musikschulen auftraten, um die Studenten mit ihrem Vorbild zu ermutigen.

„Ich bin so dankbar, dass du uns Karten dafür besorgt hast", sagte Megan, als sie die Aula betraten, wo nur mehr wenige Plätze frei waren.

Während des großen Eröffnungsapplauses studierte Megan unauffällig das Programm, das man ihr ausgehändigt hatte. Die Vielfalt der Komponistinnen darauf – unter ihnen viele Engländerinnen und Amerikanerinnen – reichte von der deutschen Benediktineräbtissin Hildegard von Bingen aus dem 12. Jahrhundert über Maria Anna Mozart, Fanny Mendelssohn und Clara Schumann zu Mathilde von Rothschild, Ethel Smyth, Amy Beach und Nora Holt, der einzigen schwarzen Künstlerin. Dann folgten Wanda Landowska, Alma Mahler, Nadia Boulanger, Maria Rodrigo, Mary Howe, Germaine Tailleferre, Imogen Holst, An-Ming Wang, Yoko Ono und Cecilia McDowall.

In den nächsten anderthalb Stunden genossen sie eine Vielzahl klangvoller Lieder, wobei Grace und Troy sich mit ihren Vorträgen abwechselten und auch einige Dutzend Lieder im Duett sangen. Troys tiefer Bariton harmonierte perfekt mit Graces hellem Sopran.

Im Anschluss waren Fragen des Publikums vorgesehen. Die Stimmung war gleichermaßen wissbegierig und heiter. Die Studierenden der Musikschule waren begeistert, und als sich der Saal leerte, blieben einige zurück, machten Fotos und brachten dem erfreuten Sänger-Paar Bücher und Fotos für Autogramme. Alles in allem eine erfreuliche und aufschlussreiche Begegnung, waren sich die drei einig, als sie zur U-Bahn-Station zurückgingen.

„Ich bin stolz darauf, *fast* ein Amerikaner zu sein“, sagte Sire.

An der Metro trennten er und Mary sich von Megan, die zurück in ihr Hotel wollte, um weiter an ihrem Fanny-Buch zu arbeiten. Ja, und dort würde sie vielleicht sogar noch ein kleines Nickerchen machen können, bevor Jared eintraf.

87

Nur noch zwei Stunden. Jetzt dauert es nicht mehr lange, sagte sich Jared aufgeregt. Er hatte seine Nachforschungen über die aktuellen Auktionspreise abgeschlossen. Er hatte auch alle Versuche beiseitegelegt, eine Verbindung zwischen sich und dem Maler Oppenheim zu finden. Internetdaten wiesen darauf hin, dass er der „erste jüdische Maler der Neuzeit" war. Das Porträt, das er von dem jungen Felix Mendelssohn gemalt hatte, als dieser den Dichterfürsten Goethe in Weimar auf seinem Weg nach Italien besuchte, galt als meisterhaft, weil es den Geist und das Aussehen der beiden Männer perfekt wiedergab.

Und nun war er dabei, einen direkten Mendelssohn-Nachfahren zu treffen: den nicht mehr ganz jungen Nathan Bartholdy, den Besitzer des Porträts von Fanny! Er war sich sicher, dass dieses Gemälde, sobald es offiziell authentifiziert war, im New Yorker Mendelssohn-Komplex hängen würde.

88

„Ich habe dich angerufen, Alessandro, weil ich meine Erleichterung teilen möchte. Wir konnten eine für heute geplante rassistische Demonstration vereiteln. Hätte sie stattgefunden, wäre das eine schreckliche Schande für unser Land gewesen." Man konnte an seiner Stimme hören, dass Roms Polizeichef Cesare Cacciatore sehr aufgebracht war.

„Oh nein! Was war los?"

„Heute Mittag fand in einer unserer Musikschulen ein Konzert statt, das die Aufmerksamkeit der örtlichen Rassisten auf sich zog, weil es ihnen nicht zusagte. Eine Gesangsdarbietung, ausschließlich mit Liedern von Komponistinnen, und wenn das schon nicht für Aufsehen sorgte, taten es die Interpreten: ein verheiratetes afroamerikanisches Paar. Zum Glück wurde der Plan bekannt und wir konnten den

Anführer heute Morgen festnehmen. Es wäre ein Debakel gewesen, das kann ich dir sagen, mit all den anwesenden Studierenden. Das hätte landesweit Wellen geschlagen. Nicht nur, dass der Antisemitismus aufgrund der Missbilligung der israelischen Behandlung Palästinas immer mehr zunimmt, auch unsere lokalen Rassisten vermehren sich: Es gibt immer mehr Vereinigungen hier in Rom, und der Fokus ihrer Aktionen liegt auf Afro-Italienern. In was für einer Welt voller Niedertracht leben wir denn heute!"

„Wie dankbar ist unsere Stadt dir und deinen engagierten Mitarbeitern für die Arbeit, die ihr leistet." Alessandros Lob war aufrichtig. Die beiden Freunde unterhielten sich noch einige Minuten und beide fühlten sich danach besser. Nachdem er aufgelegt hatte, stellte Alessandro schuldbewusst fest, dass er völlig vergessen hatte, seine ehemalige Professorin Megan Crespi, die jetzt zu Besuch in Rom war, vor möglichen öffentlichen Ausschreitungen zu warnen. In Anbetracht ihres fortgeschrittenen Alters hatte sie wahrscheinlich fest geschlafen, als die Demonstration in den Caracalla-Thermen während einer Verdi-Oper stattfand, dachte Alessandro.

89

Es war kurz nach zwei Uhr nachmittags und Megan war nach einer kurzen Erledigung zurück in ihrem Hotel. Nachdem sie die Fanny-Notizen auf den neuesten Stand gebracht hatte und sonst nichts mehr geplant war, bis Jared landete und er sie abholen würde, ging Megan einer ihrer Lieblingsbeschäftigungen nach – sie gönnte sich ein kurzes, erholsames Mittagsschläfchen. „Schließlich bin ich keine Siebzig mehr", rechtfertigte sie diese Aktivität gerne vor sich selbst und, wenn nötig, auch vor anderen.

So fühlte sie sich ausgeruht und einsatzbereit, als ihr Handy läutete und sich Jared meldete, nur wenige Minuten nach vier Uhr.

„Hallo, Megan! Ich bin's. Ich bin durch den Zoll und sitze in einem Taxi auf dem Weg zu deinem, äh, zu unserem Hotel."

„Wunderbar! Wie schön, deine Stimme zu hören. Ich warte in der Lobby oder stehe direkt vor dem Eingang, damit ich gleich zu dir in dein Taxi steigen kann. Wir sehen uns bald!"

Eine halbe Stunde später stand Megan mit ihrem kleinen Rucksack vor dem Hotel, und Jareds Taxi fuhr vor.

„Hi, Megan! Lass mich nur kurz meine Tasche an der Rezeption abgeben und dann bin ich gleich wieder bei dir. Steig bitte ein und warte auf mich."

Megan tat wie ihr geheißen, nickte lächelnd dem Fahrer zu, und noch bevor sie sich eingerichtet hatte, war Jared ohne Gepäck wieder da. Megan gab die Adresse an und sie fuhren in Richtung des jüdischen Viertels. Dann rief sie Bartholdy an und er war hocherfreut, als er hörte, dass sie auf dem Weg zu ihm waren.

„Klingeln Sie einfach unten am Eingang, dann lasse ich Sie gleich rein und warte oben auf Sie", sagte der alte Mann auf Deutsch.

„Er ist zweisprachig – dafür haben seine Großeltern und Eltern gesorgt – und scheint Deutsch zu bevorzugen", erklärte Megan.

Etwa fünfundzwanzig Minuten später hielt ihr Taxi vor der Via Portico d'Ottavia 72, und dann standen sie vor Bartholdys Wohnungstür. Sie war einen Spalt breit offen und eine schwache Männerstimme rief ihnen zu: „Herein!"

Megan stellte die beiden Männer einander vor und Nathan, der an seinem Schreibtisch saß, winkte sie zu der Ledercouch gegenüber. Megan ergriff das Wort: „Bevor wir über Ihr wunderbares Gemälde sprechen, sagen Sie uns bitte, Herr Bartholdy, wie es Ihnen nach der schrecklichen Sache geht, die gestern Abend passiert ist?"

„Danke, Frau Doktor. Ich stehe körperlich und seelisch immer noch unter dem Eindruck, im Schlaf betäubt worden zu sein. Aber lassen wir das beiseite. Ich finde es sehr gut, dass Sie ein Mendelssohn-Zentrum in New York gegründet haben, Herr Oppenheim."

„Mendelssohn-Komplex", korrigierte Megan sofort *sotto voce*. „Ach", ergänzte Jared liebenswürdig, „mit dem Fanny-Porträt wird es wohl ein wahres Mendelssohn-Zentrum werden."

„Und nachdem Sie den ganzen Weg von Amerika hierhergekommen sind, wollen Sie sicher umgehend das Porträt sehen."

„Unbedingt!"

„Sie wissen natürlich, dass es von einem Namensvetter von Ihnen gemalt wurde."

„Das weiß ich allerdings. Wie gerne würde ich sagen, dass der Maler Moritz Daniel Oppenheim mit mir verwandt ist, doch bisher konnte ich keine Bestätigung dafür finden. Aber ich habe noch nicht aufgegeben!" Nathan lächelte Jared an.

„Nur nicht aufgeben, junger Mann nur nicht aufgeben."

„Es ist schon merkwürdig, dass die Wand hinter Ihrem Schreibtisch jetzt leer ist, Herr Bartholdy. Auch wenn es nur eine Kopie war, sind Sie sehr unglücklich darüber, dass das Gemälde weg ist?", fragte Megan.

„Ich bin entsetzt, dass Einbrecher in mein Haus eingedrungen sind, und ich bin auch sehr traurig darüber, dass die Kopie weg ist, denn sie wäre ein gewisser Trost für mich gewesen, falls Sie sich entschließen sollten, das Original zu erwerben, Herr Oppenheim. Wenn Sie es jedoch noch einen Tag hierlassen, kann ich mir von meinem Kopisten ein neues malen lassen, und zwar eine exakte Kopie. Zuvor hatte er ein wichtiges Detail verschwinden lassen."

„Und was, wenn ich fragen darf?", erkundigte sich Jared.

„Er hat Fannys von Moses Mendelssohn geerbte ungleiche Schultern ‚korrigiert'. Hat sie begradigt. Eine unerhörte Verfälschung. Aber ich habe Sie schon viel zu lange von dem Original ferngehalten. Folgen Sie mir", sagte Nathan und erhob sich mühsam von seinem Schreibtisch. Er führte seine Gäste mit langsamen Schritten in das Schlafzimmer. Die Deckenbeleuchtung war bereits an und eine starke Taschenlampe stand auf dem Nachttisch.

Jared war überwältigt. Bei Gott! Megan hatte so recht gehabt, ihn über die Existenz dieses außergewöhnlichen Porträts zu informieren.

„Dürfen wir es von der Wand nehmen und untersuchen?", fragte er, begierig darauf, die Echtheit des Gemäldes nach bestem Wissen und Gewissen zu bestätigen.

„Aber natürlich!"

Jared nahm das Gemälde vorsichtig von der Wand und begann mithilfe der Taschenlampe und einer Lupe, die er mitgebracht hatte, jeden Zentimeter des Porträts akribisch zu untersuchen. Das dauerte eine ganze Weile, nur Megans Geruchstest wandte er nicht an. Schließlich lehnte er sich zurück und betrachtete die ausgeprägt ungleiche Schulterpartie, die sich so sehr von den vielen Porträts unterschied, die Fannys hingebungsvoller Ehemann gemalt hatte. Er hatte das Ungleichgewicht genauso korrigiert, wie es der von Bartholdy beauftragte Maler bei seiner Kopie getan hatte.

Er drehte sich zu dem alten Herrn um, der am anderen Ende des Bettes Platz genommen hatte, und lächelte.

„In Absprache mit Doktor Crespi bin ich überzeugt, dass dieses einzigartige Porträt von Fanny Mendelssohn Bartholdy Hensel echt ist. Und ich bin sicher, dass eine Infrarotuntersuchung und ein Multispektral-Scan dies bestätigen werden. Ich werde das Porträt also vorerst an Ihre Wand zurück hängen, und dann können wir, wenn Sie möchten, die geschäftlichen Details besprechen."

Mit einem Ausdruck stiller Verzückung auf dem Gesicht führte Nathan Bartholdy sie zurück in das Büro und nahm seinen Platz hinter dem Schreibtisch ein, während seine Gäste auf die Couch zurückkehrten. Die Amerikaner berieten sich kurz. Jared zückte sein Telefon und die beiden studierten einige Inhalte. Schließlich sprach Jared bewusst langsam und deutlich.

„Herr Bartholdy. Nach meinen Berechnungen und Vergleichen aus jüngsten Auktionen von Porträts des 19. Jahrhunderts ist dieses Gemälde wahrscheinlich zwischen 800.000 und 900.000 Euro wert."

Er hielt inne und ließ die genannte Summe des Schätzwertes wirken.

Dann fuhr er fort.

„Was sagen Sie zu einem Angebot von einer Million Euro?"

Nathan Bartholdy war vor Freude überwältigt. Er hatte selbst im Internet recherchiert und war auf sehr hohe Geldbeträge gestoßen. Aber nicht in der Höhe von einer Million Euro. Er war mehr als zufrieden.

„Herr Oppenheim, Ihre Berechnungen stimmen mit den meinen überein und ich nehme Ihr großzügiges Angebot an."

Jared stand auf, ging zu Nathans Schreibtisch und drückte dem alten Mann sanft die Hand. Megan applaudierte vergnügt, und ein Lächeln erhellte ihre Gesichter.

„Außerdem", sagte Jared, „verstehe ich Ihren Wunsch nach einer exakten Kopie des Originals und bin mir bewusst, dass Ihr Kopist das nicht an einem einzigen Tag schaffen kann. Deshalb bin ich bereit, Ihnen jetzt ein Drittel der soeben vereinbarten Summe in Euro zu zahlen und Ihnen das Porträt für die nächsten zwei Tage, Samstag und Sonntag, zu überlassen. Ich werde mit der Spedition vereinbaren, dass es Montag früh abgeholt und verpackt wird, damit ich es auf meinem Rückflug abends mit nach New York nehmen kann. Ich werde Ihnen jetzt einen Scheck über den restlichen Betrag ausstellen. Schließlich trage ich ungern eine Million Euro mit mir herum."

„Das ist ja großartig! Vielen Dank, vielen Dank!" Nathan schwebte auf Wolken.

„Ja, das leuchtet ein", sagte Megan und freute sich für die beiden Männer und die für beide Seiten vorteilhafte Geschäftsvereinbarung.

„Aber Sie wissen ja gar nicht, wie dankbar ich bin", fuhr Nathan fort, „ich möchte vor allem Frau Doktor Crespi dafür danken, dass sie uns persönlich zusammengebracht hat. Sie hat uns das lästige Feilschen im Auktionshaus erspart. Herr Oppenheim, Sie wissen vermutlich, dass Frau Doktor Crespi an einer Biografie über Fanny Mendelssohn Bartholdy Hensel arbeitet."

„Allerdings, das ist mir bekannt." Jared lächelte Megan voller Stolz an.

„Ich bin sicher, dass sie ebenso aufschlussreich und wertvoll sein wird wie ihre jüngste Biografie über Clara Schumann. Aber hören Sie gut zu. Was ich weder Frau Professor Crespi noch Ihnen oder irgendjemandem in Rom oder Berlin erzählt habe, ist, dass ich dreiundzwanzig Briefe in meinem Besitz habe, die mir meine Großeltern vermacht haben. Briefe, die Fanny an ihre Schwester Rebecka schrieb, und zwar ihn ihrem Jahr in Rom. Und diese Briefe werde ich Ihnen jetzt schenken, aber unter der Bedingung, dass Sie diese, nachdem Sie sie für Ihre Biografie ausgewertet haben, entweder dem Mendelssohn-Archiv der Staatsbibliothek Berlin überlassen oder Ihrem Mendelssohn…" Nathan räusperte sich und wiederholte deutlich: „Oder dem Mendelssohn-Komplex in New York. Sie haben die Wahl."

Megan klatschte vor Erstaunen und Freude in die Hände und auch Jared jubelte begeistert mit.

„Ich kann es kaum erwarten, diese Briefe in meinen Händen zu halten und sie zu lesen. Aber zuerst das!", rief sie und griff nach ihrem kleinen Rucksack. „Es ist jetzt fast acht Uhr und keiner von uns hat zu Abend gegessen. Herr Bartholdy, *caro* Signore Bartholdy, ich habe ein Abendessen für drei Personen mitgebracht und wenn Sie mir die kurze Benutzung Ihrer Küche gestatten, werde ich in ein paar Minuten mit unserem Essen zurückkehren – Tortellini al pesto und grüner Salat. Ist Ihnen das recht? Und ist es auch in Ordnung, wenn wir uns mit dem Vornamen anreden?"

„Beides sehr angenehm, Megan“, lachte Nathan entzückt und Jared pflichtete ihm völlig überrascht bei. Deshalb hatte Megan also einen Rucksack dabei!

Nathan drehte sich zu Jared und strahlte.

„Pranzo a casa! Magnifico!“

90

Carlo Ladro kam an diesem Abend erst um acht Uhr von der Arbeit. Zwei Nachmittagsbeerdigungen auf verschiedenen und weit entfernten Friedhöfen hatten ihn so lange auf Trab gehalten. Als er endlich Feierabend hatte, war er sofort nach Hause geeilt. Seine Frau war beunruhigt und hatte ihn bereits einige Male angerufen, während er bei der Arbeit war.

„Wir werden die ganze Sache schon schaukeln“, tröstete er sie und ging ins Schlafzimmer, um sich aus seiner engen Chauffeuruniform zu schälen. „Oh nein!“, rief er einen Moment später. „Was hast Du getan, Ursula?“ Sie eilte hinter ihm her ins Zimmer.

„Ich habe nur versucht, das blöde Bild besser zu verstecken. Was ist, wenn Signore Bartholdy es sich anders überlegt hat und nun doch die Polizei hinzuzieht? Was ist, wenn er sie zu mir schickt, wenn sie mit mir reden wollen? Wenn die Polizei heute gekommen wäre, wäre das Gemälde das Erste gewesen, wonach sie gesucht hätten. Und sie hätten es sofort entdeckt.“

„Aber so in den Wandschrank gezwängt ist es auch nicht besser! Und mit einem Morgenmantel darüber! Das fällt nur auf, es verbirgt nichts.“

„Der Rahmen hat einfach nicht unters Bett gepasst, ich musste irgendeinen anderen Platz finden. Die Polizei hätte doch jeden Moment kommen können!“ Tränen flossen über ihre Wangen.

„Schon gut, weine doch nicht. Ich werde das Bild unter das Bett schieben.“ Carlo tat, was er versprach. Zuerst suchte er in der Küche vergeblich nach etwas Brauchbarem, dann holte er eine Menge alter Zeitschriften aus dem Wohnzimmer und teilte sie im Schlafzimmer in vier kompakte, gleich hohe Stapel auf, die er unter den Füßen des Bettes positionierte.

Carlo prüfte kurz sein Werk, dann schob er das gerahmte Gemälde unter das Bett, wo es nun vollkommen verschwand. Ursula legte eine große Steppdecke über das Bettende, und die Tarnung war perfekt.

„Fantastisch", sagte sie und küsste ihren Mann auf die Wange. „Jetzt werde ich uns ein gutes Abendessen kochen und dann können wir besprechen, wie wir später am Abend vorgehen werden." Sie war wieder gefasst und machte sich Gedanken über den nächsten Schritt.

„‚Später am Abend!' Was meinst du damit?"

„Carlo, wir müssen einfach noch mal zurück zu Bartholdy und das echte Gemälde holen. Wir können nicht warten. Je länger wir das aufschieben, desto schwieriger wird es. Der Alte lässt morgen einen Schlosser kommen! Wir haben nur heute Nacht. Und da ist es ungefährlich. Er wird bereits schlafen und schnarchen, wenn wir wie gestern Abend erst sehr spät kommen. Und du hast gehört, wie er mir am Telefon erklärte, dass er die Polizei auf keinen Fall in seiner Wohnung haben will. Es wird also kein Problem sein."

„Aber sagtest Du nicht, das echte Gemälde sei in seinem Schlafzimmer, und zwar an der Wand über dem Kopfende seines Bettes?"

„Na und? Wir besprühen ihn einfach wieder mit dem Pestizid." Sie erwähnte nicht, dass sie die Dose in Bartholdys Wohnung vergessen hatte. Am besten wäre es ohnehin, eine neue mitzunehmen.

„Du bist wirklich ein kluger Kopf, Ursula, das muss ich schon sagen."

„Solange ich den Überblick habe, ja. Aber nicht, wenn ich in Panik gerate, weil ich allein bin und mich vor der Polizei fürchte. Jetzt setz dich hin und ich mache dir einen Teller leckere Ravioli. Wie findest du das?"

91

„Weißt du, Megan, meine Liebe“, kommentierte Jared, nachdem sie sich von Nathan Bartholdy verabschiedet hatten, um unten an der Straße auf den bestellten Uber zu warten, „ich habe einfach kein gutes Gefühl dabei, dass der gebrechliche alte Nathan das alles nicht bei der Polizei angezeigt hat.“

„Ja, richtig, Jared, dasselbe dachte ich auch gerade!“

„Ich verstehe, dass er die Polizei nicht in seiner Wohnung herumschnüffeln lassen will, aber mir fällt eine Alternative ein. Ein Privatdetektiv sollte seine Wohnung im Auge behalten. Nathan braucht das gar nicht zu wissen.“

„Das ist eine hervorragende Idee! Aber woher willst du um diese Zeit einen Privatdetektiv nehmen?“

„Das habe ich mir schon überlegt. Ich habe einen Kontakt für alle Fälle. Aber ich werde deine Hilfe brauchen, Megan, denn du sprichst viel besser Italienisch als ich.“

„Klar. Wen willst du denn anrufen?“

„Den Privatdetektiv, den ich hier notiert habe – siehst du? Hier hast du Name und Nummer.“ Jared hielt ihr sein Mobiltelefon hin. „Ich wähle und du sprichst und erklärst die Situation. Hier ist die Adresse von Nathan, siehst du?“

Megan studierte den Eintrag: Der Mann hieß Amadeo Seguire, die Telefonnummer hatte eine römische Vorwahl.

„Okay, so machen wir es. Es ist halb elf, er sollte wohl noch wach sein.“

Jared wählte die Nummer, stellte das Telefon auf Lautsprecher und reichte es seiner Komplizin. Sie hörten eine Männerstimme antworten: „*Pronto.*“

„Signore Seguire?“

„*Sì. Chi sta parlando?*“

Megan erklärte ihr Anliegen, und dass die Überwachung schon heute Abend starten sollte. Wäre das möglich? Signore Seguire selbst nahm keine Nachtjobs mehr an, aber er empfahl ihnen einen jungen Mitarbeiter, der den Auftrag sofort übernehmen könne, wenn er nicht schon beauftragt sei. Er würde sich erkundigen und sie dann zurückrufen.

„*A questo stesso numero?*“, fragte er.

„Nein, nein, Signore Seguire. *Meglio a me per il problema della lingua.*“

Megan drehte sich zu Jared und zeigte auf sich selbst, während sie dem Detektiv ihre Handynummer gab. Dann gab sie Jared lächelnd das Handy zurück und sprach einen Gedanken laut aus.

„Weißt du, was der Nachname des netten Detektivs bedeutet, Jared?“

„Nein. Was denn?“

„Verfolgen. *Seguire* bedeutet ‚verfolgen‘. Ziemlich passend, oder?“

„Das gefällt mir! Hoffen wir, dass es Glück bringt.“

Während sie redeten, traf ihr Uber ein. Die Briefe von Fanny hatte Megan sicher in ihrem Rucksack verstaut, den sie die ganze Fahrt über auf ihrem Schoß behielt. Als sie ausgestiegen und wieder zurück in ihrem Hotel waren, klingelte endlich Megans Telefon und sie ging sofort ran. Sie hörte zu, lächelte, nickte zustimmend und dankte Signore Seguire.

„Das wird dir gefallen“, sagte sie zu Jared.

„Was denn?“

„Der junge Mitarbeiter von Amadeo Seguire, Vittorio Trovato, parkt bereits auf der anderen Straßenseite und observiert Nathans Haus.“

92

Bevor Megan an diesem Abend zu Bett ging, konnte sie es nicht lassen, schnell die dreiundzwanzig Briefe durchzugehen, die Fanny ihrer sechs Jahre jüngeren Schwester Rebecka aus Rom geschrieben hatte. Normalerweise richtete Fanny ihre Briefe an die ganze Familie in Berlin, aber diese Briefe waren ausschließlich an Rebecka adressiert und deshalb doppelt interessant. Fanny hatte eine ganz besondere Beziehung zu ihrer Schwester. Einen Hinweis darauf fand Megan gleich am Anfang eines Briefes mit dem Datum Rom, 16. Dezember 1839. Darin ging es um eine Veranstaltung, bei der sich Fanny gelangweilt hatte. Megan las ihn laut und amüsierte sich zunehmend, besonders über die letzten Worte an ihre geliebte Schwester: „Ich hätte mich gefreut wie der Osterhase, wenn du auch dort gewesen wärst.“

Was für ein Schatz, diese Briefe! Und sie kommen mir gerade recht für meine Biografie über Fanny, dachte Megan bei sich. Die anhaltende Aufregung des Abends bei Nathan und nun dieser erste Blick auf Fannys Briefe an ihre Schwester Rebecka ließen Megan in einen tiefen und erholsamen Schlaf fallen.

93

Seit er an diesem Abend kurz nach zehn Uhr in seinem kleinen schwarzen Fiat 500 in der Via Portico d’Ottavia 72 angekommen war, hatte der Privatdetektiv Vittorio Trovato noch nichts Ungewöhnliches an dem Wohnhaus auf der anderen Straßenseite beobachten können. Bisher hatten nur drei Personen das Gebäude betreten: ein Mann Ende Fünfzig, dann ein junges Pärchen. Vitto, wie ihn seine Freunde nannten, wusste, dass ihm eine lange Observationsnacht bevorstand, aber das gehörte schließlich zu seinem Beruf, und deshalb hatte er immer genug Proviant dabei. Doch dieses Mal schien er nicht allzu lange warten zu müssen.

Um halb zwei hielt fast direkt beim Haustor ein Leichenwagen. Was zum Teufel machte ein Leichenwagen um diese Zeit hier draußen? Und warum hielt er auf der Straße parallel zu einem abgestellten Auto, ohne einzuparken? Vielleicht, damit er rasch wieder wegfahren konnte?

Vitto ahnte, dass nun etwas passieren würde, er rutschte auf den Beifahrersitz und duckte sich, schaltete seine Handykamera auf Videomodus und begann zu filmen. Zuerst stieg eine Frau aus dem Wagen aus. Sie trug eine schwarze Hose und eine langärmelige schwarze Bluse und sprach gestikulierend mit dem Fahrer. Der war eindeutig erkennbar ein Mann. Er stieg aus, schaute sich kurz um, betrachtete prüfend die geparkten Autos vor dem Haus und starrte dann lange auf Vittos Straßenseite, ohne ihn zu bemerken. Dann wandte er sich wieder der Frau zu, die auf dem Bürgersteig wartete. Gemeinsam näherten sie sich nun dem Eingang von Nathan Bartholdys Haus. Der Mann schloss die Tür wie selbstverständlich auf, und das Paar betrat das Haus ohne einen Laut.

All das erregte Vittos Aufmerksamkeit nur noch mehr. Kein rechtmäßiger Bewohner würde auf diese Weise mitten auf der Straße parken, aber auch für einen Leichenwagen war es eine ungewöhnliche Uhrzeit. Er sollte sofort die Polizei rufen, dachte Vitto.

Aber halt! Wenn dieses Paar tatsächlich dort wohnte oder etwas zu erledigen hatte, dann ließen sie den Leichenwagen vielleicht nur kurz stehen und würden bald zurückkehren. Vitto fragte sich, ob er im Übereifer zu weit ging? Das war ihm schon einmal passiert, und es hatte ihm bei seinem Chef Amadeo Seguire keine Bonuspunkte gebracht. Er hatte sich seither vorgenommen, nie wieder ein spontanes Urteil zu fällen oder übereilt zu handeln.

Er würde einfach weiter abwarten und beobachten.

94

Im Gebäude angekommen, stieg das Ehepaar Ladro rasch die zwei Treppen zu Bartholdys Etage hinauf und ging geräuschlos den Flur entlang bis zu seiner Wohnung. Ursula steckte leise ihren Schlüssel in das Schloss und drehte ihn. Aber die Tür ließ sich einfach nicht öffnen. Carlo drückte erst vorsichtig, dann immer kräftiger, bis es ihm endlich gelang, die Tür ein paar Zentimeter aufzuschieben. Als er hineinschaute, sah er, dass ein kleiner gepolsterter Sessel gegen die Tür geschoben worden war. Nun, das ließ sich leicht beheben. Er griff nach dem Sessel und zog ihn zur Seite. Nun öffnete sich die Türe lautlos. Einen Moment später waren sie in der Wohnung.

Lautes, regelmäßiges Schnarchen war aus dem Schlafzimmer zu hören. Die Pestiziddose, die sie beim ersten Mal mitgebracht hatten, stand immer noch auf dem Beistelltisch neben der Schlafzimmertür, und Ursula verhinderte schnell, dass Carlo sie sehen konnte. Um kein Risiko einzugehen, besprühte Ursula das Gesicht des schlummernden Mannes gründlich. Dann beugte sich Carlo über das Bett mit dem Schlafenden und hob vorsichtig das Gemälde von der Wand. Das war alles. Die Mission war erfüllt. In nur zehn Minuten. Die Ladros ließen die Wohnungstür zum Flur hin offen und stiegen wieder die Treppe hinab.

Diesmal machten sie sich nicht die Mühe, das Bild in eine Decke zu wickeln, bevor sie das Gebäude verließen. Wer könnte um diese Uhrzeit schon in der Nähe sein? Im Leichenwagen war bereits eine Decke ausgebreitet. Sie unterdrückten den Impuls der Freude, wie einfach alles gewesen war, und luden das gerahmte Gemälde rasch hinein.

Vitto filmte das Ganze von seinem Beobachtungsposten auf der anderen Straßenseite und rief die Polizei, noch während das Paar das Gemälde verlud.

Er gab seinen Standort durch und beschrieb das Paar und die dubiosen Aktivitäten, die er gerade beobachtet hatte. Dann folgte er dem Leichenwagen und blieb dabei in der Leitung.

Es war genau 1:45 Uhr nachts.

Sechs Minuten später überholten ihn zwei Streifenwagen und keilten mit heulenden Sirenen den Leichenwagen ein.

„Verdammt! Die Polizei muss uns gesehen haben“, fluchte Carlo.

„Wir werden ihnen niemals entkommen. Am besten halten wir einfach an. Überlass mir das Reden“, forderte Ursula ihren Mann auf.

Angespannt bremste Carlo, kurbelte das Seitenfenster hinunter und lächelte den Beamten, der sich ihm zu Fuß näherte, bemüht an.

„Herr Inspektor, was ist denn los?“, rief Ursula über ihren Mann hinweg dem Polizisten zu.

„Was los ist? Sie stecken in großen Schwierigkeiten, Signora. Und jetzt steigen Sie beide aus Ihrem Fahrzeug aus.“ Der Fahrer des zweiten Polizeiautos näherte sich mit gezogener Waffe. Carlo und Ursula stiegen aus.

„Warum halten Sie uns an, Officer? Wir haben keine rote Ampel überfahren.“ Ursula verschränkte die Arme vor der Brust.

„Ihr Führerschein. Sofort!“, sagte der Beamte zu Carlo und ignorierte die Frau.

Carlo zögerte nicht. „Mit meinen Papieren ist alles in Ordnung.“

„Warum halten Sie uns denn an?“, fragte Ursula, während der Beamte Carlos Führerschein untersuchte.

„Öffnen Sie jetzt den Laderaum Ihres Fahrzeugs“, befahl der zweite Beamte und ging auf Ursulas Drängen nicht weiter ein.

„Nein, Carlo, nein! Tu es nicht. Sie müssen einen Grund dafür angeben.“ Keiner von beiden hatte bemerkt, dass ganz in der Nähe ein schwarzer Fiat 500 angehalten hatte.

„Der Grund ist, dass Sie dabei beobachtet wurden, wie Sie ein großes, gerahmtes Gemälde aus der Via Portico d’Ottavia 72 trugen und einluden.“

„Dafür gibt es eine Erklärung“, explodierte Ursula nun. „Mein Mann arbeitet bis spät in die Nacht und wir konnten erst jetzt das wunderbare Geschenk abholen, das mein Mann von seinem wohlhabenden Freund Bartholdy bekommen hat.“

„Ein Geschenk? Unsere Quelle beschreibt das anders. Wir wissen, dass letzte Nacht schon ein Gemälde aus der Wohnung von Signore Bartholdy gestohlen wurde und dass er während des Einbruchs betäubt wurde.“

Ursula Ladro war zum ersten Mal sprachlos.

„Keine weitere Verzögerung, Signore Ladro. Öffnen Sie jetzt den Laderaum!"

Mit gesenktem Kopf gehorchte Carlo, ging zum Heck seines Leichenwagens und öffnete die Heckklappe. Dort lag, eingewickelt in eine Decke, das Gemälde.

„Aber dieses Gemälde ist ein Geschenk von Signore Bartholdy", rief Ursula.

„Officer Sicuro!", rief Vitto und eilte herbei, das Telefon immer noch am Ohr.

„Der Sanitäter hat gerade angerufen. Sie fanden Bartholdys Wohnungstür weit offen und den alten Mann bewusstlos."

Inspektor Sicuro wandte sich umgehend an das Ehepaar Ladro.

„Ich verhafte Sie beide wegen Einbruchs, Körperverletzung und Diebstahls."

95

Das Klingeln des Handys auf Jareds Nachttisch im Hotel weckte ihn an diesem Samstagmorgen um sechs Uhr auf. Das war zwar nicht die beste Tageszeit, aber er ahnte schon, wer es war und er wollte unbedingt den erwarteten Bericht hören.

„Ja?", fragte er. Megan begrüßte ihn.

„Ich bin's. Tolle Neuigkeiten! Amadeo Seguire hat mich gerade angerufen. Dein Auftrag, die Wohnung von Nathan Bartholdy zu überwachen, hat entscheidend dazu beigetragen, dass zwei Verdächtige verhaftet werden konnten. Es sind dieselben, die vor zwei Nächten in seine Wohnung eingebrochen sind."

„Großartig! Wie ist das gelungen?"

„Weil die beiden letzte Nacht wieder kamen, um das zweite Gemälde zu stehlen!"

„Du meine Güte! Wie geht es Nathan, ist er verletzt?"

„Es geht ihm schon wieder besser."

„Und das Gemälde haben sie mitgenommen?"

„Ja, das haben sie. Das Original!"

„Oje! Das ist die andere Sache, über die ich mir Sorgen gemacht habe, als wir Nathan gestern Abend nach dem Essen verlassen haben. Die ganze Nacht habe ich gegrübelt, wie ich nur so dumm sein konnte, ihm an Ort und Stelle eine so hohe Anzahlung in Bargeld zu leisten, aber das Gemälde zurückzulassen? So etwas habe ich noch nie getan. Aber ich wollte ihm Zeit und Geld geben, damit er eine exakte Kopie anfertigen lassen kann, so wie er es sich gewünscht hatte."

„Hm, sagen wir einfach, du warst dumm, aber großherzig."

„Das nehme ich als Kompliment, Megan. Aber sag mir, was ist genau passiert? War der Detektiv vor Ort?"

„Ja! Gott sei Dank. Ich will ihn heute noch anrufen. Sag, wollen wir uns jetzt um sieben Uhr auf der Dachterrasse zum Frühstück treffen? Tina und ich werden um diese Zeit dort sein."

„Klar. Wie spät ist es jetzt? Fünfzehn nach sechs. Ich muss erst noch ins Pool, aber sieben ist machbar."

Jared war schließlich der erste auf der Dachterrasse des *Scalinata di Spagna* und genoss gerade den Ausblick von dem Tisch, den er für sich und seine Freunde reserviert hatte, als Megan und Tina eintrafen. Während Jared und Megan ihr gesundes Frühstück mit Müsli, Joghurt und Obst zu sich nahmen, verschlang Tina ihre Bacon and Eggs im Eiltempo, denn um acht Uhr hatte sie etwas Besonderes vor.

„Und was könnte das sein?", fragte Jared. Er und Megan waren erstaunt, dass Tina fast rot wurde, als sie antwortete. „Ich treffe diesen wunderbaren und sehr witzigen Reiseleiter, der unsere Gruppe gestern durch das Kolosseum geführt hat. Er heißt Tullio Guido und wir beide haben uns gestern so gut verstanden, dass er mir angeboten hat, mir persönlich einige der faszinierenden archäologischen Stätten außerhalb von Rom zu zeigen. Tausende antiker Denkmäler und Gebäude, zumindest ihre Überreste, sind an dem Ort, den er mir zeigen möchte, dazu ein kleines Museum mit den allerbesten Funden. Ist das nicht spannend?"

„Auf jeden Fall“, strahlte ihre Schwester, und Jared nickte begeistert. „Was meinst du, wie lange wirst du unterwegs sein?“

„Ich weiß es wirklich nicht. Aber rechnet zum Mittagessen nicht mit mir. Wie wäre es, wenn ich mich auf dem Rückweg melde, und wir entscheiden dann, wann und wo wir uns wiedertreffen. Ich bin mir sicher, dass Tullio mich dann gerne dort absetzt, wo ihr gerade seid. Werden Mary und Sire heute dabei sein?“

„Nein, die zwei wollen sich ein Auto mieten und Calcata erkunden.“

„Kalkutta?“ Tina traute ihren Ohren nicht.

„Nein, Tina, nicht Indien, Italien“, gluckste Jared.

„Na, das ist auf jeden Fall glaubwürdiger. Was ist so besonders an Calcata?“

„Ja, warum ist es eine Attraktion für Touristen?“ Megan überlegte.

Jared, der schon einmal auf einer großen Italienreise dort gewesen war, antwortete den ahnungslosen Schwestern.

„Zunächst einmal ist es ein winziges mittelalterliches Dorf hoch oben auf einer Klippe aus Vulkangestein, gesäumt von grünen Wäldern. Eine Künstlerkolonie, nur eine Autostunde von Rom entfernt. Es war eine fast verlassene Geisterstadt, bis in den 1960er-Jahren Künstlerinnen und Künstler ankamen, ein Haus nach dem anderen renovierten und dann Ateliers und Galerien einrichteten, einige sogar in den Höhlen am Fuß der Felsklippe.“

„Nun, dann ist ja klar, was an dem Ort so attraktiv ist! Es ist eine Künstlerkolonie.“ Megan war beeindruckt.

„Ja, das und noch eine andere Sache“, murmelte Jared geheimnisvoll.

„Was?“, forderte Tina.

„Bist du sicher, dass du das wissen willst?“, stichelte er.

„Natürlich“, drängte Megan. Die beiden Schwestern waren nun ganz Ohr.

„Calcata war einst im Besitz einer einzigartigen religiösen Reliquie.“

„Aha“, sagte Tina ohne viel Interesse.

„Ja. Die päpstlich anerkannte Vorhaut des Jesuskindes.“

„Was?“, riefen die Crespi-Schwestern gleichzeitig.

„Das ist kein Witz. Ich glaube, es war im Jahr 1527, als Rom geplündert wurde. Ein deutscher Soldat stahl die Reliquie, die jahrhundertelang in Roms *Sancta Sanctorum* aufbewahrt worden war, der ursprünglichen Privatkapelle des Papstes. Der Soldat floh mit diesem und anderen Schätzen nach Calcata, wurde dort aber gefasst, verhaftet und ins Gefängnis geworfen. Doch die Vorhaut Jesu war nirgends zu finden. Erst dreißig Jahre später wurde sie entdeckt – in der Gefängniszelle des Soldaten! Stellt euch das mal vor!“

Tina verzog das Gesicht, aber Megan antwortete. „Ich kann mir das schon vorstellen, aber lass uns das bitte nicht genauer erörtern.“

„Auweia. Ihr könnt euch dafür nicht begeistern?“ Jared konnte es nicht lassen. Deshalb war er auch nicht überrascht, als Megan ihm spielerisch eine leichte Ohrfeige verpasste. Er fuhr völlig unbeirrt mit seiner Legende von der Vorhaut Jesu fort.

„Sie wurde zu einer Attraktion für Pilger, die bis zu Beginn des 20. Jahrhunderts nach Calcata strömten, und schließlich zog der Vatikan in Erwägung, die Reliquie an einem geeigneteren Standort als diesem unbedeutenden Städtchen zu verwahren. Es geschah jedoch nichts, bis die Reliquie schließlich 1983 auf mysteriöse Weise verschwand. Die einzige Erklärung ist meiner Meinung nach, dass der Vatikan selbst sie gestohlen hat. Nur Gott weiß, wo sie jetzt aufbewahrt ist.“

Es herrschte Schweigen, bis Tina zu ihrer archäologischen Exkursion aufbrach.

„Megan, wer hätte gedacht, dass wir zum Frühstück die gleichen Dinge mögen?“, bemerkte Jared in dem kläglichen Versuch, ihr Gespräch wieder aufzunehmen. Megan lachte auf. Der einzige Unterschied zwischen ihnen war, dass Megan Kaffee bevorzugte und Jared Tee.

Sie begannen nun zu planen, was sie während ihrer letzten gemeinsamen Stunden in Rom unternehmen könnten.

„Was würdest du am liebsten tun, Jared? Soll es ein Museum, Musik, Archäologie, Denkmäler, Shopping sein? Nur nicht zu viel. Qualität geht vor Quantität, weißt du."

„Mal sehen." Er rieb sich die Hände. „Es ist viertel nach acht. Ich muss zuerst den Transport für das Gemälde organisieren. Aber dann ... Meine zwei Dinge, die ich heute am liebsten tun würde, sind Shopping und in ein Café gehen."

„Shopping und ins Café gehen? Nun, da bin ich aber verblüfft, das hätte ich nicht gedacht."

„Du wirst es gleich verstehen, wenn ich dir sage, wo."

„Ich höre."

„Du kennst doch das *Rinascente* in Mailand, oder?"

„Natürlich! Immer wenn ich meine italienische Großmutter dort besuchte, ging ich in diese wunderbare Kaufhausarkade am Mailänder Domplatz. Dort gibt es die interessantesten, ungewöhnlichsten Dinge."

„Richtig! Nun, vor ein paar Jahren, im Jahr 2017, hat ein zweites *Rinascente* eröffnet, und zwar hier in Rom!"

„Na so was! Das ist ja wunderbar. Das wusste ich gar nicht. Aber irgendwie kann ich nicht glauben, dass du ein Fan von Kaufhäusern bist."

„Bin ich auch nicht. Aber das *Roma Rinascente* befindet sich in einem renovierten achtstöckigen Gebäude in der Via del Tritone und bietet einen wunderbaren Blick auf die Stadt. Es hat eine Besonderheit, die ich unbedingt sehen will. Im Untergeschoss sind die Überreste des *Aqua Virgo* Aquädukts ausgestellt, das auf das Jahr neunzehn vor Christus zurückgeht."

„Na also! So gefällst du mir schon viel besser! Ich würde mich freuen, diesen archäologischen Fundort mit dir zu erkunden. Da wird meine Schwester aber ganz schön neidisch sein!" Sie gluckten beide.

„Und dann?"

„Ein gemütlicher Cappuccino im berühmten *Antico Caffè Greco*, wo ich noch nie war."

„Tolle Idee! Übrigens, auch D'Annunzio war oft in diesem berühmten Café."

„Megan, was hast du für eine Schwäche für Gabriele D'Annunzio? Er taucht immer wieder in unseren Gesprächen auf, besonders jetzt, wo wir in Italien sind."

„Ich weiß es selbst nicht, Jared. Es stimmt, ich erwähne ihn oft und gern. Und dass wir in seinem Heimatland sind, bringt ihn mir noch näher. Sein riesiges Anwesen und sein prächtiges Haus am Gardasee, von ihm *Vittoriale degli Italiani* genannt, all das hat mich sehr beeindruckt, als ich dort war. Vor allem seine Worte über dem großen Eingangstor: *Io ho quell che ho donato.*"

„‚Ich besitze das, was ich gegeben habe.' Hm, ja, das ist ein tolles Konzept."

„Für mich fasst dieser Satz meine ganze Lehrtätigkeit zusammen. Es ist so, als würde ich sagen, dass ich all das Wissen und die Begeisterung, die ich an meine Studenten weitergegeben habe, zurückbekomme, bis heute. Verstehst du, was ich meine?"

„Ja, natürlich, danke für deine Erklärung. Nun, was hältst du davon, wenn wir uns im *Caffè Greco* ein wenig entspannen? Nur die Leute beobachten?"

„Eigentlich war ich erst letzten Dienstag dort. Allerdings nicht unter den angenehmsten Umständen. Aber davon erzähle ich dir, wenn wir dort sind."

„Treffen wir uns um neun Uhr unten in der Lobby?"

„Um Punkt neun Uhr, na klar."

96

Es war halb neun an diesem Samstagmorgen und Nathan Bartholdy fühlte sich fast wieder wie der Alte. Der Arzt, der in der Nacht zusammen mit den Polizeibeamten gekommen war, war äußerst freundlich gewesen und ein Experte in seinem Job. Er hatte Nathan nach vielen Mühen wieder zu klarem Bewusstsein gebracht. Ein Polizist hatte ihm dann behutsam erklärt, was passiert war, und dass das gestohlene Gemälde wohlbehalten auf der Polizeistation in der Nähe des jüdischen Viertels in Arenula/Cairoli sichergestellt worden war. Er selbst würde es in die Wohnung von Signore Bartholdy zurückbringen, sobald es dem gebrechlichen alten Herrn besser ging. Nathan fragte auch nach dem ersten gestohlenen, fast identischen Gemälde, und der freundliche Beamte versicherte, dass er sich auch darum kümmern würde.

„Ach, es geht mir schon besser, wenn ich weiß, dass mein geliebtes Gemälde in Sicherheit ist. Und ich wäre Ihnen sehr dankbar, wenn Sie es mir so schnell wie möglich zurückbringen könnten“, war Bartholdys hellwache Antwort.

„Wenn ich den Papierkram abkürzen kann, und ich denke, das kann ich, komme ich mit dem Gemälde morgen Vormittag zu Ihnen“, versprach der sympathische Polizist. „Und Signore Bartholdy, ich rate Ihnen, das Schloss Ihrer Wohnungstür so schnell wie möglich auszutauschen.“

„Darum habe ich mich bereits gekümmert, ein Schlosser wird das heute erledigen.“

Nachdem seine Retter gegangen waren, schlief Nathan wieder ein. Als er einige Stunden später aufwachte, fühlte er sich nicht nur deutlich besser, sondern hatte auch einen Bärenhunger. Er bereitete sich in der winzigen Küchenzeile ein Frühstück, zog sich an, setzte sich an seinen Schreibtisch und machte einen Anruf.

Er wählte Megan Crespis Nummer und sie meldete sich innerhalb weniger Sekunden.

„Frau Professor! Megan! Hier ist Nathan, Nathan Bartholdy. Ich muss Ihnen erzählen, was mir gestern Abend passiert ist.“

Megan wollte gerade sagen, dass sie schon alles wusste, aber sie bemerkte, dass es für ihn wichtig war, das Geschehene aus seiner Sicht zu schildern.

„Und selbst der schwere Stuhl, den ich gegen die Tür geschoben hatte, konnte die Einbrecher nicht aufhalten“, schloss er ganz außer Atem.

„Es ist wirklich schrecklich, was Ihnen widerfahren ist. Und das zwei Nächte hintereinander! Aber noch schlimmer ist, wer es getan hat."

„Was? Die Polizei hat die Täter schon gefunden?"

„Ja. Ihre Putzfrau und ihr Mann sind als die Diebe beider Gemälde überführt worden." Megan hörte, wie Nathan laut seufzte, dann folgte ein langes Schweigen am anderen Ende der Leitung. Schließlich sprach Nathan, der nun ganz anders klang.

„Es war also Ursula. Was für ein Verrat. Und das, obwohl ich ihr vor zehn Jahren eine beträchtliche Summe Geld in meinem Testament hinterlassen habe!"

„Vielleicht sollten Sie ihren Namen jetzt streichen."

„Das werde ich, das werde ich! Mein Testament liegt hier in meiner Schreibtischschublade."

„Gut, Nathan, gut. Und jetzt werden Sie alle beiden Gemälde wiederbekommen – das Original natürlich nur vorübergehend, bevor es am Montag nach Amerika geflogen wird – und alles wird für Sie fast wieder so sein wie vorher."

„Ach, nichts wird so sein wie vorher! Ich muss raus aus Rom. Aus Italien!" Nathan klang auf einmal ziemlich mitgenommen.

„In ein paar Tagen wird es Ihnen sicher wieder besser gehen. Rom ist schließlich Ihr Zuhause. Die Heimat Ihrer Eltern und Großeltern."

„Aber wie kommt es Megan, dass Sie über die Geschehnisse so gut unterrichtet sind?"

„Nun, nachdem wir gestern Abend Ihr Haus verlassen haben, war Jared so besorgt um Sie, dass er einen ihm bekannten Privatdetektiv engagierte. Ihr Haus wurde die ganze Nacht bewacht. Der Detektiv sah und filmte die Ankunft und das Verlassen des Ehepaars Ladro mit dem Gemälde und rief die Polizei. Dann wurden die Ladros innerhalb kürzester Zeit aufgespürt und verhaftet."

„Ach, Megan, ich verdanke Ihrem wunderbaren Freund Jared so viel! Er hat mich nicht nur finanziell gerettet, sondern auch dafür gesorgt, dass die beiden Einbrüche bei mir zu Hause aufgeklärt wurden. Mein Kopist Giorgio Complice wird heute Mittag hier eintreffen und dieses Mal soll er genau das malen, was er sieht – inklusive Fannys ungleichen Schultern. Denn bis dahin wird das Originalgemälde zurück sein, dank des freundlichen Polizeibeamten, der den Kriminalfall bearbeitet."

„Apropos Zeit", sagte Megan, „ich bin mit Jared um neun Uhr verabredet, und es ist schon nach neun."

„Bitte grüßen Sie ihn und senden Sie ihm meinen Dank, ja?"

„Aber gerne!"

„Noch eine Sache, Megan. Könnten Sie vielleicht noch einmal Zeit finden, mich anzurufen, bevor Sie nach Amerika zurückkehren?"

„Aber natürlich, das werde ich gerne tun! Einstweilen auf Wiedersehen!"

Megan schnappte sich ihre Sachen und eilte hinunter in die Lobby. Jared wartete schon mit den Händen in die Hüften gestemmt und sah sie gekünstelt vorwurfsvoll an.

„Neun Uhr hieß es. Was hat dich denn wieder aufgehalten? Es ist vier Minuten nach neun!" Beide lachten und Megan erzählte von dem rührenden Gespräch, das sie gerade mit Nathan Bartholdy geführt hatte. Sie berichtete von Nathans Dankbarkeit für alles, was Jared getan hatte, und Jared strahlte vor Freude.

„Einstweilen ist auch schon alles für den Transport des Gemäldes mit dem Frachtunternehmen *Mancini Aerotrasporto* vereinbart. Ich werde Nathan später anrufen und mich noch einmal persönlich von ihm verabschieden. Und jetzt ab in die Via del Tritone und in Roms größtes Kaufhaus, *La Rinascente*!" Jared blickte sich suchend um. „Während ich auf dich gewartet habe, habe ich schon organisiert, wie wir am besten dorthin kommen – lass dich *Uber*-raschen! Ah, da kommt es schon."

Megan konnte sich ein ungläubiges Lachen nicht verkneifen, als ihr klar wurde, wie völlig übertrieben Jared die kurze Strecke geplant hatte. Er hatte dafür eigens einen Uber bestellt. „Es ist doch unglaublich heiß heute!“, war seine einfache Erklärung dafür. Megan fand das extravagant, doch für Jared war es ein Vergnügen, so stilvoll und bequem zu reisen, besonders mit seiner lieben Freundin aus Dallas.

Nach kurzer, klimatisierter Fahrt hielten sie am Eingang des Kaufhauses an der Via del Tritone, einem wunderschön renovierten achtstöckigen Gebäude, dessen komplexe Rekonstruktion inmitten der historischen Altstadt im Zentrum Roms elf lange Jahre gedauert hatte. Sie beschlossen, alle Stockwerke zu erkunden, bevor sie zum archäologischen Glanzpunkt im Untergeschoss hinabstiegen – den Ruinen des Virgo-Aquädukts aus dem Jahr neunzehn vor Christus.

In der ersten Etage gab es Schmuck, Accessoires und einen riesigen Bereich mit Uhren, der ihre Aufmerksamkeit für einige Zeit fesselte. In der zweiten Etage gab es Parfüms und Dessous – weniger interessant für Megan und Jared. Die nächsten beiden Stockwerke waren der Herrenoberbekleidung gewidmet, während sich in den beiden Stockwerken darüber die Damenmode befand.

„Das ist sexistisch“, flüsterte Megan in Jareds Ohr. „Warum kommt die Männerkleidung vor der Frauenkleidung?“

„Weil die Damenbekleidung über jener der Herren steht“, flüsterte er zurück.

Sie lachten und konnten nicht damit aufhören, bis sie das oberste Stockwerk erreichten, wo es Delikatessen und Weine, feinste Schokoladen und ein paar elegante Imbissnischen gab.

Über eine weitere Rolltreppe erreichten sie schließlich die Dachterrasse, von der aus sie einen herrlichen Blick über die Dächer Roms hatten. Hier wartete ihr kulinarisches Ziel, das Restaurant *Terrazza Borromini*.

„Na, sind wir schon hungrig?“, fragte Megan.

„Wenn wir erst im Kaffeehaus essen, bin ich längst verhungert.“

„Dann bleiben wir später zum Mittagessen hier. Wahrscheinlich eine gute Idee, denn das *Caffè Greco* ist unverschämt teuer; selbst eine Tasse Kaffee kostet dort rund sechs Dollar!"

Dann fuhren sie mit einem der Aufzüge ins Untergeschoss, wo es neben der archäologischen Ausstellung auch eine interessante Auswahl an Beleuchtung, Elektronik und Bürobedarf gab.

„Warte mal!", forderte Megan ihren Freund auf, als sie an letzterem vorbeikamen. „Lass mich mal die Auswahl an Papierwaren ansehen." Sie zog ihren geduldigen Freund zu einem Präsentationstisch mit Notizbüchern, Kalendern und Adressbüchern und betrachtete eingehend eine bestimmte Sorte von in Leder eingefassten Taschenkalendern.

„Aber die sind doch alle so klein!", sagte Jared verwundert und hielt einen hoch. Er war nur zehn Zentimeter hoch und sechs Zentimeter breit. Er öffnete das winzige Notizbuch. Jede Seite war in zwei Tage unterteilt, man sah also vier Tage, wenn der Terminkalender aufgeklappt war.

„Gerade das mag ich so an ihnen. Und am Ende gibt es sogar noch Adress-Seiten."

„Deine Handschrift muss ja wirklich winzig sein!"

„Du meinst so wie hier?" Megan zog ihren aktuellen Kalender aus der Umhängetasche, schob den kleinen Verschlussriemen zurück und öffnete das Büchlein.

„Kannst du selbst das überhaupt noch lesen?", fragte Jared und starrte auf die winzige Handschrift, in der die Aktivitäten von vier Tagen zusammengefasst waren.

„Versuch es doch mal", forderte Megan ihn auf und reichte ihm das Büchlein. Jared kniff die Augen zusammen und tat sich schwer, mehrere Wörter konnte er einfach nicht entziffern.

„Was heißt zum Beispiel dieses Wort, *ieri*?"

„Oh, das heißt ‚gestern' auf Italienisch. Ich benutze die kürzesten Wörter, die ich kenne, vor allem für lange englische Wörter. *Ieri* statt *yesterday*."

„Das ist clever, wenn man bedenkt, wie wenig Platz du hier zum Schreiben hast. Nur Italienisch?"

„Nein, nein. Aus jeder Sprache, die ich kenne, nehme ich das jeweils kürzeste Wort."

„Und welche Sprachen außer Italienisch?"

„Na ja, Spanisch, zum Beispiel. Ich schreibe immer *a mi casa* anstelle von ‚bei mir zu Hause'. Das ist noch kürzer als das italienische *a casa mia*. Aber du hast mich gerade auf eine noch kürzere Variante aus dem Französischen gebracht: *chez moi*. Vielen Dank!"

„Ich wette, du hast keine kürzeren Ersatzwörter auf Deutsch, oder?"

„Nur sehr wenige, die mir einfallen. Aber zum Beispiel das Wort ‚Mut' ist im Deutschen kürzer als in anderen Sprachen, und ‚wo' für *where*. Und ich benutze das dänische Wort *pjat* für ‚widerwärtig' oder ‚bescheuert'."

„Sag jetzt nicht, dass du auch Dänisch sprichst?"

„Sehr wenig. Aber ich habe liebe dänische Freunde, die sich mit diesem Wort abfällig äußern."

„Und wie lange führst du schon Tagebuch, Megan? Seit deiner Pensionierung?"

„Nein, nein. Ein bisschen länger als das. Seit dem Jahr, in dem ich meinen Abschluss am Barnard College gemacht habe. Das sind also etwa sechzig Jahre ohne Unterbrechung. Mehr verrate ich jetzt nicht."

„Ach komm. Das ist unvorstellbar."

„Doch. Mehr als sechzig Jahre. Es ist sehr nützlich, wenn mich das Finanzamt zu einer Prüfung einlädt. Aber genug davon. *Pjat!* Lass uns in die Archäologie abtauchen!"

Es stellte sich heraus, dass es nicht so viele antike Steine zu sehen gab, wie Jared sich das vorgestellt hatte. Stattdessen gab es eine Multimedia-Präsentation der Ausgrabungen, denn das meiste war wieder vergraben worden, nachdem die Archäologen jedes Detail untersucht und fotografiert hatten. Am Ende kam die überraschende Information, dass das antike Aquädukt bis heute Wasser zum nahe gelegenen Trevi-Brunnen beförderte.

Jared war überwältigt.

„Stell dir vor! Vom Jahr neunzehn vor Christus bis zum heutigen Tag!"

Sie diskutierten immer noch darüber, als sie zum Mittagessen oben auf der Dachterrasse des *Rinascente* saßen. Sie bestellten beide den gleichen erfrischenden Cocktail namens *Hugo*: Prosecco, Holunderblütensirup, ein Schuss Mineralwasser und ein paar frische Minzblätter – das perfekte Getränk für einen heißen Sommertag.

„Was denkst du, passt am besten dazu?", fragte Jared.

„Du wirst mich jetzt verachten, aber ich hätte jetzt am liebsten eine Pizza Margherita, und sonst gar nichts!", antwortete Megan unverblümt.

„Du wirst es nicht glauben, aber ich schließe mich dir an. Ich bin ein großer Pizzaliebhaber!" sagte Jared. „Und dann wartet wieder ein Uber auf uns. Ich bin schon ganz begierig auf die Atmosphäre des *Caffè Greco*."

„Aber es ist wirklich so nah, weißt du. Via Condotti. Wir könnten zu Fuß gehen", meinte Megan.

„Nie im Leben. In einer Viertelstunde ist unser Uber da und wir werden dort mit Stil ankommen."

„In Ordnung. Wunderbar!" Megan gab nach. Und ihre Füße dankten es ihr im Stillen.

97

Kaum hatte der Polizeichef von Rom an diesem Nachmittag den neuesten Bericht von dem ungewöhnlichen Kunstraub im jüdischen Viertel erhalten, rief er seinen Freund Alessandro Divitore an. Er erzählte ihm auch, dass dessen ehemalige Professorin aus Amerika, Megan Crespi, an der Aufklärung des brutalen Verbrechens beteiligt gewesen war.

„Tja, bei ihr kann mich nichts überraschen. Erzähl mir mehr davon", sagte Alessandro.

„Es waren zwei Einbrüche, beide Male auf die gleiche Art, und es wurde in zwei Nächten hintereinander aus derselben Wohnung das Gleiche gestohlen“, erklärte Cesare. „Das Opfer ist ein Bankier im Ruhestand, Nathan Bartholdy, ein Mann Anfang neunzig. Dank Crespi und ihres amerikanischen Freundes wurde ein Privatdetektiv engagiert, der den zweiten Diebstahl beobachtete und sofort meldete. Meine Leute konnten die Diebe so aufspüren, verfolgen und dingfest machen. Jetzt sind sie im Gefängnis, alle beide. Angeklagt wegen Einbruchs, Körperverletzung und Diebstahl.“

„Und Signore Bartholdy?“

„Wie mir der Diensthabende vom Wachposten Arenula-Cairoli mitteilte, geht es ihm einigermaßen gut. Der alte Herr hat darum gebeten, dass ihm die beiden gestohlenen Gemälde so schnell wie möglich zurückgebracht werden, und ich habe die Erlaubnis dazu gegeben, sobald die forensische Untersuchung abgeschlossen ist. Das erste gestohlene Bild wurde offenbar unbeschädigt unter dem Bett des Paares in ihrer kleinen Wohnung in Centocelle gefunden.“

„Centocelle. Dieses miserable Arbeiterviertel?“

„Ganz genau.“

„Nun danke, dass du mir davon erzählt hast, Cesare. Ich werde gleich Megan anrufen und ihr sagen, dass ich von ihrer Verhaftung gehört habe.“ Alessandro grinste. Er wusste, diese Art von Späßen verstand die Professora.

„Du bist wirklich ein hoffnungsloser Witzbold, Alessandro“ antwortete Cesare, der einem Späßchen unter Freunden auch nicht abgeneigt war, „wir sehen uns in Frascati!“

„In Frascati!“

98

Kurz nach zwei Uhr an diesem Nachmittag hielt der erstaunte Uber-Fahrer auf Geheiß seiner beiden Fahrgäste am oberen Ende der engen, stark belebten Via Condotti. Das übermäßig großzügige Trinkgeld milderte seine Entrüstung ein wenig. Nach einem bewundernden Blick auf die Spanische Treppe, die unmittelbar vor ihnen lag, betraten Megan und Jared den historischen Boden des *Caffè Greco*, so wie es in den vergangenen zweihundertsechzig Jahren einige der berühmtesten Intellektuellen Europas, Dichter, Maler, Schriftsteller, Vaganten, Gelehrte, Journalisten, Abenteurer, Politiker, Schriftsteller, Herrscher, Prälaten, weise Frauen, Gigolos und Persönlichkeiten aus der Welt der Musik getan hatten. Das Café war zwölf Stunden lang geöffnet – von neun Uhr morgens bis neun Uhr abends. Die beiden mussten nicht warten, bis ihnen ein Tisch zugewiesen wurde, sondern konnten unter den freien Tischen in den verschiedenen Räumen des Cafés ganz nach Belieben wählen. Um diese Uhrzeit gab es mehr freie Plätze als zu anderen Zeiten und Megan hoffte, dass sie diesmal mit etwas Glück den Tisch finden würde, von dem aus die Malerin Marianna Dionigi im Jahr 1797 das große Vorderzimmer des *Caffè Greco* gemalt hatte. Das gerahmte Bild sollte neben eben diesem Tisch aufgehängt sein.

Doch zuerst wollte Megan sich selbst und auch Jared einen Eindruck von dem großen Café und seinen vielen Zimmern verschaffen. Sie führte ihn durch den ersten Raum, der dicht mit Gemälden unterschiedlicher Größe behängt war, darunter einige römische Landschaften, dann warfen sie einen kurzen Blick in jeden der kunstvoll gestalteten kleinen Räume, die bis tief in den hinteren Bereich des Gebäudes reichten. Vorbei an einer Wendeltreppe, die offenbar zu weiteren Räumlichkeiten im Obergeschoss führte, kehrten sie in den vorderen Raum zurück, der größer als die anderen war und von dem aus sie all die interessanten Personen beobachten konnten, die während ihres Besuchs aus und ein gingen.

Ihre Suche nach Dionigis Gemälde war vergeblich. Die anderen Gäste wurden bereits unruhig über das merkwürdige Verhalten des amerikanischen Paares, das beharrlich von Tisch zu Tisch ging und über die Köpfe der Sitzenden hinweg suchend auf die Gemälde an der Wand starrte.

Sie gaben die Suche vorerst auf und wählten einen der winzigen runden Marmortische gegenüber dem Eingang. Genüsslich ließen sie sich auf die beiden mit rotem Samt bezogenen Stühle sinken. Jareds Blick war auf die große und belebte Bar gerichtet. Obwohl es laut und ziemlich voll war, erschien fast augenblicklich ein aufmerksamer Kellner im Smoking, um ihre Bestellung aufzunehmen. Beide entschieden sich für den berühmten Cappuccino des *Caffé Greco*. Während sie warteten, beobachteten sie diskret die Leute. Drei Viertel von ihnen schienen Touristen zu sein. Das andere Viertel wirkte wie Einheimische, die sich in dem Lokal offensichtlich zu Hause fühlten.

Megan betrachtete die verschiedenen Porträts an den Wänden gegenüber, die mit einigen kleinen Landschaftsbildern durchsetzt waren. Angeblich gab es hier über dreihundert Bilder von legendären oder kurzzeitig berühmten Besuchern des Kaffeehauses. Einige von ihnen konnten sie sogar aus der Ferne identifizieren.

„Wie schön, in Rom zu sein“, seufzte Megan, nachdem sie ihr kurzes Ratespiel beendet hatten. „Stell dir nur vor! Fanny komponierte hier *Das Jahr* und Felix die *Italienische Sinfonie*. Beide vollendeten ihre Werke nach ihrer Rückkehr aus Italien, in Deutschland.“

Plötzlich stellte Jared seinen Cappuccino ab und drehte sich zu Megan.

„Oh verdammt, ich habe ganz vergessen, Nathan anzurufen!“

„Es ist noch nicht zu spät. Mach es doch gleich jetzt", entgegnete Megan.

„Gute Idee", stimmte Jared zu, wählte und stellte sein Handy auf Lautsprecher. Nathan meldete sich mit einem misstrauisch fragenden „*Si?*"

„Nathan, ich bin es, Jared Oppenheim. Ich wollte mich nur noch mal melden, bevor ich heute Abend von Rom nach Berlin und dann nach Amerika fliege." Er erwähnte nicht, dass er am Montagmorgen noch einmal nach Rom zurückkehren würde, um seinen Anschlussflug nach New York zu erreichen.

„Ach, ich freue mich, von Ihnen zu hören, Jared. Sie wissen natürlich, was hier schon wieder alles passiert ist!"

„Oh ja, Megan hat mir alles erzählt. Es tut mir sehr, sehr leid, dass Sie das alles durchmachen mussten. Es war sicher sehr schlimm."

„Entsetzt war ich vor allem, als mich der großartige Arzt aus der Pestizidbetäubung holte. Aber jetzt hat sich die Lage beruhigt, und tatsächlich habe ich beide gestohlenen Porträts zurückbekommen. Mein Kopist ist gerade hier, um ein identisches Ersatzporträt des Originals anzufertigen, das Sie nach New York mitnehmen werden. Und dieses Mal wird das Missverhältnis zwischen Fannys Schultern nicht ‚korrigiert'. Mein Kopist malt genau das, was zu sehen ist."

„Was für eine gute Nachricht, Nathan, was für eine gute Nachricht. Aber wie geht es Ihnen gesundheitlich nach diesen zwei brutalen, lebensbedrohlichen Attacken?"

„Oh, danke! Ich bin wieder so ziemlich der Alte. Und wenn ich alt sage, dann meine ich das auch so. Ich weiß nicht, wie lange ich es noch ertragen kann, in Rom zu leben, wo mir so viele schreckliche und lebensbedrohliche Dinge widerfahren sind. Aber man lebt ja nur zweimal."

„Na, wenn Sie darüber scherzen können, sind Sie definitiv auf dem Weg der Besserung. Ich wollte mich nur kurz melden und mich von Ihnen verabschieden."

„Vielen Dank, Jared. Ich muss wohl nicht sagen, wie froh ich bin, Sie kennengelernt zu haben, und dass dieses für uns beide so erfreuliche Geschäft so schnell zustande kam. Bitte grüßen Sie Megan von mir, wenn Sie sie vor der Abreise noch sehen."

„Auf jeden Fall", sagte Jared, lächelte Megan an und legte einen Finger an seine Lippen.

Nachdem er aufgelegt hatte, dankte ihm Megan dafür, dass er nicht verraten hatte, dass sie die ganze Zeit neben ihm saß, denn sie hatte sowieso vor, sich in den nächsten Tagen noch einmal selbst von Nathan Bartholdy zu verabschieden.

„Schön. Sollen wir noch einen Cappuccino bestellen?"

„Tolle Idee!", sagte Megan und hob ihre Hand, um die Aufmerksamkeit des Kellners zu gewinnen.

Jared erstarrte plötzlich, seine Augen fixierten einen Punkt im Inneren des Cafés.

„Warte!", befahl er. „Warte mit der Bestellung noch einen Moment. Mir ist gerade ein Porträt an der Wand rechts von der Bar aufgefallen, das ich mir unbedingt genauer ansehen muss. Zwei Gäste standen bisher davor, ich habe es erst jetzt gesehen."

Das Bild zeigte einen jungen Mann mit dichtem schwarzem Haar, das ihm bis auf die Schultern fiel. Koteletten umrahmten seine Wangen bis zum Kinn und ein gestutzter Bart vervollständigte sein Erscheinungsbild. Nachdem Jared das Porträt einige Minuten lang studiert hatte, fotografierte er es von der Gesamtansicht bis hin zu winzigen Details und kehrte dann zu ihrem Tisch zurück. Sein fast ekstatisches Lächeln entblößte seine weißen Zähne, und seine blitzenden, braunen Augen verrieten eine unbändige Freude.

„Was ist los, Jared? Du hast ganz rote Wangen. Du wirkst so aufgeregt."

„Megan?", sagte eine vertraute Stimme in diesem Moment. Hinter einem vorbeieilenden Kellner tauchte Megans Freund und ehemaliger Student Alessandro auf. Er war alleine und zog einen mit rotem Samt bezogenen Hocker heran, um sich auf ihre einladende Geste hin zu ihnen zu setzen.

Megan stellte die beiden Männer einander vor: Alessandro als PR-Manager des ehemaligen italienischen Premierministers und Jared als Gründer und Direktor des New Yorker Mendelssohn-Komplexes.

„Ich hätte dich nie für einen regelmäßigen Kaffeehausbesucher gehalten, Alessandro", sagte Megan.

„Oh, aber das bin ich, seit ich nicht mehr für die Regierung arbeite. Ich muss mich neu orientieren, und das gelingt wohl am besten inmitten der Gesellschaft."

„Ich hätte genau das Gegenteil gedacht", murmelte Jared.

„Das liegt wohl in meiner Natur, denn mein Beruf war es schon immer, den Puls der Öffentlichkeit zu fühlen."

Der Kellner kam mit ihren zwei Cappuccinos und blickte den neuen Gast am Tisch der Amerikaner fragend an.

„*Lo stesso*", sagte Alessandro mit einem Nicken. Dann wandte er sich an Megan. „Ich bin wirklich überrascht, dich zu sehen, wenn man bedenkt, was für eine schreckliche Sache passiert ist, als du zuletzt mit deinen Freunden und mir hier warst."

„Ja, was ist denn passiert, Megan?", fragte Jared. „Du hast schon gesagt, es war etwas Unangenehmes."

„Noch viel schlimmer!" Sie erzählte ihm von dem schrecklichen Attentat bei einer Bar-Mizwa-Feier im *Caffè Greco*, bei dem drei Menschen ermordet worden waren.

„Und bis jetzt hat die Polizei keinen Verdächtigen, weil der Angreifer eine COVID-19-Maske trug", fügte Alessandro hinzu.

„Ach, Megan!", rief Jared aus. „Wie mutig und großzügig von dir, dass du mir zuliebe trotz solch traumatischer Erinnerungen hierher zurückkommst. Ich danke dir. Es tut mir so leid."

„Die Polizei ist sich ziemlich sicher, dass es einer der Neofaschisten war, die in den letzten Jahren immer wieder im *Caffè Greco* auftauchten", informierte Alessandro sie.

„Neofaschisten? Hier?“, fragte Megan und runzelte die Stirn.

„Allerdings“, senkte Alessandro seine Stimme. „Zum Beispiel – sieh jetzt nicht hin – dort hockt einer von ihnen, ein *Wächter*, wie sie sich nennen, am letzten Tisch rechts von dir, gegenüber der Bar. Diese Wächter sind leicht daran zu erkennen, dass sie einen Anstecker in den faschistischen Farben Rot, Weiß und Grün am Revers tragen, eine Miniatur-*Fascis*. Sie nennen sich selbst *Neofaschisten*. Betrachte sie einfach als Neo-Mussolinis, denn genau das sind sie.“ Alessandros Stimme hatte einen bitteren Tonfall angenommen.

„Entschuldige, aber was ist eine *Fascis*?“ Trotz fünf Jahren Latein und ihrem Kunstgeschichte-Studium musste Megan eingestehen, dass sie diesen Begriff nicht kannte.

„*Fascis* ist das lateinische Wort für *Bündel*. Ein Rutenbündel, aus dem eine Axtklinge herausragt, dieses wurde im alten Rom von den Liktoren als Symbol der Macht getragen und in Mussolinis faschistischem Italien als Symbol der Autorität wiederverwendet. Die Anstecknadel der Neofaschisten zeigt genau das.“

„Aber warum sollten sie dieses Café hier überwachen wollen?“, wollte Jared wissen und warf einen Blick auf den Mann mit der Anstecknadel, auf den Alessandro hingewiesen hatte.

„Seit 2017 wird hier ständig Wache gehalten, seit damals gibt es einen furchtbaren Konflikt, weil das *Caffè Greco* eine Mieterhöhung erhielt und zwischenzeitlich sogar die Räumung drohte.“

„Wie das? Erkläre mir das bitte“, bat Megan. Auch sie konnte nicht umhin und warf einen kurzen Blick auf den Mann an der Bar. Er war Mitte dreißig, hatte schwarze Haare, einen dichten Schnurrbart und schien in seine Zeitung vertieft.

„Es ist ein erbitterter finanzieller Streit zwischen dem *Caffè Greco* und dem Eigentümer des Gebäudes, dem privat geführten Israelitischen Krankenhaus von Rom. Ursprünglich befand es sich auf der kleinen Insel im Tiber, die du vielleicht kennst."

Jared und Megan nickten zustimmend. Zusammen mit Mary und Sire hatten sie erst vor ein paar Tagen auf der Isola Tiberina zu Abend gegessen!

„Das Problem mit dem Israelitischen Krankenhaus – es gibt jetzt drei Standorte in Rom und sie verdienen jedes Jahr Millionen von Euro – ist, dass das ‚verarmte' Krankenhaus die Miete des *Caffè Greco* von 18.000 Euro im Monat auf 120.000 Euro im Monat erhöhen will."

„Von 18.000 auf 120.000 Euro für eine Monatsmiete? Sechsmal so viel wie sie jetzt zahlen! Das ist ja unerhört!" Jared schrie fast. „Das ist genau die Art von Dingen, die bei Nichtjuden Hass und Feindseligkeit hervorruft. Ich bin Jude, aber eine solche Unmäßigkeit kann ich nicht gutheißen!"

„Die meisten Römer denken ebenso", antwortete Alessandro. „Auch die römische Abteilung der Denkmalschutzorganisation Italia Nostra hat sich eingeschaltet. Es gibt etwas Hoffnung, denn bereits im Jahr 1953 hat die italienische Regierung festgelegt, dass das *Antico Caffè Greco* erhalten bleiben muss, einschließlich seiner Kunstwerke und Einrichtungsgegenstände. Der Fall wird seit Jahren von einem Gericht zum nächsten gereicht und ist immer noch nicht geklärt.

"Wie nervenaufreibend", schnaubte Megan.

„Das Café hat unter anderem den Preis für den Kaffee verdoppelt und die Tassen verkleinert; schau dir nur die an, aus denen wir trinken! Doch wer kann es dem Betreiber verübeln, wenn man bedenkt, dass man für den Preis eines Kaffees oder Cappuccinos den ganzen Tag an seinem Tisch sitzen kann!"

„Aber warum erregt das die Aufmerksamkeit der Neonazis, ich meine, der Neofaschisten?", fragte Megan.

„Denk doch mal nach", antwortete Jared für Alessandro. „Das Grundstück gehört dem israelitischen Krankenhaus.

Das könnte man als Aneignung christlichen Eigentums durch Juden betrachten."

Der ehemalige Politiker nickte zustimmend, wenn auch betrübt. „Der Bürgermeister von Rom hat eingegriffen und die Dinge sind vorerst zum Stillstand gekommen", seufzte er.

„Menschenskind, was für ein Debakel", sagte Megan. „Und was für eine ideale Gelegenheit für Neofaschisten, den Judenhass zu schüren. Aber ich bin überrascht, dass das Israelitische Krankenhaus nicht darauf vorbereitet war."

„Nun, bisher haben die Neofaschisten nur die Überwachung organisiert, in Form von ein oder zwei Gästen, die hier stundenlang sitzen und so tun, als wären sie in ihre Zeitung vertieft, wobei sie oft Notizen machen. Aber wenn die Stadt Rom den Prozess verliert, wäre das eine ideale Gelegenheit – wirklich einmalig – die Wut der Bevölkerung zu schüren und eine riesige antisemitische Demonstration zu organisieren, an der sich vermutlich auch anders gesinnte Demonstranten beteiligten würden!"

In diesem Moment trat ein drahtiger, dunkelhaariger Mann um die fünfzig in einem locker sitzenden blauen Kittel an sie heran, in der einen Hand eine kleine leere Leinwand und in der anderen eine winzige Palette mit Pinsel.

„*Mi scusi, Signori.* Ich bin Renato Ritratto, seit mehr als zwanzig Jahren Künstler im *Caffè Greco.* Sie beide hier sehen sehr interessant aus, und Sie, Signore", sagte er und deutete auf Alessandro, „sind ein Stammgast, würde ich sagen, denn ich habe Sie schon oft hier gesehen. Darf ich erfahren, welche Berufe Sie ausüben und ob Sie vielleicht bekannt oder sogar berühmt sind?"

Alle drei lachten schallend. Megan zeigte auf Alessandro, Jared zeigte auf Megan und Alessandro zeigte auf Jared.

„Ich sah gleich, dass jeder von Ihnen wichtig ist!", antwortete der Künstler des Cafés fröhlich. „Könnten Sie mir bitte mehr verraten?"

Alessandro gab freiwillig eine Antwort: „Der Signore hier ist Gründer und Direktor des Mendelssohn-Komplexes in

New York City, und die Signora ist eine berühmte amerikanische Professorin, die viele Bücher geschrieben hat und mit dem österreichischen Verdienstorden ausgezeichnet wurde. Ich? Ich bin nicht berühmt, aber der Mann, für den ich die Öffentlichkeitsarbeit gemacht habe, ist es: Mario Draghi."

„*Dio mio*! Was für ein beeindruckendes Trio. Ich wusste es. Jetzt kommt die große Frage. Darf ich Sie einzeln oder als Trio porträtieren?"

„Nein, danke sehr", antwortete Megan schnell, „denn eigentlich sind wir, Signore Oppenheim und ich, schon am Sprung." Sie schaute zu Jared, um eine konspirative Bestätigung zu erhalten, obwohl sein Flug erst um neun Uhr abends ging. Aber sie vermutete, dass er es genauso sehen würde wie sie. Und tatsächlich, Jared nickte zustimmend. Aus einem Impuls heraus wandte sich Megan wieder an den neugierigen Porträtmaler.

„Aber ich möchte Ihnen eine Frage stellen. Wissen Sie vielleicht, wo das Gemälde von Marianna Dionigi ist, eine Innenansicht mit Gästen dieses Cafés? Gemalt 1797?"

Renato Ritratto schaute verwirrt und zuckte mit den Schultern. „Nein. Es tut mir leid, Signora Professora. Ich kenne weder die Malerin noch das Gemälde." Er wandte sich an Alessandro, dessen Aufmerksamkeit auf den Neofaschisten gerichtet war, der ein paar Tische weiter saß und ihre kleine Szene mit Interesse beobachtete.

„Und Sie, Signore? Ich weiß noch nicht einmal Ihren Namen."

„Belassen wir es dabei, denn ich bin wirklich unbedeutend."

Der hoffnungsvolle Künstler verzog das Gesicht. Heute würde es keine Porträts geben. Er verabschiedete sich und ging davon. Es war höchste Zeit, sich bei seinem Arbeitgeber Horatio Capo zu melden, dessen Büro sich die Wendeltreppe hoch im ersten Stock des Cafés befand.

„Na so was! Da sind wir ja gerade noch mal davongekommen!", rief Alessandro. „Obwohl ich denke, Megan, dass du, meine brillante Professorin und berühmte Autorin, sehr wohl von diesem eifrigen Künstler porträtiert werden sollten."

„Nie im Leben!“ Megan schnaubte. Sie betrachtete ihren ehemaligen Studenten, und plötzlich wurde ihr klar, dass doch er wissen könnte, wo sich die von Marianna Dionigi gemalte Innenszene befinden könnte.

„Kennst denn du, Alessandro, das Gemälde mit den Gästen des *Caffè Greco*? Es wurde von einer Frau gemalt, die …“

„Marianna Dionigi. Ich habe gehört, wie du unseren Möchtegern-Künstler danach gefragt hast. Aber natürlich! Es ist wundervoll.“

„Oh wunderbar! Jared und ich haben es vorhin gesucht, doch vergeblich. Könntest du uns zeigen, wo es hängt? Du glaubst gar nicht, wie sehr wir uns bemüht haben, es zu finden.“

„Oder wie viele Leute wir hier mit unserer Suche gestört haben.“ Jared lachte.

„Nun, das liegt daran, dass es nicht mehr hier ausgestellt ist. Zu viele Leute haben es fotografiert und alle Besucher, die darunter saßen, fühlten sich belästigt. Außerdem wies das Gemälde Anzeichen von Altersschwäche auf. Deshalb hat der Chef des *Caffè Greco* es nun in seinem Büro aufgehängt.“

„Gut! Und du kennst den Chef sicher persönlich, oder?“, bemerkte Megan hoffnungsvoll.

„Nein. Ich hatte tatsächlich noch nie das Vergnügen.“

„Ach, wie schade. Aber ich muss unbedingt in sein Büro und es sehen“, sagte Megan verzweifelt. Alessandro lächelte und wandte sich an Jared.

„Da spricht die unerbittliche Kunsthistorikerin, die ich schon aus ihrem Unterricht kenne. Sie gibt niemals auf, bis sie ihr Ziel erreicht hat. Aber ich fürchte, dieses Mal wird sie keinen Erfolg haben.“

„Aber ich kann es wenigstens versuchen!“ Megan wollte gerade ihren Sessel zurückschieben, um aufzustehen, als der Kellner erschien. Er winkte ihr mit einer Visitenkarte zu.

„Signora! Unser Padrone lädt Sie in sein Büro ein und hofft, dass Sie und Ihre Begleiter so schnell wie möglich zu ihm kommen können.“

Alle drei erhoben sich erstaunt und folgten dem Kellner zur Wendeltreppe. Renato Ritratto wartete bereits oben und winkte ihnen hinaufzusteigen.

„Verrückt!" sagte Megan außer Atem. „Diese wackeligen Stufen in meinem Alter. Gott sei Dank gibt es ein Geländer." Sie stieg langsam hoch, ihre geduldigen Freunde direkt hinter ihr. Eine weiße Holztür schwang fast augenblicklich auf und ein freundlicher, weißhaariger, korpulenter Mann hieß sie willkommen.

„Danke, dass Sie die steile Treppe zu meinem Büro hinaufgestiegen sind, Signora, Signori. Ich bin Horatio Capo. Unser Hauskünstler Renato Ritratto hat mir von Ihnen erzählt und von Ihrem unbedingten Wunsch, das Gemälde von Marianna Dionigi zu sehen."

Er blickte Alessandro an.

„Und da Sie, Signore Divitore, als Stammgast hier bekannt sind, habe ich beschlossen, Ihrem Wunsch nachzukommen. Und Sie, Signora, wie darf ich Sie ansprechen?"

„Ich bin Megan Crespi, pensionierte Professorin für Kunstgeschichte aus Dallas."

„Aha. Also sind Sie natürlich daran interessiert, die Dionigi zu sehen!"

Zuletzt wandte er sich mit einem fragenden Blick an Jared.

„Ich bin Jared Oppenheim, Gründer und Direktor des Mendelssohn-Komplex in New York."

„Aha! Deshalb sind Sie also hier. Weil Felix Mendelssohn und sein Onkel Jakob Salomon Bartholdy bei uns im *Caffè Greco* waren."

„Haben Sie denn Porträts den beiden?", fragte Megan, während Jared zugleich rief: „Wurden die zwei auch porträtiert?"

Unter allgemeinem Gelächter musste der Besitzer bedauernd verneinen. Es gäbe keine Porträts von Felix Mendelssohn oder Jakob Bartholdy. „Nur die Legende, dass beide Berühmtheiten das *Caffè Greco* besucht hätten. Bartholdy mit einigen seiner Nazarener-Künstlerfreunde", sagte er.

„Aber“, fuhr er fort, „ich habe neben dem ältesten bekannten Werk von Marianna Dionigi auch einige interessante Unbekannte hier oben in meinem Büro, wie Sie sehen.“ Er zeigte auf die Bilder an den Wänden. „Schauen Sie sich die Bilder ruhig genauer an. Und dort hinter meinem Schreibtisch ist das Gemälde von Marianna Dionigi. Sie können es gern fotografieren, solange Sie kein Blitzlicht verwenden.“ Megan tat fast einen Sprung über den antiken Schreibtisch, weil sie das ersehnte Gemälde unbedingt aus nächster Nähe sehen wollte.

Schließlich hatten sie sich sattgesehen und es wurde Zeit, sich für das großzügige Angebot zu bedanken und zu gehen. Aber Jared hatte noch eine Mitteilung zu machen.

„Signore Capo, Sie sagten, es gäbe kein Porträt von Felix Mendelssohn hier im *Caffè Greco*. Aber ich glaube, ich kann Ihnen das Gegenteil beweisen. Würde Ihnen das gefallen?“

„Natürlich würde mir das gefallen! Was meinen Sie denn?“

„Dazu müssen wir die Treppe hinuntergehen und uns in Richtung Bar begeben.“

Alle folgten bereitwillig seinem Vorschlag und stiegen vorsichtig die Wendeltreppe wieder hinunter, Megan auf ihre eigene Bitte hin als Letzte, um die anderen nicht aufzuhalten.

Jared führte die Gruppe zu einem Porträt an der Wand neben der Bar. Es hatte die üblichen Maße, etwa vierzig mal fünfzig Zentimeter. Sie sahen einen ernsten jungen Mann um die zwanzig mit einer hohen Stirn, großen, leuchtenden braunen Augen unter ausgeprägten Augenbrauen und einer fein gemeißelten langen Nase. Er blickte den Betrachter direkt an. Sein üppiges schwarzes Haar reichte ihm bis knapp über die Schultern und sein Gesicht war größtenteils von einem gestutzten Bart und langen Koteletten bedeckt. Er sah ganz so aus wie ein Student der Villa Medici, die allesamt „Bärte und langes Haar à la Raphaël“ trugen, wie Fanny Mendelssohn es beschrieben hatte.

Die drei Schaulustigen wirkten interessiert, aber nicht ganz überzeugt. Einer nach dem anderen betrachteten sie das Bild aus der Nähe ausgiebig, mit den Nasen nur wenige Zentimeter von der Leinwand entfernt, um dann zurückzutreten und den anderen aus ihrer Runde Platz zu machen. Sie blickten einander fragend an. Schließlich ergriff Signore Capo das Wort.

„Ich teile Ihren Wunsch, Signore Oppenheim, dass dies ein Porträt des jungen Felix sein könnte, als er im Alter von einundzwanzig oder zweiundzwanzig Jahren auf seiner großen Italienreise auch bei uns im *Caffè Greco* war. Glauben Sie mir, ich wünschte es mir auch. Aber es gibt keinen Hinweis darauf, dass ihm jemals ein Schnurrbart und ein Bart gewachsen sind, oder dass er die Haare lang bis zu den Schultern trug, leider nein. Nicht, dass ich wüsste. Weiß denn sonst einer von Ihnen etwas von einer derartigen Erwähnung oder Darstellung?"

Alle schüttelten den Kopf. Der ansässige Künstler Renato Ritratto, der gerade mit seiner Holzstaffelei unterwegs war, um einen prominenten Gast zu malen, bemerkte, wie sein Chef an der Bar stand und sich ernst mit ein paar Leuten vor einem der Wandporträts unterhielt. Er stellte sich in die Nähe, doch so, dass er nicht gesehen wurde, und belauschte das Gespräch. Erstaunt stellte er fest, es waren dieselben drei, die gerade eben seine Einladung, sich von ihm porträtieren zu lassen, abgelehnt hatten!

„Signore Capo", sprach Jared erneut, „was die Frage angeht, ob Felix Mendelssohn jemals in Ihrem historischen Café zu Gast war oder nicht, erlauben Sie mir Ihnen den kurzen ersten Absatz vorzulesen, den Felix am 8. November 1830 in seiner ersten Woche in Rom an seine Eltern in Berlin schrieb." Es schien, als wäre das gesamte *Caffè Greco* verstummt, als Jared sein Handy öffnete und den Text aufrief.

Stellt euch ein kleines Haus vor, mit zwei Fenstern vorne, an der Piazza di Spagna Nummer fünf, wo den ganzen Tag die warme

Sonne scheint, und eine Wohnung im ersten Stock, wo ein schöner Wiener Flügel steht: Auf dem Tisch stehen einige Porträts von Palestrina … Ich komme früh am Morgen in das Zimmer und sehe den Sonnenschein … das ist mein jetziger Wohnsitz.

Alle, die Felix Mendelssohns Worte hörten und verstanden, weil Jared sie laut auf Englisch vorgelesen hatte, stießen ein erstauntes „ah“ aus. Er sprach weiter und stellte eine Frage.

„Wie viele von Ihnen wissen denn, wo die Piazza di Spagna Nummer fünf ist?“

In der Nähe war interessiertes Raunen zu hören, denn immer mehr Gäste wollten dem Vortrag folgen, der eigentlich nur für die drei Personen bestimmt war, die vor dem gerahmten Porträt an der Wand standen.

Jared sprach weiter. „Wir wissen zwar, dass Felix während seiner vielen Monate in Rom hauptsächlich mit ausländischen Familien aus der Oberschicht zusammenkam, anstatt sich in Cafés herumzutreiben, aber wir wissen auch, dass er in seinen Briefen nach Hause oft schrieb: ‚Ich möchte echte Italiener treffen!‘ Nun, gibt es einen besseren Platz dafür als hier?“ Er breitete seine Arme aus.

Ein gemeinsames Aufatmen war zu hören, denn mit dieser Geste gehörten nicht nur der Cafébesitzer, Megan, Alessandro und der lauschende Künstler zu den Zuhörern, sondern auch einige der Gäste, die in der Nähe saßen. Alle waren fasziniert von der Szene, die sich vor dem Porträt des bärtigen jungen Mannes abspielte. Sogar Megan, die dachte, dass sie jedes Porträt von Felix und auch von Fanny kannte, war verblüfft. Jared ergriff wieder das Wort und hob sein Handy auf Augenhöhe für seine beiden Freunde und Signore Capo.

„Ich habe mein tragbares Archiv mit allen bekannten Bildern von Felix und Fanny immer bei mir. Und als ich mir vorhin dieses Porträt ansah, fiel mir das Porträt ein, das Fannys Ehemann Wilhelm Hensel vom einundzwanzigjährigen Felix in Berlin gemacht hatte, allerdings in Berlin, nicht hier in Rom. Denn beide waren zwar in Rom, aber nicht zur gleichen Zeit: Hensel fünf Jahre lang, von 1823 bis 1828, und Felix zehn Monate lang im Alter von einundzwanzig Jahren, ab Oktober 1831. Das Berliner Ölgemälde, gemalt von Hensel, das hier auf meinem Handy zu sehen ist, zeigt den Felix, den wir alle kennen, rasiert, ohne Bart, mit langen, schmalen Koteletten und üppigem, schulterlangem Haar."

Er scrollte weiter.

„Mit einer dieser erstaunlichen Gesichtsmanipulations-Apps, die es online gibt, konnte ich die langen Haare, den Schnurrbart und den Kinnbart, die wir auf dem Wandporträt sehen, in Felix' glattrasiertes Gesicht einfügen, so wie es der Künstler im Jahr 1830 dargestellt hat. Sehen Sie selbst. Es ist das Gesicht, das wir auf dem Porträt vor uns sehen. Es ist Felix Mendelssohn!"

Inzwischen hatten sich einige Gäste dicht hinter sie gestellt und hofften, so auch einen Blick auf das Gezeigte werfen zu können. Jared hielt sein Handy großzügig in die Höhe, damit alle es sehen konnten. Einer von ihnen war der schwarzhaarige Mann mit Schnurrbart, der die kleine rot-weiß-grüne Anstecknadel an seinem Revers trug. Er hielt immer noch seine dampfende Tasse Kaffee in der Hand, so schnell hatte er sich zu der Gruppe gestellt. Plötzlich hob er seine Kaffeetasse in die Höhe und rief: „Es gibt also ein verdammtes Juden-Porträt im *Caffè Greco*? Lasst uns sehen, wie er Kaffee trinkt!" Der Neofaschist hob seine Tasse hoch, als wollte er den Kaffee direkt auf das Gemälde schütten. Doch da ging Renato Ritratto mit seiner Staffelei dazwischen und schlug dem Angreifer die Kaffeetasse aus der erhobenen Hand. Zwei andere Männer rangen diesen zu Boden und drei weitere halfen, den durchgedrehten Judenhasser zur Tür zu schleifen. Dort wartete Signore Capo.

„Haltet ihn fest!", befahl er. „Ich habe die Polizei gerufen. Die wird gleich da sein, um diesen armseligen Möchtegern-Vandalen zu verhaften, und ich hoffe, er wird dauerhaft ins Gefängnis gesteckt."

Der Jubel im *Caffè Greco* war bis nach draußen auf die belebte Via Condotti zu hören.

99

Tullio Guidos Geschichte der Region Latium war endlos, aber faszinierend. Wie verzaubert lauschte Tina Crespi seinen Ausführungen während der gemeinsamen Fahrt nach Cerveteri, der alten etruskischen Stadt etwa fünfzig Kilometer nordwestlich von Rom. Von besonderem Interesse, so Tullio, waren die nahegelegenen etruskischen Friedhöfe.

„Großartig!“, rief Tina aus. „Ich liebe Friedhöfe. Je älter, desto besser.“

„Ja, die Römer haben viel von den Etruskern gelernt und übernommen. Die antike etruskische Zivilisation war vom achten bis zum 5. Jahrhundert vor Christus auf ihrem Höhepunkt.“

Einige Minuten später bog Tullio mit seinem neuen Fiat-Strada-Pick-up von der Hauptstraße ab und parkte nahe der etruskischen Nekropole. Was für ein Anblick! Tausende von monumentalen Grabanlagen, die wie Häuser mit Dächern und Kuppeln wirkten. Andere Gräber waren direkt in den Fels gehauen.

Tina war überwältigt. Sie trug einen Sonnenhut und eine Sonnenbrille, ihr Handy in der Gürteltasche und einen Mini-Rucksack, in dem sie ihre üblichen Utensilien für ihre Besichtigungstouren von archäologischen Sehenswürdigkeiten dabei hatte: ein Maßband mit Zentimeter- und Zollangaben, eine kleine Taschenlampe, Sonnencreme, Verbandszeug und Stifte und natürlich eine Wasserflasche. Aber wo sollten sie anfangen?

Tullio erkannte ihre Ratlosigkeit.

„Ich wollte, dass du ein Gefühl für die Größe und den Aufbau der Nekropole bekommst und das hast du jetzt, Tina. Was hältst du davon, wenn wir hier so lange umhergehen, wie du möchtest, und dann zur Burg von Ruspoli fahren – siehst du, da oben? Dort ist jetzt das Nationale Archäologische Museum von Cerveteri untergebracht, und dort könntest du einige Gräber und deren Inhalt genau studieren.“

„Ein guter Vorschlag, Tullio. Ich kann es kaum erwarten!"

Sie hatte nicht erwartet, dass sie in der riesigen Sammlung des Schlosses so viele große Sarkophage und Gedenksteine sehen würde. Es gab so viel zu bestaunen, bis hin zu den Hunderten von kunstvoll verzierten Keramiken. Und auch der Geschenkladen des Museums war voll mit kleinen Schätzen.

Es war bereits vier Uhr nachmittags, als sie zum ersten Mal auf ihre Armbanduhr blickte. Sie musste Megan ein Lebenszeichen geben! Vereinbaren, wann und wo sie sich treffen würden. Und das am besten sofort.

„Na endlich!", rief Megan, als sie Tinas Anruf entgegennahm. „Wo steckst du denn? Bist du wieder in Rom?"

„Nein, wir sind noch in Latium in der etruskischen Nekropole in Cerveteri. Also etwa fünfundvierzig Minuten von Rom entfernt. Wie läuft es bei dir und Jared? Habt ihr Spaß?"

„Es ist auf jeden Fall aufregend. Ich erkläre es dir später. Im Moment sind wir im *Caffè Greco*. Jareds Abflug ist um neun, deshalb sollten wir schon früh zu Abend essen, sagen wir um halb sechs, damit wir es entspannt und ohne Eile angehen können. Bist du dabei?"

„Ich habe ganz aufs Essen vergessen, weil es hier so faszinierend ist, also wäre mir ein frühes Abendessen ganz recht. In welchem Restaurant soll ich euch treffen?"

„Das weiß ich noch nicht. Hier ist zu viel los. Aber ich werde Empfehlungen einholen und dich dann zurückrufen. Einverstanden?"

„Gut. Und ich sorge dafür, dass wir gleich losfahren."

„Das wäre perfekt. *Ciao!*"

„Tschüss, *Big Sis*."

100

Im *Caffè Greco* war wieder Ruhe eingekehrt. Megan und Jared hatten ihre Beratungen mit dem Besitzer des Cafés erneut aufgenommen. Alessandro hatte sich bedauernd wegen eines Termins entschuldigt und verabschiedet.

„Wie kann ich Ihnen danken, Signore Oppenheim. Sie haben so überzeugende Beweise dafür vorgelegt, dass dieses Porträt tatsächlich den jungen Felix Mendelssohn darstellt. Sagen Sie mir, wie ich mich bei Ihnen revanchieren kann. Was immer es ist!"

Jared schaute einige Sekunden lang nachdenklich, dann antwortete er mit sichtlichem Vergnügen. „Wie freundlich von Ihnen, Signore Capo. Ich hätte in der Tat einen Wunsch, der noch dazu ein positives mediales Echo für das Porträt, aber auch für Sie und Ihr berühmtes *Caffè Greco* erzeugen würde."

„Aha, und was wäre das?" Capo versuchte, seine Aufregung zu verbergen.

„Entleihen Sie mir das Gemälde für ein paar Wochen und erlauben Sie, dass ich es nach New York mitnehme. Ich würde mich freuen, es im Mendelssohn-Komplex auszustellen, zusammen mit einem anderen, bis dato unbekannten Porträt, nicht von ihm, sondern von seiner Schwester Fanny. Stellen Sie sich vor, was für ein Aufsehen die Ausstellung dieser beiden Porträts, Bruder und Schwester nebeneinander, beim kunstsinnigen Publikum von New York erregen würde! Und natürlich würde ich die Kosten der notwendigen Aufbereitung des Werkes bezahlen." Jared hielt inne, um seine Worte wirken zu lassen. Schließlich sah er Capo fragend an.

„Es ist mir eine große Freude und Ehre, Ihren außergewöhnlichen Vorschlag anzunehmen, Signore Oppenheim. Ich werde das Gemälde gleich nach oben tragen und es sicher verpacken, damit Sie es mitnehmen können." Die beiden Männer gaben sich einen herzlichen Händedruck. Megan machte schnell ein Foto von den beiden. Sie hatte auch noch etwas zu sagen und kramte zugleich in ihrer Tasche nach etwas Bestimmtem.

„Wenn Sie beide ein paar Minuten warten könnten, bevor Ihr das Gemälde von der Wand nehmt, dann möchte ich Sie auf etwas sehr Seltenes hinweisen."

„Aber gern!" sagte Capo, während Jared erwartungsvoll nickte. Welche geheimnisvolle kunsthistorische Information hatte Megan denn zurückgehalten?

„Also gut. Stellen Sie sich so nah wie möglich an das Gemälde." Die beiden Männer gehorchten.

„Schauen Sie sich jetzt die weit geöffneten Augen von Felix genau an. Die Iris ist groß genug, um das Licht in dem Raum zu reflektieren, in dem das Porträt gemalt wurde. Das kommt bei Porträts manchmal vor und ist etwas, worauf wir Kunsthistoriker immer ein Auge haben. Denn, wie in diesem Fall, können wir manchmal in der Iris die Umgebung des Raumes vor dem Porträtierten sowie eine Reflexion der Figur des Malers an seiner Staffelei sehen. Genau das ist hier der Fall. Hier, nehmen Sie meine Lupe und sehen Sie es sich genau an."

Capo nahm die angebotene Lupe und untersuchte erst das eine, dann das andere Auge des Porträts, bevor er sein Erstaunen äußerte.

„*Dio mio!* Ich erkenne genau, was Sie meinen! Ich kann den Maler sehen!"

„Das möchte ich auch sehen!", rief Jared und riss Capo fast die Lupe aus der Hand.

„Donnerwetter! Jetzt verstehe ich", überlegte dieser, „die Iris reflektiert den Maler, die Staffelei und sogar den Sonnenstrahl, der durch das kleine, hohe Fenster auf der rechten Seite fällt. Absolut verblüffend. Man sieht einen Teil des Zimmers!"

Jared studierte das Bild mit Megans Lupe und murmelte, „Signore Capo, haben Sie eine Ahnung, wo sich dieses Zimmer befindet?"

„Allerdings! Es ist im hinteren Teil des Hauses, einst war es ein Waschraum, dann wurde es zu einem kleinen Lagerraum umfunktioniert, aber bis heute dient es unseren Hauskünstlern gelegentlich auch als Maleratelier, wenn sie etwas Ruhe brauchen."

Er begutachtete das Porträt an der Wand und wandte sich an Jared. „Es ist an der Zeit, dass ich das Gemälde für Sie einpacke. Vielleicht können Sie mir helfen, es sicher von der Wand zu nehmen, Signore Oppenheim?"

„Natürlich!"

„Und während Sie beide das tun, werde ich mich kurz in dem Zimmerchen umsehen, wenn Sie erlauben", sagte Megan.

„Ja, natürlich. Wenn Sie jemand anspricht, sagen Sie einfach, dass der Capo Sie schickt."

„Danke!" Megan ging durch die weitläufigen Räumlichkeiten bis ganz nach hinten und fand dort das kleine Zimmer. Bündel von Tischtüchern und Leinenservietten stapelten sich in einem Regal, in der rechten Ecke, hoch oben, befand sich tatsächlich ein kleines Fenster, genau wie in der Reflexion in den Augen von Felix Mendelssohns Porträt. Eine hilfreiche Bestätigung ihrer Theorie.

„Teufel auch", sagte Jared anerkennend zu Megan, nachdem Signore Capo mit dem kostbaren Gemälde in sein Büro gegangen war. „Als ich das Porträt heute zum ersten Mal untersuchte, habe ich einen Haufen Fotos gemacht, aber es wäre mir nie in den Sinn gekommen, so genau auf die Augen zu achten!"

„Sei nicht betrübt, Jared. Wie gesagt, es ist nicht immer der Fall, aber es kommt oft genug vor. Deshalb achte ich bei der Untersuchung von Ölporträts immer darauf", sagte Megan beruhigend. „Aber wir sollten jetzt besprechen, wann und wo wir zu Abend essen, so dass du rechtzeitig deinen Flug erreichst mit dem Porträt von Fanny und …"

„Ja, liebe Mutter, du hast ja so Recht. Und wir sollten einkalkulieren, dass ich nach dem Abendessen noch zum Hotel muss, um meinen Koffer zu holen. Ich habe bereits gepackt, mein Gepäck wartet am Concierge-Schalter auf mich. Kennst du denn ein gutes Restaurant in der Nähe?"

„Ja, da fällt mir eines ein, und es ist so nah, dass wir unbedingt einen Uber brauchen." Jareds erfreutes Lachen war noch einige Tische weiter zu hören.

„Ich bin dabei. Also, wie heißt das Restaurant und wo liegt es? Wie lautet die Adresse?", fragte Jared ganz zappelig. War das Reisefieber?

„Versuch doch mal ruhig zu bleiben. Es heißt *Babington's Tea Room* und die Adresse lautet Piazza di Spagna 23. Das ist also nur ein paar Schritte von hier."

„Super Lage. Aber ein Tearoom? Tee? Zum Abendessen?"

„Nun, mein lieber Weltreisender, wenn du dich mit schottischem Räucherlachs, irischem Speck, *Chianina*-Rindfleisch, Reis-Pilaw, Hühnchen, Eiern, insbesondere mit alle Arten von Eggs Benedict anfreunden kannst ...", entgegnete Megan mit einem leicht spöttischen Unterton.

„Okay, okay, ich bin schon überzeugt. Vor meinem Flug will ich auf keinen Fall etwas Schweres essen, das steht fest. Ein englisches Lokal? Klingt ziemlich altmodisch, aber natürlich auf eine nette Art und Weise. *Historisch*, meinte ich."

„Ich nehme dir deine Unverfrorenheit nicht übel, du weißt es halt nicht besser", sagte sie augenzwinkernd. „Es ist ein englisches Lokal, gegründet im Jahr 1893 von zwei britischen Pionierinnen in Rom, von denen eine Anna Maria Babington hieß. Zusammen besaßen sie hundert Pfund. Sie waren von der Idee beseelt, etwas Besonderes anzubieten. Etwas, das bei ihren britischen Landsleuten im englischen Viertel rund um die spanische Treppe heiß begehrt war. Dieses ‚Etwas' konnte man damals nur in Apotheken bekommen – Tee. Ihr Lokal sollte nicht nur ein freundlicher Ort sein, an dem man sich entspannen und Tee trinken konnte – übrigens gibt es dort auch den sogenannten ‚britischen Kaffee' –, sondern auch ein Ort, an dem man nach Herzenslust Zeitung lesen konnte. Genau wie das ältere Nachbarlokal, in dem wir jetzt sitzen. Innerhalb von zwei

Jahren nach der Eröffnung ihres Tearooms waren die beiden Frauen so erfolgreich, dass sie an einen größeren Standort mit mehreren Räumen übersiedeln konnten, und dort befindet sich der *Babington's Tea Room* noch heute."

„Na, was sagt man dazu! *Perfetto!* Sobald Signore Capo mit dem verpackten Gemälde herunterkommt, spazieren wir dorthin. Oder willst du unbedingt, dass ich einen Uber bestelle?"

„Du hast die Wahl, Jared." Die beiden sahen sich schmunzelnd an. Sie verstanden einander.

Megans Telefon klingelte. Sie zog es aus ihrer Handtasche und steckte gleichzeitig die Lupe an ihren Platz zurück.

„Hallo?"

„Hi, Megan, hier ist Mary."

„Oh wunderbar! Wo seid ihr zwei denn?"

„Ganz in der Nähe eures Hotels."

„Sehr gut. Hör zu. Wir müssen früh zu Abend essen, weil Jareds Flug um neun Uhr geht. Wir beide gehen gleich rüber zu *Babington's Tea Room*. Frag Sire, ob er es kennt und …"

„*Babington's Tea Room?* Sogar ich habe schon davon gehört! Klingt nach einer tollen Idee! Wo genau ist das?"

„Es ist ein gut erkennbares Eckgebäude, praktisch nur einen Steinwurf vom Barcaccia-Brunnen entfernt, wenn du unten in der Mitte der Spanischen Treppe stehst. Wir haben gerade eine tolle Zeit im *Caffè Greco* verbracht. Hattet ihr beide denn einen schönen Tag?"

„Fantastisch! Wir tauschen Geschichten aus, wenn wir uns treffen."

„Jede Wette. Bis *baldissimo*."

Nachdem sie aufgelegt hatten, rief Megan ihre Schwester an. Sie antwortete sofort.

„Hallo, Megan! Ich habe mich schon gefragt, wann du dich meldest."

„Tut mir leid. Die Dinge haben sich hier rasant entwickelt. Ich habe gerade von Mary und Sire gehört und wir wollen uns in etwa fünfzehn Minuten mit ihnen zum Abendessen treffen. Erinnerst du dich an den *Babington's Tea Room*, gegenüber vom Keats-Shelley Museum?"

„Sicher. Aber ein Abendessen in einem Tea Room?"

„Die haben bestimmt etwas, das du magst, glaub mir. Was denkst du, wie schnell du hier sein kannst?"

„Ich bin in unserem Hotel."

„Wunderbar! Dann bist du ja gleich dort."

„Schon unterwegs!" Die Schwestern kicherten einhellig und legten auf.

Nach ein paar weiteren Minuten im *Caffè Greco* erschien Signore Capo oben an der Wendeltreppe, das sicher verpackte Gemälde in den Händen. Jared ging ihm entgegen und übernahm die wertvolle Fracht.

„Haben Sie schon etwas von dem Neofaschisten gehört, der das Bild fast ruiniert hätte?", fragte ihn Megan. Capo machte plötzlich einen ungehaltenen Eindruck.

„Ja, das habe ich. Gerade vor ein paar Minuten. Die Polizei rief mich an und sagte mir, dass der Rüpel, ein eingefleischter Neofaschist namens Arlotto Zitto, eine Verwarnung und eine Geldstrafe erhalten hat, aber für eine Verhaftung reicht es nicht. Das ist wirklich ärgerlich!"

Megan und Jared verabschiedeten sich und machten sich auf den Weg zum nahe gelegenen *Babington's Tea Room*, wo sie auf die anderen Mitglieder des Rom-Quintetts treffen würden.

101

Nachdem er endlich aus dem Polizeigewahrsam entlassen worden war, rief Arlotto Zitto seinen Kommandanten beim Ordine Ario Romano (OAR) – dem Orden der römischen Arier – an, um von den Ereignissen im *Caffè Greco* und seinem mutigen Handeln zu berichten. Zu seiner Überraschung lobte der *Comandante* ihn nicht, sondern tadelte ihn.

„Idiot! Aktionen müssen entsprechend der jeweiligen Situation und ihrer möglichen Folgen geplant werden, nicht nach spontanen Einfällen. Niemals ohne vorher zu überlegen, was die Aktion auslösen könnte. Wir machen die Aktion, nicht die Reaktion."

„Aber verstehst du nicht, *Comandante*, es war ein Moment, den ich ergreifen *musste*! Alles musste schnell gehen, sonst wäre es zu spät gewesen." Zitto jammerte schon fast.

„Schalte dein Hirn ein. Warum habe ich dich als Wachposten im *Caffè Greco* eingeteilt?"

„Hm. Um über die Reaktion der Kundschaft berichten zu können, sobald der Streit mit dem Israelitischen Krankenhauses endlich entschieden wird."

„Genau. Was dort passiert, ist entscheidend für unsere Pläne, die Reaktion der Öffentlichkeit zu erfassen und zu gestalten. Welche Reaktionen für unsere Partei von Vorteil sein könnten und wie unsere eigene nächste, überlegte Aktion aussehen sollte. Versteh doch Zitto, wir zielen auf heftige öffentliche Reaktionen ab, aber unsere eigenen Aktionen müssen überlegt und rational sein. Kaffee zu verschütten, um irgendein kleines Bildchen zu verunstalten, das hilft uns nicht weiter!"

„Jawohl, *Comandante*, verstanden. Jetzt hab ich's kapiert. Ich werde von nun an versuchen, nicht mehr aus einem Impuls heraus zu handeln, sondern mich von der Vernunft und vom Befehl leiten lassen."

„In Ordnung. Bist ein guter Mann. Da du jetzt nicht mehr als Wächter im *Caffè Greco* infrage kommst, gebe ich dir als Anreiz eine neue Aufgabe. Du wirst an unserer gerade einberufenen arischen Ordenskonferenz am kommenden Montag teilnehmen und mir Bericht erstatten."

„Oh, welche Ehre, danke! Aber darf ich wissen, warum so unerwartet eine Konferenz der arischen Ordensbrüder von Rom stattfindet?"

„Das kann ich dir erklären. Weil wir angesichts des jüngsten Sieges von Gioia Cantaloupe als nächste Premierministerin wissen müssen, ob ihre Regierung tatsächlich unsere Ordensziele zu befolgen gedenkt. Wir wollen sicher sein, dass sie nicht nur Lippenbekenntnisse abgibt. Wird sie die Feinde unseres Landes benennen und auf sie zeigen, einschließlich der Migranten, insbesondere derjenigen mit einer anderen Hautfarbe als die der echten Italiener? Wird sie sich um die Verfolgung und Ausmerzung der LGBT-Rotte kümmern, und natürlich, wird sie unseren berechtigten Antisemitismus unterstützen? Darum geht es, verstanden?"

„Jawohl, *Comandante*! Es ist mir eine Ehre, diese Aufgabe zu übernehmen. Und wo findet die Konferenz statt? Hier in Rom?"

„Wir wollen nicht die Aufmerksamkeit der Öffentlichkeit oder der Medien auf uns ziehen. Die Konferenz der arischen Brüder Roms findet Montag mittags an einem geheimen Ort in der Nähe von Terracina statt. Kennst du dich dort aus?"

„Ja, *Comandante*. Terracina liegt etwa sechzig Kilometer südlich von Rom an der Via Appia und direkt an der Küste. Ein toller Ort, um eine Konferenz abzuhalten. Vor allem, wenn man sich für die Antike interessiert."

„Bloß nicht. Wir wollen, dass du die Gegenwart und die allgemeine Stimmung in Bezug auf die Cantaloupe und ihre politische Haltung im Auge behältst. Wir müssen herausfinden wie weit rechts sie wirklich ist."

„Verstanden."

„Na schön. Dann will ich dir sagen, wo du hinmusst. Weil Terracina von Touristen überlaufen ist, haben wir die nahe gelegene Insel Ponza als Treffpunkt ausgewählt. Du wirst die 10-Uhr-Fähre von Terracina nehmen. Von dem kleinen Hafen von Ponza breitet sich das Städtchen nach oben aus. Am Berg wirst du die kleine Kuppel der Kirche sehen, und links davon ein weißes Gebäude, das als Turnhalle genutzt wird. Dort findet um Punkt zwölf Uhr die Konferenz statt. Es steht viel auf dem Programm und wird wohl bis in den späten Abend hinein dauern."

„Comandante, danke für diese zweite Chance. Ich werde mein Bestes geben."

102

Wie vorausgesagt war Tina die erste, die in *Babington's Tea Room* ankam. Es war ein geschäftiges, gut besuchtes Lokal im englischen Landhausstil, und da sie wusste, dass ein ruhigerer Raum für die Gespräche des Rom-Quintetts passender wäre, wählte sie zwei zusammengeschobene Tische im hinteren, zweitgrößten Zimmer. In der Speisekarte, die vierzig Sorten Tee anbot, wurde auch die Geschichte des *Babington's* erläutert, und Tina las erstaunt, dass die Hinterzimmer während des Ersten Weltkriegs als Treffpunkt des Widerstands genutzt worden waren.

Als nächste trafen Megan und Jared ein, und die Schlusslichter bildeten Mary und Sire. Die fünf begrüßten einander, als hätten sie sich schon ewig nicht mehr gesehen, so viel hatten sie sich an diesem Samstag zu erzählen.

Mary hatte im Internet über *Babington's* recherchiert und erzählte ihren Freunden, dass viele berühmte Filmstars hier zu Gast gewesen waren, darunter Elizabeth Taylor, Richard Burton, Charlton Heston, Robert Taylor, Peter Ustinov, Audrey Hepburn und Federico Fellini.

„Ich mag alles an diesem Ort", sagte Jared, der Megans Wahl ursprünglich ein wenig angezweifelt hatte. Das wertvolle Felix-Mendelssohn-Porträt ruhte sicher verwahrt zwischen seinen Beinen und den Stuhlbeinen. Nach dem Hauptgang blickte Tina in die fröhlich plaudernde Runde. Sie war wirklich gespannt darauf, die Geschichten der anderen zu erfahren, aber vor allem wollte sie unbedingt von ihrem eigenen aufregenden Tag berichten.

„Soll ich euch erst einmal erzählen, was ich heute gemacht habe?"

„Nur zu!", ermutigte Mary sie, während die anderen ihre Gespräche einstellten und aufmunternd nickten.

Ausführlich beschrieb Tina die Sehenswürdigkeiten der etruskischen Nekropole in Cerveteri und die riesigen Gräber und Sarkophage im Archäologischen Nationalmuseum in der nahe gelegenen Burg Ruspoli. Besonders beeindruckt hatten sie aber die hunderten dort ausgestellten Keramikgefäße und -teller, die mit Szenen von historischen Ereignissen, aber auch des Alltags verziert waren. Tina zeigte einige der eindrucksvollsten Fotos, die sie mit ihrem Handy gemacht hatte. Dann zog sie einen kleinen, flachen Gegenstand aus ihrer Handtasche und hielt ihn hoch, damit alle ihn sehen konnten.

„Und das ist meine Trophäe."

Es war ein kleiner schwarzer Teller mit rotem Rand, auf dem die Figur einer Frau im Profil zu sehen war, die ihre Hände nach oben hielt und eine zweistufige Leiter hinaufstieg.

„Herrlich schlichte Symbolik, findet ihr nicht auch? Und keine Wachen in der Nähe. Herrlich einfach, um damit zu verschwinden."

„Was!?", rief Megan entsetzt. Prahlte ihre Schwester tatsächlich damit, dass sie einen Gegenstand aus dem Museum gestohlen hatte? Auch die anderen drei schauten perplex.

Tina lachte. „Ich habe euch natürlich nur auf den Arm genommen. Es war herrlich einfach eine exakte Kopie des Tellers im Museumsshop zu kaufen! Ich wollte nur prüfen, ob ihr auch alle zuhört. Hier kommt noch etwas, das euch alle interessieren sollte, und ich schwöre, dass ich auch dafür ordnungsgemäß bezahlt habe." Sie griff wieder in ihre Handtasche und zog ein Buch heraus. Es war ein moderner Nachdruck von Marianna Candidi Dionigis Buch *Viaggi in alcune Città del Lazio* – „Reisen in einige Städte Latiums" aus dem Jahr 1809. Megan stieß einen Pfiff aus, und Mary, Sire und Jared, die dank Megan die Malerin als Stammgast des *Caffè Greco* kennengelernt hatten, klatschten überrascht und erfreut. Der Band enthielt eine Reihe von Briefen der fünfzigjährigen Dionigi, in denen sie archäologische Stätten beschrieben und mit Radierungen, transkribierten Inschriften, Plänen und Ansichten akribisch illustriert hatte.

Die Desserts wurden serviert und es herrschte einige Minuten lang Schweigen, während die fünf sich über Erdbeertörtchen, schottische Scones, Apfeltartes und Pfefferminz-Eis hermachten.

„Wer ist der nächste?“, fragte Tina, nachdem sie ihren letzten Bissen Apfeltarte aufgegessen hatte. „Wer wird uns als nächstes von seinem Tag erzählen?“ Sire schaute Mary fragend an und sie nickte freudig zustimmend.

„Nun, nachdem wir unseren Mietwagen abgeholt hatten, sind wir direkt nach Calcata gefahren – oder wie du es nennen würdest, Tina, Calcutta.“ Tina war die erste, die lachte, und die anderen stimmten ein.

„Es sind nur etwa sechzig Kilometer in Richtung Nordosten“, fuhr Sire fort, „also etwa eine Stunde Fahrt, und das Wetter war perfekt. Der Blick auf die kleine mittelalterliche Stadt, wenn man aus dem Wald herausfährt und das Städtchen plötzlich unmittelbar vor einem auf dem felsigen Gipfel liegt, ist wirklich spektakulär. Seht mal!“

Sire hielt sein Handy hoch und die Freunde staunten über die von Wäldern umgebene Vulkanklippe, auf der ein dichtes Ensemble von Gebäuden stand, die alle fast gleich hoch waren, mit Ausnahme einer kleinen Kirche und einem Turm.

„Wie seid ihr dort überhaupt hinaufgekommen?“, fragte Megan, die langsam ein wenig neidisch wurde, dass sie nicht dabei gewesen war.

„Es gibt einen öffentlichen Parkplatz ganz in der Nähe, dann sind es noch etwa fünfzehn Minuten zu Fuß bis zum Burgtor. Das Städtchen besteht nur aus ein paar enge Gassen und dem Hauptplatz mit der Kirche. In den alten Ziegelbauten leben nur mehr etwa siebzig Einheimische, wie man uns sagte“, berichtete Mary.

„Und habt ihr etwas über die Reliquien erfahren, die es in der kleinen Stadt einmal gegeben haben könnte?“, fragte Jared und stellte sich ahnungslos.

„Nein“, antwortete Sire ruhig, „es sei denn, du meinst das Heilige *Präputium*.“

„Das heilige was?“

Das *Sanctum Präputium*. Die heilige Vorhaut des Christuskindes soll einst aus dem Vatikan gestohlen und eine Zeit lang in Calcata versteckt worden sein. Und natürlich haben mehrere Klöster in ganz Europa für sich in Anspruch genommen, diese Reliquie zu besitzen, manchmal sogar zur gleichen Zeit. Sie wird sehr verehrt, weil man ihr wundersame Kräfte zuschreibt."

Tina und Megan konnten sich das Lachen nicht verkneifen, und auch Jared konnte sich nicht länger zurückhalten und stimmte mit ein. „*Sanctum Präputium*, den Begriff kannte ich bisher auch noch nicht!"

Die nächste halbe Stunde verging schnell, während Megan und Jared ihre Erlebnisse bis zum unerwarteten Finale erzählten.

„Das hätte wirklich gefährlich werden können", meinte Mary besorgt.

„Doch was für ein Ergebnis für Jareds Mendelssohn-Komplex", sagte Sire. „Und du hast das Porträt tatsächlich hier und jetzt bei dir?"

„Natürlich. Genau hier unter meinem Stuhl", sagte Jared, der mit dem Bild noch an diesem Abend nach Hamburg fliegen würde.

„Moment mal", fragte Tina, „wer ist eigentlich diese Museumsdirektorin in Hamburg, die du besuchen willst? Steckt mehr dahinter, als du uns verrätst?"

„Nur, dass wir morgen Hochzeit halten. Ansonsten nichts Ungewöhnliches." Tina schnappte überrascht nach Luft, während Megan, Mary und Sire herzhaft über Jareds schelmische Lüge lachten. Der unverbesserliche Spaßvogel fuhr fort, Tinas Frage zu beantworten, aber diesmal ernsthaft.

„Rachael Skylar ist die leitende Direktorin des neuen Fanny und Felix Mendelssohn Museums in Hamburg, und ich möchte mich gerne noch einmal mit ihr austauschen, vor allem über die zwei bisher unbekannten Porträts der Mendelssohn-Geschwister. Außerdem hat Rachael in letzter Zeit privat eine schwere Zeit durchgemacht und ich möchte ihr meine Schulter zum Anlehnen anbieten. Der Sonntag wird gut genutzt sein, bevor ich am Montagmorgen noch einmal zurück nach Rom fliege, um dort auch den Transport des Porträts von Fanny nach New York zu überwachen."

„Wo holst du es denn ab?", wollte Mary wissen.

„Also, das Felix-Bild habe ich dabei, weil ich es Rachael zeigen will, und das andere größere Bild von Fanny wird Montagvormittag bei Nathan Bartholdy abgeholt, verpackt und am Nachmittag als Luftfracht für meinen Flug aufgegeben. Alles sollte reibungslos ablaufen, denn ich bin ein genauer Mensch, wie du vielleicht gemerkt hast, und werde dahinter sein und alle Schritte mehrfach überprüfen."

Megan hatte etwas dazu zu sagen. „Jared, gerade weil du ein penibler Mensch bist und auf jedes Detail achtest, möchte ich dir etwas mitteilen. Sobald ich sie gelesen und fotokopiert habe, werde ich dir für den Mendelssohn-Komplex die dreiundzwanzig Briefe schicken, die Fanny während ihres Jahres in Rom an ihre Schwester Rebecka geschrieben hat. Meine einzige Bitte ist, dass du mir eine offizielle Spendenquittung für meine Einkommensteuer schickst."

„Ach! Das ist ja wunderbar! Wie absolut fantastisch. Megan! Wie großzügig von dir. Ich bin über alle Maßen begeistert. Danke, liebste Freundin."

Jared beugte sich zu Megan und gab ihr einen Kuss auf die Wange. Mary und Sire applaudierten. Tina klopfte ihrer Schwester auf die Schulter und schaute dabei unwillkürlich auf die Uhr.

„Huch!", rief sie. „Es ist 18:41 Uhr! Jared, du solltest dich beeilen, wenn du deinem Flug um 21:00 Uhr noch erreichen willst."

„Meine Güte! Du hast ja so recht! Es ist unglaublich, wie schnell unsere gemeinsame Zeit vergangen ist."

Jared stand auf, zog das Paket mit dem Porträt vorsichtig zwischen seinen Beinen hervor und verabschiedete sich von allen. Alle waren traurig, ihn gehen zu sehen. Kurz bevor er *Babington's* verließ, drehte er sich zu Megan um und drückte ihr ein paar Euroscheine in die Hand. „Das sollte für fünf großartige Abendessen in *Babington's Tea Room* reichen."

Er warf seinen Freunden mit der freien Hand noch ein Küsschen zu, drückte das wertvolle Porträt an seine Brust und stieg dann die Spanische Treppe hinauf zum Hotel, wo sein Koffer und sein Uber ihn schon erwarteten.

103

Nicht lange nach Jareds Abreise trennten sich auch die übrigen vier, alle erschöpft von einem langen Ausflugstag. Mary und Sire hatten auf wundersame Weise einen Parkplatz für ihren Leihwagen in der Via Borgogna gefunden, nicht weit von *Babington's* entfernt, und die Crespi-Schwestern brauchten nur die Spanische Treppe hinaufzuklettern und nach rechts abzubiegen, um ihr Hotel zu erreichen.

Noch bevor sie in verschiedene Richtungen aufbrachen, besprachen die vier ihre Pläne für den morgigen Tag. Obwohl keiner von ihnen katholisch war, waren sie sich einig, dass der Vatikan auf keinen Fall verpasst werden durfte, und welcher Tag wäre besser für einen Besuch geeignet als der Sonntag? Sire hatte sich schon nach ihrer Ankunft in Rom Gedanken gemacht und nach kurzer Internet-Recherche eine private „Skip-the-Line-Tour" für sie gebucht. Darin waren nicht nur der Eintritt für die Vatikanischen Museen, die Sixtinische Kapelle sowie die Basilika und die Kuppel des Petersdoms enthalten, sondern auch der Besuch eines „Kirchenopernkonzerts im Herzen Roms mit anschließendem Abendessen in einem nahegelegenen, erlesenen Restaurant", das „unbegrenzte Weinauswahl" bot. Eine spannende Tour!

Zuvor wollten alle noch ein bisschen entspannen und auf der Dachterrasse ihres jeweiligen Hotels ein schönes, langes Frühstück einnehmen. So trafen sie sich an diesem Vormittag erst um viertel nach elf am Treffpunkt in der Via degli Scipioni.

Megan war besonders froh, die Morgenstunden für sich zu haben, denn sie wollte noch Fannys Tagebucheintrag und Briefe den Vatikan und Petersdom betreffend durchsehen. Es gab keinen besseren Weg, Megans Biografie über Fanny zu vervollständigen, als die Schätze dort durch die Augen dieser faszinierenden Frau zu betrachten.

Während Megan die Briefe Fannys aus den Jahren 1839 und 1840 las, arbeitete Tina an einer ihrer komplizierten neuen Fiber-Art-Ideen und der Morgen verging schneller, als den beiden bewusst war. Tatsächlich mussten sie fast rennen, um die Metro A nach Cipro, der Haltestelle Vatikanstadt, zu erreichen. Schon als sie ausstiegen, sahen sie Sire und Mary, die sich mit einer großen, schlanken, grauhaarigen Frau unterhielten, die eine grüne Baseballkappe und eine grüne Armbinde trug, auf der die Worte „BONELLI GUIDA" standen. Die Touristenführerin drehte sich um und begrüßte die beiden Amerikanerinnen mit einem strengen Kopfnicken.

„Willkommen bei Bonelli Tours, meine Damen. Bevor wir beginnen, ein paar Worte über mich. Mein Name ist Charlotte Piacevole. Ich führe seit mehr als dreiunddreißig Jahren Touristen durch den Vatikan und darf mich stolz die beste Reiseleiterin von Bonelli Tours nennen – nicht umsonst bekomme ich auch das meiste Trinkgeld."

Megan und Tina tauschten verwunderte Blicke aus. Die „beste Reiseleiterin" mit dem „meisten Trinkgeld" fuhr ohne Pause fort.

„Die anderen acht Teilnehmer warten bereits auf uns. Ich werde Sie heute durch den Vatikan geleiten, mit etwas mehr als hundert Hektar der kleinste Staat der Welt. Wir beginnen in den Vatikanischen Museen, steigen hinab zu einigen berühmten Grotten und beenden unsere Tour in der Kuppel des höchsten Gebäudes von Rom, des Petersdoms."

Tina lächelte Megan mitfühlend zu, die versuchte, ihren Schock über den Gedanken zu verbergen, bis zur Kuppel des Petersdoms hinaufsteigen zu müssen. Sicherlich würde es dort einen Aufzug geben? Ihre fünfzehneinhalb Jahre Altersunterschied führten manchmal zu genau solchen Navigationsproblemen.

„Da seid ihr ja! Wir haben uns schon Sorgen um euch gemacht“, sagte Mary, und Sire schenkte ihnen ein erleichtertes Lächeln.

Wenige Minuten später bestiegen die Freunde mit acht weiteren erwartungsvollen Touristen – allesamt Amerikanerinnen, darunter zwei Mädchen im Teenageralter – den gelben Bonelli-Bus und fuhren direkt zu dem Eingang am Viale Vaticano, auf der gegenüberliegenden Seite des Haupteingangs zum Petersdom. Wie jeden Tag hatten sich an den Schaltern lange Schlangen für die Eintrittskarten gebildet. Charlotte Piacevole hielt ihre grüne Schirmkappe hoch in die Luft und wirbelte sie herum. Sie führte ihre Gruppe souverän an der Schweizer Garde und den anderen Touristen vorbei durch den Metalldetektor und auf das Gelände des Vatikans. Da es ein Sonntag war, durften sie nicht die päpstlichen Gärten mit ihren atemberaubenden Statuen, Springbrunnen und Frühherbstblumen besichtigen, und gingen daher direkt in das erste Gebäude. Eine breite Wendeltreppe führte sie zu einer Reihe von prächtigen Sälen, die schließlich im Pio Clementino Museo mündete, wo die wertvolle Antikensammlung des Vatikans ausgestellt war. Den Mittelpunkt bildete die lebensgroße weiße Marmorstatue des trojanischen Priesters Laokoon und seiner beiden Söhne.

Ihre sachkundige, wenn auch etwas strenge Museumsführerin informierte die Gruppe darüber, dass das außergewöhnliche Ensemble 1506 in einem römischen Weinberg entdeckt und ausgegraben worden war und dass der junge Michelangelo neben dem Papst zu den ersten gehört hatte, die es zu sehen bekamen. Einige Teile fehlten, darunter der rechte Arm von Laokoon, und Michelangelo, mit seinem Wissen über Anatomie und Bildhauerei, war der Überzeugung, dass dieser nach hinten zur Schulter gebogen sein müsste. Er verlor dieses Streitgespräch jedoch, und Laokoon erhielt stattdessen einen heldenhaft ausgestreckten rechten Arm, zusammen mit einigen anderen Ergänzungen.

Als Napoleon 1799 Italien eroberte, wurde die Statue nach Paris gebracht und im Louvre ausgestellt. Nach dem Sturz Napoleons im Jahr 1816 kehrte Laokoon in den Vatikan zurück. Im Jahr 1906 entdeckte der in Prag geborene klassische Archäologe Ludwig Pollak in einem Hof in der Nähe des ursprünglichen Fundorts einen Teil des marmornen, nach hinten gebogenen Arms. Erst Jahre später, Pollak war in der Zwischenzeit 1943 in Auschwitz gestorben, wurde der „Pollak-Arm" der Statue hinzugefügt, nachdem nachgewiesen worden war, dass ein Bohrloch im Arm perfekt zu einem entsprechenden Loch in der Schulter passte. Und so erwies sich Michelangelos Theorie letztendlich doch als richtig.

Weitere Korridore führten sie durch die Galerie der Kandelaber mit einer Fülle edler griechischer Skulpturen und in die Galerie der Wandteppiche, einige davon nach Entwürfen von Raffael, die in leuchtenden Farben detaillierte Szenen aus der Bibel darstellten.

„Diese Wandteppiche hatten einen ganz einfachen Sinn", erklärte die Reiseleiterin mit leiser Stimme und brachte ihre Gruppe näher zusammen. „Da sie sowohl aus Wolle als auch aus Seide und Goldfäden gewebt waren, konnten sie die Raumwärme speichern und im Winter die Räume aus Stein oder Ziegeln isolieren."

Der letzte große Ausstellungsraum vor der Sixtinischen Kapelle war die Galerie der Landkarten mit vierzig mittelalterlichen Freskotafeln über die Geografie Italiens, wobei Sizilien auf dem Kopf stand, wie Charlotte etwas verächtlich bemerkte. Sie wies ihre Gruppe auch streng darauf hin, dass dies der letzte Saal sei, wo das Fotografieren erlaubt war.

Schließlich erreichten sie die Kapelle des Papstes: die Sixtinische Kapelle in ihrer ganzen Renaissance-Pracht. Charlotte befahl allen, ihre Handys auszuschalten und wies sie darauf hin, dass lautes Sprechen hier nicht erlaubt wäre. Dann flüsterte sie ihrer kleinen Gruppe ehrfürchtig zu, dass das rechteckige Backsteingebäude mit seinen sechs hohen Bogenfenstern und dem Tonnengewölbe vom Heiligen Kardinalskollegium seit Jahrhunderten für die Papstwahl genutzt wurde. Von weitaus größerem Interesse für Mary, Sire, Tina und Megan waren die Fresken an den beiden Seitenwänden, die von Michelangelo und anderen berühmten Künstlern der Hochrenaissance stammten und unter anderem die Vorfahren Christi und frühere Päpste darstellten. Doch Charlotte übersprang jede Erklärung und zischte nur: „Die brauchen Sie sich nicht anzusehen, schauen Sie lieber dort hin", und zeigte nach oben.

Über ihnen spannte sich in zwanzig Metern Höhe die lange, gewölbte Decke, die Michelangelo von 1508 bis 1512 mit biblischen Szenen ausgestaltet hatte: die Schöpfung des Himmels und der Erde, gefolgt von der Erschaffung Adams mit der Vertreibung aus dem Paradies und schließlich Noah und die Sintflut, daneben die klassischen Sibyllen und die Propheten. Und natürlich rahmten nackte, muskulöse junge Männer einige der zentralen Darstellungen. „Hm, Michelangelo hat wirklich nichts ausgelassen", murmelte Sire sarkastisch zu Mary und deutete auf die deutlich ausgeprägten Geschlechtsteile der männlichen Figuren.

„Nun, warum sollte ein Künstler sie nicht zeigen?", antwortete sie, leicht verärgert darüber, dass die Frage nach Michelangelos sexueller Orientierung aufgeworfen wurde.

„Das ist doch eher eine Frage des 21. Jahrhunderts; wir befinden uns hier im 16. Jahrhundert", antwortete Sire.

Die ikonische Erschaffung Adams bildete natürlich das Zentrum der Darstellungen. Frei von jeglichen ablenkenden Details steigt die dynamische und weiß gekleidete Gestalt Gottes vom Himmel herab und streckt die rechte Hand aus, um dem erdgebundenen, nackten Adam das Leben zu schenken. Dieser hält angestrengt seine linke Hand empor, um den göttlichen Lebensfunken zu empfangen. Die beeindruckende Darstellung nahm die Teilnehmer der Touristengruppe so gefangen, dass es ihnen schwerfiel, danach noch etwas anderes anzusehen.

Die Reiseleiterin oder besser gesagt, Kommandantin der Gruppe, nutzte die Aufmerksamkeit ihrer Teilnehmer, um mit leiser Stimme die Freskotechnik der Decken- und Wandgemälde zu erläutern.

„Der nasse Kalk muss noch mit Sauerstoff reagieren können, um Kalziumkarbonat zu bilden, das die Pigmente vor Umwelteinflüssen schützt", formulierte sie fachlich höchst kompetent.

„Ich verstehe kein einziges Wort von dem, was sie da erklärt", flüsterte Tina ihrer Schwester zu.

Megan nickte. „Ich habe Jahre gebraucht, um das zu verstehen. Ich erkläre es dir später", flüsterte sie zurück.

„Ist es Mythos oder Wahrheit", fragte Kommandantin Charlotte plötzlich, „dass Michelangelo fünf Jahre lang in schwindelnder Höhe auf dem Rücken liegend an den Deckenfresken malte und sich dabei unaufhörlich Staub und Schweiß aus den Augen wischte?"

Mit einer Ausnahme hoben alle Gruppenmitglieder die Hand, um zu zeigen, dass sie diese Geschichte für wahr hielten. Die Kunsthistorikerin in der Gruppe, Megan, hatte jedoch etwas dazu sagen. Die Reiseleiterin konnte ihren Unmut kaum verbergen.

„Ich kann Ihnen sagen", flüsterte Megan der Gruppe zu, „dass Michelangelo seine eigene Methode erfand, um sich in Position zu bringen. Und zwar hing er nicht liegend von der Decke herunter, wie oft behauptet wurde. Er war empört, dass Löcher in ‚seine' Decke gebohrt werden sollten, das kam nicht in Frage. Und er wollte nicht liegend arbeiten, sondern er stand mit nach hinten gerecktem Kopf, und so fielen ihm in jenen fünf Jahren tatsächlich Gipsflocken ins Gesicht."

„Richtig", antwortete die reiseleitende Kommandantin fast zähneknirschend. „Das war nur eine Art Fangfrage, um sicherzugehen, dass Sie auch alle meinen Worten folgen." Die gesamte Gruppe war irritiert. Warum machte sich diese offensichtlich erfahrene Reiseleiterin eigentlich die ganze Zeit Gedanken darüber, ob ihr auch wirklich jeder zuhörte?

„Und überhaupt", flüsterte Sire, „wie können Gipsreste und Schweißtropfen in den Augen von Michelangelo ein Mythos sein? Es war doch ein nicht klimatisiertes Gebäude mitten im heißen italienischen Sommer?"

Kommandantin Charlotte von Bonelli-Tours ignorierte die Frage. Es war Zeit für eine ihrer Lieblingsanekdoten, die sie wieder in lautem Flüsterton vortrug.

„Wir wissen, dass der junge Raffael, acht Jahre jünger als Michelangelo, nach dem Anblick der Fresken zu seiner *Schule von Athen* zurückkehrte und die nachdenkliche, schwarzbärtige Figur des Michelangelo unten links an der Treppe einfügte. Leider stehen die Raffael-Säle nicht auf dem Programm dieser Tour, aber ich empfehle Ihnen dringend, auch die ‚Raffael-Tour' bei Bonelli zu buchen und nach mir, Charlotte Piacevole, zu fragen. Folgen Sie mir jetzt zum Altar und zu Michelangelos mächtigem *Jüngsten Gericht*. Es wurde zweiundzwanzig Jahre nach der Fertigstellung der Deckenfresken begonnen, also 1534, und bis 1541 fertiggestellt."

„Wie alt war Michelangelo damals?", fragte Mary.

„Neunundfünfzig oder sechzig, je nachdem, in welchen Monat man den Arbeitsbeginn legt. Er wurde im März geboren, am 6. März 1475." „Donnerwetter! Er war nicht mehr der Jüngste, als er auf seinen Deckenlift stieg", sinnierte Mary.

„Ja, aber da hatten sie die Sonnenbrille schon erfunden, also war er frei von Gipsresten", murmelte Tina mit ernster Miene.

Während die Gruppe sich das Lachen kaum verkneifen konnte, wirkte Kommandantin Charlotte ein wenig beleidigt. Sie duldete keine Respektlosigkeiten in ihrer Sixtinischen Kapelle. Bei den rund 25.000 Touristen, die sich täglich durch den Vatikan schoben, war es genug Arbeit, ihre eigene Gruppe in Bewegung zu halten. Herumzustehen und dumme Witze zu machen war keine gute Idee. Sie zischte grimmig den Befehl, ihr zum Altar zu folgen. Dort standen sie dicht gedrängt zwischen Dutzenden anderer neugieriger Touristen und verschlangen mit ihren Blicken das kolossale, mit über dreihundert Figuren bevölkerte, vielschichtige und erschreckende Panorama von Michelangelos *Jüngstem Gericht*. Ein einziger ausgedehnter kompositorischer Aufruhr, dachte Megan, er rührt sowohl an die Erwartung des Himmels als auch an das Grauen der Hölle, wobei letzteres unbestreitbar an Dantes grausiges Inferno gemahnt. Dieser große Schriftsteller des 14. Jahrhunderts und sein Epos *Die Göttliche Komödie* waren in der Tat einer von Michelangelos Helden gewesen.

Bei diesem Anblick hätte mancher gedacht, es handle sich um die Wiederauferstehung, aber nein, es war die Wiederkunft Christi mit der Auferstehung der Toten am Jüngsten Tag. Die Qualen der Hölle zeigen verschiedene Arten von Angst, während Charon, der Fährmann, der die Seelen der Sünder in die Unterwelt transportiert, in seinem kleinen Boot steht und sein Ruder drohend gegen die Sünder erhebt. An der Pforte der Hölle wartet Minos, einer der Richter. Er hat Eselsohren und eine Schlange windet sich um seinen Körper und beißt in seine Genitalien.

Megan hätte die Gruppe gern auf die Figur des Heiligen Bartholomäus direkt unter dem zentralen, bartlosen Christus hingewiesen, traute sich aber nicht. Dieser Märtyrerheilige war bei lebendigem Leib gehäutet worden und Michelangelo zeigte ihn auf einer Wolke sitzend mit der eigenen Haut in der Hand. Es wurde allgemein angenommen, dass das grausige, schwarzhaarige und schwarzbärtige Gesicht am Ende der Haut in Wirklichkeit ein sardonisches Selbstporträt von Michelangelo sei, wusste Megan. Doch bevor sie den Mut aufbrachte, dies zu sagen, unterbrach das abrupte Flüstern von Kommandantin Charlotte die intensive

Konzentration. „Achten Sie darauf, wie Michelangelo ein Gefühl von Tiefe erzeugt, mit der Überlagerung so vieler Figuren und der Darstellung der weiter hinten stehenden in blasseren Tönen."

Eine unpassende, wenn auch korrekte technische Tatsache in diesem überwältigenden Moment, dachte Megan, wo es doch so viel Inhaltliches gab, was auf dem Gemälde vor sich ging, bei den dargestellten hunderten Figuren. Und wie sollte man diese so umfassende, muskulöse Nacktheit erklären? Natürlich war Michelangelo ein Bildhauer, bevor er ein Maler war – man denke nur an seine *Pietà* oder seinen *David*. Für ihn war die Vollkommenheit der nackten menschlichen Gestalt der reinste Ausdruck des Göttlichen. Und die Nacktheit war hier allgegenwärtig.

Als ob sie Megans Gedanken lesen konnte, sprach Charlotte weiter.

„Im Jahre 1563 erließ das Konzil von Trient als Reaktion auf die Gegenreformation ein spezielles Dekret, das vorschrieb, dass alle Darstellungen von Nacktheit in der Sixtinischen Kapelle verhüllt werden sollten. Die Verhüllung der Genitalien wurde ein Jahr nach Michelangelos Tod im Februar 1564 angeordnet und von dem manieristischen Künstler Daniele da Volterra ausgeführt – ironischerweise ein Schüler und enger Freund des Meisters. Man gab ihm den Spitznamen *Il Braghettone* – der Hosenmacher. Und danach bis ins 18. Jahrhundert fügten andere Künstler weitere „Unterhosen" hinzu.

„Verraten Sie uns bitte: Wann wurde der Originalzustand wiederhergestellt?" Tatsächlich hatte Megan bisher trotz ihrer Ausbildung als Kunsthistorikerin – zugegebenermaßen nicht auf dem Gebiet der Kunst des 16. Jahrhunderts – nichts von dieser Verschleierung gewusst. Ihre zweifellos sachkundige Führerin zögerte nicht mit der Antwort.

„Das geschah tatsächlich erst im 20. Jahrhundert. Nachdem die Deckenfresken der Sixtinischen Kapelle in den 1980er- und frühen 1990er-Jahren restauriert worden waren, beschloss man, auch das *Jüngste Gericht* von dem jahrhundertealten Schmutz zu befreien, der durch Kerzen und Petroleumlampen entstanden war. Doch die Restauratoren entdeckten, dass die meisten Übermalungen *Il Braghettones* nicht beseitigt werden konnten, weil Volterra dabei einen Großteil des ursprünglichen Freskos abgekratzt und zerstört hatte. Sie waren nur in der Lage, siebzehn der vierzig ‚Unterhosen' zu entfernen."

„Nur siebzehn von vierzig? Wie schade", kommentierte Sire, der sich zuvor etwas leichtfertig über die Fülle der unbedeckten männlichen Genitalien lustig gemacht hatte. Mary lächelte erfreut und überrascht. Die kenntnisreiche Charlotte blickte Sire direkt an.

„Wenn Sie wirklich sehen wollen, wie Michelangelos *Jüngstes Gericht* vor der Verhüllung durch Volterra aussah, dann gehen Sie ins Museo Capodimonte in Neapel. Dort können Sie eine exakte Kopie des Originals sehen, eine Kopie, die als Reaktion auf das Konzil von Trient in Auftrag gegeben wurde. Kardinal Alessandro Farnese beauftragt im Jahr den Künstler Marcello Venusti 1549, das gesamte Fresko detailgetreu zu kopieren. Er hatte vorausgesehen, was nach dem Konzil von Trient mit Michelangelos Meisterwerk geschehen würde."

„Faszinierend!", antwortete Sire. „Und da wir keine Zeit haben, nach Neapel zu fahren, können wir es wahrscheinlich auch online studieren."

„Richtig, es sei denn, Sie bevorzugen Kunst *in natura*. Aber wir müssen weiter, ich gebe Ihnen noch fünf Minuten, um das Original zu bestaunen, dann geht es zum Petersdom", verkündete Charlotte. Trotz der nachdrängenden, ungeduldigen Touristen hinter ihnen blieb die Gruppe bis zur letzten Sekunde der ihnen zugestandenen Zeit hartnäckig an Ort und Stelle und bestaunte das berühmte Werk. Dann machten sie sich auf den Weg zur größten Basilika der Welt. „Erbaut über den Gebeinen des Heiligen Petrus", verkündete Charlotte mit gruseligem Unterton und bezog sich dabei auf die Grabstätte des Apostels Petrus, über der man einst die Apsis der Kirche errichtet hatte.

Während Charlotte ungeduldig an der Ausgangstür auf die Nachzügler wartete, las Megan ihrer eingeschworenen Gruppe noch schnell mit leiser Stimme vor, was Fanny in einem Brief nach Hause über die Sixtinische Kapelle geschrieben hatte.

> *Gestern waren wir in der Sixtinischen Kapelle und ich habe den Papst und alle Kardinäle gesehen, als sie vorbeigingen. Uns armen Frauen geht es bei diesen Zeremonien schlecht, denn wir müssen im Hintergrund sitzen, hinter einem Spalier, und diejenigen, die wie ich kurzsichtig sind, können nicht viel sehen, obwohl wir gezwungen sind, drei Stunden lang still zu sitzen und dem unkorrekten und gleichgültigen Gesang des päpstlichen Chors und der nicht sehr interessanten Aufführung der Messe durch ein paar alte Kardinäle mit ihren zitternden Stimmen zuzuhören.*

„Kein einziges Wort über die Fresken!“, bemerkte Megan erstaunt. „Und das, obwohl ihr Mann ein Maler war. Nur Beschwerden über die musikalischen Darbietungen. Na, sagt uns das nicht viel über Fanny?“ Die schroffe Stimme ihrer Reiseleiterin übertönte Megans Flüstern.

„Da Sie mit mir auf einer privaten Bonelli-Tour sind, müssen Sie nicht den ganzen Weg zurück zum Eingang und auch nicht den langen Weg über die Viale Vaticano Portico zur Via di Porto Angelico bis zum Vordereingang der Basilika zurücklegen. Sie dürfen mit mir durch eine Abkürzung direkt in die Basilika. Folgen Sie mir!“

Das Rom-Quartett warf einen letzten Blick auf die 5.000 Quadratmeter atemberaubender Michelangelo-Fresken und folgte Kommandantin Charlotte dann fast widerwillig durch eine Tür in den Petersdom. Was oder wer könnte auf der gleichen Ebene wie Michelangelo stehen?

Die Antwort, das sahen sie bald, war Michelangelo selbst und seine *Pietà*, die er schon mit zarten dreiundzwanzig

Jahren geschaffen hatte. Das Ensemble aus weißem Carrara-Marmor, der tote, schlaffe Christus in den Armen seiner trauernden Mutter, war einfach überwältigend. Glücklicherweise verzichtete ihre Führerin darauf, von dem entsetzlichen Vandalismus zu berichten, den die Skulptur 1972 durch einen geistesgestörten ungarisch-australischen Geologen erlitten hatte – etwas, von dem Megan zwar wusste, das sie aber ihren Freunden gegenüber nicht erwähnen wollte.

Stattdessen lenkte Kommandantin Charlotte, die jetzt wieder mit normaler, in ihrem Fall sehr lauter Stimme sprechen konnte, den Blick ihrer Gruppe auf ein weiteres Meisterwerk des Bildhauers und Malers Michelangelo, nun in seiner Kapazität als Architekt. Er hatte ab 1546 im Alter von einundsiebzig Jahren die massive, scheinbar schwerelose Kuppel entworfen, die sich hoch über den Hauptaltar der Basilika in den Himmel erhebt und wie eine gigantische Krone über dem mutmaßlichen Grab von St. Peter schwebt. Am Ende von Michelangelos langem Leben, Anfang 1564, mit neunundachtzig Jahren, wurde der Bau vollendet.

Nachdem Kommandantin Charlotte diese wirklich faszinierenden Informationen losgeworden war, blieb sie stehen, um ihrer Reisegruppe die Reihenfolge der nächsten Aktivitäten in Aussicht zu stellen.

„Gewöhnliche Führungen enden nach einem Besuch der Artefakte und päpstlichen Gräber im Untergeschoss. Aber wir von Bonelli Tours sind der Meinung, dass dies eine deprimierende Art und Weise ist, die Tour durch den Vatikan zu beenden. Stattdessen ist der Höhepunkt unserer Tour ein Aufstieg in die große Kuppel von Michelangelo mit ihrem weiten Ausblick! Ich hoffe, Sie wissen das zu schätzen."

Alle nickten und die Gesichter der beiden Teenager leuchteten zum ersten Mal interessiert auf.

„Und bei so einem großen Finale geben die Leute dann auch eher großzügiges Trinkgeld", flüsterte Tina ihrer Schwester zu, die hellauf lachte.

Die Kommandantin wirbelte ihre Kappe als Zeichen des Aufbruchs und führte sie durch das Kirchenschiff in Richtung Säulengang durch die Ströme ankommender Touristen hindurch, bis sie zu den Statuen der Heiligen Helena und des Heiligen Andreas kamen. Hier blieben sie vor einer Tür stehen, die in die gewaltigen Vatikanischen Grotten führte.

„Sind hier auch Frauen begraben?", fragte Sire.

„Ja. Es sind tatsächlich sechs Frauen hier begraben, obwohl meist nur von dreien die Rede ist. Aber ich werde Ihnen die vollständige Liste geben, denn das ist es, was Bonelli Tours tut: Wir bieten vollständige Informationen. Von den sechs Frauen, die hier begraben liegen, war die eine eine Heilige, drei waren Königinnen, eine andere war eine große Fürstin und die letzte war eine Adelige. Ich kann Ihnen kurz über sie in chronologischer Reihenfolge erzählen. Wollen sie mehr davon hören?"

Natürlich wollten sie.

„Also gut, einverstanden. Die erste war die heilige Petronilla, möglicherweise die Tochter des heiligen Petrus, die als jungfräuliche Märtyrerin verehrt wird. Nachdem der alte Petersdom abgerissen und der neue, in dem wir uns befinden, im 16. Jahrhundert begonnen wurde, wurden Petronillas Reliquien in einen ihr geweihten Altar am oberen Ende des rechten Seitenschiffs gebracht, in dem wir uns befinden. Ihre Kapelle wurde teilweise von Michelangelo gestaltet. So weit, so gut?"

Die Gruppe nickte zustimmend.

„Die zweite Frau, die hier begraben liegt, ist die mächtige Mathilde Canossa aus der Toskana, die Ende des elften und Anfang des 12. Jahrhunderts zwischen den Päpsten und König Heinrich IV. vermittelte. Wenn Sie direkt auf die andere Seite des Kirchenschiffs schauen, sehen Sie ihre lebensgroße Statue von Bernini. Dort liegt sie begraben."

Die amerikanischen Touristen lauschten gespannt.

„In den Grotten, zu denen wir gleich hinabsteigen werden, liegt Königin Charlotte von Zypern, die im 15. Jahrhundert starb. Meine Namensvetterin war fünf Jahre lang Königin, beginnend im Alter von 14 Jahren." Kommandantin Charlotte sah die beiden jungen Mädchen, die vor ihr standen, bedeutungsvoll an.

„Doch dann wurde sie von ihrem habgierigen, unehelichen Halbbruder vom Thron gestoßen und drei Jahre lang in einer Burg eingesperrt. Es gelang ihr, nach Rom zu fliehen, wo der Papst sie auf ‚Augenhöhe' empfing. Sie starb mit dreiundvierzig Jahren, ihr Begräbnis bezahlte der amtierende Papst."

Die zwei Teenager waren begeistert, dass es eine Königin in ihrem Alter gegeben hatte, das jüngere Mädchen hüpfte vor Aufregung auf und ab. Charlotte lächelte tatsächlich für den Bruchteil einer Sekunde, bevor sie fortfuhr.

„Auch die Adelige Agnesina Colonna liegt unten in den Grotten. Sie starb im Jahr 1578 und ist in der *Kapelle der Schutzheiligen Europas* begraben. Wir wollen nun die Wendeltreppe hinuntersteigen – langsam! – und in die Vatikanischen Grotten gehen."

Die beiden interessierten Teenager bildeten beim Abstieg hinter Charlotte den Anfang. In dem finsteren Labyrinth ging es zuerst in die schmucklose Kammer direkt unter dem Hochaltar, wo bei geheimen archäologischen Ausgrabungen während des Zweiten Weltkriegs die Knochenreste des Heiligen Petrus gefunden worden waren.

„Ob er es wirklich ist, bleibt umstritten, denn die Forschungsergebnisse weisen in zwei verschiedene Richtungen", erklärte Charlotte.

„Hier unten liegt auch Königin Christina von Schweden, die von …"

„Wow! Es gibt eine *Bridgerton*-Episode über Christina von Schweden auf Netflix!", rief Tina ihrer Schwester zu. „Aber du bist wahrscheinlich zu alt, um etwas über *Bridgerton* zu wissen."

„Und du bist zu jung, um zu wissen, dass 1933 ein Film über sie gedreht wurde, mit Greta Garbo und …"

„*Silenzio!*“ Kommandantin Charlotte blaffte in Richtung Megan und Tina. „Wie respektlos.“

„Sie haben recht. Tut uns leid“, entschuldigte sich Tina und tat so, als würde sie Megan den Hintern versohlen. Den beiden Teenagern stand bei diesem Anblick der Mund offen, während Kommandantin Charlotte unbeeindruckt ihren langwierigen, aber fesselnden Vortrag fortsetzte. Megan, Tina, Mary und auch Sire begannen, über die Höhe des Trinkgelds nachzudenken, das sie ihr am Ende geben wollten.

„Königin Christina von Schweden aus dem 17. Jahrhundert war eine unkonventionelle Frau, sie ist vor allem berühmt für ihre Bekehrung. Zweiundzwanzig Jahre lang regierte sie als lutherische Königin Schweden, dann wurde sie zu einer katholischen Königin ohne Land. Aber sie regierte auch die Welt der Kultur mit ihrem enormen Interesse an Kunst, Theater, Musik, Literatur und Philosophie.“

Keiner aus dem Rom-Quartett wusste so viel über die faszinierende ehemalige Königin und sie waren ganz Ohr. Die Teenager weniger.

„Während ihrer zweiundzwanzigjährigen Regentschaft überredete sie den französischen Philosophen René Descartes, nach Stockholm zu kommen, und fasziniert von ihrer Gesellschaft blieb er zwei Jahre lang. Aber Probleme mit der Besteuerung, der Regierungsführung und den Außenbeziehungen belasteten Christinas letzte Jahre als Königin. Im Jahr 1651 schlug sie selbst vor, abzudanken. Außerdem war sie damals schon heimlich zum Katholizismus übergetreten, also verzichtete sie im Jahr 1654 auf den Thron und machte sich auf den Weg nach Rom, wo sie von fünf aufeinanderfolgenden Päpsten als Ehrengast empfangen wurde. Sie war sozial denkend und überredete Papst Clemens X., den Brauch zu verbieten, Juden während der Karnevalszeit durch die Straßen zu jagen, und später erklärte sie die römischen Juden zu ihren Schutzbefohlenen.“

Diesmal schauderten die amerikanischen Mädchen ebenso wie ihre Eltern, denn die Familie war selbst jüdisch.

„Nach mehreren enttäuschenden Rückreisen nach Schweden wählte Christina den *Riario*-Palast hier in Rom als Wohnsitz und blieb dort für den Rest ihres Lebens. Der prächtige Palast bot den passenden Rahmen für ihre umfangreiche Kunstsammlung mit Werken von Tizian, Veronese, Correggio und Raphael."

Auf den Gesichtern der Mädchen zeichnete sich wieder Langeweile ab. Reiseleiterin Charlotte ließ sich nicht beirren; das Beste sollte noch kommen.

„Als Christina im Alter von 62 Jahren an einer Lungenentzündung starb, ignorierte der Papst – Alexander VIII. – ihren Wunsch nach einer bescheidenen Bestattung und widmete ihr stattdessen ein pompöses viertägiges öffentliches Begräbnis. Für ihre Beerdigung in den päpstlichen Grotten wurde sie einbalsamiert, in weißen Brokat mit Hermelinpelz gekleidet und mit einer silbernen Maske, einem Zepter und einer Krone aus Blattgold ausgestattet. Ihre Eingeweide wurden in eine Urne gelegt und wie bei vielen Päpsten wurde auch Christinas Leichnam in ein Konstrukt aus drei Särgen gebettet – der innerste war aus Zypressenholz, der nächste aus Blei und der letzte, äußere, aus Eichenholz.

Das Interesse der Teenager war wieder da: eine silberne Maske? Eingeweide in einer Urne?

„Und sie wurde genau hier in den päpstlichen Grotten begraben – eine von nur vier Frauen, denen diese Ehre zuteilwurde."

Vom langen Stehen genervt schauten sich die Mädchen verstohlen um. Eine Frau noch, dann würden sie vielleicht endlich auch die Gräber zu sehen bekommen. Die aufmerksame Fremdenführerin Charlotte spürte die Ungeduld der Gruppe und sprach rasch weiter.

„Die Anfang des 18. Jahrhunderts in Polen geborene Prinzessin Maria Clementina Sobieska kam aus einer enorm wohlhabenden Familie und heiratete mit sechzehn Jahren James Stuart, den dreißig Jahre alten katholischen Anwärter auf den britischen Thron. Sie wurde in Rom zur Königin von England, Schottland und Irland ernannt."

Die Teenager runzelten verblüfft die Stirn.

„Aber die Beziehung zwischen Clementina und ihrem von Politik besessenen Ehemann zerbrach, sie zog für zwei Jahre in ein Kloster und verbrachte danach den Rest ihres kurzen Lebens in Rom vor allem damit, für die Armen in Rom zu sorgen. Als sie an Skorbut starb und den Großteil ihres riesigen Vermögens der Kirche hinterließ, ordnete der Papst wegen ihrer erwiesenen Frömmigkeit ein Staatsbegräbnis und eine Bestattung im Petersdom an. Ihr ist ein Denkmal in der Kuppel gewidmet."

„Was ist Skorbut?", fragten die beiden Teenager ihre Eltern flüsternd.

„Wenn Sie sich jetzt hier umsehen wollen, habe ich zehn Minuten eingeplant, und danach habe ich noch eine Überraschung für Sie."

Das Rom-Quartett und die anderen Mitglieder der amerikanischen Reisegruppe wanderten in verschiedene Richtungen, jeder für sich, bestaunten die Sarkophage und bemühten sich, die lateinischen Inschriften zu entziffern.

Es war eine sehr willkommene Überraschung, denn Charlotte brachte sie zu einem Aufzug, der sie direkt zu ihrer letzten Station, Michelangelos Kuppel hinauffuhr.

Beim Blick von der Kuppel auf den Altar hinunter staunten sie über die vielen Menschen, die sich im Kirchenschiff und in den Gängen drängten.

„Und jetzt", lächelte Charlotte, „können alle, die es wünschen, die 320 Stufen zum höchsten Punkt der Kuppel hinaufsteigen."

„Seid vorsichtig!", riefen die Eltern den Mädchen zu, die sofort die Treppe hochstürmten. Alle anderen blieben, wo sie waren und genossen die atemberaubende Aussicht.

Charlotte gewährte ihrer Gruppe noch etwa fünfzehn großzügige Minuten, bevor sie sie zusammentrommelte, um mit dem Aufzug wieder nach unten zu fahren. Dann ging es durch die Sixtinische Kapelle zurück zu dem Portal der Vatikanstadt, durch das sie etwa dreieinhalb Stunden zuvor hereingekommen waren.

Im Gänsemarsch gingen sie an ihrer Kommandantin Charlotte von Bonelli Tours vorbei, um in den wartenden Bus einzusteigen, und dabei überreichte jeder einzelne der Gruppe der sachkundigen, redegewandten Reiseleiterin eines der größten Trinkgelder, das sie je gegeben hatten.

104

Jareds Sonntagsbesuch in Hamburg bei Rachael Skylar verlief sehr erfreulich. Sie trafen sich vormittags um zehn Uhr im Mendelssohn Museum und tauschten zunächst Privates aus. Rachaels geliebter fünfjähriger Sohn Davyd war jetzt wieder mit seinem Vater Nazar vereint. „Es ist wunderbar, wie Vater und Sohn wieder zusammengefunden haben und wie vernarrt Davyds Großeltern in ihren kleinen Enkel sind“, freute sich Rachael mit Jared.

Jared erzählte Rachael von seiner Begegnung mit einem weiteren Nachkommen der Mendelssohn-Dynastie: Salomons Cousin dritten Grades, Nathan Bartholdy. Er erzählte von dem Fanny-Gemälde in dessen Wohnung, von dem Kunstraub, und dass Jared ihm das Gemälde für seine Ausstellung im neuen Mendelssohn-Komplex abgekauft hatte. Der New Yorker verriet nicht, welchen Preis er gezahlt hatte, und die diskrete Rachael erkundigte sich nicht danach.

Dann erzählte er ausführlich von den aufregenden Ereignissen im *Caffè Greco* am Tag zuvor, wie er das unbekannte Porträt des jungen Felix entdeckt hatte, und von der versuchten Kaffee-Attacke eines Neofaschisten auf das Kunstwerk. Rachael war entsetzt. Er zeigte ihr das unversehrte Bild und beide staunten.

„Kein Wunder, dass du mich gebeten hast, meinen Museumsfotografen hierher zu bestellen“, sagte Rachael. „Ich gebe ihm gleich Bescheid, dass er jetzt zu uns kommen soll.“

Nach eingehender Betrachtung des einzigartigen Porträts von Felix Mendelssohn und einem familiären Abendessen endete Jareds erfolgreicher Sonntagsausflug nach Hamburg.

105

Die Fahrt mit dem gelben Bus von Bonelli Tours zu ihrer nächsten Veranstaltung – dem „Kirchenopernkonzert“ – dauerte nur etwa zehn Minuten. Die Chiesa Evangelica Valdese aus dem späten 19. Jahrhundert lag tatsächlich „im Herzen Roms“, wie angekündigt, am Anfang der Via IV Novembre, auf halbem Weg zwischen dem Pantheon und dem Kolosseum. Der schmucklose Innenraum war noch nahezu leer, als sie eintraten und in den Holzbänken so weit vorne wie möglich auf roten Sitzkissen Platz nahmen. Megan war begeistert. Es gab in der kleinen Kirche eine prächtige Orgel über der Apsis, aber es war klar, dass das Instrument für das Kirchenopernkonzert der Fazioli-Flügel sein würde, der vorne neben dem Altar stand. Megan studierte das Programmblatt und staunte über die Vielzahl der Arien von Albinoni und Vivaldi bis zu Verdi und Puccini. Auch einige neapolitanische Lieder standen auf dem Programm. Diese melodiösen Dialektlieder liebte Megan sehr, da sie selbst in ihrer Jugend mit ihrer zwölfsaitigen Gitarre in einem längst verschwundenen Lokal in San Francisco aufgetreten war. Nach dieser kurzen Karriere als Folksängerin hatte sie ihren Masterabschluss an der University of California Berkeley gemacht und sich völlig der Welt von Gustav Klimt und Egon Schiele hingegeben, die von da an ihren Lebensweg in der Kunstgeschichte bestimmten.

Aber das war lange her, und nun war sie hier in Rom!

Die evangelische Kirche hatte sich gefüllt und die drei Musiker gingen zu ihren Plätzen: der Pianist, der am Fazioli-Flügel Platz nahm, und die zwei Sänger, eine Sopranistin und ein Tenor. Es war doch schade, dachte Megan, dass es nur so wenig Solorepertoire für Baritone, Bässe und Altstimmen gab. Immer setzten sich Soprane und Tenöre durch. Und so war es auch hier. Die Akustik der Kirche war beeindruckend, die beiden sympathischen Sänger ausgezeichnet, das Klavier hatte einen angenehmen Klang. Die Duette erhielten den größten Beifall und die einzige Zugabe war das beliebte zweiminütige Duett aus Verdis Rigoletto, „*È* il sol dell'anima, la vita è amore".

Die Bonelli-Tour-Gäste sammelte sich danach für ihr Abendessen in einem „typischen italienischen Restaurant in der Nähe". Und es war wirklich in der Nähe; kein Bus war nötig, nur ein kurzer Spaziergang zum *Pasta and Social International House*, einem lebhaften, großen Lokal, wo es raffinierte Pasta, ungewöhnliche Pizzen, extravagante Salate und, wie von Bonelli Tours angekündigt, „unbegrenzt Wein" für sie gab.

Es war ein fantastischer Tag im Vatikan gewesen. Danke, liebe Fanny, dachte Megan, auch wenn du die Kunst Michelangelos in deinem Brief nicht einmal erwähnt hast.

106

Als Megan am Montagmorgen um halb acht aufwachte, ihrem letzten vollen Tag in Italien, fiel ihr sofort das Versprechen ein, das sie Nathan Bartholdy gegeben hatte, nämlich sich noch einmal bei ihm zu melden, bevor sie Rom verließ. Sie absolvierte ihre ausführliche Morgenroutine an Turnübungen und beschloss, Nathan gleich danach anzurufen. Sie warf einen Blick auf Tina: Sie schlief noch tief und fest. Megan ging zum Telefonieren auf den kleinen Balkon ihres

Hotelzimmers. Sie schloss die Glastür leise hinter sich, um ihre Schwester nicht zu wecken. Nathan nahm sofort ab.

„Ach, Megan! Da sind Sie ja! Ich dachte schon, Sie hätten mich vergessen."

„Nathan, Sie glauben gar nicht, was wir alles erlebt haben. Und heute Abend wird unser lieber Jared nach New York aufbrechen, nicht nur mit Ihrem großartigen Porträtgemälde von Fanny im Gepäck, sondern auch mit einem kleineren vom jungen Felix."

Megan erzählte Nathan von den aufregenden Ereignissen, die sich im *Caffè Greco* zugetragen hatten, und von den glorreichen Folgen der Überlassung des Felix-Porträts.

„Ich werde Ihnen ein Foto davon schicken", versprach sie Nathan.

„Auch ich habe noch eine Neuigkeit in Sachen Mendelssohn", sagte er.

„Ach du meine Güte! Was denn?"

„Ich werde Rom Ende des Monats verlassen, um zu meinem Cousin dritten Grades, Salomon Mendelssohn, nach Hamburg zu fliegen und mich ihm anzuschließen!"

„Was für eine wunderbare Idee! Ein Besuch bei Ihrem Verwandten, den Sie noch nie persönlich getroffen haben, ist genau die richtige Medizin nach allem, was Sie hier in Rom durchgemacht haben."

„Aber Sie verstehen nicht, Megan. Es handelt sich nicht um einen Besuch. Ich schließe mich, wie ich schon sagte, Salomon an. Ich werde sein Nachbar und in seiner Seniorenresidenz *Zweite Jugend* eine Wohnung beziehen, mit einem fabelhaften Blick auf die Elbe." Megan schnappte nach Luft. Sie war sich nicht sicher, ob das wirklich eine gute Idee war.

„Was für eine Überraschung", war alles, was sie im ersten Moment herausbrachte. Nathans Wurzeln waren doch in Rom, seine Eltern, seine Großeltern hatten ihr Zuhause in der Ewigen Stadt gefunden, und es war auch immer seine Heimatstadt gewesen. Wie konnte er in seinem hohen Alter so plötzlich aufbrechen und wegziehen? War das ratsam?

Aber bei näherer Betrachtung wurde ihr alles klar. Der zweifache Einbruch in seine Wohnung, die körperlichen Angriffe auf seine Person, der Raub der Bilder, all das hatte seine Welt drastisch verändert. Und hatte er überhaupt noch echte Freunde in Rom? Waren sie nicht alle schon verstorben? Megan begriff, dass es eine Rückkehr zurück zu seinen ursprünglich deutschen Wurzeln war. Die Gesellschaft eines echten Verwandten könnte anregend und stabilisierend auf ihn wirken. Und er würde sich nicht mehr mit unzuverlässigem Reinigungspersonal oder verspäteten Essenslieferungen herumärgern müssen. Tatsächlich klang das nach einem perfekten nächsten Lebensabschnitt für Nathan. Und das sagte sie ihm auch nach einem kurzen Moment des Schweigens.

„Nathan, ich denke, Sie haben eine weise und ausgezeichnete Entscheidung getroffen. Und eine, die Ihre Lebenszeit hier auf diesem Planeten durchaus verlängern könnte."

„Nun, vielen Dank, Megan. Ich bin froh, dass Sie mir zustimmen. Wissen Sie, Rom hat sich für mich sehr zum Nachteil verändert. Ich fühle mich hier nicht mehr wohl. Und ich bin wirklich neugierig darauf, meinen letzten lebenden Verwandten Salomon zu treffen. Wir haben ein langes und wunderbares Telefongespräch geführt. Er ist ein interessanter Mann!"

„Dem kann ich nur zustimmen. Als ich ihn letzte Woche besuchte, haben wir uns über hundert verschiedene Themen unterhalten. Er ist eine Quelle des Wissens, besonders über Ihre gemeinsame Familiengeschichte. Dann werden Sie höchstwahrscheinlich auch die Direktorin des neuen Hamburger Fanny und Felix Mendelssohn Museums in Hamburg kennenlernen, Rachael Skylar. Sie ist eine freundliche und faszinierende Person, die sich ganz dem Leben und Werk Ihrer berühmten Vorfahren widmet."

„Was Sie sagen, Megan, bestärkt mich nur darin, dass ich die richtige Entscheidung getroffen habe. Nun berichten Sie mir von unserem unermüdlichen Freund Jared, was hat er sonst noch getrieben?"

„Nun, er flog gestern kurz nach Hamburg, um sich mit Rachael Skylar über die neuen Bilder zu beraten, heute kommt er zurück, und abends wird er von Rom aus in die Staaten zurückfliegen."

„Ach, so ist das. Nun, vielleicht ruft er mich noch einmal vor seiner Abreise an."

„Das könnte gut sein." Megan nahm sich vor, Jared daran zu erinnern, aber sie hatte keine Ahnung, wann sein Flieger landete und ob sie sich überhaupt noch sehen würden.

Da klopfte es von innen an die Glastür. Es war Tina, die verschlafen ausschaute und ihr Handy hochhielt. Es war eine Liveübertragung der privaten Überwachungskamera aus Dallas, man sah, wie Tinas Chins und Megans Malteserhündchen Button durch Nachbar Bills Haus wuselten und miteinander spielten. Seine beiden Chins hatten sich dem Spiel angeschlossen und es war einfach bezaubernd, allen sechs Hunden dabei zuzusehen, wie sie sich fröhlich gegenseitig jagten. Nathans Stimme ertönte wieder.

„Megan, es war wunderbar, Sie kennenzulernen. Ich hoffe, wir bleiben in Kontakt. Melden Sie sich, wenn Sie wieder in Dallas sind."

„Ganz bestimmt, Nathan. Geben Sie mir nur unbedingt Ihre neue Telefonnummer, sobald Sie sich in der Hamburger *Zweiten Jugend* eingewöhnt haben!"

Dann ging Megan zu Tina ins Zimmer und die beiden Schwestern sahen ihren Hunden noch eine Weile beim Spielen zu, bevor sie sich für das Frühstück fertigmachen. Die ganz besondere Aktivität für ihren letzten Tag in Italien hatten sie schon lange im Voraus geplant. Mary und Sire würden sie um zehn Uhr mit ihrem Leihwagen zu einer letzten Erkundungsfahrt auf Fannys Spuren abholen.

Megans Handy klingelte erneut und halb angezogen eilte sie aus dem Bad, um es zu holen. Wahrscheinlich war es Nathan, der ihr noch etwas mitteilen wollte. Sie nahm ab, ohne auf die Nummer zu schauen.

„Hallo noch mal", sagte sie fröhlich.

„Noch mal? Das ist mein erster Anruf heute!", donnerte Jared mit seinem vollen Bass-Bariton.

„Jared, wie schön von dir zu hören. Wo bist du? Noch in Hamburg?"

„Nein. Ich bin eben in Rom angekommen, vor etwa dreißig Minuten in Fiumicino gelandet. Ich bin schon up to date über den Status von Nathans Fanny-Porträt, es wird gerade abgeholt und für den Flug verpackt. Aber erzähl, was habt ihr denn an eurem letzten Tag vor?"

„Lass mich dir zuerst eine Frage stellen. Um wie viel Uhr sagtest du, geht dein Flug heute Abend?"

„Neun Uhr. Warum?"

„Und was hast du heute in Rom geplant?"

„Darüber habe ich noch nicht nachgedacht. Natürlich wäre ich gerne wieder mit euch zusammen."

„Deshalb frage ich dich. Hättest du Lust, uns auf einen ganz besonderen Ausflug zu begleiten? Diesmal fahren wir mit dem Mietwagen in das Städtchen Terracina, ein Strandort, dort nächtigte Fanny mit ihrem Mann und ihrem Sohn auf ihrem Weg nach Neapel."

„Terracina. Da war ich noch nie. Wie lange ist die Fahrt dorthin und was gibt es dort noch zu sehen?"

„Nun, es liegt genau auf halber Strecke von hier nach Neapel, etwa anderthalb Stunden mit dem Auto. Und rate mal, auf welcher Straße?"

„Die Via Appia!"

„Genau! Die Via Appia, Europas erste Schnellstraße und heute Italiens Strada Statale 7, die als SS 7 direkt von Rom nach Terracina ans Meer führt. Allein die Fahrt auf dieser 2.000 Jahre alten historischen Strecke wäre schon eine Reise wert! Also, Jared, mein Lieber, möchtest du mit uns kommen?"

„Aber sicher. Wann wollt ihr denn los?"

„Um zehn Uhr werden wir hier von Mary und Sire abgeholt. Komm doch auch her!"

„Habt Ihr schon gefrühstückt? Nach diesem Flug bin ich am Verhungern."

„Dann komm zu uns! Wir treffen uns am Frühstücksbuffet."

„*Perfetto*. Das Rom-Quintett ist wieder vereint!"

Kaum hatten sie aufgelegt, kam Tina stirnrunzelnd aus dem Bad und stellte ihre Schwester zur Rede.

„Du hast Jared eingeladen, uns auf der Fahrt nach Terracina zu begleiten?"

„Ja. Was stört dich daran? Ich dachte, du magst ihn."

„Ja, ich mag ihn. Ich mag ihn sogar sehr. Das ist nicht das Problem. Aber ist dir nicht klar, was das für unsere Autofahrt bedeutet? Er ist über 1,80 Meter groß, er wird vorne bei Sire im Leihwagen sitzen und furchtbar viel Platz brauchen. Und wir drei kleinen, schlanken Frauen müssen uns auf der Rückbank zusammendrängen."

„Ach komm, Tina. Das ist doch nicht schlimm bei so einer kurzen Fahrt. Nur eineinhalb Stunden. Ist es nicht viel wichtiger, dass wir Jared wiedersehen?"

„Natürlich. Schon klar. Dann beeil dich und zieh dich fertig an. Wir müssen los, wenn du vorher noch eines deiner berühmten ‚entspannten' Bio-Frühstücke haben willst."

Zehn Minuten später saßen die Schwestern an ihrem Lieblingstisch auf der Hotelterrasse. Zwanzig Minuten später kam Jared dazu und erzählte ihnen von seinem angenehmen Besuch bei Rachael Skylar.

Ich habe auch etwas Spannendes zu erzählen, Jared", lächelte Megan.

„Und das wäre?"

„Ich habe heute früh mit Nathan Bartholdy gesprochen und er hat mir Erstaunliches über seine Zukunftspläne erzählt."

„Zukunftspläne?"

„Zukunftspläne, ja. Er verlässt Rom, ja, er verlässt Italien und zieht nach Hamburg."

„Na so was! Wie das?"

„Er zieht in die Seniorenresidenz, wo auch Salomon Mendelssohn wohnt. Sie sind schließlich Cousins dritten Grades."

„Oh, ich verstehe. Nun, das leuchtet wirklich ein. Dann hätte er endlich wieder Gesellschaft, der er vertrauen kann."

Megan warf einen Blick auf die Uhr.

„Also, liebe Mitreisende, wenn wir unten sein wollen, wenn Mary und Sire um zehn Uhr kommen, muss ich vorher noch einmal kurz auf unser Zimmer." Tina nickte zustimmend.

„Ich werde unten in der Lobby warten und die beiden begrüßen, falls sie früher kommen", entschied Jared. „Die werden bestimmt ziemlich überrascht sein, mich zu sehen."

„Perfekt. Dann bis gleich", grinste Megan.

Bald saß das Rom-Quintett vereint in einem schicken Peugeot 5008. Der SUV hatte drei bequeme Sitze im Fond und Jared bot an, den mittleren zu nehmen, „zwischen meinen beiden Schönheiten", Megan und Mary. Vorne saß die positiv überraschte Tina mit Sire neben sich am Steuer. Alle waren zufrieden, denn jeder hatte genug Bein- und Kopffreiheit. Megan begann leise ein neapolitanisches Lied vor sich hin zu trällern. Schade, dachte sie, dass wir nicht bis nach Neapel weiterfahren können, so wie einst Fanny, ihr Mann und ihr kleiner neunjähriger Sohn Sebastian. Sie holte ihr Handy hervor und begann den anderen eine Stelle aus Fannys Briefen vorzulesen.

Ich war sehr müde und wäre bestimmt eingeschlafen, wenn Sebastian mich nicht mit Argusaugen beobachtet hätte und mir nicht das kleinste Nickerchen gegönnt hätte. In Terracina, wo wir die Nacht verbrachten, wird die Landschaft plötzlich wunderschön, mit Palmen, dem Meer und grotesken Felsen, die die Stadt zu erklimmen scheint. Sie hat ein deutlich südlicheres Aussehen als Rom, mein geliebtes Rom. Terracina hat ein herrliches Hotel. Es liegt direkt am Meer, das bei unserer Ankunft in den letzten Strahlen der untergehenden Sonne glitzerte. In Terracina wird unter anderem ein Hafen gebaut, so dass es die erste Stadt ist, in der ich überhaupt eine Baustelle sehe. Wir aßen unser Abendbrot und schliefen mit dem Rauschen des Meeres ein.

„Ist das alles? Hat sie sonst nichts über Terracina geschrieben?", fragte Mary.

„Nein, aber das ist genug. Wir werden dieses ‚herrliche Hotel direkt am Meer' finden."

„Wie sollen wir das anstellen?", erkundigte sich Sire und konzentrierte sich auf die kurvige Straße, die bis jetzt noch keinen Blick auf das weite Tyrrhenische Meer zwischen Italiens Westküste, Korsika und Sardinien zugelassen hatte.

„Leider gibt es Fannys ‚herrliches' Hotel aus dem 19. Jahrhundert nicht mehr. Dort steht jetzt das *Grand Hotel Palace* in Terracina, das 1952 erbaut wurde und, wie Fanny sagte, ‚direkt am Meer' liegt. Nun, ein paar Meter vom Strand entfernt. Und ich hoffe, ihr seid alle einverstanden, dass wir dort zu Mittag essen, nachdem wir die Stadt und ihre Umgebung mit Fannys Augen erkundet haben."

„Was für ein Spaß!", rief Jared und freute sich, an dieser spannenden Detektivreise teilzunehmen. Was sie wohl noch alles entdecken würden?

Dann erblickten sie das glitzernde Tyrrhenische Meer und ihr Ziel, das Städtchen Terracina. Eine mächtige, zweihundert Meter hohe Klippe begrenzte das eine Ende des natürlichen Hafens von Terracina bis hinunter zum Sandstrand. Der Hafen war seit der Antike immer wieder genutzt, vergrößert und modernisiert worden – so wie Fanny 1840 über den Bau einer Hafenanlage geschrieben hatte. Und weil Kaiser Trajan die Route der Via Appia dadurch optimieren wollte, dass er das gigantische Hindernis der Montano-Klippe 38 Meter tief in den Felsen behauen ließ, um einen Durchgang zu schaffen, führte die zweitausend Jahre alte Straße direkt durch die Stadt. Die kleine, in die Jahre gekommene Kathedrale war dicht umringt von engen, gewundenen Gässchen, schmalen Häusern mit gemeinsamen Mauern und ein paar größeren Gebäuden. Seit Fannys Zeit war der Hafen über die Jahre immer weiter vergrößert worden.

Ein Besuch des antiken Jupitertempels hoch oben auf der Klippe über Terracina wäre möglich gewesen, aber nachdem sie an der modernen Hafen- und Strandpromenade entlanggelaufen waren und ein paar Geschäfte erkundet hatten –

„nicht mit Fannys Augen", wie Tina bemerkte – waren alle Fünf hungrig.

Sie parkten so nah wie möglich am Strandhotel, dem *Grand Hotel Palace*, und machten sich auf den Weg durch die überfüllte Lobby zum geräumigen Speisesaal, aus dessen großen Fenstern man einen wundervollen Blick auf den Strand genießen konnte. Auch das Restaurant war ziemlich voll, aber es fand sich ein Tisch für sechs Personen bei einem der Panoramafenster mit Blick aufs Meer. Als sie sich dem Tisch näherten, blieb Mary stehen und wies ihre Freunde auf etwas Sonderbares hin.

„Nun schaut euch das mal an. Auf allen Tischen liegen Tischsets mit dem gleichen Schwarz-Weiß-Bild, seht ihr? Alle haben die Aufschrift ‚Alle Kinder weinen, wenn sie unser Hotel am Ende des Urlaubs verlassen. Bitte bringen Sie sie bald zurück!'"

Auch Megan und Jared blieben wie angewurzelt stehen. Sie konnten nicht glauben, was sie da sahen. Auf jedem Tischset war die Porträtskizze eines weinenden Jungen abgebildet. Es war unverkennbar eine Zeichnung von Fannys neunjährigem Sohn Sebastian, dem eine Träne über die Wange rollte. Und es war offensichtlich ein Werk seines Vaters, Wilhelm Hensel. Wie konnte das sein?

Sire und Tina fragten sich, warum die drei anderen wie erstarrt vor dem Tisch stehen geblieben waren.

„Was ist denn los?", fragte Tina.

„Nichts. Alles ist wunderbar!" Megan lachte schallend und klatschte begeistert in die Hände, dann nahm sie eines der Tischsets und zeigte auf das runde, entzückende Kindergesicht: „Seht doch, dieser weinende Junge ist Sebastian, Fannys Sohn."

Dann wurde Megan aktiv, wie immer, wenn sie einem unbekannten Werk auf der Spur war.

„Ist der Hoteldirektor im Haus?", fragte sie den Oberkellner.

„*Sì, sì Signora*, er ist in seinem Büro."

„Bitte bringen Sie uns zu ihm. Es ist sehr wichtig!"

Megan und Jared folgten dem Oberkellner in das Büro des Hoteldirektors.

„Wie kann ich Ihnen helfen?", fragte dieser etwas beunruhigt. „Ich hoffe, es ist alles in Ordnung?"

„Alles bestens", versicherte Megan. „Als Kunsthistorikerin möchte ich Sie nur gerne fragen, ob Sie wissen, wer auf Ihren Tischsets abgebildet ist?"

„Ach ja, unser ‚weinendes Kind'?"

„Ja, ganz genau", betonte Jared.

„Nun, wir haben keine Ahnung, wer der Junge ist, aber wir wissen, dass der Ursprung eine großformatige Zeichnung war, die vor langer Zeit hier in einem der Hotelzimmer liegen gelassen wurde, irgendwann in der ersten Hälfte des 19. Jahrhunderts genau genommen. Der damalige Hotelbesitzer Signore Daniele Rossi hatte die Idee, dieses wunderbare Bild als Motiv für eine einzigartige Werbeaktion zu nutzen, weil damals viele Hotelgäste mit ihrer ganzen Kinderschar hierherkamen."

„Nun, das war wirklich eine gute Idee. Könnten Sie uns denn einen Kontakt zu den jetzigen Eigentümern des Hotels verschaffen?" Megan drängte.

„Aber ja. Das Hotel befindet sich seit seiner Gründung in Familienbesitz und die Nachkommen leben hier in Terracina. Ich kann für Sie dort anrufen, wenn Sie möchten."

„Ja, bitte, tun Sie das! Es wäre sehr wichtig!" Megans Aufregung wurde immer größer. Vielleicht war die Familie noch im Besitz des Originals!

Der Kontakt kam sofort zustande und Signore Medad Finzi, der jetzige Besitzer, hörte sich Megans Ausführungen mit wachsendem Interesse an.

„Unser ‚weinendes Kind' wurde also von einem renommierten Künstler, vom Ehemann einer deutschen Komponistin gezeichnet?"

Megan stellte ihrem Gesprächspartner schon die nächste Frage.

„Sind Sie im Besitz des Originals?" Sie drückte Jareds Arm fest.

„Ja, es gehört meiner Frau und wir haben das Original bei uns zu Hause. Wenn Sie möchten, kann ich es zu Ihnen ins Hotel bringen, damit Sie es ansehen können." Megans Reaktion kam sofort.

„Oh, wie nett von Ihnen! Ja. Bitte bringen Sie es vorbei, wenn es Ihnen nicht zu viel Mühe macht."

„Ich kann in etwa einer halben Stunde bei Ihnen sein."

„Perfekt. Wir werden einstweilen im Hotelrestaurant an einem der Panoramafenster speisen. Sie können uns nicht verfehlen: Wir sind eine Gruppe von fünf Personen. Welch unglaubliches Glück, dass Sie noch die Originalzeichnung besitzen!"

„Da stimme ich Ihnen zu. Ich werde meine Frau mitbringen. Sie wird sich über die Neuigkeit freuen, denn sie hat das Bild geerbt. Es wurde über Generationen weitergegeben."

Zurück im Hotelrestaurant war die Zeichnung das Gesprächsthema an ihrem großen Fenstertisch.

„Aber wisst ihr", überlegte Sire, „wenn diese Zeichnung so interessant ist, dann wäre sie doch eine wertvolle Leihgabe für Jareds Ausstellung in New York."

„Genau mein Gedanke! Ein bisher völlig unbekanntes Bild!", bestätigte Jared und versuchte, seine Aufregung zu zügeln. „Ich hoffe nur, dass es in einem guten Zustand ist."

Einige Zeit später erschien der Hoteldirektor mit seiner Frau, aber keiner der beiden hatte das Kunstwerk bei sich.

„Guten Tag. Ich bin Devora Rossi Finzi", sagte die Frau, reichte Megan und Jared die Hand und nickte den anderen zu. „Das Porträt erwartet Sie bereits in unserem Büro im Obergeschoss."

Dort bot sich ihnen ein weiterer atemberaubender Panoramablick auf das schimmernde Mittelmeer, und in der Ferne waren die Umrisse der Pontinischen Inseln zu erkennen.

Das gerahmte Porträt des kleinen Jungen lag auf dem Konferenztisch vor ihnen und die Finzis beobachteten mit Stolz, wie die Gäste ehrfürchtig den Tisch umkreisten und die zarte Darstellung mit stummer Aufmerksamkeit studierten. Die Zeichnung war in ausgezeichnetem Zustand.

„War Sebastians Vater ein sehr bekannter Maler?“, fragte Devora.

„Ja, zu seiner Zeit sehr bekannt und bewundert. Schon früh in seiner Karriere wurde er nach Rom geschickt, um einige Werke von Raffael für den Berliner Hof zu kopieren. Er war der königliche Hofmaler von König Friedrich Wilhelm dem Dritten, und sein besonderes Interesse galt der Porträtmalerei – er hat mehr als tausend Zeichnungen angefertigt; viele davon aus seinen berühmten Verwandtschaftskreis.“

„Und was ist eigentlich aus seinem Sohn Sebastian geworden? Ist er auch berühmt geworden?“, erkundigte sich Medad Finzi, dessen Interesse an dem Kunstwerk von Minute zu Minute wuchs.

„Nicht auf dieselbe Weise wie seine Eltern. Aber er war erfolgreich im Leben und lebte sehr lange. Er wurde 1830 geboren und starb nur zwei Jahre vor Beginn des 20. Jahrhunderts, 1898.“ Megan freute sich, dass sie die Finzis mit Details überraschen konnte.

„Inwiefern war Sebastian erfolgreich?“ Devora Finzi wollte weitere Einzelheiten über das Leben des Jungen erfahren. „Vielleicht war er in der Hotelbranche tätig?“

„In gewisser Weise, ja. Er trat in ein Bauunternehmen ein und war für den Bau des Hotels Kaiserhof in Berlin verantwortlich.“

„Mein Gott! Was für eine Verbindung wir zu diesem Jungen haben!“, rief Devora und stieß ihren Ehemann an.

„Richtig!“, antwortete er. „Und es gibt noch eine weitere Verbindung. Mein zweiter Vorname ist Mendel – ein Spitzname für den jüdischen Namen ‚Menachem‘, was so viel bedeutet wie ‚der Trostspender‘. Dieses weinende Kind, das wir hier haben, ist also der Sohn von Fanny Mendelssohn Hensel, und ich bin, war und werde sein Seelentröster sein!“

Alle Anwesenden nickten freudig überrascht.

„Sagen Sie mir, Dottoressa Crespi und Signore Oppenheim“, rief Devora, „wie können mein Mann und ich es Ihnen danken, dass Sie uns über diese faszinierenden und wichtigen Umstände aufgeklärt haben? Was dürfen wir für Sie tun? Vielleicht eine Gratiswoche in unserem Hotel?"

Megan und Jared lachten.

„Eine reizende Idee", erklärte Megan, „aber wir müssen beide zurück nach Amerika: Jared heute Abend, und ich morgen mit meinen Freunden und meiner Schwester. Aber ich danke Ihnen. Das ist eine sehr großzügige Einladung. Doch wir haben einen ganz anderen Wunsch. Jared, erklär du es bitte."

„Mit Vergnügen. Signora und Signore Finzi, ich bin der Direktor einer einzigartigen Kultureinrichtung in New York, die sich ‚Mendelssohn-Komplex' nennt – gleichzeitig ein Archiv, eine Bibliothek, ein Museum und ein Aufführungsort für die Werke der beiden großen Komponisten Fanny und Felix Mendelssohn. Ihn kennen Sie vielleicht von dem bezaubernden Hochzeitsmarsch, den er komponiert hat." Er summte ein paar Noten daraus und die anderen Mitglieder des Rom-Quintetts stimmten sofort mit ein.

„Das ist sehr schön", antwortete das italienische Paar, das nur wenig über deutsche Komponisten wusste.

„Vielen Dank", sagte Jared. „Aber noch schöner ist, dass ich in wenigen Wochen eine Ausstellung eröffne, die den ganzen Mendelssohn-Familienverband vorstellt, angefangen mit dem alles überragenden Großvater Moses Mendelssohn, einem der größten Philosophen der europäischen Aufklärung. Wir würden dann über Fanny Mendelssohn und Wilhelm Hensel bis hin zu Ihrem Sebastian gelangen. Könnten Sie sich vorstellen …"

„*Sì, sì*, wir leihen Ihnen Sebastians Porträt gerne für Amerika!", unterbrach Devora eifrig. Medad lud Jared und Megan ein, sich an den Konferenztisch setzen. Er wandte sich an die anderen drei Mitglieder der Gruppe aus Amerika und entschuldigte sich dafür, dass er nicht mehr Stühle hatte.

„Überhaupt kein Problem", antwortete Mary stellvertretend für alle. Wir lassen Sie jetzt allein und warten in der Lobby unten. Einverstanden?"

„*Perfetto*", antworteten die Finzis wie mit einer Stimme.

Nun kam Jared gleich zur Sache. Er zeigte den Finzis Fotos, Zeitungsartikel und Dokumente über seinen Mendelssohn-Komplex, um sie in Bezug auf den Leihvertrag zu beruhigen. Die notwendigen Unterschriften wurden an Ort und Stelle geleistet. Signore Finzi würde sich sofort um die Verpackung kümmern, so dass Jared das Bild noch am selben Nachmittag mit nach Rom nehmen konnte, um dort seinen Neun-Uhr-Flug nach New York anzutreten.

„Es sind anderthalb Stunden Fahrt und Jared muss um sieben Uhr am Flughafen sein, also sollten wir spätestens um fünf Uhr losfahren", sagte Megan.

„Gut", sagte Signora Finzi, „dann darf ich Ihnen einen Vorschlag machen, wie Sie und Ihre Freunde die restliche Zeit hier ganz wunderbar verbringen könnten?"

„Aber gerne! Was schwebt Ihnen denn vor?", antwortete Megan.

„Ich empfehle Ihnen, sich von unserem Gian Giorgio, dem Kapitän der hoteleigenen Motorjacht, zu der hübschen kleinen Insel Ponza übersetzen zu lassen, die Sie von hier aus sehen können. Sie liegt nur 34 Kilometer südlich von hier. Ponza ist ein Vulkanausläufer und bei weitem die interessanteste der vielen Inseln, die Sie hier sehen. Es gibt Delfine, blaue Grotten und ägyptische, griechische, etruskische und römische Ruinen – die Insel ist schon seit der Jungsteinzeit bewohnt. Unsere Motorjacht steht Ihnen zur Verfügung."

Die beiden sagten erfreut zu und konnten es kaum erwarten, ihren Freunden davon zu erzählen, die einstweilen unten in der Lobby gewartet hatten.

„Es ist so laut hier, dass man sich nicht unterhalten kann", sagte Tina.

„Hier wimmelt es nur so von Touristen", fügte Mary hinzu.

„Und die meisten von ihnen sind Amerikaner!", rief Sire aus.

Megan verkündete die aufregenden Neuigkeiten.

„Also gut, Kinder, was haltet ihr davon, wenn wir den schrecklichen Touristenhorden entfliehen und mit dem Boot der Finzis auf die Insel Ponza übersetzen?" Gesagt, getan.

Auf der hölzernen Gangway vor dem Hotel wartete bereits der weißhaarige, grinsende Kapitän Gian Giorgio und winkte sie zu sich.

Wenige Minuten später saßen die Freunde bequem in der Lounge für zwölf Personen auf mittlerer Ebene der Jacht und blickte durch abgedunkeltes Glas auf das sanfte Auf und Ab des türkisfarbenen Tyrrhenischen Meers. Was für eine Abwechslung zur Via Appia!

An der Wand hingen zwei große, gerahmte Dokumente und Mary sprang neugierig auf, um sie zu begutachten. Der Text des ersten richtete sich an die Fans klassischer Filme und an die Verfechter von Ponzas Ruhm: Es enthielt eine Liste von Berühmtheiten, die auf der Insel Urlaub gemacht hatten, darunter sowohl Kirk Douglas als auch sein Sohn Michael Douglas, Anthony Quinn, Burt Lancaster, Gina Lollobrigida, Elsa Martinelli und Sophia Loren. Außerdem hatten Jacques Cousteau und sein Sohn Philippe Cousteau mehrere Dokumentarfilme in der Gegend von Ponza gedreht. Federico Fellinis *Satyricon* entstand 1969 auf Ponza.

Das zweite Dokument enthielt eine kurze Geschichte der vier Inseln des westlichen Teils des pontinischen Archipels, von denen Ponza die größte war. Nach dem Zweiten Weltkrieg, so hieß es dort, wandelte sich die Insel von einem Gefangenenlager zu einem Urlaubsdomizil.

Mit der Zeit kam die nur 10,8 Quadratkilometer große Insel Ponza immer näher, und schließlich fuhren sie in den weitläufigen Jachthafen ein, wo Motorboote und Jachten aller Größen vor Anker lagen. Zwei große Fähren und zwei Tragflächenboote waren weiter draußen angedockt. Kapitän Gian Giorgio fand auf wundersame Weise einen Platz im Innenhafen direkt gegenüber der langen Treppe, die nach oben führte. Die kleinen Häuser und niedrigen Gebäude, die sich neben der Kirche erhoben, leuchteten bunt: rosa, rot, blau, gelb, golden und weiß.

Mary, Sire und Megan wollten sich unbedingt das Innere der Kirche ansehen, wie Signora Devora es empfohlen hatte, während Tina und Jared es vorzogen, die Straßen zu erkunden und alles zu fotografieren. Sie vereinbarten, sich in einer halben Stunde wieder zu treffen. Dann würden alle gemeinsam weiter auf Erkundungstour gehen, vielleicht bis zum Gipfel hinaufsteigen, wo weitere dicht gedrängte Wohnhäuser und Gebäude lockten.

„Sollen wir Megans Idee weiterverfolgen und die Straßen und Häuser erkunden, die sich bis zu dem großen weißen Kasten da oben auf dem Berg hinaufwinden?", fragte Jared, der jüngste in der Gruppe und der mit der meisten Energie, als sie wieder vereint waren.

Er übernahm die Vorhut und führte sie die schmale, gewundene Straße hinauf. Mary und Sire folgten händchenhaltend, Tina und Megan bildeten das Schlusslicht. Zwischendurch erkundigte er sich nach dem Weg.

„Die weiße Sporthalle?", antwortete eine Einheimische. „Einfach weiter geradeaus."

„Weiße Sporthalle? Ist es das?"

„Ja, früher war es eine Baufirma, aber die Stadt wollte ihre Baupläne nicht genehmigen. Jetzt wird es nur noch als Turnhalle genutzt, und selbst das nicht sehr oft."

Als sie das rechteckige weiße Gebäude auf dem Hügel erreichten, waren sie enttäuscht. Die Fassade hatte Risse, und was aus der Ferne so einladend weiß gewirkt hatte, war nur ein abgeblätterter Belag auf gelbem Untergrund, von Spinnweben verhangen. In der Mitte des dreistöckigen Gebäudes sahen sie eine verfallene Eingangstür. Der einzige Hinweis auf Leben war eine große Fernsehantenne auf dem straßenseitigen Flachdach. Beim Aufstieg nach oben hatte die Gruppe gesehen, dass sich auf der gegenüberliegenden Seite des zweiten Stockwerks eine große Terrasse mit Blick auf das Meer befand.

Das Gebäude selbst war also eine Enttäuschung, aber zumindest hatten sie von hier oben eine tolle Aussicht auf das Meer. Und die war genauso, wie sie es sich vorgestellt hatten: spektakulär. Es schien, als wäre die gesamte Südküste, nicht nur von Terracina, sondern von ganz Italien, in Sichtweite. Alle fünf verstummten, doch ihr friedliches Schweigen wurde jäh unterbrochen.

Aus dem Inneren des weißen Gebäudes ertönten plötzlich stakkato-artige Rufe. Männerstimmen riefen im Chor immer wieder einen Slogan: „*Va bene essere bianchi!*“ – „Es ist gut, weiß zu sein!“

„Bitte was?“, fragte Sire ungläubig und angewidert. Er erkannte den italienischen Neonazi-Slogan, der den Rassenhass schüren sollte. „Kann das hier im friedlichen Ponza überhaupt möglich sein?“

Instinktiv sammelten sich die fünf Freunde und starrten auf die weiße Sporthalle. Sie wurde nicht zum Turnen genutzt, sondern als Konferenzzentrum für italienische Neofaschisten! Die Stimmen aus dem Inneren brachen in lauten Gesang aus und die fünf Freunde trauten ihren Ohren nicht. Es war die offizielle Hymne der nationalfaschistischen Partei Italiens – „*Giovinezza*“ – „Jugend“.

Giovinezza, giovinezza,
Per la vita, nell'asprezza
Il tuo canto squilla e va!
E per Benito Mussolini,
Eja eja alalà
E per la nostra Patria bella,
Eja eja alalà

Jugend, Jugend,
Für das Leben,
In der Strenge
Dein Lied schmettert und geht!
Und für Benito Mussolini
Hurra, Hurra, Hurra
Und für unser schönes Vaterland
Hurra, Hurra, Hurra!

„Mein Gott", flüsterte Mary der verblüfften Gruppe zu, „das ist die faschistische Nationalhymne, die Toscanini verweigerte, als er sie bei italienischen Musikveranstaltungen für Mussolini dirigieren sollte, wofür er dann von einer Gruppe von Schwarzhemden verprügelt wurde. Deshalb ist er nach Amerika geflohen!"

„Das muss ich mir genauer ansehen", sagte Sire und ging ungestüm auf die Eingangstür zu. Der unerschrockene Fotograf der ukrainischen Verwüstungen wollte sich auf keinen Fall die Chance entgehen lassen, diesen italienischen Schreckensort zu dokumentieren.

„Warte! Ich komme mit!" Jared holte ihn ein. Plötzlich waren die drei Frauen auf sich allein gestellt und schüttelten erzürnt die Köpfe über die Tollkühnheit ihrer beiden männlichen Begleiter. Doch schon kurz danach war lautes Gezeter aus der Turnhalle zu hören. Der Tenor der wütenden Worte war leicht verständlich.

„Das ist der Amerikaner, der mich im *Caffè Greco* attackiert hat! In Rom! Schnappt ihn! Schmeißt ihn hier raus! Daran soll er sich noch lange erinnern! Und den alten Mann werft auch hinaus!"

Minuten später taumelte Jared fluchend aus der Halle, eine Hand an seinem linken Auge, weil ihn zwei Männern in schwarzen Hemden auf die Straße geworfen hatten. Hinter ihm humpelte der zerzauste Sire. Ein dritter Mann erschien direkt hinter ihnen. Es war Arlotto Zitto, jener Neofaschist, der versucht hatte, Kaffee auf das Felix-Porträt im *Caffè Greco* zu schütten. Er und Megan erkannten einander im selben Moment.

„Schnappt euch die Alte!", rief er seinen Begleitern. „Sie war auch im *Greco*!"

Tapfer fluchend versuchte Tina, die Männer aufzuhalten, die ihre Schwester grob zu Boden stießen, aber vergeblich. Stattdessen wurde sie selbst gepackt und festgehalten. Dann versuchte Mary, mit Worten zu intervenieren.

„Halt! Stopp! Lassen Sie sie gehen! Bitte!“ Es gab keine Zeugen. Es würde niemand kommen, um ihnen zu helfen.

„Holt sie alle rein!“, schrie Arlotto Zitto. „Wir wissen, wie man mit unerwünschten Ausländern umgeht. Verdammte Touristen. Wir werden es ihnen zeigen!“

Ein surrendes Geräusch erregte plötzlich die Aufmerksamkeit aller. Es kam von oben und wurde von Sekunde zu Sekunde lauter. Alle acht – fünf Geiseln und ihre drei Angreifer – blickten zum Himmel. Der zunehmend ohrenbetäubende Motor, den sie alle hörten, war der eines Hubschraubers mit der Aufschrift *Polizia*. Er landete auf dem gegenüberliegenden Flachdach. Die drei Neofaschisten rannten eilig zurück zum Eingang und verschwanden in der Turnhalle, doch schon stürmte eine bewaffnete Polizeitruppe das Gebäude. Augenblicke später ertönten Schüsse. Dann Stille. Etwa siebzig Personen wurden abgeführt.

Der letzte Hubschrauberpassagier ging zu den fünf verängstigten Urlaubern. Es war ein großer, auffallend sehniger Mann in Polizeiuniform.

„Ich bin Cesare Cacciatore, der Polizeichef von Rom. Sie sind jetzt in Sicherheit! Wir wurden kontaktiert, weil Ihr Jachtkapitän Alarm schlug, als er eine ungewöhnliche Anzahl großer Schiffe im Außenhafen beobachtete, die Neofaschisten in Scharen nach Ponza übersetzten. Er war besorgt wegen seiner fünf Passagiere, da er befürchtete, dass sie als Ausländer von den Unruhestiftern belästigt werden könnten. Seine Beschreibung trifft auf Sie zu, mit Ausnahme von Ihnen, Signore. Ein blaues Auge hat er nicht erwähnt. Ich nehme an, das war ein Souvenir von einem der Schurken, die wir gerade festgenommen haben.“

Jared nickte schwach.

„Wenn Sie mir jetzt bitte alle Ihre Namen und Ihre Kontaktdaten geben würden? Diese neofaschistischen Monster werden bekommen, was sie verdienen, keine Sorge.“

Der Polizeichef notierte sich die gewünschten Informationen, dann unterbrach er bei einem Namen.

„Megan Crespi. Sind Sie nicht die ehemalige Professorin von Alessandro Divitore?"

„Ja, das bin ich", schnaufte Megan. „Aber wie können sie das wissen?"

„Weil er ein enger Freund von mir ist und mir erzählt hat, dass Sie in Rom sind und dass er Sie schon ein paar Mal getroffen hat."

„Du liebe Zeit! Bitte erzählen Sie ihm, was passiert ist, ja?"

„Aber sicher. Dieser Vorfall wird ihn entsetzen, aber er wird sehr erfreut sein zu hören, dass es ihnen gut geht. Dies scheint, wie er es immer nennt, ein typisches Crespi-Abenteuer zu sein."

Er wandte sich an die anderen vier Personen, die sich um ihn herum versammelt hatten.

„Es ist furchtbar, was Sie da gerade erleben mussten. Ich werde Sie zum Hafen bringen, wo Ihr Kapitän Gian Giorgio auf Sie wartet und Sie zurück nach Terracina bringen wird."

„Terracina!", stöhnten Jared und Megan gleichzeitig. Sie hatten das Porträt von Sebastian völlig vergessen. Und wie spät war es jetzt? Beide sahen nach und stießen einen Seufzer der Erleichterung aus. Es war erst kurz nach halb vier. Genug Zeit, um zurück zum *Grand Hotel Palace* zu fahren, das verpackte Sebastian-Porträt der Finzis abzuholen und dann rechtzeitig für Jareds Flug wieder in Rom zu sein. Was für ein Tag!

Dann lief alles genau nach Plan: Das Porträt war gut verpackt, sie kamen um sechs Uhr in Rom an und lieferten Jared rechtzeitig vor sieben Uhr am Flughafen Fiumicino ab. Danach beschlossen sie, sich zum Abendessen in den jeweiligen Dachrestaurants der Hotels aufzuteilen. Sie alle wollten nur noch möglichst früh schlafen gehen.

Aber was für ein erlebnisreicher Tag! Genau wie Kirk und Michael Douglas, Anthony Quinn, Burt Lancaster, Gina Lollobrigida, Elsa Martinelli, Sophia Loren, Jacques und Philippe Cousteau und Federico Fellini würden sie die Insel Ponza nie vergessen!

Epilog

Auf den Tag genau einen Monat, nachdem die Mitglieder des Rom-Quintetts aus Italien nach Amerika zurückgekehrt waren, veröffentlichte die New York Times einen kurzen Bericht über ein bemerkenswertes Ereignis.

Mit einer ungewöhnlichen Ausstellung wurde heute ein neues Museum, der Mendelssohn-Komplex in New York City eröffnet. Unter dem Titel ‚Fanny und Felix Mendelssohn: Wie sie aussahen, wie sie klangen' vereint die Ausstellungseröffnung die umfangreiche Sammlung der Institution mit der Musik der beiden Komponisten. Zu sehen sind neben der erstmals öffentlich zugänglichen Mendelssohn-Sammlung eines Privatiers auch bisher unbekannte Gemälde und Zeichnungen aus Privatbesitz, darunter drei kürzlich neu entdeckte Porträts aus Italien, wo Fanny Mendelssohn Hensel von 1839 bis 1840 verweilte.

Was die geschätzte Zeitung nicht erwähnte, waren die namhaften Gäste, die bei der Eröffnungsausstellung anwesend waren.

Dazu gehörten Rachael Skylar, Direktorin des Fanny und Felix Mendelssohn Museums in Hamburg, zwei direkte Nachfahren von Moses Mendelssohn, Salomon Mendelssohn aus Hamburg und Nathan Bartholdy aus Rom, Horatio Capo, Besitzer des *Caffè Greco* in Rom, und das Ehepaar Finzi, Hotelbesitzer aus Terracina. Dabei waren auch Professor Megan Crespi und ihre Schwester Tina Crespi, Mary Russell und Richard Sire, alle aus Dallas. In ihrer Mitte der Direktor des Mendelssohn-Komplexes, Jared Oppenheim.

Es war ein unvergesslicher Abend.

MEGAN CRESPI
KRIMI
ALESSANDRA
COMINI
Der
Beethoven
Bumerang
HOLLITZER
H

MEGAN CRESPI
KRIMI
ALESSANDRA
COMINI
Die
Brahms
Büste
HOLLITZER
H

Die amerikanische Kunsthistorikerin **Alessandra Comini** ist als Grande Dame der Schiele-Forschung bekannt, doch auch ihr interdisziplinärer Zugang zur Musikgeschichte (u. a. die Publikation *Beethoven – Zur Geburt eines Mythos*, 2020) hat für Furore gesorgt. In den USA längst auch als Krimiautorin etabliert, legt sie nun mit *Die Mendelssohn-Morde* den dritten Band der Megan-Crespi-Krimireihe auf Deutsch vor. Kunstvoll im wahrsten Sinne verknüpft die Autorin erlebte Geschichten, Personen und Orte mit spannungsgeladenen fiktionalen Plots voll unerwarteter Wendungen, durch die sie ihr Alter Ego, Professor Megan Crespi schickt, bis am Ende die deutsche Kultur- und Musikgeschichte – hier vor allem die Romantik – durchdekliniert, alle Morde aufgeklärt und die Täter zur Rechenschaft gezogen sind.

Pia Viktoria Pausch hat an der Universität Wien Sprachen studiert, ist seit vielen Jahren für den Hollitzer Verlag tätig und hat Alessandra Cominis *The changing Image of Beethoven – A Study in Mythmaking* übersetzt.

HOLLITZER

www.hollitzer.at